Maja Köllinger

Madness

–

Das Land der
tickenden Herzen

Drachenmond Verlag

DRACHENMOND VERLAG

Astrid Behrendt
Rheinstraße 60
51371 Leverkusen
http: www.drachenmond.de
E-Mail: info@drachenmond.de

Lektorat: D.B. Granzow
Korrektorat: Martina König
Satz & Layout: Astrid Behrendt
Umschlagdesign: Marie Graßhoff
Bildmaterial: Shutterstock
Illustrationen: Maja Köllinger

Druck: Booksfactory

ISBN 978-3-95991-115-3

Für alle,
in deren Adern kein Blut,
sondern Tinte fließt

Es ist immer etwas Wahnsinn in der Liebe.
Es ist aber auch immer etwas Vernunft im Wahnsinn.

Friedrich Wilhelm Nietzsche

Prolog

Ein Moment kann dein ganzes Leben verändern …
Ein Augenblick deine Existenz zerstören …
Und eine Sekunde reicht aus, um dein Schicksal zu besiegeln.

In der Nacht des 4. Juli 2016, traf ich eine Entscheidung, die mein gesamtes Dasein beeinflussen sollte. Doch erst jetzt wird mir klar, dass mein Leben auf diesen Punkt hinausgelaufen war und ich keine andere Wahl hatte, als gegen mich selbst und meine eigene Natur anzukämpfen.

In dieser Nacht begrub ich meine Vergangenheit, meine Wünsche, Träume und Hoffnungen. Ich begrub mein altes Leben und wurde jemand Neues.

Bis heute kann ich nicht sagen, ob dieser Entschluss mein Untergang oder meine Rettung war …

1
Cocktails and Dreams

Es war Samstagabend und die Nacht hatte sich bereits wie ein Schatten über die Straßen Londons gelegt. Die Erwartung an das bevorstehende Ereignis ließ mein Herz vor Aufregung rasen. Ich würde zum ersten Mal in meinem Leben einen Szene- Club besuchen.

Den weißen Kajal beiseitelegend, warf ich einen letzten Blick in den Spiegel. Die blonden Locken fielen wild über meine Schultern und offenbarten bei jeder Bewegung einen Blick auf die lila Strähnchen, die ich mir gestern eigenhändig nachgetönt hatte. Zusammen mit dem perfekt geschwungenen Lidstrich, um den mich meine Freundinnen so oft beneideten, und der blassen Haut haftete mir etwas Zerbrechliches an – als wäre ich aus Porzellan geschaffen. Ein Blick in meine Augen belehrte mich jedoch eines Besseren. Sturheit und Trotz spiegelten sich darin und offenbarten meinen wahren Charakter.

Das bin ich. Nimm mich, wie ich bin, oder verschwinde.

Das war meine Lebensdevise. Ich wollte mich für das, was ich war, nicht schämen und hatte vor einiger Zeit beschlossen, mein inneres Wesen auch nach außen hin zur Schau zu stellen.

Ich war sowohl bunt und farbenfroh als auch blass und durchsichtig. Meine Seele entsprach der eines Rebellen, der aus den Zwängen und Normen der Gesellschaft auszubrechen versuchte und sich seinen Weg zur Selbstfindung erkämpfte. Aber zeitgleich wünschte ich mir auch die Zugehörigkeit zu einer Gruppe, das gemeinsame Teilen eines Lebensgefühls, die Verbundenheit einer Gemeinschaft … So war ich zum Punk geworden und hatte mich der Szene angeschlossen.

Ein drängendes Klopfen riss mich aus meinen diffusen Gedankengängen. Ich hastete eilig zu meiner Zimmertür und öffnete diese anscheinend ein wenig zu vorschnell, denn mir stolperten sogleich zwei Personen entgegen, die sich zuvor an die Tür gelehnt hatten.

Ich wich einen Schritt zurück und ruderte mit den Armen, um die Balance zu halten. Ohne das Korsett, das um meinen Oberkörper geschlungen war, wäre das nur halb so schwer gewesen. Bevor ich vollends das Gleichgewicht verlor, bekamen mich zum Glück zwei Hände zu fassen und zogen mich in eine aufrechte Position. Keinen Augenblick später stand ich meinen zwei liebsten Menschen auf diesem Planeten gegenüber.

»Oh mein Gott, Alice! Du siehst ...«, kreischte Lucy mit übertrieben hoher Stimme.

»... umwerfend aus!«, beendete Katy deren unvollendeten Satz und fächelte sich mit der Handfläche Luft zu. Gleich darauf täuschte sie einen Ohnmachtsanfall vor.

Ich verdrehte bloß die Augen, bevor ich entgegnete: »Seht euch an! Neben euch verblasse ich komplett.«

Wir warfen vielsagende Blicke in die Runde und begannen zu lachen. Das war unser Ding. Während andere Teenager diesen Quatsch tatsächlich ernst meinten, machten wir uns einen Spaß daraus, dieses mädchenhafte Getue ins Lächerliche zu ziehen. Ich meine: Diesen Mist konnte doch niemand wirklich ernst nehmen. Oder?

Während Lucys Haare pink leuchteten, erstrahlten Katys in ihrer Lieblingsfarbe Blau. Wir gaben ein buntes Trio ab, das bewusst aus der anonymen grauen Masse namens *Gesellschaft* herausstach.

»Oh mein Gott, Lucy! Die neue Farbe ist echt der Wahnsinn!«, sagte ich und meinte es dieses Mal tatsächlich so.

»Ja, nicht wahr?«, stimmte Katy zu, während Lucys Wangen allmählich die Farbe ihrer Haare annahmen.

»Meine Mutter war nicht so begeistert, als sie bemerkt hat, dass ich die blonde Haartönung ausgetauscht habe«, gestand sie.

»Ach was!«, meinte Katy. »Die soll sich nicht so anstellen. Das Pink steht dir hervorragend, fast so gut wie mir Blau.«

Wir lachten und waren damit einstimmig ihrer Meinung.

»Können wir endlich los?« Durch meine Venen pumpte die Vorfreude, meine Finger zuckten vor Euphorie und ich war mir sicher, dass in meinen Augen ein abenteuerlustiges Funkeln zu sehen war.»Ich muss nur noch kurz meinem Vater Bescheid sagen.«

Lucy und Katy nickten. In ihren Blicken erkannte ich die gleiche Sorge, die auch in meinen schimmern musste.

Zu oft hatte er in letzter Sekunde einen Rückzieher gemacht und mir verboten, auszugehen. Seine Angst vor der Welt außerhalb seines Büros würde ich nie nachvollziehen können. Ich verstand nicht, wie er es bevorzugen konnte, tagein, tagaus hinter seinem Schreibtisch über irgendwelchen Büchern zu hocken, anstatt zu leben.

Ich war nicht wie er. Ich glaubte zu ersticken, wenn ich zu lange im Haus blieb.

Nervös klopfte ich an seine Bürotür, die aus einem mir unbekannten Grund rot gestrichen war. Vielleicht diente sie als Warnung, um nicht gestört zu werden.

Schon als Kind hatte ich lernen müssen, dass mein Vater es hasste, bei seiner Arbeit unterbrochen zu werden, weshalb ich auf Zehenspitzen schleichend und mit angehaltenem Atem einen großen Bogen um besagte Tür gemacht hatte.

Doch heute war ich nicht mehr so gehorsam.

Ich stieß die Tür auf, ohne auf sein genuscheltes *Herein* zu warten. Mein Vater sah auf, sein Kiefer klappte nach unten und ein verblüffter Ausdruck legte sich über sein Gesicht. Ich hatte damit gerechnet, dass er mich wie sonst auch missbilligend von Kopf bis Fuß mustern würde, aber auf seine überraschte Reaktion war ich nicht gefasst gewesen.

»Alice … Du siehst …« Erkenntnis verhärtete seine Züge und eine Sekunde später hatte er sich wieder im Griff. »… aus wie sie.«

Ich schluckte.

Auch ohne nachzufragen, wusste ich, von wem er sprach. *Mutter.*

Die Frau, die ihn vor 18 Jahren kurz nach meiner Geburt sitzen gelassen hatte.

Die Frau, von der es weder Bilder noch sonstige Andenken oder gar Erinnerungen gab, da mein Vater alles restlos verbrannt hatte. Es war ein Wunder, dass er mich nicht schon längst verstoßen hatte, erinnerte ich ihn doch tagtäglich an sie.

Die Frau, die mich zur Welt gebracht und danach sofort wieder vergessen hatte, als wäre ich für sie nichts weiter als eine Last gewesen, die sie neun Monate mit sich herumtragen musste. Zumindest vermutete ich das. Warum sonst würde man sein Neugeborenes sich selbst überlassen?

Ich war für sie nicht von Bedeutung.

Manchmal ertappte ich mich bei der Frage, ob sie tatsächlich jemals existiert hatte.

Kaum auszumalen, wie mein Vater sich fühlen musste. Er wurde von seiner großen Liebe verlassen. Und das Einzige, was sie hinterlassen hatte, war ich. Eine stetige Erinnerung daran, was er verloren hatte. Und das ließ er mich auch spüren.

Wer brauchte schon Vaterliebe? Vermutlich wusste meiner nicht einmal, was das war.

Ich traf meine eigenen Entscheidungen, egal ob sie ihm gefielen oder nicht. Und wenn ich ihm durch ein besonders ausgefallenes Outfit ein Grummeln, einen schwachen Protest entlocken konnte, umso besser. In diesen seltenen Momenten war ich mir zumindest sicher, dass er mich beachtete und er wusste, dass ich noch existierte.

Heute war anscheinend einer dieser seltenen Zufälle eingetreten, denn mein Vater musterte mich so eingehend, dass ich mir unweigerlich vorstellte, wie ich zurzeit auf ihn wirken musste. Eine widerspenstige Tochter mit kuriosem Modegeschmack.

Das silbrig schimmernde Korsett mit den seidigen Schnüren war ihm sicherlich zuwider. Ihm wäre es lieber gewesen, wenn ich mich unserer Gesellschaft angepasst hätte und den ganzen Tag in einer Schuluniform herumgelaufen wäre.

Doch er verlor kein Wort über mein Erscheinungsbild, was mich ziemlich enttäuschte. Schon seit Jahren redete er kaum ein Wort mit mir, kauerte hinter seinem Schreibtisch und wirkte in sich zusammengesunken. Ich wollte ihn aus seinem Kokon locken, damit er endlich mehr als ein zustimmendes Brummen oder ein paar erboste Worte von sich gab. Doch es war zwecklos: Mein Vater sollte auf ewig ein verblassendes Abbild seines früheren Ichs bleiben.

»Wir wollen jetzt los, Dad. Ich will nur schnell Bescheid geben, damit du dir keine Sorgen machst.«

Er nickte betreten und schien nachzudenken. Als er mir einen flüchtigen Blick zuwarf, sah ich Wärme in seinen Augen aufblitzen. Vielleicht hatte ich durch die Ähnlichkeit mit meiner Mutter tatsächlich etwas in ihm hervorgekitzelt. Eine Empfindung, die längst in den Abgründen seiner Seele verschollen gewesen war.

Und mit einem Mal tat er das Unfassbare: Mein Vater stand auf und umarmte mich, zwar etwas steif und ungelenk, aber das war in dieser Sekunde völlig egal. Ich hielt überrascht die Luft an. Einen Moment lang wusste ich nicht, wie ich mit dieser Situation umgehen sollte. Unbeholfen schlang ich meine Arme um den schmächtigen Oberkörper meines Vaters und unterdrückte das Bedürfnis, ihn fester an mich zu ziehen. Dad zeigte nie Gefühle, er wirkte immer abwesend, nicht ganz präsent, nicht vollständig bei Sinnen, als hätte meine Mutter damals seine Seele mitgenommen.

Umarmungen gab es in meiner Kindheit, wie auch heutzutage, viel zu selten, deshalb genoss ich jede, die ich kriegen konnte, denn mir war bewusst: Es könnte immer die letzte sein. Mutter hatte mich eines gelehrt: Man konnte sich nie sicher sein, ob man sich je wiedersah.

Viel zu schnell verflog der innige Moment und mein Vater löste sich schwer seufzend. Er fasste meine Schultern und hielt mich eine Armeslänge von sich entfernt, sodass sich unsere Blicke schließlich trafen. Ich konnte unmöglich sagen, wann ich ihm zuletzt richtig in die Augen gesehen hatte.

»Kein Alkohol, keine Drogen, nicht zu Fremden ins Auto steigen …« Er ratterte eine ewig lange, scheinbar auswendig gelernte imaginäre Liste herunter. Ich nickte jeden einzelnen Punkt brav ab. Seine Stimme klang so blechern, dass die geschürten Emotionen durch die Umarmung schlagartig verpufften. Die gezwungene Art und Weise, wie mein Vater mich behandelte, ließ mich vermuten, dass er hier bloß seine Pflicht erfüllen wollte und ihm eigentlich nichts an meinem Wohlergehen lag.

»Mach bloß keinen Unsinn, hörst du? Und komm nicht zu spät zurück!« Er schenkte mir schließlich ein kleines Lächeln, das ich erleichtert erwiderte. Vertraute er mir endlich? Ich konnte es nicht fassen. Er ließ mich tatsächlich gehen, trotz all seiner Bedenken.

»Das werde ich nicht.«

Mit diesen Worten verließ ich das Arbeitszimmer und zog die Tür lautlos hinter mir zu. Katy und Lucy hatten im Flur auf mich gewartet und starrten mich abwartend an, woraufhin ich ihnen zunickte. *Entwarnung.*

Erleichtert atmeten beide aus und bevor mein Vater tatsächlich noch auf die Idee kommen konnte, uns einen Strich durch die Rechnung zu machen, zogen die beiden mich mit sich, während wir schleunigst die Wohnung verließen und das marode Treppenhaus hinunter sprinteten.

Als wir schließlich auf der Straße standen und uns die kalte Nachtluft um die Nase wehte, stieß ich einen Freudenschrei aus. Lucy blickte mich als Reaktion darauf bloß fragend an.

»Ich bin so aufgeregt!«, verkündete ich, während ich mit zitternden Händen die Haustür des mehrstöckigen Reihenhauses krachend ins Schloss fallen ließ.

Die Fassade war bis zum dritten Stockwerk mit Graffitis überzogen, weshalb die Farben selbst bei Nacht in giftigen Neontönen leuchteten. Ein verhüllter Künstler war gerade dabei, seinen Namenszug über die Mauer zu sprühen, und beachtete uns nicht weiter. Offenbar hatte er keine Furcht, entdeckt zu werden. Warum auch? Wir befanden uns im East End Londons und kaum einer scherte sich um ein Graffiti mehr oder weniger. Zudem war es mitten in der Nacht, die Polizei hatte bestimmt Wichtigeres zu tun, als einem Einzelgänger aufzulauern, der sich mit ein paar Sprühdosen vergnügte.

Die Dämpfe der Farben strömten durch meine Nase und benebelten mein Gehirn. Die Kombination aus Euphorie und toxischen Gasen versetzte mich in einen Rausch, der jegliche Gedanken an meinen Vater aus meinem Kopf verbannte. Ich fühlte mich schwerelos und befreit von seiner Obhut, sodass ich nicht anders konnte, als triumphierend zu grinsen.

»Ich weiß echt nicht, was du an diesen Street-Art-Künstlern so aufregend findest«, murrte Katy, während sie mich bereits weiterzog. Das Skelett, welches auf ihrem schwarzen Pullover abgebildet war, leuchtete im Dunkeln und ihre blauen Haare wippten im Gleichtakt ihrer Schritte.

»Kannst du denn nicht sehen, wie diese Menschen mit nichts weiter als einer leeren Wand, Sprühdosen und einem unaufhaltsamen Drang nach Kreativität wahre Kunstwerke erschaffen?«, hauchte ich und inhalierte gierig die kühle Nachtluft.

In der Ferne hupten Autos und schrien Menschen. Der übliche Lärm Londons. Die schrillen, disharmonischen Laute waren mir seltsam vertraut.

»Der Club macht gleich auf, wir sollten uns beeilen!«, drängte nun Lucy. Die Schnallen, die an dem Korsett und an ihren schwarzen Stiefeln angebracht waren, klapperten bei jeder Bewegung und verhallten in der Geräuschkulisse der Millionenmetropole.

Ich liebte London, besonders wenn es dunkel wurde: die abertausend Lichter, die grell erhellten Plakate, Werbebanner und Bilder, die pausenlos an mir vorbeizogen. Das Bewusstsein, in der nächtlichen Stadt nicht allein umherzustreifen, sondern sich mit unzähligen anderen Menschen auf den Weg zu machen, um die unscheinbaren Orte zu erkunden, die sich einem erst auf den zweiten Blick offenbarten.

Wir durchquerten verwinkelte Gassen und Seitenstraßen, sodass ich nach einiger Zeit vollkommen die Orientierung verlor, obwohl ich in dieser Gegend aufgewachsen war. Ich kannte immerhin unser Ziel: das Mill Mead Industrial Estate. Ein Industriegebiet, das direkt an unseren Wohnbezirk grenzte.

»Wisst ihr überhaupt, wo wir lang müssen?«, fragte ich an meine Freundinnen gerichtet.

»Voll und ganz!«

»Natürlich!«, antwortete Katy in einem verräterischen Ton.

Ich seufzte.»Ihr habt nicht den Hauch einer Ahnung, oder?«

»Nein«, erwiderten die beiden wie aus einem Mund und fingen an zu lachen. Ich schüttelte bloß meinen Kopf und grinste in mich hinein. Dafür liebte ich meine Freundinnen: Sie meisterten ihr Leben nur durch ihre Spontaneität.

»Immerhin haben wir so noch ein wenig Zeit zum Quatschen!«, meinte Katy vergnügt und wickelte sich eine Strähne ihres blauen Haares um den Zeigefinger.

»Alice, erzähl mal von dem Album dieser Newcomer-Band, das du dir letztens gekauft hast«, forderte Lucy mich auf.

Ich seufzte verträumt und begann, ihnen von den wummernden Bässen und den fantastischen Gitarrenriffs zu erzählen, die die Lieder von *Aroa* prägten.

»Wirklich, dieses Solo war einfach unglaublich! Ihr müsst euch unbedingt diesen Song anhören. Und die Stimme des Sängers erst! Sie ist einfach nur göttlich!«

Ich gestikulierte während des Sprechens mit meinen Armen, worüber Katy und Lucy sich lustig machten.

»Alice, hast du etwa einen neuen Schwarm? Dieser Leadsänger scheint es dir ja wirklich angetan zu haben«, gab Lucy mit zuckersüßer Stimme von sich, woraufhin ich sie spaßeshalber in die Seite knuffte.

»Erzähl mal lieber, wie es zwischen dir und Tyler läuft«, entgegnete ich, ohne auf ihre Frage einzugehen.

Tyler war der Mädchenschwarm unserer Stufe und selbst die unabhängige Lucy war seinem Charme verfallen. Sobald ich das Thema angesprochen hatte, verfiel sie in einen minutenlang andauernden Monolog über die Farbe seines haselnussbraunen Haares (obwohl sie der Meinung war, dass Neongrün ihm bestimmt viel besser stehen würde), seine stahlblauen Augen und seinen grandiosen Musikgeschmack, der identisch mit dem unseren war.

Katy stieß mich in die Seite und zog entnervt ihre Augenbrauen in die Höhe, als wollte sie damit sagen: »*Was hast du nur wieder angerichtet?*«

Ich warf ihr einen entschuldigenden Blick zu und versuchte mit ihr gemeinsam, die nächste halbe Stunde zu überstehen, ohne an einem plötzlich eintretenden Hirntod zu sterben, der durch Lucys Schwärmerei ausgelöst worden wäre.

»Versprich mir, dass du dich niemals in irgendeinen hirnverbrannten Jungen verlieben wirst, Alice. Noch eine von der Sorte ertrage ich nicht«, meinte sie mit einem Seitenblick zu Lucy.

Wir lachten und neckten uns, bis wir nach knapp zwei Stunden des Herumirrens an einem verlassenen Gebäude innerhalb des Industriegebiets ankamen, dessen Außenwände vor Dunkelheit geradezu trieften. Wir befanden uns auf einem ungenutzten Abschnitt des Fabrikgeländes, dessen Herzstück ein kastenförmiger Plattenbau war, der sich vor uns in den Nachthimmel bohrte. Der Kies knirschte unter unseren Schritten, als wir auf das Gebäude zugingen. Durch zerbrochenes Fensterglas strahlten Scheinwerfer und erleuchteten den leeren Parkplatz vor uns.

Die Musik schlug mir schon jetzt entgegen. Sie wirkte verzerrt und von Bässen beherrscht, sodass mein Trommelfell bei den schiefen Klängen schmerzhaft dröhnte. Ein beißender Geruch stieg mir in die Nase… Urin, Erbrochenes und eindeutig: Alkohol. Ich versteifte mich, weshalb Katy und Lucy sich gezwungen sahen, stehenzubleiben. Irgendwie hatte ich mir das alles ganz anders vorgestellt.

»Was ist das hier? Ich dachte, wir besuchen einen angesagten Club!«, konfrontierte ich die beiden.

»Das hier *ist* der angesagteste Underground-Club der Umgebung. Zumindest solange kein Cop darauf aufmerksam wird«, merkte Katy an und rollte mit den Augen. Sie hatte mir bereits vor Tagen erklärt, dass der Underground-Club einem Wanderzirkus glich. Er tauchte dort auf, wo niemand damit rechnete, wie beispielsweise in einem verlassenen Fabrikgebäude, und verschwand nach ein paar Wochen wieder, sobald die Behörden davon Wind bekamen. Niemand bat um Erlaubnis oder gar um eine Genehmigung. Das machte den Reiz der Sache aus: das Gefühl, an etwas Verbotenem teilzuhaben.

»Nicht ganz legal, nicht wirklich ansehnlich, aber genau nach meinem Geschmack.« Lucys Stimme zitterte vor Aufregung.

»Keine Security, keine Kontrollen, keiner, der uns aufhalten könnte, ein kleines Abenteuer zu erleben!«

Die Begeisterung der beiden ging langsam auf mich über und erweckte die Euphorie in meinem Inneren von Neuem. Vielleicht war der Club gar nicht so schlecht, wie er von außen wirkte. Und der Gedanke, für diese eine Nacht tun und lassen zu können, was ich wollte, war ziemlich reizvoll.

»Na dann mal los!«, verkündete ich und trat auf den Eingang des Clubs zu, der lediglich aus einem schwarzen Vorhang bestand.

Ich schob den samtenen Stoff behutsam zur Seite und wurde sogleich in strahlend pinkfarbenes Neonlicht getaucht. Staunend ließ ich den Stoff hinter mir zurückfallen und betrachtete sprachlos die Halle.

Betonwände und Stahlträger schraubten sich endlos in die Höhe, während sich vor uns eine Halle erstreckte, in welcher sich eine breite Masse an Menschen tummelte. Das Dröhnen der elektronischen Musik hallte in meinen Ohren nach und das stechende Stroboskoplicht ließ die Menge vor mir bloß in abgehackten Sequenzen aufblitzen.

Zwischenzeitlich flogen mehrfarbige Scheinwerfer an dünnen Drahtseilen über unsere Köpfe hinweg und erleuchteten das wirre Schauspiel. Street-Art, Graffitis und bunte Neonröhren zierten die haushohen Fassaden, sodass die Kunst durch das synthetische Licht scheinbar zum Leben erweckt wurde.

Links von mir befand sich eine Bar, an deren Rückwand ein Schild prangte, welches in ineinander verschnörkelten, strahlenden Buchstaben *Cocktails & Dreams* verkündete.

Lucy und Katy zogen mich hinein in die Menge, weshalb ich mich viel zu schnell inmitten einer Masse aus dynamischen, schwitzenden und energiegeladenen Menschen wiederfand. Der penetrante Schweißgeruch brannte in meiner Nase und der Anblick der anderen Besucher löste für einen kurzen Moment Unwohlsein in mir aus, bis ich mir bewusst wurde, dass auch sie zur Punkszene gehörten. Ich befand mich unter Gleichgesinnten, die allesamt nichts anderes wollten, als ein wenig Spaß zu haben und die Grauzone der Gesetze auszukosten. Ich begann, mich im Takt der auf mich niederprasselnden Musik zu bewegen und im Rhythmus der Bässe zu wiegen. Meine Haare wirbelten wild um mich herum und mein Körper geriet in Ekstase.

Die Welt drehte sich und verschwamm zu einem grellen Lichtermeer. Ich geriet in einen Strudel aus Stimmen, Klängen und Farben, der mich immer tiefer hinab zog. Ich sang mit meinen Freundinnen Songpassagen mit, die jedoch von dem enormen Lautstärkepegel verschluckt wurden. Ein Echo im Stimmenmeer.

Ich fühlte mich mit den Menschen um mich herum verbunden und tat es Lucy und Katy gleich: Ich legte jegliche Hemmungen ab, indem ich rückhaltlos bei den E-Gitarren-Soli mitfeierte, die tiefen Gesänge der Backgroundsänger nachahmte und mich vollkommen in der elektrisierenden Musik verlor.

Der Geruch nach Alkohol und Rauch wurde für mich zu einem Zeichen der Ausgelassenheit, die Musik zu meiner Freiheitshymne und die Menschen um mich herum zu einem Teil von mir. Ich konnte nicht sagen, wie lange ich dort zusammen mit Lucy und Katy auf dem spröden Betonboden getanzt und mich von der Atmosphäre in ihren Bann ziehen lassen hatte.

Als ich jedoch nach geraumer Zeit meine Augen auf der Suche nach meinen Freundinnen umherschweifen ließ, fehlte jegliche Spur von ihnen. Die Feierwütigen hatten uns auseinandergetrieben, ohne dass ich davon Notiz genommen hatte. Panik beschlich mich und ich hatte mit einem Mal das Bedürfnis, aus der Meute zu fliehen.

Wo waren sie bloß?

Ich fühlte mich bedrängt, eingesperrt und im Stich gelassen, obwohl ich kurz zuvor noch das Gefühl der Zugehörigkeit und Gemeinschaft in mich aufgesogen hatte.

Ich kämpfte mich durch den Pulk, Angstschweiß bildete sich auf meinen Armen und Furcht schnürte mir die Kehle zu. Das Stroboskoplicht erzeugte tiefe Schatten, Gesichter blitzten vor mir auf, während ich durch die Menge hetzte, ohne Rücksicht zu nehmen. Vereinzelt wurden entnervte Stimmen laut, doch ich ignorierte sie. Ich musste Lucy und Katy finden.

Die Feiernden um mich herum stieß ich achtlos zur Seite. Ich bahnte mir auf diese Weise einen Weg durch den Club und hinterließ eine Schneise der Verwirrung und Empörung. Mein Herz raste, die stickige Luft raubte mir jeglichen Verstand und Verzweiflung hallte in jedem meiner gehetzten Schritte wider.

Sobald ich am Rande des Geschehens angelangt war, flüchtete ich vor den Gleichgesinnten hinter mir, hastete zu dem Vorhang, der mich von der Außenwelt trennte, und riss ihn hektisch zur Seite, sodass ich auf den Platz vor dem Gebäude hinauseilen konnte. Womöglich hatten sich Lucy und Katy eine Auszeit gegönnt und waren hier draußen zu finden.

In meinen Ohren summte der Nachhall der Musik, machte mich taub für die scheinbare Stille außerhalb der rissigen Mauern, während die Kälte an meinen Armen empor kroch und die Hitze des Clubs von meiner Haut wusch. Ich sah mich um, doch weder in der Nähe des Gebäudes noch in den Schatten der anderen Bauwerke des Industriegebiets verbargen sich zwei Mädchen mit blauen oder pinken Haaren. Hatte ich sie etwa verloren? Oder hatte ich sie bloß im Club übersehen?

Ich entließ die Luft stoßweise aus meinen Lungen und gönnte mir eine kurze Atempause. Bevor ich mich wieder in den Club begab, wollte ich wieder zu Kräften kommen. Die Panik saß mir noch in den Knochen und verhinderte, dass ich einen Schritt nach vorn tat. Keuchend stützte ich meine Hände auf den Knien ab und kniff die Augen für einige Sekunden zusammen, um zur Ruhe zu kommen. Das half ein bisschen.

Als ich mich wieder aufrichtete und meine Augen öffnete, sah ich plötzlich an der Ecke des Gebäudes etwas strahlend Weißes davonhuschen. Ich runzelte die Stirn und verharrte inmitten meiner Bewegung.

Was war das?

Sah ich etwa schon Gespenster?

Ich verfluchte meine Neugierde und dachte einen Moment lang tatsächlich darüber nach, der Gestalt zu folgen, doch ich besann mich eines Besseren und fasste den Entschluss, zunächst meine Freundinnen zu suchen.

Sobald einen Schritt in Richtung des Eingangs trat, entdeckte ich vor meinen Füßen einen Gegenstand im Kies.

Die Musik aus dem Inneren des Gebäudes drang nicht mehr bis zu meinen Gedanken vor, als ich mich auf den Boden hockte, um das Objekt an mich zu nehmen. Die Kieselsteine bohrten sich in die Haut meiner Knie und hinterließen dort rote Abdrücke. Ich fixierte das Objekt in meiner Hand und versuchte, die trommelfellzerfetzende Musik sowie den Uringestank der Umgebung auszublenden. Stattdessen nutzte ich das Licht der Scheinwerfer aus, das durch die Fenster des Gebäudes über den Platz zuckte.

Ich hatte eine vergoldete Taschenuhr gefunden, auf deren Deckel zahlreiche Gravuren und Verzierungen aufblitzten, sobald das Licht darüber hinweg strich. Als ich sie dicht vor meine Nase hielt, erkannte ich trotz der Dunkelheit um mich herum, dass sich hinter den schmalen Zeigern kein Ziffernblatt befand, weshalb man geradewegs auf die Zahnräder des Uhrwerks blicken konnte. In einem strikten Mechanismus griffen diese immer wieder ineinander und brachten damit das winzige Schmuckstück in meiner Hand zum Ticken.

Ich drehte den Zeitmesser hin und her, konnte jedoch keinen Hinweis auf den Besitzer finden. Als ich zu der Häuserecke hinüberblickte, wo zuvor die weiße Gestalt verschwunden war, erspähte ich an derselben Stelle einen Hasen, dessen Fell sich von der Schwärze der Nacht abhob. Er saß vollkommen still am Boden und schien mich zu betrachten.

Moment mal … ein Hase?

Was hatte der denn bitte in einer Millionenmetropole wie London zu suchen?

Das Tier war vollkommen erstarrt und bewegte sich nicht. Sein Blick fixierte mich, als würde es auf eine Reaktion von mir warten. Sollte ich auf es zugehen? Würde ich das Kaninchen verscheuchen?

Ich biss mir auf die Unterlippe und schaute abwiegend zwischen der Taschenuhr, den nervös zuckenden Hasenohren und dem Eingang des Underground-Clubs hin und her. Der heutige Tag war schon verrückt genug. Ich hätte mich am besten einfach umdrehen und so tun sollen, als hätte ich den Hasen nicht bemerkt, bevor ich mir weiter den Kopf darüber zerbrach. Dennoch blieb ich stehen. Die Uhr wog schwer in meiner Hand und der Blick des Hasen fesselte mich an Ort und Stelle.

Das Pflichtgefühl gegenüber meinen Freundinnen verblasste und meine Abneigung gegenüber dem Club wuchs. Ich wollte das Gebäude ungern noch einmal betreten. Bestimmt hatte ich den Unmut einiger Besucher auf mich gezogen und vermutlich würde ich Lucy und Katy nicht wiederfinden, wenn sie in der Gruppe aus Feiernden abgetaucht waren. Die Menschenmassen würden mich zerquetschen, obwohl ich zuvor ein Teil von ihnen gewesen war. Die Musik zermarterte mein Gehör und der Mief, zusammengesetzt aus Schweiß und Kippen, trieb einen Schauder über meinen Rücken. Erneut befiel mich der Drang, zu flüchten.

Ich wich einen Schritt von dem Eingang zurück und umfasste den verzierten Goldchronometer fester, dessen Kette gegen meine Beine baumelte. Ich brauchte unbedingt ein wenig Ablenkung. Vielleicht sollte ich doch einen näheren Blick auf den Hasen riskieren. Was sollte schon passieren? Im schlimmsten Fall könnte sich das Tier aus dem Staub machen.

Ohne noch eine weitere Sekunde zu verschwenden, näherte ich mich dem Hasen behutsam, um das flauschige kleine Ding nicht zu verscheuchen. Es mochte eine dumme Entscheidung sein, doch von diesem Wissen ließ ich mich nicht aufhalten.

Als ich mich der Gebäudeecke näherte, reckte das Tier den Kopf witternd in die Höhe, legte die Ohren an und hoppelte los. Sobald es mir den Rücken zukehrte, geriet ich ins Stolpern. Was zur Hölle war das denn?

Selbst ein flüchtiger Blick auf den Körper hatte ausgereicht, um zu erkennen, dass dieser Hase nicht normal war. Die hintere Hälfte des Langohrs bestand nicht aus Fell, Fleisch und Knochen, sondern aus … glänzendem Metall. Spulen und Zahnräder griffen ineinander und gaben ein leises Klicken von sich, sobald sich das Wesen bewegte. Der goldene Schein des Materials blitzte noch ein letztes Mal auf, bevor sich die Gestalt verflüchtigte.

Ich rammte meine Fersen in den Boden und starrte auf die Stelle am Boden, wo das Karnickel eben noch gehockt hatte. Was ging hier vor sich? Was war das für ein seltsames Geschöpf gewesen?

Unentschlossen starrte ich dem Tier hinterher. Mein Blick fiel schließlich auf die beständig vor sich hin tickenden Zeiger des Zeitmessers und sein Innenleben in meiner Hand. Die winzigen Zahnräder und Schrauben, die in einem strikten Mechanismus immer wieder ineinandergriffen und sich trennten, ähnelten verdächtig dem metallischen Unterleib des Kaninchens.

War es möglich, dass diese Taschenuhr … Ich musste wahnsinnig geworden sein.

Oder war es vielleicht doch möglich?

Konnte es sein, dass die beiden in Verbindung zueinander standen?

Mein Ehrgeiz wurde geweckt und ich wollte unbedingt herausfinden, was es mit dem Ganzen auf sich hatte.

»Warte!«, rief ich mit brüchiger Stimme. Meine Kehle schmerzte so sehr, als hätte jemand mit Schmirgelpapier darüber gerieben, obwohl ich lediglich ein paar Songs mitgegrölt hatte.

Mein Ausruf scheuchte das Kaninchen noch mehr auf und trieb es schneller voran, denn natürlich befolgten instinktgesteuerte Fluchttiere keine Befehle. Mir blieb also nichts anderes übrig, als meinen Gang zu beschleunigen und dem eigenartigen Hasen durch die nächtlichen Straßen des East Ends von London zu folgen.

Ich hetzte dem Tier hinterher, immer darauf bedacht, das weiße Fell nicht aus den Augen zu verlieren. Dank der Hinterläufe aus Metall, die bei jedem Hopps auf dem Boden schrappten und klackerten, hätte ich zur Not den Geräuschen nachlaufen können.

Meine hohen Schuhe erzeugten nach dem Tanzen ein schmerzerfülltes Stechen an meinen Füßen, weshalb ich sie, ohne weiter darüber nachzudenken, auszog, in die Hand nahm und dem Kaninchen in Stulpen hinterher hetzte.

Die Nachtluft ließ den Schweiß auf meiner Stirn augenblicklich erkalten, während ich atemlos durch verwinkelte Gassen und über unbefahrene Straßen rannte. Zum Glück war der Verkehr in diesem Viertel nicht so stark wie im Zentrum Londons, sonst wäre mein Vorhaben unmöglich gewesen.

Werbebanner, Leuchtreklamen und Neonschilder zogen unbeachtet an mir vorbei. Abgase erfüllten die Luft und nach und nach begann die Geräuschkulisse um mich herum anzuschwellen. Hupende Autos und quietschende Bremsen trieben mich dazu an, meinen Schritt nochmals zu beschleunigen, doch so sehr auch meine Anstrengungen wuchsen, der Abstand zwischen mir und dem weißen Kaninchen verringerte sich nicht.

Sobald ich um eine Hausecke bog, verschwand das Tier hinter der nächsten Abbiegung, überquerte gerade die Straße oder verkroch sich in einer Seitengasse. Offensichtlich versuchte das gerissene Ding, mich abzuschütteln, doch so leicht gab ich mich nicht geschlagen.

Ich war wie im Wahn und hatte nur noch Augen für das Wesen vor mir. Ich vergaß meine Umwelt vollkommen. Die rauen Pflastersteine des Bürgersteigs schabten durch die Strümpfe und scheuerten an meinen blanken Fußsohlen, während die kalte Nachtluft meine Lungen flutete und ein schmerzhaftes Stechen erzeugte. Ich hatte das Gefühl, als würde ich ertrinken, da ich unfähig war, auch nur einen tiefen Atemzug zu tun.

Schließlich gelangte ich völlig aus der Puste und mit einem beunruhigenden Bauchgefühl am schmiedeeisernen Tor des Abney Parks an.

In der Ferne konnte ich etwas weiß Leuchtendes zwischen einer Baumgruppe verschwinden sehen. Vermutlich handelte es sich dabei um das Fell des Kaninchens. Missmutig stemmte ich die Hände in die Hüften, keuchte rastlos und nahm die Kühle des Windes, das raue Gestein unter meinen Füßen und den aufziehenden Duft von Wald und Bäumen in mich auf. Ich war so an den Rauch und die Abgase dieser

Stadt gewöhnt, dass ich umso erstaunter war, die Frische der Blätter, des Grases und des sich bildenden Taus zu riechen.

Unentschlossen blickte ich an dem Hindernis vor mir hoch und überlegte noch einmal, ob meine kopflose Verfolgungsjagd die Anstrengung wirklich wert war. Ich konnte mir selbst nicht erklären, wieso ich diesem seltsamen Wesen gefolgt war. Der Anblick des mechanischen Körpers hatte mich so gefesselt und für sich eingenommen, dass der Gedanke, das Tier einfach ziehen zu lassen, mindestens genauso abstrus schien, wie die Taschenuhr wegzuwerfen.

Ich schaute hinab auf den edlen Gegenstand in meiner Hand und betrachtete das Voranschreiten der Zeiger auf dem Ziffernblatt. Dieser winzige Mechanismus ähnelte auf verwirrende Art und Weise dem des Kaninchens. Inzwischen war ich mir sicher, dass die beiden miteinander in Verbindung stehen mussten. Es konnte sich unmöglich um ein normales Tier und eine alltägliche Uhr handeln.

Woher kam dieser unerklärliche Drang, der Sache auf den Grund zu gehen?

Ich zögerte keine Sekunde, stellte meine Schuhe auf dem Boden ab und schwang mich an dem Tor hoch. Meine Finger umklammerten die Eisenstangen, während meine Füße Halt an den Querbalken suchten. Kurzerhand hangelte ich mich an den metallischen Streben empor und sprang auf der anderen Seite des Tores hinunter. Leider hatte ich nicht allzu viel Übung darin, über Tore zu klettern und in Parks einzubrechen, weshalb ich trotz größter Bemühungen eine Bruchlandung auf meinem Hintern hinlegte. Mir entfuhr ein genervter Laut, während ich mein schmerzendes Steißbein rieb.

Trotz der unsanften Landung, die meine Gliedmaßen und Knochen bis ins Mark erschütterte, hatte ich es mir wesentlich schwieriger vorgestellt. Langsam rappelte ich mich auf und hielt einen Moment inne. Ich nahm sofort wahr, wie weich sich der Boden unter meinen Füßen anfühlte und wie der erfrischende Waldgeruch jede meiner angespannten Fasern zum Seufzen brachte.

Je weiter ich in den Park vordrang, desto mehr veränderte sich die Umwelt und nach einer kurzen Weile fühlte es sich nicht länger so an, als würde ich mich innerhalb Londons aufhalten. Statt Steinen befanden sich Erde und Gras unter mir und der ohrenbetäubende Lärm wurde von gigantischen Baumkronen abgeschirmt, denn hier herrschten nichts als Ruhe und Stille. Im Gegensatz zu den umherzuckenden Lichtern der Straßen umhüllte mich nun Dunkelheit.

Ich entschied mich dafür, einen Weg abseits der allgemeinen Pfade zu beschreiten, und schob Äste und Zweige zur Seite, während ich nach dem Grund für meine Anwesenheit Ausschau hielt. Meine Fingerkuppen strichen über Tau und Blätter hinweg, während ich gierig den Duft nach Beeren, Erde und Moschus in mich aufsaugte und die Stille der Natur genoss. Meine Schritte federten ungewohnt, sodass mich eine Leichtigkeit und Unbeschwertheit überfiel, die ich nicht einmal aus meiner Kindheit kannte. Ich folgte keinen Wegen, keinen Pfeilen oder Schildern, sondern bahnte mir blind meinen Weg durch den Park, ließ meine Füße, Instinkte und Intuition die Richtung weisen, während ich auf jedes verräterische Knacken und Rascheln lauschte…

Bis ich endlich inmitten einer Baumgruppe das weiße Paar Kaninchenohren ausmachte.

Sofort ging ich in Deckung, hockte mich hinter einen Brombeerstrauch und gab keinen Laut mehr von mir. Allerdings schlug mein Herz so lautstark gegen meine Rippen, dass ich befürchtete, es könnte mich in der Stille der Nacht verraten. Nachdem ich wenige Minuten hinter dem Busch verharrt hatte und sich Schweißperlen auf meiner Stirn bildeten, beschloss ich, meinen Weg fortzusetzen. Äste und Steinchen bohrten sich in meine Fußsohlen.

Möglichst leise pirschte ich mich nun von hinten an das Kaninchen heran, bis ich inmitten der Geräuschlosigkeit des Waldes plötzlich eine hohe Fistelstimme vernahm.

»Zu spät, zu spät … Immer sind diese vermaledeiten Menschen zu spät.«

Für einen Moment glaubte ich, dass es sich bei der Stimme um einen der Wächter handelte, die des Nachts im Abney Park patrouillierten, weshalb ich mich hektisch umsah und den Sichtschutz eines nahebeistehenden Baumes aufsuchte.

Ich war nichts weiter als ein umherstreifender Schatten.

Das Moos dämpfte meine Schritte und ich atmete so flach wie möglich, um bloß kein Geräusch zu erzeugen. Die Nacht hatte mich voll und ganz verschluckt, ich war so gut wie unsichtbar für jeden in meiner Umgebung.

Doch ich entdeckte kein Wachpersonal in der Nähe. Die Stimme stammte von dem Hasen selbst.

Verlor ich nun komplett den Verstand?

Ich gab mein Versteck auf, ohne nachzudenken, fuhr in die Höhe und hauchte mit kratziger Stimme: »Du kannst sprechen?«

Mit meiner Frage durchschnitt ich die Ruhe des Waldes und gab mich dem Blick des Kaninchens preis. Die an meinen Gliedern hinaufziehende Kälte erschwerte jede meiner Bewegungen, während die alles einnehmende Lautlosigkeit um mich herum dafür sorgte, dass sich kein klarer Gedanke in meinem Kopf formen konnte. Die pechschwarzen Augen des Hasen weiteten sich und nachdem ich einmal gewagt hatte, zu blinzeln, hoppelte er davon.

Nur wenige Meter entfernt war er in einem Kaninchenbau verschwunden. Ich stolperte mit zitternden Beinen zu dem Loch hinüber und ließ mich davor auf die Knie fallen, um in die Tiefe hinabzuschauen.

Das Gras strich über meine nackten Arme, was unweigerlich eine Gänsehaut erzeugte. Der Wald roch nicht länger nach Taufrische und Rinde, sondern nach nasser Erde und Baumwurzeln. Ich nahm nur noch das erdige Aroma wahr, das aus dem Kaninchenloch zu mir hinaufwehte.

Unfähigkeit schlich sich zusammen mit dem Bewusstsein, machtlos zu sein, in mein Gedächtnis.

»Ich hätte nicht gedacht, dass Kaninchenlöcher so verdammt riesig sind«, murrte ich, während ich mich an den Rand des Abgrunds setzte und die Beine über den Schlund hinweg streckte. Vorsichtig lugte ich in die Tiefe.

»Ich weiß, dass du da unten bist!«, rief ich in das Loch hinab, wobei meine Stimme mehrmals von allen Seiten zu mir zurück echote. Natürlich wusste ich, dass mir das Karnickel wohl kaum antworten würde. Doch irgendwie musste ich meinen Unmut darüber, dass mir das Tier entkommen war, deutlich machen. Ich zuckte durch den Klang meiner eigenen Stimme, die die nächtliche Stille zerriss, zusammen.

Kaum war der Nachhall verklungen, griff ich nach einem Stein, der einige Zentimeter neben meinem Arm lag. Ich streckte meine geballte Hand über dem Loch aus und ließ ihn fallen. Angestrengt lauschte ich auf den Aufprall, doch es war, als würde der Stein ewig fallen und niemals landen. Kein Laut war aus der Tiefe zu vernehmen, sodass sich in mir Beklemmung ausbreitete.

Ich sollte nicht hier sein.

Ich hätte dem Kaninchen nicht folgen dürfen …

»Zeit, zu verschwinden«, flüsterte ich mir selbst warnend zu und wollte mich gerade wieder aufrichten, als die ausgetrocknete Erde unter mir ins Rutschen kam. Meine Hände fanden keinen Halt mehr, sodass mein Rücken über den Rand des Erdlochs schürfte und meine Beine hilflos in der Luft strampelten, als ich rückwärts in die Schwärze stürzte.

Ich überschlug mich mehrmals und schrie ununterbrochen, doch meine verzweifelten Rufe wurden von niemandem erhört, was mich umso krampfhafter schreien ließ.

Wenige Sekunden später setzte sich in meinen Ohren ein hartnäckiges Ticken fest, dessen Ursprung ich zunächst nicht ausmachen konnte, bis mein nach Hilfe suchender Blick die Wände des Kaninchenbaus streifte, die mit abertausend Uhren und Ziffernblättern gesäumt waren.

Ich versuchte, das monotone Geräusch auszublenden, welches sich in meinem Kopf wie ein Tinnitus festsetzte.

Der Fall dauerte ewig an, obwohl das rhythmische Schlagen der Uhren mich davon überzeugte, dass es sich bloß um wenige Sekunden handeln konnte. Der Gestank nach Moder setzte sich ebenso hartnäckig in meiner Nase fest wie die feuchte Erde unter meinen Fingernägeln. Mein Verstand erzeugte plötzlich das Bild, hier unten lebendig begraben zu sein.

Furcht krallte sich in meinem Herzen fest, sodass meine Hände in einem letzten Versuch, Halt zu finden, über die Wände des Lochs schabten. Außer dass sich einige Uhren lösten und an mir vorbei in die Tiefe sausten, erreichte ich damit nichts.

Schwarze Punkte sammelten sich am Rande meines Sichtfelds und drangen langsam in dessen Mittelpunkt vor, während auch meine anderen Sinne allmählich ihre Funktion aufgaben. Der erdige Geruch wurde fahl und stumpf, bis ich nicht einmal mehr die leichteste Duftnote wahrnahm. Auch das Ticken der Uhren wurde von Sekunde zu Sekunde immer leiser und leiser, bis schließlich nur noch gedämpfte Laute zu mir vordrangen.

Der endlose Fall ließ mich mit dem Gefühl zurück, allein zu sein. Bloß die Tränen, die schwerelos in der Luft über mir schwebten, waren Zeugen meiner Einsamkeit.

Als ich mich im Flug um meine eigene Achse drehte, drohte ich, das Bewusstsein zu verlieren. Der Schwindel setzte selbst den letzten Funken meines Verstandes außer Kraft. Doch dann entdeckte ich eine weit entfernte Lichtquelle, die das Ende des Kaninchenbaus andeutete.

Meine schmerzenden Glieder und starren Gedanken lechzten nach Erlösung, weshalb die Hoffnung auf Rettung in mir aufkeimte. Ich klammerte mich an den Rest meines Bewusstseins und ließ das Licht nicht aus den Augen, während die Schwärze über mein Sichtfeld kroch.

Aus dem kleinen Punkt wurden flutende Wellen, die mich umspülten und in ihren Bann zogen. Ich verschränkte schützend die Arme vor meinem Kopf und kniff die Augen zu, um den Aufprall abzumildern, wenn ich ihn überhaupt überleben sollte.

Während die Luft an meinen Ohren vorbeisauste, der Untergrund immer näher rückte und mir heiße Tränen über die Wangen strömten, konnte ich nur an eines denken:

Sah so etwa das Ende aus?

Ich konnte zu diesem Zeitpunkt ja nicht ahnen, dass dies erst der Beginn meines Abenteuers war.

2

Der Mondmechanismus

Das Licht um mich herum erlosch binnen weniger Sekundenbruchteile, weshalb ich den nahenden Untergrund zu spät bemerkte. Meine Knochen knackten und bei dem verzweifelten Versuch, während des harten Aufpralls Halt zu finden, ruderten meine Arme durch die Luft. Ich wollte mich irgendwie abrollen, doch stattdessen schlitterte ich mit dem Rücken über den steinigen Boden; mein ganzer Körper brannte wie Feuer. Erschöpft blieb ich auf dem Rücken liegen und kniff die Augen zusammen.

Ein schmerzhaftes Ziehen erfüllte meinen Brustkorb, während jeder Atemzug durch die aufflammenden Schmerzen erschwert wurde. Vorsichtig betastete ich meine Rippen und stöhnte bei jeder Berührung auf. Hoffentlich war nichts gebrochen, das war das absolut Letzte, was ich gebrauchen konnte.

Dennoch musste ich zugeben, dass es mich auch schlimmer hätte treffen können. Der Fall hatte endlos gewirkt, wohingegen der Aufprall geradezu harmlos gewesen war. Ich wunderte mich, warum ich überhaupt noch lebte. Eigentlich hätte mein Körper durch den Sturz am Boden zerschellen müssen.

Als ich versuchte, mich aufzurichten, hafteten meine Gliedmaßen weiterhin kraftlos am Boden, als hätte der Fall ihnen jegliche Muskelmasse entzogen. Meine Arme und Beine schienen aus Gummi zu bestehen.

Aus Angst vor dem, was mich erwartete, hielt ich meine Augen weiterhin geschlossen und riskierte es nicht, die Lider zu heben. Ich wagte nicht, zu sehen, welche weiteren Schrecken die Welt für mich bereithielt. Reichte es nicht, in einen Kaninchenbau zu stürzen und sich Knochenbrüche oder Prellungen zuzuziehen?

Nach ein paar Minuten des Herumliegens erkannte ich, dass ich auf diese Weise keinen Schritt vorwärts kam, und schickte ein Stoßgebet aus, bevor ich die Augen öffnete. Ein wenig göttliche Unterstützung konnte immerhin nie schaden, oder?

Eine kalte Brise strich über mein Gesicht und ließ meine Haare wehen. Zusammen mit dem Wind wurde ein metallischer Geruch zu mir herübergetragen, der mich die Nase rümpfen ließ. Ich blickte hinauf in den Himmel, der zu meinem Erstaunen dunkelrot gefärbt war, währender am Horizont in ein bedrohliches Schwarz überging.

Bevor ich mich jedoch weiter darüber wundern konnte, warum es unter der Erde einen Himmel gab und warum zum Teufel dieser blutrot schien, versicherte ich mich erst einmal darüber, dass ich nicht allzu schwer verletzt war. Ächzend kämpfte ich mich auf die Beine. Prüfend tastete ich meine Arme, Beine, Knöchel und Gelenke ab. An manchen Stellen spürte ich einen drückenden Schmerz, sobald ich diese berührte. Vermutlich würde ich einige blaue Flecke von meiner Landung davontragen.

Doch nicht nur das: An meinen Ellenbogen und Knien ertastete ich Blut und Hautfetzen. Diese Körperteile hatte ich mir während des Sturzes aufgeschürft. Ich musste nur kurz mit dem Finger über die Wunde streifen, um das Brennen erneut zu spüren. Zischend sog ich die Luft ein. Ein Fluch lag mir auf der Zunge, doch ich schluckte ihn wortlos hinunter. Meine Zähne knirschten und schabten übereinander, in dem verzweifelten Versuch, einen frustrierten Aufschrei zu unterdrücken.

Nachdem ich das Zittern meiner Gliedmaßen einigermaßen kontrollieren konnte, versuchte ich testweise, ein paar Schritte zu gehen. Es fiel mir erstaunlicherweise ziemlich leicht, trotz des unangenehmen Gefühls in meinem unteren Rücken und meinen Beinen. Es fühlte sich beinahe so an, als würde etwas an den Muskeln zerren und an ihnen reißen. Aber kein Knochen schien gebrochen zu sein.

Nach einigen kleinen Schritten war ich jedoch bereits am Ende meiner Kräfte und musste verschnaufen. Ich konnte meine Beine nicht komplett durchstrecken. Wahrscheinlich hatte ich mir einige nicht ganz so unbedenkliche Prellungen zugezogen.

So ein verfluchter Mist. Vielleicht war ich ja doch schon tot? Solche Schmerzen hatte ich noch nie in meinem Leben.

Nein, dafür wirkten die Schmerzen zu real. Erst als ich mir sicher war, dass ich tatsächlich noch aus einem Stück bestand und mir zumindest keine starke Verletzung zugezogen hatte, richtete ich meine Aufmerksamkeit auf die Umgebung.

Wenn ich auch vermutlich nicht tot gewesen war, die Landschaft war es sehr wohl. Sie wirkte tot.

Über mir ragte der rote Himmel auf und ansonsten war weit und breit nichts zu sehen. Keine Lebewesen, keine Pflanzen, keine Menschen.

Ich spürte nicht einmal einen winzigen Lufthauch.

Doch das Seltsamste war mit Abstand der Untergrund: Er war durchgehend mit schwarzen und weißen Steinfliesen bedeckt. Egal wie ich mich drehte und wendete, ich sah weit und breit nur Schwarz, Weiß und Rot. Es wirkte fast so, als hätte ich mich auf einem gigantischen Schachfeld verirrt. Mit zitternden Fingern bückte ich mich hinab und strich über die glatte, kalte Oberfläche des Gesteins.

Was war das für ein eigenartiger Ort?

Aus weiter Ferne ertönte das altbekannte Ticken von Uhren. Der Gestank von Eisen war so beißend, dass er mir die Luft zum Atmen nahm. Meine Organe zogen sich zusammen und ich hatte das Gefühl, von der Einsamkeit und Leere um mich herum erstickt zu werden. Beklemmung breitete sich in mir aus und ließ mich unruhig werden. Ich zupfte an meinem Rocksaum herum, da ich nicht wusste, was ich mit meinen zitternden Fingern sonst hätte tun sollen.

Das alles konnte doch unmöglich wahr sein!

Verlor ich etwa vollkommen den Verstand?

War ich bei dem Aufprall mit dem Kopf aufgeschlagen und bildete mir das alles womöglich nur ein?

»Bewahr deine Fassung, Alice!« Ich versuchte, mich selbst zu beruhigen, mir Mut zuzusprechen … *erfolglos*.

Mein Kopf brummte vor Gedanken, die es mir nicht ermöglichten, das einzuordnen, was vor mir lag. Die Schachebene wirkte so unendlich weit und reichte fast bis an den Horizont heran. Die rote Farbe des Himmels bedrückte mich und erinnerte mich immer mehr an stetig fließendes Blut. Bei diesem Gedanken lief ein Schauder an meiner Wirbelsäule hinab, sodass ich den Blick abwenden musste. Ich inspizierte meine Umgebung weiter und versuchte zeitgleich den aufdringlichen Kupfergeruch auszublenden. Weit entfernt erspähte ich mehrere seltsam geformte Silhouetten und fasste den Entschluss, nachzusehen, worum es sich bei den Schemen handelte.

Ob dort Hilfe zu finden war? Ich legte all meine Hoffnung darauf.

Mit unsicheren Schritten humpelte ich auf die Umrisse zu, wobei meine blanken Füße ein dumpfes Geräusch beim Auftreten erzeugten.

Dieser Ort war mir nicht geheuer. Er wirkte kalt und schrecklich einsam, sodass ich mich unweigerlich fragte, ob es hier unten irgendeine Form von Leben gab. Ein dünner Schweißfilm bedeckte meine Stirn, den ich schnell mit dem Handrücken beiseite wischte.

Je näher ich den Silhouetten kam, desto mehr Details erkannte ich und desto intensiver wurde das Ticken. Es handelte sich um pflanzenähnliche Gebilde, die Bäumen nur im Entferntesten ähnelten. Denn diese Gewächse bestanden vollständig aus glänzend poliertem Kupfer. Der aufdringliche metallische Gestank ging offensichtlich von ihnen aus und verbiss sich in meiner Nase. Ich streckte meine Hand nach einem der Stämme aus und fuhr mit meinen Fingern Dellen und Gravuren nach, die die Rinde zierten.

Verblüffend. Wirklich erstaunlich!

Die Pflanze wirkte verdammt echt. Die Kühle des Materials kroch an meinem Arm empor und ließ meine Gelenke versteifen.

Verzweiflung sprudelte durch meine Adern und wusch den Schock hinfort, der dafür gesorgt hatte, dass ich mich bis jetzt unter Kontrolle gehabt hatte. Ich wusste nicht, wo ich mich befand oder was das hier für eine Gegend war, doch ich fühlte mich fehl am Platz. In einer Umgebung, in der nichts als Kälte und Ticken vorherrschten, fühlten sich die Wärme meiner Haut und das Pochen meines Herzens wie ein unpassendes Puzzlestück an.

Ich gehörte nicht hierher.

Während mein Blick an dem Baum empor wanderte, senkte ich meine Hand. Streben rankten sich in die Höhe und erzeugten das Abbild von Ästen, die ihre Spitzen in den Himmel reckten. Ein Luftzug wehte über mich hinweg und ließ die kupfernen Blätter klirren. Als ich eines von ihnen abpflücken wollte, musste ich es sogar mit beiden Händen ergreifen und kräftig daran ziehen, da es sich kaum vom Zweig lösen ließ. Nach einem kräftigen Ruck hielt ich es schließlich in der Hand und betrachtete es näher. Ich war beeindruckt von der Feinheit, mit der die Gravuren in das Metall eingearbeitet worden waren.

Es sah so wahnsinnig echt aus…

Durch die hauchdünnen Linien entstand der Eindruck von Adern, die sich über das Äußere des Blattes zogen. Ich spürte die Rauheit des oxidierten und bereits grün angelaufenen Kupfers, als ich probeweise mit spitzen Fingern über die Oberfläche strich. Es lag schwer in meiner Hand und hatte nichts mit den Pflanzen gemeinsam, die ich von zu Hause kannte. Ich ließ es auf den Boden fallen, wo es mit einem dumpfen Laut aufprallte.

Das hier war nicht richtig, diese Welt war durch und durch falsch.

Was sollte das alles hier?

Wo war ich bloß gelandet?

Wut dominierte mit einem Mal meinen Verstand und Hitze strömte in meine Fingerspitzen, dort, wo ich das Blatt berührt hatte. Diese Kopie, dieses Abbild meiner Welt, meiner Heimat, war falsch, falsch, *falsch!*

Ich musste hier fort, einen Ausweg suchen!

Gepresst entwich die angestaute Luft aus meinen Lungenflügeln und schließlich gewann die Vernunft über meine Verzweiflung. Ich rang mit mir selbst, wollte einerseits schreien vor Zorn und andererseits weinen vor Furcht.

Doch weder mit Angst noch mit Wut kam ich weiter. Sie verschleierten die Sicht auf die wichtigen Dinge und würden sich mit jeder vergehenden Minute in dieser falschen Welt nur steigern. Meine eigenen Emotionen würden mich gefangen halten und verhindern, dass ich aus diesem Käfig ausbrechen konnte.

Als ich meine Aufmerksamkeit wieder auf den Baum lenkte, entdeckte ich zwischen den ineinander verzweigten Ästen ebenfalls mehr als ein Dutzend goldener Taschenuhren, die aufgrund eines Windstoßes gegeneinanderprallten und ein Rasseln neben dem monotonen Ticken erzeugten. Eine Gänsehaut breitete sich auf meinen Armen aus, ein stummer Zeuge meiner Unbehaglichkeit.

»Was ist das hier für ein Ort?«, raunte ich, während ich den Waldrand misstrauisch entlanglief. Vor mir wand sich aus dem breiten Schachbrett ein schmaler, ebenfalls schwarz-weißer Weg in den Wald hinein. Ein gräulicher Nebel waberte über das Gestein und schlang sich um meine Füße. Als die trüben Schwaden in meine Lungen strömten, hustete ich und rang nach frischer Luft.

Ich muss dringend einen Weg hier raus finden, um in meine Welt zurückzukehren …

Von diesem Gedanken angetrieben, beschloss ich, den Forst aus metallischen Bäumen zu betreten, in der Hoffnung, einen Ausweg aus diesem Ort zu finden. Jede Sekunde wurde durch das allgegenwärtige Ticken und die erbarmungslos voranschreitenden Sekundenzeiger der Uhren offen gelegt.

Unsicheren Schrittes bahnte ich mir meinen Weg voran und versuchte, meine Umwelt auszublenden, was mir nur mäßig gelang. Winzige Käfer, die wie Schrauben mit Köpfen aus Muttern aussahen, krabbelten meine Beinen empor. Ich schlug sie panisch von meinem Körper, doch sie ließen sich nicht vertreiben, wirkten harmlos und stachen mich nicht, weshalb ich sie, so gut es ging, ignorierte und meines Weges ging. An das Kitzeln auf der Haut gewöhnte ich mich jedoch kaum, sodass ich die kleinen Tierchen immerzu fast automatisch von meiner Haut strich. Einmal bekam ich sogar eines zu fassen und betrachtete es neugierig auf meiner ausgebreiteten Handfläche. Tatsächlich bestand der Körper aus einer rostigen Schraube und kleinen Auswüchsen, die ich als Arme und Beine deutete. Den Kopf bildete eine silbern schimmernde Mutter, die auf den Schraubenkörper aufgedreht worden war. Bevor ich noch weitere Beobachtungen machen konnte, sprang das Wesen von meiner Hand und verflüchtigte sich ins Unterholz.

Was war das bloß für eine kuriose Welt, in der Totes und Materielles anfing, zu leben?

Ich seufzte und setzte meinen Weg fort. Solange, bis sich das Himmelszelt über meinem Kopf nach einigen Stunden violett färbte. Gerade als ich meinen Blick nach oben richtete und nicht auf den Weg vor mir achtete, rannte ich in etwas hinein. Etwas Fadenartiges …

Igitt! War das etwa ein Spinnennetz?

Ich betrachtete meine Arme, um die sich einige lose Fäden des durchsichtigen Gewebes gewickelt hatten. Tatsächlich! Dort zwischen den Ästen war sogar noch der zerschlissene Rest des Netzes zu sehen. Mit spitzen Fingern zupfte ich die Fäden von meiner Haut. Sie schimmerten silbern und lagen glatt zwischen meinen Fingerkuppen.

Konnte es sein, dass …

Ich hob das Geflecht prüfend an und hoffte, dass das verbleibende Tageslicht mir Aufschluss bot. Und wie vermutet hielt ich hauchdünnen Draht in meiner Hand. Er war so fein, dass er nicht nur elastisch war, sondern auch leicht zerbrach, wenn man ihn zu sehr strapazierte. Indem man in ihn hineinlief, beispielsweise.

Neben meinem rechten Ohr vernahm ich ein wütendes Zischeln, woraufhin ich mich sofort umwandte. Ich stand Auge in Auge mit einer handgroßen Spinne. Sie war über diesen unverhofften Besuch offensichtlich ebenso wenig erfreut wie ich. Schließlich hatte ich ihr wunderschönes Drahtnetz zerstört.

Konnte dieser Tag eigentlich noch schrecklicher werden?

Beim Anblick des Achtbeiners wurde mir ganz anders. Vier winzige Objektive, die allesamt kleinen Teleskopen glichen, waren auf einem Kopf angebracht, welcher hingegen bloß aus einer Eisenkugel bestand. Ihr Hinterteil war eine Glühbirne, die bei meinem Anblick mehrmals flackernd aufleuchtete. Die Lichtfunken stoben so hektisch in der Glasfassung umher, dass selbst für mich klar war, dass das Spinnentier aufgebracht sein musste.

Sollten das etwa ihre Augen sein?

Die Spinne trippelte auf ihren drahtigen Beinen umher, als wollte sie mich damit einschüchtern. Widerwillig musste ich zugeben, dass ihr das sogar gelang. Je länger ich neben ihr stand, desto unbehaglicher wurde mir zumute.

Wie war das möglich? Wie konnten diese Metallwesen leben?

Wie aufs Stichwort wackelte sie bedrohlich mit der Lampe und verlagerte ihr Gewicht, indem sie die drahtigen Beinchen nach hinten bog, beinahe so, als wollte sie… springen.

Kaum wurde mir klar, was das gerissene Biest vorhatte, machte ich instinktiv einen Satz zur Seite. Gerade rechtzeitig, denn knapp neben meinem Kopf sauste die Spinne vorbei und machte sich an ihrem zerstörten Drahtnetz zu schaffen, während sie mich missgünstig im Visier behielt.

War das etwa ein Angriff gewesen?

Oh Gott, bloß schnell weg hier!

Ich wandte mich von dem seltsamen Wesen ab und sprintete los. Hier hielten mich keine zehn Pferde mehr!

Erst als ich mich nach einigen Metern umwandte und das wütende Blinken der Glühbirne zwischen den Zweigen eines entfernt stehenden Baumes ausmachen konnte, war ich beruhigt. Immerhin würde sie mich nicht verfolgen.

Ich wandte mich schwer seufzend von dem Geschehen ab und schwor mir, von nun an genau darauf zu achten, wohin ich trat.

Kälte strich über meine Arme hinweg und das Ticken drang nach und nach wieder zu mir durch. Es verankerte sich in meinem Gehör. Einzig und allein mein unermüdlicher Wille, nach Hilfe zu suchen, hielt mich davon ab, in Tränen auszubrechen oder lauthals zu schreien. Denn ich war davon überzeugt, dass mich niemand außer der feindseligen Käfer und Spinnen hören würde.

Der dunkler werdende Horizont kündigte die nahende Nacht an und ich fragte mich bei dessen Anblick, ob ich mich in einer anderen Zeitzone befand. Immerhin war es kurz nach Mitternacht gewesen, als ich den Underground-Club verlassen hatte und dem Kaninchen gefolgt war. Beim Gedanken an das Tier überkam mich Groll.

»Das ist alles nur die Schuld von diesem verdammten Karnickel!«, spie ich aus und trat wütend gegen eine Wurzel, die sich über den Pfad schlängelte. Sofort schoss ein stechender Schmerz an meinem Bein empor, da ich weder Schuhe trug, noch daran gedacht hatte, aus welchem Material die Vegetation hier bestand. Ich sog zischend die Luft ein und unterdrückte Tränen der Wut, die sich bereits in die Winkel meiner Augen schlichen.

Ich wollte hier einfach nur fort. Dieser Ort beraubte mich meiner Kräfte, meines Verstandes …

»Womit habe ich das hier verdient?«, wisperte ich und ein Schluchzen stahl sich in meine Worte.

Warum ich?

Warum musste ich dem bescheuerten Hasen folgen?

Warum musste ausgerechnet ich in das Kaninchenloch fallen?

Sobald der Schmerz abebbte, konzentrierte ich mich auf das rhythmische Schlagen der Uhren um mich herum. Es lenkte mich seltsamerweise von meinen deprimierenden Gedanken ab. Ich bekam den Eindruck, als würde bloß der nächste Augenblick zählen. Als würde ich jeden Moment einen Ausgang aus dieser Welt finden und beim nächsten Wimpernschlag wieder daheim sein. Stur setzte ich meinen Marsch fort, mit dem Wunschdenken, die nächste Sekunde würde meine rettende sein.

Ich wünschte mir im Moment nichts sehnlicher, als statt des unvergänglichen Metallgeruchs die Abgase Londons zu riechen oder anstelle des Tickens die Schreie und Laute der Fahrzeuge auf den Hauptstraßen zu vernehmen.

Die Nacht brach herein und tauchte die Umgebung in Dunkelheit. Einzig der Schein des Mondes spendete genug Licht, weshalb ich den Pfad nicht aus den Augen verlor. Das Gestein unter meinen blanken Fußsohlen war eisig kalt, sodass meine Füße inzwischen taub waren. Meine Bewegungen wurden stumpfer, während ich aufgrund der nächtlichen Frische zu frösteln begann. Ich verschränkte die Arme und begann, mit den Händen über meinen Körper zu rubbeln, um mich zumindest ein wenig warm zu halten.

So ein Mist …

Es war nicht viel Zeit vergangen, bis ich an eine Weggabelung gelangte, in deren Mitte ich ein Schild mit zwei Pfeilen ausmachte. Ich trat näher heran, um die Schrift mithilfe des Mondlichts zu lesen, und schnaubte genervt, als ich die Worte der entgegengesetzten Pfeile begriff.

Hier entlang.

Dort entlang.

»Das ist ja wirklich mehr als hilfreich!«, rief ich in die Leere, während ich entrüstet die Arme in die Luft warf. Sarkasmus war in dieser Situation nicht angebracht, doch es war das Einzige, was mir blieb.

Ich wartete darauf, endlich aus diesem diffusen Albtraum zu erwachen. Doch nichts geschah …

Jegliche Vernunft hatte mich verlassen, ich war dieser fremden Welt und ihren Eigenarten schutzlos ausgeliefert und sank auf die Knie.

Was sollte ich bloß machen?

Wie sollte es denn bloß weitergehen?

Meine Füße schmerzten vom Laufen in den durchgescheuerten Socken und selbst die Stulpen spendeten keine Wärme in dieser Nacht. Mein Mut war zusammengeschrumpft und hatte sich tief in meinem Inneren verkrochen. Ich konnte nichts weiter tun, als die Schilder vor mir hilflos zu betrachten.

Was hatte ich auch erwartet?

Dass einer der Pfeile meinen Heimweg anzeigen würde?

Das Ticken der Uhren rückte in den Hintergrund und die Nacht roch nicht länger nach Kupfer und anderen Metallen, sondern nach Tau und Wald. Beinahe wie daheim. Ich strich geistesabwesend über die Rüschen des Petticoats, den ich trug. Ein schmerzliches Ziehen breitete sich in mir aus. Ich vermisste mein Zuhause, meinen Vater, meine Freundinnen. Schreckliches Heimweh überfiel mich und krallte wie ein Monster seine Klauen in mein Herz.

Als ich meinen Blick zum Himmel richtete, betrachtete ich am Horizont den Mond, dessen silbriges Licht die Weggabelung vor mir erhellte und die Finsternis in meiner Umgebung zumindest ein wenig vertrieb.

Verwundert kniff ich die Augen zusammen, denn seine Oberfläche bestand wie anscheinend alles hier aus verschieden großen, schimmernden Zahnrädern, deren Zinken flüssig ineinandergriffen und in unterschiedliche Richtungen rotierten.

Sein milchiger Schein tauchte den Wald in ein Lichtermeer, da die Kupferbäume in dem gestohlenen Glanz erstrahlten. Es schien beinahe so, als wären der Welt alle Farben entzogen worden. Lediglich die

Schwärze der Nacht und das weiße Licht des Mondes waren geblieben und tauchten das Land in scharfe Kontraste.

Die stetige Bewegung der Zahnräder verlieh dem Anblick des Nachthimmels etwas Dynamisches. Als bestimmten sie die Umlaufbahn des Mondes und trieben ihn über den Himmel. Sie schienen weder transparent noch sichtbar zu sein. Vielmehr waren sie ein fester Bestandteil des Himmelskörpers und schimmerten sanft vor sich hin. Die Aussicht war hypnotisierend und erschreckend zugleich. Ich konnte mich einfach nicht dazu überwinden, den Blick von dem Mechanismus loszureißen.

Ich stand einfach nur da, den Blick starr auf seine voranschreitenden Zahnräder gerichtet, die Füße im Boden verankert wie die Wurzeln der Kupferbäume um mich herum. Mein Kopf war wie leergefegt.

Als ich schließlich doch die Augen abwandte, betrachtete ich meine eigenen Finger, die vor Ungläubigkeit und Fassungslosigkeit erbebten. Meine Haut wirkte im nächtlichen Schein wie knitterfeines Papier, während ich hingegen eindeutig spürte, dass in meinem Inneren etwas zerriss. Das scheinbar Gewohnte, alles, was mein Zuhause mit dieser Welt verband, war nichts weiter als eine Farce. Meine Hoffnung schwand. Die Bäume, die Tiere, einfach alles schien so vertraut und fremd zugleich. Der Mond war nur ein weiterer Bestandteil dieser Wahrheit. Eine Wahrheit, die ich nicht akzeptieren wollte.

Mir wurde einmal mehr bewusst, wie sehr sich dieser Ort von meiner Heimat unterschied und dass ich nicht hierhergehörte.

Panik kroch in mir empor, erlangte die Kontrolle über meine Sinne und ließ mich aufschluchzen. Das Unbehagen in meinem Inneren wuchs weiter an, als mir eine verzweifelte Einsicht kam: *Ich bin hier verloren!*

Ich war in meinem früheren Leben davon überzeugt gewesen, dass eine Tatsache erst zur Wirklichkeit wurde, wenn man diese laut auszusprechen wagte. Es hätte sich bei diesem Ort auch um eine Halluzination, einen Traum handeln können, ausgelöst durch den Aufprall im Kaninchenloch. Doch das alles hier fühlte sich viel zu real an, viel zu echt.

»Interessant, äußerst interessant ...« Ein Schnurren riss mich aus meinen Gedanken und erschrocken blickte ich auf. Ich war nicht darauf gefasst, hier draußen auf Gesellschaft zu treffen. Bis jetzt schien diese Welt verlassen, abgesehen von dem winzigen Getier, dem ich im Wald begegnet war. Doch jetzt kam in mir die Idee auf, dass ich mich vielleicht vor Gefahren und Kreaturen in Acht nehmen musste, die im Schatten der Kupferbäume lauerten.

Als ich jedoch niemanden in meiner Nähe ausmachen konnte, sprang ich sofort auf die Beine und blickte hektisch um mich. Stärkere Angst breitete sich in mir aus.

»Wer hat das gesagt?« Meine Stimme zitterte vor Unsicherheit, die dem Fremden hoffentlich nicht auffiel. »Zeig dich!«

Wut und Hilflosigkeit schnürten mir die Kehle zu. Vor meinen Augen tauchte ein freischwebendes Grinsen auf, das eine Sekunde darauf wieder verschwand. Ich schreckte zurück, wobei mir ein Schrei entfuhr.

Im selben Augenblick erhoben sich die grauen Rauchschwaden zu meinen Füßen in die Höhe und der Wind formte eine Gestalt aus bloßem Gewölk. Mit jedem Luftzug wurden immer mehr Einzelheiten von meinem Gegenüber sichtbar. Zunächst offenbarte sich inmitten des Dunstes erneut das surreale Grinsen, das aus rasiermesserscharfen Klingen zu bestehen schien.

Mit einem Mal durchstachen rot glühende Drähte die Nebelschlieren, die zu einem Kopf aus rabenschwarzem Karbon gehörten und offensichtlich Schnurrhaare darstellten. Ich wich einen Schritt vor dem Wesen zurück. Als hätte dieses meine Furcht gespürt, blitzte plötzlich ein Paar leuchtender Augen vor mir auf. Starre überfiel mich, während eine lähmende Angst meine Glieder empor kroch. Etwas Derartiges hatte ich noch nie zuvor gesehen, nicht einmal in Filmen.

»Was bist du?«, raunte ich und verschränkte abwehrend die Arme vor meiner Brust.

Das Grinsen wurde bei meinen Worten noch breiter, bevor sich der gesamte Kopf aus dem Dunst schälte. Er schwebte im Nichts, als wäre sein restlicher Körper abgetrennt worden. Beinahe so, als wäre die Gestalt vor mir von der Nacht verschluckt. Im Gegenzug hob das Mondlicht die ineinander verschlungenen Muster, die den Kopf des Wesens bedeckten, umso mehr hervor. Fasziniert betrachtete ich das Geschöpf, das nicht aus Fleisch und Blut, sondern aus Kunststoff und Mechanik geschaffen war und verblüffende Ähnlichkeit mit einer Katze aufwies.

Das strahlend blaue Augenpaar fokussierte mich interessiert. Es schien tatsächlich so, als verbärge sich hinter der Netzhaut des Wesens eine Leuchtstoffquelle. Das Licht wurde durch eine Pilotenbrille intensiviert, die mit mehreren Lupen und Linsen ausgestattet war. Ich wandte geblendet den Blick ab, da der Schein der Katzeniris mir wie zwei Scheinwerfer direkt ins Gesicht strahlte.

Jetzt war es nicht mehr zu leugnen. Ich musste mir entweder beim Sturz den Kopf gestoßen haben und halluzinierte gewaltig, oder ich hatte endgültig den Verstand verloren.

Ich wollte fliehen und setzte gerade einen Fuß zurück, als die schnurrende Stimme des Katzenwesens über die Weggabelung hallte: »Lauf nur davon, Menschenmädchen. Das wird dich auch nicht mehr retten.« Wieder einmal erschien das makabre Grinsen, welches inzwischen wie eine verzerrte Grimasse wirkte.

»Ich renne vor gar nichts davon. Ich suche lediglich einen Ausweg aus diesem … Wahnsinn.« Mit fuchtelnden Händen deutete ich auf den kupfernen Wald um uns herum und versuchte, die offensichtliche Tatsache abzustreiten, dass ich gerade eben noch einen Fluchtversuch hatte starten wollen. Meine Hände zitterten und meine Beine drohten unter mir nachzugeben. Doch ich blieb standhaft, selbst wenn meine Verteidigungsversuche ins Leere liefen.

Das Katzenwesen betrachtete mich nicht länger mit Hohn, sondern Entrüstung. Die golden schimmernden Muster auf der Ummantelung des Tieres begannen sich zu kringeln und zu bewegen, als wären die Linien lebendig. Sie kräuselten sich auf der Stirn zusammen, als versuchte sie, wütend zusammengezogene Augenbrauen nachzuahmen. Mich erinnerte es jedoch vielmehr an eine düstere Gewitterwolke, die sich am Horizont zusammenbraute, bevor das Unwetter über einen hereinbrach.

Unbehaglich konzentrierte ich mich auf das stetige Rattern, das von dem einzig sichtbaren Körperteil der metallischen Gestalt ausging.

Zudem hing ein schwerer Rauchgeruch in der Luft, der von den Dampfwolken herrührte, die den Katzenkopf umwaberten.

Entstammte er etwa der Katze selbst?

Ich konnte mir vor meinem inneren Auge vorstellen, wie die Zahnräder innerhalb des Katzenkopfes aufgrund meiner Bemerkung ratterten und die Scharniere heiß liefen, bis sie rot glühten und ihr Qualm aus jeder Ritze entwich.

»Wage es ja nicht, meine Heimat zu beleidigen, Menschenmädchen! Sonst wirst du teuer dafür bezahlen!« Die rasselnde Stimme löste einen Schauder auf meinem Rücken aus, der über die Wirbelsäule hinweg meinen gesamten Körper befiel. Ich schüttelte mich kurz und versuchte, dem Blick des fremden Wesens standzuhalten.

»Ich fürchte mich nicht vor dir.« Trotz meiner tollkühnen Worte tigerte mein Blick auf der Suche nach einer Fluchtmöglichkeit umher.

Der Katzenkopf schwebte auf mich zu und umkreiste meinen Oberkörper, sodass die Rauchschwaden mich einhüllten und den Blick auf eine Möglichkeit, zu entkommen, verwehrten.

Was zum Teufel war eigentlich mit dem restlichen Teil des Körpers passiert? Oder gehörte es in dieser Welt etwa zur Normalität, dass Katzenköpfe durch die Gegend schwebten?

Ich versuchte, mich möglichst wenig zu bewegen, um mit dem fremden Wesen auf gar keinen Fall in Berührung zu kommen. Der

Rauch umwölkte mich, während aus dem Nichts ein Lachen zu mir herangetragen wurde, welches derart schrill klang, dass es mir noch Sekunden später in den Ohren klingelte.

»Du hast also keine Angst, ja? Deine Augen sprechen aber eine andere Sprache als dein Mund.«

Bei den Worten der Katze öffnete ich eben diesen, um zu protestieren, doch als mir keine passende Antwort einfiel, schloss ich ihn schnell wieder. Stattdessen wiederholte ich die Frage, die ich bereits bei unserem Aufeinandertreffen gestellt hatte: »Ich frage dich nochmal: Was bist du?« Meine Stimme klang kratzig von dem ganzen Rauch, den ich bereits eingeatmet hatte.

»Was ich bin? In erster Linie bin ich nur eines…« Die senkrechten Pupillen des Wesens blitzten für einen winzigen Moment inmitten der dunklen Wolken auf, bevor sie wieder im Nichts verschwanden. »Ich bin eine Katze. Und wir Katzen lieben es, zu spielen, zu jagen und sich mit ihrer Beute zu beschäftigen. Ich denke, ich habe gerade ein neues Spielzeug gefunden.«

Meinte es etwa mich?

Kein Wunder, dass das Wesen sich so eine Freude daraus gemacht hatte, mich zu quälen. Das Gemüt des Geschöpfes wechselte schneller, als ich es hätte ahnen können. Immerhin hatte bereits eine kleine Bemerkung in Bezug auf den Wald ausgereicht, um es aus der Haut fahren zu lassen.

»Und nun verschlechtere mir nicht meine Laune, indem du eine Spielverderberin bist. Das wäre überaus unhöflich, findest du nicht auch?«

Ich knirschte mit den Zähnen und fixierte eine Stelle in den Rauchwolken, die sich verdächtig bewegte. Finster musterte ich meine Umgebung, doch es war hoffnungslos. Ich war dem Katzenwesen völlig ausgeliefert.

Dabei war ich gerade so gar nicht scharf auf ein Katz-und-Maus-Spiel, bei dem die Rollenverteilung von vornherein klar war.

»Du gefällst mir irgendwie … Du besitzt bestimmt ein schönes Lächeln, wenn du es nur öfter zeigen würdest!«, schnurrte das Katzenwesen mit blecherner Stimme, die sofort eine Gänsehaut auf meinen Armen auslöste. Ich wagte es lediglich, zu nicken, als Reaktion auf seine Worte.

»Wir könnten einen Pakt schließen«, meinte es unbeirrt von meinem offensichtlichen Unwohlsein. Die Vibration in seiner Stimme war nicht zu überhören.

»Was für ein Pakt?«, fragte ich, mein Kinn nun anhebend, um über meinen rasenden Herzschlag hinwegzutäuschen.

»Ich zeige dir den Weg zurück in deine Welt und du schenkst mir für einen Moment dein Lächeln. Ein kurzer Augenblick würde mir genügen.«

Die Worte der Katze nisteten sich wie ein Parasit in meinem Kopf ein, während allein der Anblick der blau glühenden Augen mich schon dazu brachte, der Katze zu misstrauen.

Was, wenn es sich nur um eines ihrer Machtspiele handelte?

Das Tier schien zu bemerken, wie sehr ich mit mir haderte. Wahrscheinlich war das hier meine einzige Chance, mein einziger Ausweg, um dieser verqueren Welt zu entkommen. Doch konnte ich dem Geschöpf tatsächlich vertrauen?

»Ich könnte dir deinen Wunsch erfüllen und dir den Weg zurück in die Menschenwelt weisen.« Die Worte der Katze lösten in meinem Inneren eine Sehnsucht aus, die meinen Magen zusammenziehen ließ und mir die Tränen in die Augen trieb. Am liebsten hätte ich bereits lautstark »Ja!« gerufen, doch die Angst vor dem, was danach kommen würde, versiegelte meinen Mund.

Die Katze schien dennoch zu erkennen, dass meine Entscheidung längst gefallen war. Ich hatte schließlich keine andere Wahl.

Das Grinsen aus gewetzten Metallplättchen wurde noch breiter, bevor der Katzenkopf mehrere Rückwärtssaltos vollführte und somit eine gewisse Distanz zwischen uns brachte. Ich betrachtete, wie sich erneut die Nebelschwaden am Boden kräuselten und in die Höhe stiegen, um eine dichte Wolke um den Körper herum zu bilden. Es war nahezu unmöglich, durch die Schlieren hindurchzuschauen, da mir der beißende Rauch Tränen in die Augen trieb. Ich verkniff mir ein Husten, obwohl die Schwaden meinen Rachen und meine Lungen reizten. Das Gefühl, zu ersticken, wurde übermächtig.

Keine Sekunde später stoben die Schwaden auseinander und verloren sich in der Luft, sodass sie schließlich wieder die Sicht auf das Katzenwesen freigaben. Bei dem Anblick der Gestalt hielt ich erschrocken den Atem an.

Das Ticken der Uhren um uns herum wurde durch ein andauerndes Zischen übertönt, welches von dem Körper ausging. Auch der Kupfergeruch des Waldes wurde von einem öligen Gestank überlagert.

Als die Katze auf mich zu schwebte, offenbarte sie mir ihren vollständig aus schwarzem Karbon bestehenden Körper. Er war über und über mit den goldenen Gravuren und Verzierungen veredelt, die mir bereits auf dem Kopf aufgefallen waren und die den Eindruck eines geringelten Fellmusters erzeugten. Ich trat einen Schritt zurück, da ich es nicht wagte, in die Nähe des Wesens zu gelangen. Ein Rasseln drang aus der Körperhülle zu mir herüber, ebenso wie das leise Schlagen einer Uhr.

Dieses eigentümliche Geräusch schien ein Teil dieser Welt zu sein.

Ich betrachtete, wie das Tier um seine eigene Achse wirbelte, bevor es nur wenige Zentimeter von meiner Nase entfernt in der Luft verharrte und mich mit seinen senkrechten Pupillen durch die Lupen der Pilotenbrille anstarrte. Ein kühler Windhauch kroch an meinen tauben Beinen empor und drohte, mein Herz einzufrieren.

»Zeig mir dein Lächeln, Menschenmädchen. Oder ist es dir etwa vergangen?«, schnurrte die Katze, während sie ihre Zähne bleckte.

Mir entfuhr nichts weiter als ein erstickter Laut beim Versuch, auch nur ein Wort herauszubringen. Die Erscheinung des metallischen Tieres löste eine tiefgreifende Unsicherheit in mir aus. Nie zuvor hatte ich ein solches Wesen erblickt, nicht einmal in meinen schlimmsten Albträumen hatte ich solchen Monstern gegenübergestanden.

Meine Knochen schienen sich innerhalb meines Körpers versteinert zu haben, als wären sie in Beton gegossen worden. Ich war wortwörtlich starr vor Angst und schaffte es gerade so, meinen Blick aufrecht zu halten.

Das Schnurren, das von der Katze ausging, verstummte für einen Moment, als würde bei dem Wesen ein Herzschlag aussetzen. Der Rauch um uns herum verdichtete sich, weshalb ich es kaum wagte, zu atmen, und meine Lippen fest aufeinander presste. Mir war, als herrschte einen winzigen Augenblick lang absolute Stille, kein Ticken aus den Ästen der Bäume war zu hören, nicht einmal das kleinste mechanische Geräusch drang zu mir vor.

»Du suchst doch einen Weg nach Hause, hab ich recht? Alles, was du tun musst, ist, mitzuspielen.« Nach ihrer Verwandlung rechnete ich jeden Augenblick damit, dass die Katze mir die Augen auskratzen oder meine Kehle anfallen würde. Ich schluckte schwer, senkte die Augen und versuchte, mir nicht anmerken zu lassen, wie verzweifelt ich mit mir selbst rang.

Sollte ich mich auf den Deal einlassen und riskieren, dass mich das Raubtier in eine Falle lockte, von der ich jetzt noch nichts ahnte?

Misstrauen war in diesem Fall eindeutig angebracht.

»Momentan bemühst du dich nämlich nicht wirklich darum, heimzukehren.« Die Stimme des Geschöpfes wanderte eine Oktave tiefer und ich wusste instinktiv, dass ich die Geduld meines Gegenübers nicht länger strapazieren sollte. Das Interesse und Wohlwollen einer Katze hatte nämlich seine Grenzen.

Als das Ticken der Taschenuhren wieder durch meine Gedanken sickerte, wirkte es wie ein Weckruf an mein inneres Ich. Es traf mich wie ein Schlag, da die Lautstärke jegliche meiner Gedanken übertönte und es mir unmöglich machte, eine Entscheidung zu treffen. Der Rauch schwand zusehends dahin und stattdessen erfüllte der Kupfergeruch der Bäume die Luft.

»Du langweilst mich, Menschenkind. Vielleicht findest du ja jemand anderen, der dir helfen will. Allerdings wird der Nächste mehr Entlohnung verlangen als lediglich ein Lächeln.« Mit Erschrecken stellte ich fest, dass die Gestalt der Katze sich aufzulösen begann und mich allein zurückzulassen drohte.

»Warte!« Meine Stimme zitterte. Das Geschöpf war nur noch ein Schatten in dieser Nacht und verblasste mit jeder Sekunde ein wenig mehr. Bloß die glühenden Augen blieben deutlich zu erkennen. »Ich mache es!«

Es war nur ein Lächeln. Was konnte schon passieren?

Ich vertraute dem Wesen kein bisschen, doch ich hob trotzdem meine Mundwinkel.

»Mit Zähnen, bitte«, ertönte es fordernd von der Katze, während sie sich mitten in der Luft auf den Rücken wälzte. Ich atmete bei dieser Forderung entnervt aus und achtete darauf, dass mein tierisches Gegenüber es auf jeden Fall mitbekam. Allerdings schien mein Unmut das schwebende Katzenwesen herzlich wenig zu interessieren. »Siehst du: So soll es sein!«

Ohne auf das Grinsen zu achten, das sich vor mir materialisierte und einen Schauder über meinen Rücken sandte, tat ich, wie sie es eingefordert hatte, und ahmte das breite, mit Zähnen gespickte Grinsen der Katze nach.

»Viel besser. Und was für schöne Zähne du hast!« Ihr Lachen löste in mir den Drang aus, sie aus der Luft zu pflücken und ihr den Hals umzudrehen. Ohne eine Antwort abzuwarten, driftete das Wesen hinfort und begann erneut, zu verblassen, sodass die Schwärze des Nachthimmels durch ihre Glieder zu schimmern begann. Augenblicklich stieg Panik in mir auf und Angst schnürte meine Kehle zu.

Angst davor, ziellos durch diese Gegend irren zu müssen.
Angst davor, niemals den Weg nach Hause zu finden.
Angst davor, erneut allein zu sein…

»Du hast gesagt, du würdest mich nach Hause führen!«, stieß ich gepresst aus, wobei meine Stimme durch den Wald hallte und sich zwischen dem Ticken der Uhren und dem Rasseln des Katzenwesens verlor. Die Rauchschwaden legten sich auf dem schwarz-weißen Untergrund ab, bis nur noch eine kaum wahrnehmbare Duftnote zu mir herauf wehte. Ich verachtete mich für meine Worte und die Tatsache, dass ich von diesem hinterlistigen Biest abhängig war.

»Ich schulde dir nichts, Menschenmädchen. Vielleicht hättest du mein Wohlwollen mit deiner Verweigerung nicht so auf die Probe stellen sollen. Das hat meine Würde wirklich sehr gekränkt.« Die schwebenden Augen der Katze ließen keine meiner Bewegungen außer Acht. Ihre Stimme klang geradezu nach schlechtem Schauspiel und triefte vor Traurigkeit über das verletzte Ego. »Eine angemessene Entschuldigung würde mich vermutlich etwas sanfter stimmen.«

Das Gefühl, beobachtet zu werden, fraß sich wie Säure in meine Haut, weshalb ich damit begann, aus Unbehaglichkeit über meine Arme zu streichen. So lief das also? Ich war offensichtlich zum Spielball zwischen den Fängen des Tieres geworden.

»Es tut mir leid, ich wollte dich nicht verärgern. Würdest du mir nun bitte helfen, nach Hause zu finden?« Ich bettelte regelrecht.

Wage es jetzt bloß nicht, auf die Knie zu fallen, Alice!

»Bitte?«, beharrte ich, als ich bemerkte, dass das Katzenwesen zögerte und der Selbstauflösungsprozess pausierte. Das Mondlicht durchschien die Katze und machte nur einen flimmernden Schemen sichtbar für mich.

»Deine Heimat liegt näher, als du ahnst, Menschenmädchen.« Ihre Worte wurden durch ein Rattern begleitet und erneut bildete sich ein vielsagendes Lächeln im Gesicht des Tieres.

Dennoch hatte ich nicht den Hauch einer Ahnung, was sie mir damit sagen wollte. Ich konnte über das Gesagte lediglich die Stirn runzeln.

Was wollte mir dieser Haufen Metall damit bloß mitteilen?

»Du bist wahnsinnig«, entfuhr es mir unbewusst und im nächsten Moment schlug ich erschrocken meine Hände vor dem Mund zusammen.

Verdammt! Konnte ich nicht einfach mal meine Klappe halten, wenn es darauf ankam?

»Ich denke, meine Wahrnehmung unterscheidet sich einfach nur von deiner, Menschenkind.« Das Grinsen weitete sich bei dieser abstrusen Äußerung, obwohl ich nicht gedacht hätte, dass das überhaupt möglich war. Die Atmosphäre des düsteren Waldes erzeugte in meinem Kopf das Bild eines Horrorszenarios. Meine Gedanken galten einzig und allein dem Entkommen.

Ich musste hier raus, egal auf welchem Weg.

Auf die Begleitung dieser verdammten Katze konnte ich gut verzichten!

»Sag mir einfach, wo ich langgehen muss. Den Weg finde ich schon allein.« Meine Stimme bebte vor Erschöpfung und Anstrengung. Mir war bewusst, dass ich die Maus war, die hilflos den Krallen der Katze ausgeliefert war. Mir musste es irgendwie gelingen, mich aus ihrer Kontrolle zu winden und abzuhauen.

Der Wille, aus diesem Albtraum zu entkommen, war das Einzige, was mich davon abhielt, mich in Embryoposition auf dem Boden zusammenzukauern und mich währenddessen vor und zurück zu wiegen.

»Wenn du nicht einmal dein Ziel kennst, wird dich jeder Weg dorthin führen«, schnurrte das schwebende Wesen und die blauen Pupillen erhellten sich. Ich seufzte und ließ meinen Kopf nach unten sacken. Es war hoffnungslos. »Allerdings könnte ich dich bis zur Teegesellschaft führen. Elric wird wissen, was zu tun ist.«

Die Vibration, die bei den Worten des Tieres mitschwang, verdeutlichte mir, dass dieser Elric anscheinend höchste Anerkennung bei der Katze genoss. Allein das war für mich Grund genug, ihm mit größter Skepsis entgegenzutreten. Jemand, der sich mit derartigen Kreaturen abgab, musste selbst vollkommen wahnsinnig sein. Allerdings war er momentan die einzige Hoffnung, die mir blieb, um aus dieser fremden Welt zu entkommen.

Das Tier hatte mir den Rücken zugewandt und machte sich davon, weshalb ich mich umgehend darum bemühte, mit ihr Schritt zu halten. Wir schlugen die linke Abzweigung ein und durchquerten den Wald auf dem schmalen Pfad, der dem Schachfeld entsprang. Ich war dem fliegenden Katzenwesen dicht auf den Fersen, da ich nicht riskieren wollte, es in der Finsternis zu verlieren. Natürlich versuchte ich, ihr mit meiner stetigen Gegenwart mitzuteilen, dass es sich jetzt nicht einfach in Luft auflösen konnte, sondern eine Abmachung einzuhalten hatte.

Nach einiger Zeit begann die anhaltende Stille zwischen uns dennoch an mir zu nagen. Wir würden bestimmt noch eine Weile unterwegs sein und diese Zeit konnte ich nutzen, um endlich herauszufinden, wo genau ich mich befand.

»Was genau ist das hier eigentlich für eine Welt?«, fragte ich vorsichtig und so vage wie möglich, um meinen Weggefährten nicht auf irgendeine Art und Weise zu kränken, wie es mir bereits einmal gelungen war.

Ein paar unendlich lange Herzschläge blieb es weiterhin still zwischen uns. Als plötzlich die bleierne Stimme meines Begleiters erklang, zuckte ich dennoch zusammen. »Manche nennen dies *Wunderland*, ich bevorzuge allerdings *das Land der tickenden Herzen.*«

»Das klingt völlig verrückt.«

Die Katze lachte auf, nachdem ich meine Meinung geäußert hatte. Zumindest nahm ich an, dass das scheppernde Geräusch ein Lachen darstellen sollte.

»Das ist es, Menschenkind. Wir sind hier alle verrückt.«

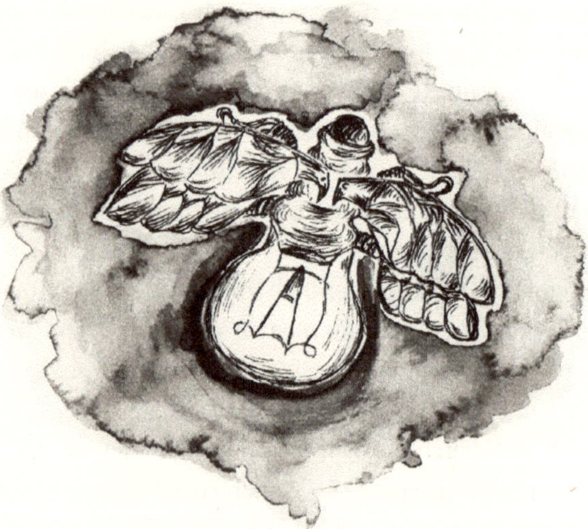

3

Mitternachtsteestunde

Nach kurzer Zeit erreichten wir einen dichter bewachsenen Waldabschnitt. Die Bäume bogen sich hier wie ein Torbogen über unsere Köpfe hinweg, wobei die Zweige und Äste sich ineinander verhakten, sodass ein gewölbtes Dach entstand. Der metallische Geruch intensivierte sich derartig, dass ich meinte, das Kupfer auf der Zunge zu schmecken. Sobald ein Windstoß durch die Blätter fuhr, klimperten sie leise und bildeten so eine weitere Komponente in der Geräuschkulisse dieser Welt. Die gegeneinanderstoßenden Taschenuhren, die von den Ästen hinabhingen, erzeugten ein disharmonisches Klirren, das durch den gleichmäßigen Rhythmus der fortschreitenden Sekundenzeiger untermalt wurde.

Ich versuchte, den Hintergrundgeräuschen keine weitere Beachtung zu schenken. Stattdessen konzentrierte ich mich auf mein Ziel:

Ich musste aus diesem Albtraum heraus und zurück nach London gelangen …

Allerdings musste ich mir widerwillig eingestehen, dass ich keinerlei Ahnung hatte, wie ich mein Bestreben in die Tat umsetzen sollte. Das Katzenwesen schwebte vor mir her und rotierte in der Luft, als wäre es das Normalste der Welt. Ein Schnauben entfuhr mir, woraufhin es mir ein wissendes Grinsen zuwarf.

Provozierte das Biest mich etwa absichtlich?

»Sind wir bald da?«, stieß ich unter Anspannung aus, während ich mit meinen Händen über meine Oberarme rieb, um mich warm zu halten. Die Kälte betäubte meine Nerven, sodass ich inzwischen nicht einmal mehr meine Fingerspitzen spüren konnte. Ich wollte es zwar nicht zugeben, aber die metallische Kühle dieser Welt setzte mir schwer zu.

»Bald«, fauchte die Katze einsilbig und ließ im selben Moment ihren Schwanz zischend durch die Luft sausen. Ein paar scharfkantige Zahnräder verfehlten meinen Kopf nur um Haaresbreite. Ich konnte gerade noch rechtzeitig einen Schritt zurückspringen, bevor das Metall mich an der Schläfe getroffen hätte. Ein spitzer Schrei entfuhr mir und ich musste nicht einmal zu meinem Wegführer hinübersehen, um zu verstehen, dass dies eine Warnung war und ich gefälligst leise sein sollte. Der nächste Hieb hätte sein Ziel garantiert nicht verfehlt.

Ich musterte den Schwanz der Katze aus sicherer Entfernung und bewahrte einen guten Meter Abstand zu meinem launischen Begleiter, bevor er sich doch noch dazu entschied, mich k.o. zu schlagen.

Als ich schließlich meine ganze Aufmerksamkeit auf die horizontal in der Luft schwebenden Zahnräder lenkte, verspürte ich erneut den Drang, zu schreien. Wie von Geisterhand rotierten sie in unterschiedliche Richtungen. Dieses Mal presste ich jedoch die Lippen fest aufeinander und unterdrückte mein Bedürfnis.

Die Räder wurden durch nichts anderes als Luft zusammengehalten und gerieten dennoch nicht aus ihrer Bahn.

Oh Gott, war das creepy …

Um mich von der absurden Situation abzulenken, immerhin war gerade so etwas wie ein Mordanschlag auf mich ausgeübt worden, konzentrierte ich mich auf die fremde Umgebung.

Mein Blick schweifte zum sternenübersäten Himmel hinauf, an dem einige gigantisch wirkende Vögel durch die Lüfte segelten, die sich in die Höhe schraubten und einander in einem wilden Tanz umkreisten. Ihre Flügel schimmerten sanft im Schein des Mondes. Feine Risse schienen sich über die Schwingen zu ziehen, als pulsierte silbernes Blut durch ihre Adern. Es sah atemberaubend schön aus.

Erst als die Flugtiere sich auf den umliegenden Kupferästen niederließen, erkannte ich, dass ihre Flügel aus zerbrochenem Glas geschaffen waren. Die unzähligen Scherbenstücke überlagerten einander und erzeugten die Illusion eines Federkleides. Eines messerscharfen, jedoch wunderschönen Gewands. Die Risse und Kanten, die sich im Licht der Sterne spiegelten, waren es gewesen, was mich an silberne Adern und Venen hatte denken lassen.

Ich hätte ihnen stundenlang zusehen können …

»Pass auf deinen schönen Kopf auf!«, dröhnte es von weiter vorn. Mein Kopf ruckte nach unten und sofort sah ich mich einem dicken Ast gegenüber, in den ich beinahe hineingerannt wäre. Dank der Warnung des Katzenwesens konnte ich gerade noch ausweichen, indem ich meinen Kopf einzog.

»Du solltest die Splitterdrachen nicht so anhimmeln. Das sind gefährliche Biester, die keinen Spaß verstehen.« Es klang beinahe so, als wüsste mein tierischer Gefährte, wovon er sprach. »Und außerdem knirscht es ganz fürchterlich, sobald sie sich auch nur einen Millimeter bewegen.«

Ich wagte einen letzten Blick zu ihnen, doch die Splitterdrachen waren bereits verschwunden.

Wie schade. Ich hätte ihrem Mondtanz gern noch eine Weile zugesehen.

Seufzend richtete ich meine Aufmerksamkeit zurück auf den Pfad. Ich staunte nicht schlecht, als ich bemerkte, dass plötzlich Spielkarten zwischen den Zweigen der Kupferbäume auftauchten. Zuerst erschienen sie nur vereinzelt, doch dann häufte sich ihr Vorkommen, bis in jeder Baumkrone mindestens ein Dutzend Karten prangten. Ich zupfte im Vorbeigehen wahllos eine hervor und betrachtete sie prüfend.

Die Herzkönigin.

Das Papier war bereits vergilbt und abgegriffen. Die Königin, die auf der Spielkarte dargestellt war, besaß blondes Haar und sehr weiche Gesichtszüge, die ich mit meinen Blicken nachfuhr. Ich musterte ihre

Augen, die in einem hellen Braun strahlten, das nahe der Iris in ein leuchtendes Rot überging.

Als ich meinen Daumen von der Karte hob, erkannte ich, dass dieser eine Tiara aus goldenen Ranken verdeckt hatte, die sich scheinbar um ihren Kopf wanden. Oberhalb der Stirn der Herzkönigin war in das Schmuckstück ein Rubin in Herzform eingefasst. Die Blässe der Königin ließ sie selbst auf dieser einfachen Spielkarte unnahbar und kalt wirken, weshalb ich beim bloßen Abbild ihrer Person erschauerte.

»Was schaust du dir da an?« Ich spürte einen Luftzug in meinem Nacken, als das Katzenwesen hinter mir auftauchte. »Ah, die Herzkönigin. Ein armes Schicksal hat sie. Sie ist dem Wahnsinn verfallen. Tragisch, wirklich tragisch.«

Ich ließ meinen Blick zwischen der Spielkarte und meinem Begleiter hin und her wandern, bevor ich es wagte, meine Frage zu stellen. Innerlich machte ich mich bereits auf einen Schwanzhieb bereit.

»Existiert diese Herzkönigin etwa wirklich?« Ich wich instinktiv dem peitschenden Schwanz aus.

»Natürlich gibt es sie! Was stellst du bloß für Fragen?« Das Grinsen der Katze wirkte belustigt. Offensichtlich amüsierte sie sich sehr über meine Unwissenheit.

»Kannst du mir mehr von ihr erzählen?«, bohrte ich weiter. Die Frau auf der Karte hatte meine Neugierde geweckt.

»Vielleicht ein anderes Mal, Menschenkind«, erwiderte mein Begleiter lediglich und kehrte mir den Rücken zu. Offenbar war ich nicht mehr spannend genug zum »Spielen«, wie er es auszudrücken pflegte.

»Weißt du, ich habe auch einen Namen«, murmelte ich säuerlich, während ich meinen Blick von der Spielkarte löste, das raue Papier zusammenknüllte und anschließend zu Boden fallen ließ.

»Soso, und wie lautet er?« Anscheinend hatte ich mit meinem Kommentar das Interesse der Katze geweckt.

»Alice.«

Das Wesen stoppte und verharrte reglos in der Luft, weswegen ich beinahe in das stahlharte Hinterteil der Katze hineingerannt wäre. Das Ticken, das von ihr ausging, verstärkte sich für einige Sekunden und hallte in meinen Ohren wider.

»Sagtest du gerade *Alice?*«

Das Leuchten der senkrechten Pupillen erstrahlte so hell, dass ich mehrmals blinzeln musste, um es ertragen zu können.

»Ja, das ist mein Name.« Ich zuckte mit den Schultern. Dass es so einfach war, die Aufmerksamkeit der Katze auf mich zu lenken, hätte ich nicht gedacht. Allerdings war mir bei der Art und Weise, wie die Gestalt mich beobachtete, nicht wohl zumute. Insgeheim wünschte ich mir, ich hätte es bei *Menschenkind* belassen.

»Wollen wir weiter? Immerhin bleibt uns nicht mehr viel Zeit«, meinte ich, um mich aus dieser unangenehmen Situation hinauszuwinden. Ich vermied Blickkontakt mit der Katze, deren glühende Augen mich weiterhin fixierten. Das Klirren der Taschenuhren ließ mein Herz rasen und das Schweigen zwischen uns umso bedeutungsschwerer wirken.

»Ja, vermutlich hast du recht«, stimmte sie mir schließlich zögernd zu und setzte ihren Weg fort. Mich beschlich das Gefühl, dass sie es nun viel eiliger hatte, zu besagtem Elric zu gelangen, da es mir deutlich schwerer fiel, mit ihr Schritt zu halten.

»Warte doch!«, rief ich ihr hinterher, als ich bereits ein Stück zurückgefallen war. Ich presste die Lippen zusammen, um nicht lautstark zu fluchen, und hastete stattdessen um die nächste Ecke. Ich stützte mich mit den Händen auf meinen Oberschenkeln ab, da ich keine Puste mehr hatte, um einen weiteren Sprint einzulegen. Währenddessen versuchte ich, mein Herz zu beruhigen, indem ich einige hastige Atemzügen tat. Je weiter ich vorankam, desto heller schien mein Umfeld zu werden. Die Dunkelheit wich einem warmen Licht, das die Szenerie um mich herum zunehmend erleuchtete.

»Du hättest ruhig warten kön…« Mir blieb das Wort im Halse stecken, als ich mich wieder aufrichtete und die Landschaft vor mir erblickte.

Der schwarz-weiße Schachweg mündete in einer Art Lichtung. Darüber spannte sich eine bronzefarbene Kuppel aus ineinander verwachsenen Ästen. Ich legte meinen Kopf in den Nacken, um das gewölbte Dach genauer zu betrachten. Dabei konnte ich sehen, wie über mir abertausend Lichtpunkte umherschwirrten, die das Kuppeldach in ein Sternenmeer verwandelten.

»Das ist ja der Wahnsinn!« Mein Erstaunen wuchs umso mehr, als die flimmernden Punkte begannen, sich von den Wänden zu lösen, um durch den Raum zu schweben. Als sich ein Schwarm von ihnen auf mich zubewegte, erkannte ich, dass es sich um Glühwürmchen handelte. Ich streckte meine Hand aus und eines der Lichter ließ sich darauf nieder, sodass ich das winzige Wesen von Nahem bewundern konnte.

Die Gliedmaßen bestanden aus winzigen metallischen Streben, die klickten, sobald sich das Tier bewegte. Eine daumengroße schwarze Kugel bildete den Kopf. Der restliche Körper des Glühwürmchens bestand aus einer Glühbirne mit goldener Fassung. Unweigerlich fühlte ich mich an die angriffslustige Spinne erinnert, als die Lampe aufflackerte und meine Handfläche erwärmte. Während das Geschöpf mit flatternden Flügeln aus dünnem Glas von meiner Hand abhob, beobachtete ich fasziniert, wie es sich wieder in seinen Schwarm eingliederte und davonflog.

Die Wärme, die von den Glühwürmchen ausging und über meinen Körper strich, vertrieb die Starre der Nacht aus meinen Gliedern. Als ich lächelnd meine Arme ausbreitete und die Wärme und das Licht auf meiner Haut prickeln ließ, fühlte ich mich erleichtert, der Finsternis der Nacht entkommen zu sein.

Die Luft war statt des allgegenwärtigen Kupfergeruchs getränkt mit dem Duft nach frischem … *Gebäck?*

Überrascht ließ ich meine Arme wieder sinken und sah mich weiter auf der Lichtung um, auf der Suche nach dem Ursprung des wohlriechenden Aromas.

Ich staunte nicht schlecht, als ich einen langen Tisch weiter hinten in dem kuppelförmigen Bau erblickte, auf dem mehrere Tabletts aufgebaut waren. Auf ihnen waren süße Köstlichkeiten gestapelt worden, wie mit Zuckerguss verzierte Törtchen, kleine, in allen möglichen Farben schimmernde Bonbons und sirupartige Getränke, die in kleinen Phiolen abgefüllt waren.

Ich war im Himmel angelangt.

Mein Magen knurrte beim Anblick des Festmahls und mir lief das Wasser im Mund zusammen. Ich musste mich beherrschen, damit ich mich nicht sofort auf die süßen Versuchungen stürzte. Als ich zögerlich an den Tisch herantrat und über die weiche Decke strich, wurden meine Fingerspitzen in flackerndes Licht getaucht, das von drei Kerzenständern ausging, an deren Standfüßen sich bereits das geschmolzene Wachs gesammelt hatte. Neben der gefährlich schief stehenden Tafel befanden sich ebenfalls mehr als ein Dutzend Stühle und Hocker, die unordentlich nebeneinander, übereinander und sogar ineinander verkeilt standen.

Ich hielt Ausschau nach dem Katzenwesen, doch dieses hatte sich wieder einmal in Luft aufgelöst und auch der sagenumwobene Elric war nirgends zu sehen.

Das war meine Chance!

Ich pirschte mich an das nächstgelegene Tablett heran und stibitzte mir eines der Törtchen, die mit türkisen Zuckergussherzen verziert waren. Ohne meine Entscheidung zu überdenken, verschlang ich es in einem einzigen Bissen. Der Zuckerguss zerfloss auf meiner Zunge und kribbelte in meinem Mund, sodass die verführerische Süße meine Geschmacksknospen zum Prickeln brachte. Mein Magen brummte wohlig, während ich den fluffig leichten Teig kostete, der wiederum schmeckte, als würde ich in eine Wolke aus Zuckerwatte hineinbeißen. Um den Moment vollends auszukosten, schloss ich genussvoll die Augen und leckte die letzten Reste des Zuckergusses von meinen Fingerspitzen.

»Ich hoffe, es schmeckt dir«, ertönte plötzlich eine tiefe Stimme wie aus dem Nichts. Ich zuckte zusammen und riss meine Augen auf.

Ertappt!

Am anderen Ende des Tisches, erleuchtet von einem nahebeistehenden Kerzenleuchter, saß ein junger Mann. Ich konnte spüren, wie mein Gesicht sich erhitzte und die Röte in meinen Kopf schoss.

Gezwungenermaßen stellte ich mir vor, wie ich auf den Fremden wirken musste: ein orientierungsloser Punk, der sich über ein paar Süßspeisen hermachte, als hätte er die letzten paar Tage nichts Essbares zu sich genommen. Ich wollte etwas sagen, mich entschuldigen oder rechtfertigen … *Irgendetwas.* Doch als ich den Mund öffnete, entwich mir lediglich ein leises – Glucksen.

Was zur Hölle?

Ich räusperte mich, hustete und setzte erneut an, doch wieder sprudelte bloß Gekicher über meine Lippen. Plötzlich setzte ein sanftes Kitzeln überall an meinem Körper ein, sodass ich schließlich in brüllendes Gelächter ausbrach.

Was war bloß los mit mir?

Ich rang nach Atem, doch das Lachen verbrauchte jegliche meiner Luftreserven, sodass ich erstickt auf den Boden sackte und in Anbetracht meiner Notlage nur noch weiter kichern konnte. Ich zwang mich selbst dazu, aufzuhören, beschwor mich dazu, endlich den Mund zu schließen und den Quatsch sein zu lassen, doch es hörte nicht auf. Das Kitzeln an meinem ganzen Körper setzte sich fort und das Lachen barst aus mir heraus wie eine Urgewalt. Ich kringelte mich am Boden, gefangen in einem Körper, der nicht länger meinen Willen befolgte.

Hör auf! Mach, dass es aufhört!

Ich ließ suchend meinen Blick umherschweifen, bis er den des Fremden traf. Meine Verzweiflung schien ihn absolut kaltzulassen und einen Moment lang sah es tatsächlich so aus, als würde er mich hier einfach liegen lassen. Als würde es ihn nicht interessieren, dass ich mich gerade wortwörtlich totlachte.

»Hilf mir!« Meine vom heftigen Lachen unterbrochenen Worte waren selbst für mich kaum verständlich, weshalb ich umso erstaunter war, als der Fremde sich seufzend erhob und sich auf mich zubewegte.

»Warum musstest du auch ausgerechnet vom Kicherkuchen kosten?« Er klang entnervt und tadelte mich, indem er seinen Zeigefinger hob. Kurz vor mir blieb er stehen und blickte über den Tisch hinweg, als suche er zwischen den Törtchen und dem Gebäck nach etwas Bestimmtem.

»Irgendwo hier muss es doch sein«, grummelte er, was ich allerdings kaum verstand, da mein Lachen immer noch alles andere übertönte. Als der Unbekannte etwas vom Tisch klaubte und sich zu mir hinunter kniete, hätte ich am liebsten erleichtert aufgeseufzt, doch das Gekicher sprudelte weiterhin ungehalten aus mir hinaus. Der Fremde hielt mir ein Stück Kuchen hin und schaute mich skeptisch an.

»Das müsste helfen. Iss!«, befahl er. Meine Verwirrung offenbarte sich in umso heftigerem Gelächter.

Wie sollte mir ein Stück Kuchen helfen?

Er stöhnte auf, brach ein kleines Stück vom Kuchen ab und ließ es in meinen Mund fallen.

Ich keuchte erschrocken auf, als der Teig gegen meinen Gaumen drückte. Ich würgte kurz, hustete und röchelte, da das Lachen weiter andauerte und ich kaum dazu kam, das Kuchenstück hinunterzuschlucken. Als ich mich schließlich dazu zwang, meinen Mund geschlossen zu halten und mit meinen Zähnen Kaubewegungen nachzuahmen, spürte ich, wie sich eine beruhigende Taubheit in meinem Mundraum ausbreitete. Ich prustete ein letztes Mal los, wobei einige Krümel aus meinem Mund katapultiert wurden, doch dann verebbten der Lachanfall und das Kichern, bis ich schließlich ruhig auf dem Boden lag.

Ich schluckte den Rest des Kuchens hinunter. Meine Glieder begannen zu prickeln, bevor sie unglaublich schwer wurden und ich an den Boden geheftet war. Das Gewicht meines Körpers schien mich niederzuringen, weshalb ich lediglich dazu in der Lage war, den fremden Mann Hilfesuchend anzustarren. Ich versuchte, meinen Arm zu heben, um ihm mein Problem mitzuteilen, doch sobald dieser gerade einmal zwei Zentimeter über dem Boden hing, schlug er auch schon wieder dumpf dort auf. Es fühlte sich so an, als hätte jemand bleierne Gewichte an meiner Haut befestigt, die mich bewegungsunfähig machten und mich lähmten.

»Ich sehe schon, die Dosis war zu hoch«, murmelte der Fremde und ich beobachtete, wie er sich aufrappelte, um erneut den Tisch abzusuchen. Auch dieses Mal brachte er ein Kuchenstück zutage, dass er mir auffordernd hinhielt. Mit hektischem Blinzeln gab ich ihm zu verstehen, dass ich keinerlei Kontrolle mehr über mich hatte. Daraufhin versuchte er sanft, meinen Mund zu öffnen. Hätte ich auch nur irgendeinen Körperteil kontrollieren können, hätte ich mich garantiert gegen diese Berührungen gewehrt oder ihm in die Hand gebissen. Einem Fremden derart hilflos ausgeliefert zu sein, missfiel mir ungemein. Dann ließ er das Kuchenstück fallen.

Zu meiner Überraschung löste sich der Teig wie von selbst in meinem Mund auf. Ein starkes Knistern belebte meine Geschmacksnerven und durchlief meine tauben, bewegungslosen Arme und Beine. Ich sprang sofort auf und zuckte vor dem Fremden zurück. Leichtigkeit fiel über mich ein anstelle der vorherigen Schwere und ließ mich vom Boden abheben … Zumindest fühlte es sich so an.

Das Prickeln auf meiner Haut verstärkte sich, während meine Bewegungen immer schneller und hektischer wurden. Ich spürte eine ungeheure Menge an ungenutzter Energie in meinem Inneren aufbrausen und wäre möglicherweise einige Runden um den Tisch gerannt, hätte der Fremde mich nicht an den Schultern gefasst und festgehalten. Als ich aufblickte, erstarrte ich, obwohl der Tatendrang immer noch unter meiner Hautoberfläche pulsierte.

Ich benahm mich wie ein Kleinkind im Zuckerschock!

Bei seinem Anblick geriet mein Atem jedoch schlagartig ins Stocken. Muskulöse, breite Schultern versteckten sich unter einem weißen Hemd und einer dunkelroten Anzugjacke. Sie wirkte so samtig und weich, dass ich mich beherrschen musste, um nicht die Hände danach auszustrecken und zu überprüfen, wie sie sich tatsächlich anfühlte.

Und dann begannen die Farben um uns herum zu verschwimmen. Sie zerflossen unter meiner Berührung und rannen zwischen meinen Fingerspitzen dahin. Ich schrie auf, blickte um mich und erkannte, dass meine Umwelt dahinschwand. Ich konnte die Nässe der fließenden Farben auf meiner Haut spüren. Ich konnte fühlen, dass auch ich von diesem Zerfall betroffen war und dahinschied, während mein Schrei klar und hell durch den Raum gellte. Alle Farben der Welt vermengten sich zu einer undefinierbaren Masse und verblassten nach und nach, hinterließen nichts als Grau und Schwarz und Weiß.

Ich kniff die Lider zusammen und wünschte mich an einen anderen Ort. Ein Rauschen legte sich über meine Ohren. Es war so laut, dass ich nichts anderes zu hören vermochte.

Plötzlich schwappte etwas über mich hinweg. Es traf mich im Gesicht und tropfte langsam an mir hinab. Für einen Moment dachte ich tatsächlich, dass mein Gesicht dahinschmolz und zwischen meinen Fingern zerrann. Ein neuer Schrei bildete sich bereits in meiner Kehle, doch bevor er meinen Mund verlassen konnte, riss ich die Augen auf.

Sobald ich meinen Blick hob, kehrten die Farben und Konturen langsam, aber sicher zurück. Zunächst blass, dann immer kräftiger. Das elektrische Knistern meiner Haut sowie die zuvor unbändige Energie in meinem Inneren waren nun nichts weiter als ein sanftes Summen, ein Nachhall der vorherigen Kraft.

Der Fremde hatte sich vor mir aufgebaut, richtete seinen Zylinder zurecht, den er tief ins Gesicht gezogen trug, und beobachtete mich gelassen.

»Was zur Hölle ist da gerade mit mir passiert?«, fragte ich ihn mit brüchiger Stimme. Ich wischte mir über die Stirn. Hatte dieser Mann mich von meinen Halluzinationen befreit, indem er mir ein Glas Wasser ins Gesicht geschüttet hatte?

»Du hast von meinem Kuchen gegessen. Einem Gebäck, das wirklich nicht für Menschen bestimmt ist, wie du am eigenen Leib erfahren hast.«

Ehrlich gesagt wusste ich nicht wirklich, was ich von dieser Aussage halten sollte. Die Erscheinung des jungen Mannes strahlte Eleganz und Arroganz aus, was mich im tiefsten Inneren verunsicherte. »Nicht für Menschen bestimmt? Wie meinst du das?«, hakte ich mit zitternder Stimme nach.

»Diese Kuchen haben einfach spezielle … Zutaten, die auf Menschen eine sehr witzige Wirkung haben.«

Bis jetzt war ich dem Augenkontakt mit dem Fremden ausgewichen, doch je länger diese Unterhaltung andauerte, desto unausweichlicher wurde die Situation. Schließlich konnte ich nicht anders, als zu ihm aufzuschauen.

Die markanten Züge seines Gesichts verhärteten sich, als sie sich meinem Antlitz gegenübersahen. Ich konnte meine Neugierde nicht unterdrücken und nahm jedes Merkmal seines Erscheinungsbildes in mich auf, so auch die zerzausten schwarzen Haare, die unter seinem Zylinder hervorlugten und die Sicht auf seine Augen verschleierten. Mein Herz geriet ins Stolpern, als der Fremde den Augenkontakt zu mir suchte und sein Blick sich in dem meinen verankerte.

Ich hatte noch nie in meinem gesamten Leben solche Augen gesehen…

Fasziniert erkannte ich, dass die linke Iris einen goldgelben Ton besaß, während mir die rechte in einem hellen Grün entgegen blitzte.

Unvermittelt hob der attraktive Fremde seine Hand und strich mit seinem Daumen über meine Unterlippe. Es war eine scheinbar harmlose Geste, doch sie hinterließ eine prickelnde Spur auf meiner Haut.

»Du hattest da noch etwas Zuckerguss«, raunte er mir zu und musterte mich aus seinen überirdisch schönen Augen, bevor er sich von mir abwandte. »Iss nie wieder von meinen Kuchen, es sei denn, ich gestatte es dir, verstanden?«

Verdutzt blieb ich zurück, einerseits vollkommen schockiert von dem, was ich gerade erlebt hatte, und andererseits erleichtert darüber, dass ich nun endlich die Chance bekam, einmal tief durchzuatmen. Wo auch immer ich hier hineingeraten war, es würde bestimmt nicht gut ausgehen.

»Keine Sorge! Ich werde diese Dinger sicherlich nicht mehr anrühren«, murmelte ich.

»Grinser meinte schon, du wärst unhöflich, frech und unausstehlich. Aber ich habe nicht erwartet, dass du direkt nach deiner Ankunft meine Teegesellschaft plündern würdest«, fuhr der junge Mann mit dem Rücken zu mir gewandt fort.

In diesem Moment fand ich meine Stimme wieder und war unsagbar froh darüber, dass sie vor Empörung nicht zitterte oder bebte, sondern ausnahmsweise einmal vollkommen normal klang. Der süßliche Duft des Gebäcks auf dem Tisch wehte zu mir herüber und betörte meine Sinne, während das leise Ticken der Taschenuhren nur noch gedämpft in mein Bewusstsein drang. Die Wärme dieses Ortes lullte mich ein und schwächte meine Aufmerksamkeit.

»Grinser? Meinst du das schwebende Katzenvieh?« Bei meinen Worten fuhr der Fremde herum und starrte mich fassungslos an.

»Wage es ja nicht, so über meinen Freund zu reden, Menschenmädchen«, fuhr er mich erzürnt an und war in weniger als zwei Schritten wieder bei mir. Doch dieses Mal verschlug es mir nicht die Sprache, weshalb ich kampflustig zurückstarrte.

»Ich habe auch einen Namen. Ich bin Alice. Freut mich sehr, deine Bekanntschaft zu machen«, entgegnete ich. Der Sarkasmus in meiner Stimme war so schneidend wie die Klinge eines gewetzten Messers.

Eine Sekunde lang meinte ich, ein schockiertes Aufblitzen in seinen zweifarbigen Augen zu erkennen, doch dieser Moment verflog so schnell, dass ich in keinster Weise darauf reagieren konnte. Der Fremde ergriff meine Hand und schüttelte sie mit festem Händedruck.

»Mein Name ist Elric. Momentan bin ich nicht sehr erfreut über deine Anwesenheit, wie ich leider zugeben muss.« Seine Worte hinterließen einen bitteren Beigeschmack, weswegen ich schwer schlucken musste.

»Wow, so begrüßt man hier also seine Gäste.« Ich grinste und tat so, als würde mich seine Aussage keineswegs berühren, zog meine Hand allerdings ein wenig zu hastig zurück, da mir allein seine Berührung Schmerzen bereitete.

»Da, wo ich herkomme, hat man wenigstens noch Manieren«, fügte ich schnippisch hinzu, um meine harte Fassade aufrechtzuerhalten.

Ich konnte es nicht fassen … Das war also Elric, der ominöse Retter, der mich hier rausbringen sollte.

Und wie zu erwarten, war er der größte Idiot, der je unter die Sonne getreten war.

Obwohl ich erleichtert darüber war, zur Abwechslung einem Menschen gegenüberzustehen, verunsicherte mich eine seiner Aussagen von vor wenigen Minuten.

Dieses Gebäck ist nicht für Menschen bestimmt.

Was hatte es damit auf sich? Soweit ich das beurteilen konnte, war Elric ebenfalls menschlich.

Ich musterte ihn skeptisch und erkannte, dass er dasselbe bei mir tat. Allerdings ziemlich offensichtlich. Sein Blick glitt über meinen Körper, erfasste meine Umrisse und blieb schließlich an meinem Gesicht hängen. Ich hielt die Luft an. Wartete auf eine Reaktion seinerseits. Doch er beobachtete mich weiter und schien sich nicht erklären zu wollen.

»Was ist?«, fragte ich und verschränkte die Arme vor dem Oberkörper.

»Du bist eigenartig«, erwiderte er ausdruckslos.

Meine Augen weiteten sich und ich spürte erneut, wie die Röte in mein Gesicht kroch.

Wenn hier jemand seltsam war, dann ja wohl er …

Sein Blick wurde intensiver, je länger er mich betrachtete. Ich konnte an seinem entrückten Gesichtsausdruck erahnen, dass er jede Linie und Furche meines Gesichts in seinen Gedanken nachfuhr. Der Geruch nach Karamell und Schokolade schien mich zu umwehen wie eine Duftwolke, während seine Kleidung leise raschelte. Wir befanden uns in unserer eigenen Welt, fernab von jeglicher Realität.

»Deine Haare sind bunt und farblos zugleich«, raunte er atemlos, während er seine Hand nach einer meiner lilafarbenen Haarsträhnen ausstreckte. Mitten in der Bewegung verharrte er jedoch, ballte seine Hand zur Faust und fixierte mich stattdessen mit seinen Blicken.

»Deine Augen sind blauer als die Fluten des Meeres und ebenso stürmisch und aufbrausend wie dein Wesen.« Ein Lächeln umspielte die Züge um seinen Mund.

»Du bist anders als all die menschenähnlichen Wesen, die ich kenne. Du bist auf eine kuriose Art und Weise … *faszinierend.*«

Seine Worte jagten einen Schauder über meine Wirbelsäule und elektrisierten meinen gesamten Körper. Ich spürte die Anspannung zwischen uns und wagte es kaum, zu atmen, aus Angst, einer von uns beiden könnte sich entladen und uns damit in eine Katastrophe stürzen.

Ein geheimnisvolles Lächeln legte sich auf seine Lippen und ohne dass ich groß darüber nachdachte, erwiderte ich es.

Vielleicht war er ja doch nicht so übel, wie ich anfangs gedacht hatte …

»Ich sehe, ihr habt euch bereits kennengelernt«, schallte mit einem Mal eine körperlose Stimme über unsere Köpfe hinweg. Keinen Augenblick später materialisierten sich ein metallisches Grinsen und zwei blau leuchtende Pupillen zwischen uns, während der Rest des Katzenwesens vor uns verborgen blieb.

Ich nahm vorsichtshalber ein wenig Abstand zu den rasiermesserscharfen Zähnen ein, die weiterhin zu einem Grinsen verzerrt waren.

»Wir hatten keinen angenehmen Start, aber ich denke, ich kann ihr helfen«, antwortete Elric und suchte währenddessen Augenkontakt mit seinem tierischen Freund.

Dieser ignorierte ihn geflissentlich und starrte stattdessen mich an, als ob ich an unserem miserablen Kennenlernen die Schuld trug. Wenn ich an meinen dreisten Kuchendiebstahl und seine Folgen zurückdachte, war dem vermutlich auch so.

»Unsere Pläne haben sich geändert. Sie ist es.« Das war alles, was die Katze von sich gab. Nun starrte auch Elric mich wissbegierig an, sodass ich die einzige Ahnungslose zu sein schien. Der süße Geruch nach Kuchen und Naschereien vermischte sich mit dem öligen Gestank der schwebenden Katze, woraufhin ich drohte, an dem widerlichen Duftgemisch zu ersticken. Zudem setzte mir das monotone Ticken der Uhren zu, da ich überdeutlich spürte, wie mir die Zeit davonrannte.

Ich musste nach Hause.

Zu Katy und Lucy.

Zu meinem Vater.

Ich hatte gar keine andere Wahl …

»Was ist hier los?«, meldete ich mich zu Wort, doch Elric unterbrach mich rapide.

»Bist du dir sicher? Ich habe sie mir anders vorgestellt.« Er warf mir einen entschuldigenden Seitenblick zu, den ich mit einer grimmigen Miene quittierte.

»Sie ist es. Es gibt keinen Zweifel.«

Inzwischen fühlte ich mich mehr als unwohl in meiner eigenen Haut.

»Würde mir bitte einer erklären, wovon ihr die ganze Zeit redet? Ich will einfach nur nach Hause, und zwar so schnell wie möglich …«

In meiner Stimme schwang unüberhörbar eine Spur von Verzweiflung mit.

»Ich denke, das wird komplizierter werden, als wir zunächst gedacht haben.« Elric sah mich mitleidig an, doch ich verstand nichts von dem, was er mir damit sagen wollte.

»Was soll das denn heißen?« Ich schnappte nach Luft und versuchte mit bohrenden Blicken, mehr aus ihm herauszuquetschen, doch Elric schien sich keiner Rechtfertigung mir gegenüber bewusst zu sein.

»Das wirst du noch herausfinden, Alice«, meinte der vor mir schwebende, immer noch grinsende Mund, der sich daraufhin erneut in Luft auflöste. Hilflos linste ich zu Elric hinüber, doch auch dieser schien nicht zu wissen, was als Nächstes von ihm erwartet wurde.

Ich wagte es, zu seufzen, bevor ich an Elric vorbei stapfte und einen der Stühle zurückzog, nur um mich einen Augenblick später missmutig darauf fallen zu lassen. Elric musterte mich herablassend.

»Entschuldigung, aber ich bin heute bereits in ein Kaninchenloch gestürzt, über ein Schachfeld und durch einen Wald aus tickenden Metallbäumen geirrt, wurde von einer sich gelegentlich auflösenden Katze durch dieses mir fremde Land geführt, nur damit ich mich jetzt von meiner besten Seite zeigen soll?« Der Punk in mir kam zum Vorschein, weswegen ich mein Kinn trotzig anhob und den jungen Mann vor mir kampflustig ansah.

Anstatt auf meinen Ausbruch einzugehen, nahm ich in Elrics Augen lediglich ein belustigtes Funkeln wahr, bevor er sich auf den Stuhl neben mir fallen ließ. Ohne mir einen weiteren Blick zu widmen, griff er nach einem Stück Kuchen und reichte es mir wortlos.

Innerlich rang ich mit mir.

Sollte ich standhaft bleiben oder einen Schritt auf den Fremden zugehen? Immerhin hatte er mir nach meinem *Unfall* mit dem Kuchen geholfen, obwohl er keinen Grund dazu gehabt hatte. Er hätte mich auch an meinem eigenen Lachen ersticken lassen können. Bei der

Erinnerung an dieses Erlebnis betrachtete ich die mir dargebotene Süßspeise skeptisch.

Elric seufzte auf.

»Hier sind keine geheimen Zutaten drin, versprochen.«

Nach einigen Überlegungen nahm ich das Backwerk zögernd an und biss schließlich hungrig zu. Ich sollte die Geduld und Gastfreundschaft von Grinser und Elric wirklich nicht durch mein Misstrauen auf die Probe stellen, entschied ich.

Der Teig zerfiel in meinem Mund, während die Zuckerperlen zwischen meinen Zähnen knirschten und eine wahre Geschmacksexplosion erzeugten. Ich unterdrückte ein genüssliches Seufzen und wischte die letzten Krümel von meinen Händen. Währenddessen betrachtete Elric mich gebannt.

»Was ist?«, fragte ich ihn, wobei ich eine Hand vorsichtshalber vor meinen Mund hielt, um ihn nicht mit Krumen zu treffen.

»Du bist anders, als wir erwartet hätten … fast schon zu anders.« Das war alles, was er zu sagen hatte.

»Ich unterscheide mich doch nicht wirklich von dir«, witzelte ich und bemühte mich, damit die angespannte Situation aufzulockern. Der zuckrige Geschmack des Kuchens verschwand langsam aus meinem Mund und wurde abgelöst durch den schalen Nachgeschmack meiner Worte.

»Ach Alice, wenn du wüsstest.« Ein Lächeln hob seine Mundwinkel an, während er mich intensiv beobachtete. Es wirkte so, als würde er auf gar keinen Fall meine Reaktion auf seine Worte verpassen wollen. Ich runzelte verwirrt die Stirn, da ich aus seiner Antwort nicht wirklich schlau wurde. Mir wurde unbehaglich zumute. Das Licht der Glühwürmchen, die um unsere Köpfe herumschwirrten, verblasste langsam, bis sie uns schließlich in tiefen Schatten zurückließen.

»Du bist doch ein Mensch, oder?« Die Neugierde siegte ein weiteres Mal, sodass ich meine Fragen nicht unterdrücken konnte.

»Kommt drauf an, was einen Menschen ausmacht.«

In seinen so unterschiedlichen Augen erblickte ich ein verräterisches Schimmern.

Ich nickte, während ich versuchte, mir auf seine Worte einen Reim zu machen. Doch ich war vollkommen übermüdet und erschöpft. Das Grübeln verursachte nach kurzer Zeit Kopfschmerzen und schließlich gab ich es auf.

»Ich würde jetzt wirklich gern heimkehren. Kannst du mich nicht endlich nach Hause führen?«, fragte ich und blickte Elric erwartungsvoll an.

»Nein. Das kann ich nicht«, erwiderte dieser bloß. Er sagte es vollkommen neutral, so als würde ihm tatsächlich nichts daran liegen.

»Wie meinst du das? Du kannst nicht? Grinser hat mir versprochen, dass du mich zurück in meine Welt führen wirst!« Meine Stimme schwoll mit jedem Wort weiter an.

»Und das werde ich auch.« Ich stutzte und hielt inne. »Nur noch nicht jetzt. Wir haben vorher noch etwas zu erledigen.«

Ich starrte ihn wortlos an. Innerlich war ich zerrissen. Einerseits wollte ich Elric zusammenschreien und einfordern, dass er mich sofort nach Hause führte. Andererseits meldete sich meine Vernunft zu Wort und machte mir klar, dass es zumindest für den Moment besser wäre, die Füße still zu halten. Schließlich war ich von dem Fremden abhängig.

»Und was machen wir jetzt? Was ist der Plan?«, hakte ich nach, als von ihm keine weiteren Erklärungen folgten.

»Grinser wird einige Dinge ins Rollen bringen und sobald er zurückkehrt, werden wir aufbrechen«, erwiderte Elric mit tiefer Stimme. Es schien, als wollte er selbst diese spärliche Information nicht preisgeben wollen. Er war wirklich kein guter Gesprächspartner. Ich hatte erhofft, er könnte mir Antworten liefern, stattdessen warf er nur noch mehr Fragen auf.

»Na gut …«, wisperte ich betrübt, da ich ihm offenbar keine hilfreichen Informationen entlocken konnte.

Mein Kopf dröhnte aufgrund des unangenehmen Gedankens, dass ich meine zurückgelassenen Freunde, meinen besorgten Vater und meine vermeintlich weit entfernte Heimat womöglich erst in ferner Zukunft wiedersehen sollte. Ich begann nach einiger Zeit, meine Schläfen zu massieren, nicht nur, um die sich rasant ausbreitenden Kopfschmerzen zu lindern, sondern auch, um meine Umgebung auszublenden.

Das hier konnte, nein, das durfte nicht die Realität sein. Wenn dies die Wirklichkeit war, war nichts mehr unmöglich.

»Vielleicht ist meine Realität einfach nur anders als deine.« Ich vernahm die flüsternde Stimme bloß am Rande meines Bewusstseins. Ungläubig riss ich die Augen auf und fuhr zu Elric herum, der mich anlächelte.

»Was hast du gerade gesagt?«, hauchte ich erschrocken.

»Ich habe mir nur vorgestellt, was ich an deiner Stelle gerade denken würde, und dementsprechend darauf geantwortet.« Sein Blick traf den meinen vollkommen unvorbereitet und die verschiedenfarbigen Augen gruben sich schlagartig in die Tiefen meines Gedächtnisses ein, ohne dass ich etwas dagegen hätte unternehmen können.

»Ich würde wahrscheinlich vollkommen den Verstand verlieren, dem Wahnsinn verfallen… wenn das bei mir nicht schon der Fall wäre«, fügte er noch hinzu, als spräche er von etwas völlig Alltäglichem und nicht von einer möglichen Geisteskrankheit.

Oh Gott! War ich etwa an einen Junkie geraten?

Die ganze Situation war so verwirrend und mein Schädel dröhnte förmlich aufgrund all der Dinge, die ich nicht verstand. Beim Gedanken an einen möglichen Junkie vor mir musste ich schwer schlucken.

Wer weiß, vielleicht stand ich ja genau in diesem Moment unter dem Einfluss irgendwelcher Drogen. Es musste mir nur jemand im Club etwas ins Getränk gemischt haben, ohne dass ich es bemerkt hatte. Vielleicht halluzinierte ich das alles hier …

Seltsamerweise beruhigte mich der Gedanke, dass es für diese verrückte Welt um mich herum einen plausiblen Grund geben könnte. Womöglich entsprang alles den Nebenwirkungen einer starken Droge. Ich befand mich auf einem Trip. Ja, das musste es sein!

»Auf mich wirkst du noch relativ normal.« Ich widmete mich wieder Elric und hob einen Mundwinkel leicht an.

»Noch habe ich mich auch unter Kontrolle.« Sein Lächeln erstarb schlagartig.

Was meinte er?

Ging etwas an diesem Ort vor sich, das ich bisher noch nicht bemerkt hatte?

»Lass mich raten«, setzte ich schließlich an. »Du wirst mir nicht erklären, wie genau du das meinst.«

»Noch nicht, Alice, noch nicht.« In seinem Blick lagen stumme Qualen, die er nicht wagte, auszusprechen.

»Welch Überraschung«, seufzte ich.

Das wäre ja auch zu einfach gewesen.

Das Dasein eines Rebellen in einer Welt voller Gleichgültiger war sinnlos.

Elric spielte am Revers seines Anzugs herum und zog daraufhin eine silbern schimmernde Nadel hervor, die zuvor in dem Stoff gesteckt hatte. Ich betrachtete den winzigen Gegenstand. Meine Kopfschmerzen rückten für einen Moment in den Hintergrund.

»Das hier ist das Einzige, was mich davon abhält, den Verstand zu verlieren …«, erklärte Elric mir, während er die Nadel beäugte, als wäre sie sein größter Schatz.

»Warum? Pikst du dir damit in den Finger, sobald du einen Anfall bekommst?«

Sein Seitenblick wies mich an, ihn nicht zu unterbrechen, und bevor ich noch weitere unangebrachte Kommentare von mir geben konnte, hielt ich tatsächlich lieber den Mund.

»Ich bin ein Hutmacher. Das ist mein Beruf. Das Arbeiten hält mich davon ab, wahnsinnig zu werden.« Er schluckte schwer und ich betrachtete das Objekt in seiner Hand nun mitwachsender Anerkennung. »Wenn ich Hüte herstelle, bin ich einfach ich selbst, durch und durch. Und diese Nadel ist mein heiligster Besitz. Verliere ich sie, verliere ich endgültig den Verstand … und ich bin nicht bereit, ihn vollständig aufzugeben … noch nicht jedenfalls«, raunte er und ich lauschte gebannt seinen Worten.

Elric betrachtete sein verzerrtes Spiegelbild auf der schmalen, glänzenden Oberfläche der Nadel und steckte sie sich schließlich seufzend wieder ans Revers.

»Warum erzählst du mir das?«, fragte ich. Mein Mund war vollkommen ausgetrocknet.

Ich beobachtete, wie sich ein schwaches Lächeln auf seine Lippen schlich.

»Der Wahnsinn ist ein Teil von mir, ebenso wie die Leidenschaft für meine Arbeit. Wir Wunderländer mögen auf dich sonderbar wirken, Alice, aber wir nehmen alles wahr, was um uns herum geschieht. Wir kennen die Antworten, auch wenn wir sie nicht jederzeit offenbaren. Du wirst also nicht auf taube Ohren stoßen, wenn du uns Fragen stellst.« Er machte eine kurze Atempause, doch schaute mich in keiner Sekunde an, während er sprach. Erst jetzt wandte er sich mir zu und ließ von seinem schwachen Lächeln ab. »Du musst einfach nur die richtigen Fragen stellen.«

4
Sie ist es

Die Wärme, der Duft des Gebäcks und das gedämpfte Ticken, das von außerhalb der Lichtung zu mir vordrang, ließen langsam die Anspannung aus meinen Gliedern weichen, die sich bereits bei Beginn meiner Unterhaltung mit Elric in meinen Knochen eingenistet hatte. Allmählich begann ich sogar, mich auf der Lichtung wohlzufühlen.

»Warum ausgerechnet Hüte?«, fragte ich an Elric gewandt und versuchte auf diese Weise, ihm mein Interesse entgegenzubringen.

Elric nickte und seine Miene erhellte sich.

»Es gibt für mich nichts Besseres. Vor allem der Moment, wenn man das fertige Werk in seinen Händen hält und sagen kann *›Das habe ich allein erschaffen‹*, ist vermutlich der erfüllendste Augenblick von allen.«

Bei seinen Worten blühte er auf, zudem schwand seine vorherige Unnahbarkeit. Er schien seinen Panzer endlich abgelegt zu haben.

Kaum bemerkte auch Elric sein verändertes Verhalten, versteckte er sich wieder hinter seiner Maske. Er betrachtete mich mit deutlicher Ablehnung, was ein beklemmendes Gefühl in meinem Inneren auslöste.

Hatte ich etwas falsch gemacht?

»Deshalb fertige ich Hüte an«, schloss er und räusperte sich lautstark, während ich beobachtete, wie er sich hastig erhob und begann, auf der Lichtung auf und ab zu laufen.

Unschlüssig, ob ich ihm folgen sollte, blieb ich vorerst auf meinem Stuhl sitzen und betrachtete die Süßspeisen, die vor mir gestapelt lagen. Ich dachte an die Gefahren zurück, die sich in dem Gebäck versteckten. Bei der Erinnerung an meinen Lachanfall, die Lähmung und die darauffolgenden Halluzinationen verging mir der Appetit. Anders als Elric konnte ich nicht auf den ersten Blick erkennen, welche Kost auf diesem Tisch für Menschen genießbar war und welche nicht. Und ich wollte es garantiert nicht herausfinden.

Verabscheuend starrte ich auf die zuckrigen Versuchungen, bevor ich demonstrativ einen Teller mit Törtchen zur Seite schob. Währenddessen waren Elrics Schritte über die ganze Lichtung zu hören und hallten aufgrund des kuppelförmigen Daches mehrfach als Echo zu mir zurück.

Das war definitiv die seltsamste Teestunde aller Zeiten.

Gedanken an meinen Vater und meine Heimat prasselten unaufhaltsam auf mich ein und entführten mich in eine Welt, die so anders war als diese Realität hier. Ich rief mir Vater ins Gedächtnis, massierte währenddessen meine Schläfen, um schlimmere Kopfschmerzen zu vermeiden.

Er machte sich garantiert schlimme Sorgen um mich. Wenn ich nicht heimkehrte, würde eine Welt für ihn zusammenbrechen. Bestimmt würde er aber auch unsagbar wütend werden und denken, dass ich ihn genauso verlassen hatte, wie es einst meine Mutter getan hatte.

Auch wenn es manchmal nicht so wirkte, war mein Vater mein Ein und Alles, mein Zuhause, meine Zuflucht … Und auch wenn er es nur allzu selten zeigte, so wusste ich, dass ich ihm weitaus mehr als das bedeutete.

Ich war sein Anker, der ihn bei Verstand hielt.

Ich war seine Hutmachernadel.

Die plötzliche Enge in meinem Brustkorb machte es mir unmöglich, zu atmen, ohne zeitgleich ein ersticktes Keuchen auszustoßen. Tränen brannten in meinen Augen, doch ich verbot mir, zu weinen. Schließlich wagte ich es sogar, meine Lider zu heben.

Als ich über meine Schulter nach hinten spähte und am anderen Ende der Lichtung Elric ausmachte, der mit dem Rücken zu mir stand und seine Hände zu Fäusten ballte, entwich mir ein erleichterter Seufzer. Hoffentlich hatte er nichts von meinem flüchtigen Moment der Schwäche mitbekommen.

Ohne ihm weitere Beachtung zu schenken, wandte ich mich wieder meinen eigenen Problemen zu und betrachtete meine Finger, die ich immer wieder ineinander verschränkte und spreizte, um mich abzulenken. Meine Nervosität zu leugnen, wäre zwecklos gewesen. Sie war derartig offensichtlich, dass ich nicht einmal versuchte, sie zu verbergen.

Was tat ich noch hier? Ich sollte schon längst den Ausweg aus diesem Ort gefunden haben!

Das dumpfe Geräusch der sich nähernden Schritte von Elric nahm ich aufgrund meiner Versunkenheit kaum noch wahr. Ich wagte es nicht, mich zu ihm umzudrehen, da ich damit rechnete, dass er mich für meine Schwächen verspotten würde.

Er hielt hinter meinem Rücken inne und kurz darauf spürte ich seine Hand auf meiner Schulter. Der leichte Druck, mit dem er sie umfasste, reichte aus, um mir seine Präsenz ins Bewusstsein zu rufen. Diese schlichte Geste hatte etwas Berührendes, etwas Mitfühlendes und sie vermittelte mir besser, als es tausend Worte hätten tun können, dass ich nicht allein war.

Erleichterung durchströmte meine Adern und für einen Moment überkam mich die Vorstellung, dass ich nichts weiter als eine junge Frau war, die nach Trost suchte, und Elric ein Mann, der mir diesen spendete. Seufzend lehnte ich mich zurück und schloss die Augen. Das Pochen meines Herzens beschleunigte sich, während das Blut in meinen Ohren rauschte.

Der Hauch von Vanille nahm zu und beraubte mich meiner übrigen Sinne, weswegen ich die Luft um mich herum verlangend inhalierte. Erst nach einigen Sekunden wurde mir bewusst, dass es Elric war, der so unverkennbar roch.

Die Anziehungskraft, die ich noch vor einem kurzen Moment verspürt hatte, ebbte schlagartig ab, woraufhin ich seine Hand von meiner Schulter strich und ein wenig Abstand zwischen uns schaffte. Bevor jemand von uns die erdrückende Stille überwinden konnte, die selbst von dem Ticken der Uhren nicht durchbrochen wurde, vernahm ich ein beleidigtes Schnaufen, das weder von mir noch von Elric stammte.

Verwirrt wandte ich mich um und erkannte Grinser gewohnt schwebend in der Luft. Ich war tatsächlich erleichtert über das Auftauchen des Katzenwesens, da es bedeutete, dass ich möglicherweise schon bald wieder zu Hause sein würde.

Die blau strahlenden Pupillen der Katze fixierten mich irritiert und schienen mich daran erinnern zu wollen, dass wir uns eigentlich nicht leiden konnten. Doch selbst das war mir in dem Augenblick egal. Das Erscheinen von Grinser wischte meine Sorgen fort und ließ den Funken Hoffnung in meinem Inneren zu einer Flamme anwachsen.

Ohne es mir eingestehen zu wollen, bemühte ich mich tatsächlich darum, ihn zu mögen. Immerhin versuchte er, mir zu helfen, um aus dieser verrückten Welt zu entkommen.

Auch Elric schien erfreut über die Rückkehr seines Freundes, da er sofort neben mich trat und das Katzenwesen mit Blicken durchbohrte.

»Hast du etwas herausfinden können?«, fragte er ohne Umschweife.

Die Augen der schwebenden Katze wanderten zwischen mir und dem Hutmacher hin und her, bevor sie sich dazu herabließ, seine Frage zu beantworten. Erneut stieg mir der Geruch von Öl in die Nase, gleichzeitig drang das metallische Rasseln, das von Grinsers Körper ausging, an mein Gehör. Es wirkte beinahe vertraut und gleichermaßen beruhigend auf mich – und das, obwohl ich nie gedacht hätte, dass ich mich jemals an die Eigenarten dieser Welt gewöhnen könnte.

»Wir müssen uns augenblicklich zum Weisen begeben.« Das war alles, was die Katze hinter ihrem breiten Grinsen hervorbrachte. Elrics Blick verfinsterte sich bei den Worten seines Freundes. Die beiden

Augenpaare, die mich nun nachdenklich betrachteten, erzeugten eine Gänsehaut auf meinen Armen.

Waren die Neuigkeiten womöglich gar nicht zu meinem Vorteil?

»Was geht hier vor?« Meine Frage klang fordernd, da ich diese kryptischen Rätsel inzwischen mehr als leid war.

»Das ist schwer zu erklären«, setzte Elric an. »Du musst uns einfach vertrauen.«

Als wenn das so einfach wäre.

Die Tatsache, dass Elric von mir verlangte, ihm zu vertrauen, ohne mir irgendeine Art der Versicherung zu geben, dass es gut für mich enden würde, ließ Wut in meinem Inneren aufkochen. Ich war mir sicher, dass mein Gesicht rot anlief und es so aussah, als würde mein Kopf gleich explodieren. Das Geräusch meiner aufeinander knirschenden Zähne ließ mein Rückgrat erzittern, während ich vor Kurzsichtigkeit nicht mehr wahrnahm, wie Elric beschwichtigend die Hände hob. Der von Grinser ausgehende Maschinengeruch benebelte meine Sinne, was mich noch mehr anstachelte.

»Es gibt da jemanden, der dir helfen kann. Man nennt ihn *den Weisen.* Wir führen dich zu ihm.« Elrics Stimme hatte einen beruhigenden Tonfall angenommen, da er bemerkt hatte, dass meine Nerven zum Zerreißen gespannt waren und ich kurz vor einem Zusammenbruch stand.

Um ihm und mir das Gegenteil zu beweisen, atmete ich gepresst ein und aus, während ich aus tiefstem Herzen hoffte, dass seine Worte der Wahrheit entsprachen.

Einmal im Leben musste ich meine rebellische Seite unterdrücken und die Pläne eines anderen Menschen über meine eigenen stellen … Egal wie sehr mir das missfiel.

Als Elrics Blick den meinen traf, konnte ich nicht sagen, was sich hinter seinen Augen verbarg, was für Gefühle er bei meinem Anblick empfinden musste und wie sehr er bedauerte, mir nicht helfen zu können. Ich sah absolut nichts.

»Wenn du mich reinlegst«, drohte ich ihm mit erhobenem Zeigefinger, »dann brauchst du dir keine Gedanken mehr um irgendwelche Hüte zu machen, denn dann wirst du keinen Kopf mehr haben, auf dem du sie tragen könntest.«

Elric verzog zunächst keine Miene, während ich ihn weiterhin finster anstarrte. Allerdings begann er nach wenigen Sekunden, triumphierend zu grinsen, als würde er mir damit beweisen wollen, dass ich ihm keine Angst machte.

Ich senkte meinen Zeigefinger und ignorierte die überlegene Mimik des Hutmachers. Als das Ticken der Uhren plötzlich wieder an mein Gehör drang, verrauchte meine Wut binnen weniger Sekunden. Manchmal schien ich es unbewusst zu verdrängen, doch nach kurzer Zeit bahnte es sich immer wieder seinen Weg zurück in mein Bewusstsein. Das Geräusch machte mir mehr als deutlich klar, dass ich hier nicht bleiben konnte, dass ich hier nicht hingehörte und dass mein Platz in der Welt ein anderer war. Es holte mich auf den Boden der Tatsachen zurück.

»Wenn der schnellste Weg zurück nach Hause über diesen Fremden führt, worauf warten wir dann?« Ich richtete meine Worte an Grinser, der mir mit einem breiten metallischen Lächeln zunickte.

»Sehr gute Entscheidung, Menschenkind. Bist du auch bereit, Elric?«, schnurrte das Katzenwesen.

»Einen Moment noch«, meinte Elric plötzlich und hastete um den mit Süßigkeiten beladenen Tisch herum, nur um daraufhin nach einem gläsernen Fläschchen zu greifen, in dem eine blaue Flüssigkeit abgefüllt war. Ebenso nahm er ein Stückchen Kuchen an sich, das auf einer der unzähligen Etageren aufgebahrt lag. Ich runzelte die Stirn über sein Verhalten, doch bevor ich auch nur einen Blick auf die Speisen werfen konnte, die er akribisch herausgesucht hatte, ließ Elric diese in einem Beutel verschwinden, den er wiederum in seiner Anzugjacke verstaute.

Ohne weitere Erklärungen begab Elric sich zum Ausgang der Lichtung und betrat den Schachbrettpfad, der hinaus aus dem kuppelförmigen Bau führte. Ich erkannte, dass er eben jenen Weg einschlug, über den ich hierhergelangt war.

Während ich ihm noch verdutzt hinterher starrte und herauszufinden versuchte, was es mit seinem Verhalten auf sich hatte, schwebte das Katzenwesen ebenfalls zum Ausgang und drehte sich schließlich noch einmal zu mir um.

»Willst du etwa nicht mitkommen, Alice?«, fragte es, wobei das übermäßig große Grinsen nach und nach verblasste.

»Doch, doch! Natürlich!« Ich erwachte aus meiner Starre und versuchte, nicht weiter an Elric zu denken. Er hatte mir immerhin selbst offenbart, dass er an zeitweiligem Wahnsinn litt, weshalb ich das Einstecken von Zuckergusstörtchen dieser Kategorie zuordnete.

Möglicherweise hatte er auch einfach an Proviant gedacht, denn wer konnte schon wissen, wie lange wir unterwegs sein würden? Als mir dieser Gedanke kam, verfluchte ich mich selbst dafür, dass ich nicht auf die Idee gekommen war, mir für die Reise etwas Essbares einzustecken.

Ich eilte der grinsenden Katze hinterher und holte Elric schnell wieder ein. Sobald die Wärme der Lichtung von meiner Haut wich und die Kälte der Nacht wieder über meinen Körper herfiel, begann ich zu zittern. Auch das Ticken der Uhren nahm zu und untermalte jeden meiner stolpernden Schritte. Es holte mich in die Realität zurück, sodass ich bei Sinnen blieb.

Ich wagte es nicht, eine neue Unterhaltung vom Zaun zu brechen. Die letzten Gesprächsversuche meinerseits waren bei Elric stets auf Ablehnung gestoßen oder in einer mittelschweren Katastrophe geendet, weshalb ich es mir einfach ersparen wollte, noch tiefer in seinem Ansehen zu sinken.

Stattdessen kratzte ich meinen letzten Rest an Würde zusammen, drückte den Rücken durch und blickte stur geradeaus.

Alice, die Kämpferin, war zurückgekehrt. Und so schnell würde ich nicht kleinbeigeben.

Selbst wenn ich mich innerlich ausgelaugt und von der Welt verlassen fühlte, so wirkte ich hoffentlich immer noch selbstsicher und stark. Diese Fassade musste ich unbedingt aufrechterhalten, sie war das Letzte, was mir geblieben war. Ich musste darauf setzen, dass Elric mich noch nicht durchschaut hatte.

So gingen wir eine Weile schweigend voran, bis wir erneut an der Gabelung mit den nicht hilfreichen Wegweisern ankamen. Ich wagte es an dieser Stelle nicht, zum Mond hinaufzublicken, um das falsche Abbild zu sehen.

Dieses Mal schlugen wir den rechten Pfad ein und marschierten den schwarz-weiß gekachelten Weg entlang, der ebenfalls von tickenden, scheinbar leblosen Bäumen gesäumt wurde.

Mit jedem Schritt in diese Richtung beschlich mich das Gefühl, als würde sich der Wald um uns herum immer mehr verdunkeln. Die Finsternis schwoll sekündlich an, je tiefer wir vordrangen. Jegliche Geräusche wurden von der Düsternis verschluckt, sowohl das Ticken der zwischen den Kupferbäumen baumelnden Taschenuhren als auch die Laute unserer Schritte auf dem steinernen Untergrund.

Ich betrachtete schließlich doch den verblassenden Mond über unseren Köpfen. Sein Verschwinden kündigte den Beginn eines neuen Tages an, was wiederum bedeutete, dass ich mich schon viel zu lange an diesem Ort aufhielt.

Doch statt des erhofften Tageslichts umgab uns weiterhin eine schwere, von den metallischen Blättern der Bäume triefende Dunkelheit. Es schien, als würde die Nacht selbst von ihnen herabtropfen wie tiefschwarze Tinte.

Und während eigentlich der Morgen anbrechen sollte, verschluckte uns die ewige Nacht mit Haut und Haar. Sie hielt uns innerhalb dieses Waldes gefangen.

Die Stille war das Schlimmste an dem Ganzen, denn ich hatte das Gefühl, dass ich nicht einmal mehr meine eigenen Gedanken hören konnte.

Ich wollte schreien, zurückrennen und das Licht der morgendlichen Sonne suchen. Doch in Elrics Gegenwart durfte ich mir meine Ängste nicht anmerken lassen. Ich würde unter keinen Umständen nachgeben, sondern standhaft bleiben.

Gerade in dem Moment, als ich mir sicher war, dass die Essenz der Nacht bereits in meinen Adern pulsierte und sich mein Herz in einen Klumpen verwandelte, erklang Grinsers freudig vibrierende Stimme, die die Worte verlauten ließ, die mich vor dem Erdrückt werden bewahrten.

»Wir sind da.«

5
Der Weise

Unsere Umgebung wurde von einem fahlen Lichtstrahl erhellt, der durch die dicht beisammenstehenden Kupferbäume drang. Die Nacht haftete wie ein Schatten auf meiner Haut, sodass ich mich in diesem Waldabschnitt unbehaglich und fremd fühlte. Die Äste warfen ihre bis zur Unkenntlichkeit verzerrten Silhouetten auf den steinigen Boden, während zugleich jegliche Farbe aus dem uns umgebenden Wald gewichen zu sein schien, da alles um mich herum ergraut und trist wirkte.

Plötzlich nahm ich einen seltsamen Geruch wahr, eine Mischung aus Kräutern, Rauch und … Benzin? Fadenartige, hauchdünne Schlieren waberten vor meiner Nase herum.

»Was ist das?«, wunderte ich mich, woraufhin Elric mir einen tödlichen Blick zuwarf. Ich beschloss, lieber den Mund zu halten. Wir schritten weiter, bis wir in einer Sackgasse landeten, in der sich die Bäume vor uns wie eine Wand aneinanderreihten und den Durchgang versperrten.

Hier war absolut nichts vorzufinden, warum also behauptete Grinser, wir wären bereits am Ziel angelangt?

Ich wandte mich zu meinen Begleitern um und wollte meine Zweifel aussprechen, als Elric mir erneut das Wort abschnitt.

»Vertraust du mir etwa nicht?«

Die Frage des Hutmachers traf mich unvorbereitet, weshalb ich zunächst nachdenklich stockte.

»Natürlich nicht«, erwiderte ich jedoch so schnell wie möglich.

Er zuckte gleichgültig mit den Schultern. »Das gestaltet die ganze Angelegenheit natürlich ein wenig schwieriger …«

Er begann, in seiner Anzugtasche herumzuwühlen und zog den ledernen Beutel hervor, in dem er kurz zuvor die Süßspeisen verstaut hatte. Nach kurzem Überlegen griff er hinein und beförderte das Stück Kuchen zutage. Es wirkte weich und war von einem saftigen, dunklen Braun. Schokolade.

Auf der Oberseite des Kuchens stand in geschwungenen Buchstaben mit rosafarbenem Zuckerguss geschrieben: *Iss mich.*

Auffordernd hielt Elric mir das Dessert hin. In meinen Fingern kitzelte bereits die Vorfreude auf den süßen und zugleich saftigen Geschmack, doch ich hielt mich zurück.

»Denkst du nicht, dass die Situation ein wenig unpassend ist, um ein Picknick zu veranstalten?«, spottete ich, doch wie zu erwarten veränderte sich seine steinerne Miene nicht.

»Ich verspreche dir, du wirst es nicht bereuen, dieses Kuchenstück zu essen«, meinte er bloß. Also musste es sich demzufolge um ein menschenfreundliches Stück Kuchen handeln. Keine Halluzinationen, keine Taubheit, keine Lachanfälle …

Ich wusste nicht, was Elric beabsichtigte, aber meine Neugier zwang mich, es herauszufinden. Der Hutmacher würde mir bestimmt nicht grundlos den Kuchen geben, den er vorher so sorgsam zwischen all den anderen Törtchen herausgesucht hatte. Ich seufzte ergeben und griff nach dem Gebäck, führte es zum Mund und warf Elric noch einen abfälligen Blick zu, bevor ich es mit einem Bissen verschlang. Kaum einen Augenblick später begann der Teig in meinem Mund zu zerfallen, weshalb sich ein zunächst sanftes und schließlich dominantes Prickeln von meiner Zunge über meinen gesamten Körper ausbreitete.

Ich starrte Elric entsetzt an, während sich die Sehnen unter meiner Haut dehnten, meine Knochen knackten und meine Gliedmaßen in die Länge schossen. Das Prickeln wich einem schmerzhaften Ziehen, welches sich ins Unermessliche steigerte. Es fühlte sich so an, als wäre ich von einer unsichtbaren Macht zerrissen worden. Das Brechen meiner Knochen erzeugte ein hohles Geräusch, das durch meine Schreie übertönt wurde. Die Qualen verhinderten meine Gedankengänge, blockierten meine Überlegungen, sodass ich zu nichts anderem fähig war, als zu schreien.

Nach einer gefühlten Ewigkeit ließen die Schmerzen nach, bis ich schließlich nur noch ein elektrisierendes Kribbeln auf meiner Haut wahrnahm. Ich hatte bis zu diesem Moment gar nicht bemerkt, dass ich meine Augenlider instinktiv geschlossen hatte, doch als ich sie nun wieder aufriss, konnte ich zunächst gar nicht fassen, was ich vor mir sah.

Zu meinen Füßen lag der metallische Kupferwald. Seine Bäume waren zu der Größe von Grashalmen zusammengeschrumpft, obwohl sie mich wenige Minuten zuvor noch um zwei Meter überragt hatten. Die Morgensonne erhellte meine Umgebung und wusch die Schatten der Nacht von mir. Der schwarze Nebel, der um meine Waden waberte und die Umgebung unter mir in Dunkelheit tauchte, erzeugte eine Gänsehaut, die an meinen Beinen empor kroch. Als ich mich hinab beugte und neben meine eigenen Füße blickte, konnte ich zwei daumengroße Wesen erkennen … höchstwahrscheinlich Elric und Grinser.

»Verdammt! Ich dachte, in dem Kuchen wäre nichts drin gewesen!«, keifte ich den zu einem winzigen Fleck am Boden komprimierten Elric an, wobei die metallischen Blätter durch die Kraft meiner Lunge lautstark zu klimpern begannen. In meinen Ohren hörte es sich an wie ein Windspiel, doch für meine beiden Begleiter war es vermutlich ohrenbetäubend laut. Aber das war mir nur mehr als recht. Die Stille hier oben wurde ansonsten durch nichts gestört, selbst das Ticken der abertausend Uhren drang nicht mehr zu mir hoch. Auch der Metallgeruch hatte sich verflüchtigt, dafür hatte sich der Gestank nach verbranntem Benzin umso mehr verstärkt.

In diesem Augenblick musste ich seltsamerweise an den Rat meines Vaters denken, den er mir als kleines Kind immer mit auf den Weg gegeben hatte: »Nimm unter keinen Umständen Süßigkeiten von Fremden an, Alice. Niemals.«

Er hatte recht behalten …

»Was war in diesem Kuchen drin?« Meine Stimme schwoll immer mehr an, während ich einen gezielten Tritt in die Nähe von Elric platzierte. Das sanfte Zittern, das ich an meinen Fußsohlen spürte, rief dort unten vermutlich ein Erdbeben hervor. Das würde ihm hoffentlich eine Lehre sein.

Seufzend wandte ich mich schließlich von ihm ab und schmiedete Pläne, wie ich Elric umbringen würde, sobald die Wirkung des Kuchens nachgelassen hatte. Ich ließ meinen Blick nach vorn schweifen. Der Ausblick verschlug mir den Atem und erstickte jegliche Gedanken an den Hutmacher im Keim.

Vor mir befand sich ein gigantischer Pilz, dessen Strang meterweit in die Höhe ragte, sodass ich mühelos die Lamellen unterhalb des Hutes erkennen konnte, wenn ich mich vorbeugte.

Der Pilz strahlte in grellen Neonfarben, als wäre er radioaktiv verseucht worden. Zu allem Überfluss saß ein alter Mann mittig auf der vielfarbigen Kuppe. Beim genaueren Hinsehen erkannte ich allerdings schnell, dass das fremde Wesen lediglich das faltige Gesicht eines Greises, aber den metallischen Rumpf einer Raupe besaß.

Vor dem linken Auge trug die kuriose Erscheinung ein Monokel, das sie mithilfe eines dünnen Kettchens, welches an ihrer Panzerung verankert war, zurechtrückte. Sobald sie sich in meine Richtung bewegte, schien es, als würde der wuchtige Körper aus mehreren gewölbten Platten bestehen, die bei jeder Geste aufeinander zurollten und sich voneinander abstießen. Etwa zehn feingliedrige Stummelbeine wanden sich aus den Plattensegmenten hervor. Sie schienen sich mir förmlich entgegenzustrecken, als das Geschöpf sich langsam aufrichtete.

Mit einem Mal war ich mir mehr als sicher, einer Halluzination aus meinem Drogenrausch gegenüberzustehen. So etwas konnte unmöglich meiner eigenen Fantasie entsprungen sein und eine Gehirnerschütterung aufgrund des Sturzes hätte wohl kaum solch seltsame Bilder in meinem Kopf erzeugt.

Vor der gigantischen Raupe war eine schwarze Wasserpfeife aufgebaut, aus deren Mundstück das Wesen regelmäßige Züge nahm, bevor es mir den Rauch unvermittelt ins Gesicht pustete.

Der schwere Benzingeruch stammte also von hier.

Hinter dem eng anliegenden Monokel der Raupe konnte ich trübe graue Augen ausmachen, die von schweren Schlupflidern beinahe überdeckt wurden. Unweigerlich hatte ich das Bedürfnis, ihrem Blick auszuweichen.

»Wer bist du?«

Die rauchige, scheinbar körperlose Stimme ließ mich zusammenfahren, da mein Gegenüber kaum die Lippen bewegt hatte. Ich räusperte mich und ermahnte mich selbst, meine Zunge zu hüten.

»Mein Name ist Alice«, erwiderte ich lediglich.

Die Raupe wiegte den Kopf hin und her, als überlegte sie, ob meine Aussage der Wahrheit entsprach.

»Es heißt, du könntest mir helfen, meinen Weg nach Hause zu finden. Ist das so?«, fragte ich geradeheraus, da das Wesen kein Wort mehr in den Mund nahm.

Ein Schmunzeln breitete sich auf den faltigen Lippen der Raupe aus. Sie nickte träge. Erleichterung darüber, endlich auf jemanden getroffen zu sein, der mir helfen wollte, überschwemmte mich. Ich starrte das Wesen erwartungsvoll an und war froh darüber, endlich Antworten auf meine Fragen zu erhalten.

»Was gedenkst du denn, Alice, ist dein Zuhause?«

Seine Frage ließ mich stutzen. Ich wusste nicht, was er von mir verlangte, weshalb ich stotternd zu erzählen begann: »Ich stamme aus London, der Hauptstadt von Großbritannien, und würde gern dorthin zurückkehren. Würdest du mir den Weg zeigen? Man sagte mir, du wärst weise genug, um mir helfen zu können.«

Ein entrüstetes Schnauben folgte auf meine Worte und sogleich wurden mehrere Abgaswolken in meine Richtung gepustet. Ich hustete lautstark und wedelte die dunklen Schwaden aus meinem Gesicht.

»Zweifelst du etwa an meinen Fähigkeiten, Kind? Du solltest wissen, dass ich über die Gabe des *Blickes* verfüge. Ich kenne jede Minute, jede Sekunde der Vergangenheit und Gegenwart dieses Ortes, als hätte ich sie selbst gelebt. Ich bin der Wächter Wunderlands. Und ich habe auch deine Ankunft vorausgesehen.«

Ich hielt inne und betrachtete den Weisen neugierig. »Was spielt das für eine Rolle für mich?«, fragte ich ahnungslos.

Meine Nerven spannten sich an, als die Raupe mich bloß milde belächelte.

»Das bedeutet, dass eine Rückkehr in deine alte Heimat keine Option ist. Dir wurde eine größere Rolle im Gefüge der Zeit zugedacht. Ich habe es gesehen.«

Was? Wovon redete er denn da?

Dass ich nicht nach Hause zurückkehren konnte, weil er es so vorausgesehen hatte?

Zwar verstand ich nicht jedes Wort, das der Weise von sich gab, doch eines verstand ich nur allzu deutlich: Er verweigerte mir die Heimkehr. Und das würde ich nicht auf mir sitzen lassen.

»Nein!«, rief ich entschlossen zu ihm hinauf.

»Nein?« Die Raupe wirkte trotz der Nachfrage nicht einmal erstaunt, sondern neugierig. Hatte sie etwa nicht vorausgesehen, dass ich mich diesem Schicksal nicht leichtfertig fügen würde?

»Nein, ich werde nicht hier bleiben! Ich gehöre nicht hierher und wenn es nötig ist, dann werde ich den Heimweg auch allein finden. Anscheinend verweigert mir ja jeder hier seine Unterstützung.«

Der Weise machte eine Pause, in der er mich genauestens musterte. Während er sich zu mir hinab beugte, ertönte ein lautes Quietschen.

Es klang, als seien seine Scharniere eingerostet gewesen und seit langer Zeit nicht mehr geölt worden.

»Du wirst dein Zuhause auf diese Weise niemals finden.« Die dröhnende Stimme rauschte über mich hinweg und hallte noch ein paar Augenblicke in meinen Ohren nach. Die Worte klangen wie eine Drohung und ein Versprechen zugleich. Ich blinzelte verwirrt zu dem fremden Geschöpf hinauf, bevor mich die Verzweiflung packte und mich dazu trieb, gegen das Wesen anzugehen.

»Und ob ich das werde! Wo ein Eingang ist, muss auch ein Ausgang sein. Ich werde mein Zuhause finden und …«

»Du wirst nicht weiter nach deiner Heimat suchen können, denn du hast sie längst gefunden!«

Stille. Gegenseitiges Starren.

Was hatte die Raupe da gerade gesagt?

»Dein wahrer Ursprung ist hier, du stammst aus dieser Welt … zumindest teilweise«, fuhr die mechanische Raupe mit rasselnder Stimme fort und nahm einen weiteren, tiefen Atemzug aus der pechschwarzen Wasserpfeife.

»Wie meinst du das?« Meine Augen waren weit aufgerissen, da ich befürchtete, die Botschaft verstanden zu haben, die das Wesen mir gerade übermittelt hatte.

Hatte ich mich gerade verhört?

Ich sollte tatsächlich von diesem Ort abstammen?

Offenbar waren dem eigenwilligen Geschöpf die Benzindämpfe zu Kopf gestiegen und hatten sein Gehirn vernebelt … Besaßen die Wesen hier überhaupt ein Gehirn oder waren sie einfach alle verrückt?

»Du stammst aus diesem Land. Ich erkenne es klar und deutlich, die Ähnlichkeit ist untrüglich. Du siehst aus wie sie.«

Du siehst aus wie sie …

Diesen Satz hatte ich bereits so oft gehört, dass er sich in mein Gedächtnis gebrannt hatte. Erst kurz bevor ich mich von meinem Vater verabschie-

det hatte, hatte er exakt diese Worte an mich gerichtet. Ich erinnerte ihn an meine verschollene Mutter.

Eine böse Vorahnung brodelte in meinem Inneren auf.

Konnte es etwa sein, dass ich die gleichen Assoziationen bei der Raupe erweckte? Nein, das war unmöglich! Das würde ja bedeuten, dass sich meine Mutter hier im Wunderland aufgehalten haben musste …

»Ich kann dir nicht folgen …«

»Muss ich dir denn wirklich alles erklären?«, fragte die Raupe entnervt, sodass die blecherne Stimme in meinen Ohren wie ein Echo dröhnte. Als ich auf die Frage nicht reagierte, seufzte das fremde Wesen schicksalsergeben. Ich war viel zu sehr in meiner eigenen Gedankenwelt gefangen, als dass ich mich auf ein Gespräch mit ihm einlassen konnte.

Konnte es tatsächlich sein, dass dieser Weise meine Mutter kannte? Und womöglich auch wusste, was mit ihr nach meiner Geburt passiert war?

»Nun gut, ich werde dir von ihr erzählen. Ich erwarte, dass du mir lauschst und meine Erzählung nicht unterbrichst. Ich weiß genau, dass das Verlangen nach Antworten in dir brennt, aber du musst dich zügeln. Erst dann bin ich bereit, dir zu helfen.« Die Gestalt warf mir einen zweifelnden Blick zu, als würde sie abschätzen, ob ich bereit dazu war. Ich nickte bloß, begierig darauf, endlich zu erfahren, was es mit diesen rätselhaften Aussagen auf sich hatte.

»Es ist bereits einige Zeit her, als die Herzkönigin der Menschenwelt ihren letzten Besuch abstattete, eben jener Welt, aus der du stammst.« Bei der Art und Weise, wie die Raupe das Wort Menschenwelt ausspuckte, spürte ich Widerwillen in mir aufkommen. Mein Drang nach Gerechtigkeit drohte, an die Oberfläche zu gelangen, doch ich hielt mich weiterhin bedeckt.

»Einige Bewohner dieser Gegend munkelten, dass sie sich dort unsterblich in einen jungen Mann verliebt hatte und sogar ein Kind von ihm erwartete … Doch unser Königreich brauchte seine Königin, denn ohne eine leitende Hand würde das gesamte Land innerhalb kürzester

Zeit in Chaos und Anarchie verfallen.« Ein rasselnder Seufzer entfuhr dem Weisen, beinahe so, als bedauerte er die kommenden Sätze.

Ich wusste es! Bei dem jungen Mann musste es sich um meinen Vater handeln. Aber das bedeutete ja, dass …

Ich ahnte nichts Gutes.

»So kam es, dass die Königin von einem dir sicherlich bekannten weißen Kaninchen gewaltsam zu ihrer Gefolgschaft zurückgebracht wurde, um ihrem Reich auch in der Zukunft treu zu dienen. Dieses Geschehnis ereignete sich kurz nach der Geburt des königlichen Kindes. Doch nach der Rückkehr der Königin hatte sich etwas verändert… Die Herrscherin verspürte mit einem Mal eine tiefe Sehnsucht nach ihrer neugeborenen Tochter und dem Mann, den sie mehr als ihr Königreich zu lieben schien.« Die Raupe rümpfte die blecherne Nase, als wäre dies ein unverzeihlicher Verrat.

»Ihre Sehnsucht wurde zur Qual und wandelte sich schließlich in Wahnsinn. Damit diese nichtigen Gefühle nicht länger ihrer Regentschaft im Wege standen, schnitt man ihr das schlagende Herz aus der Brust und setzte eine Uhr ein, wie sie alle Einheimischen dieses Landes besitzen.« Die Emotionslosigkeit, mit der die Raupe diese Worte von sich gab, erschütterte mich ebenso sehr wie die Tatsache, dass man einer Frau ihr Herz genommen hatte, bloß weil sie Gefühle für ihre Familie besaß.

Sie schnitten … Hatte ich mich gerade verhört?

Tief in mir versteckte sich die Hoffnung, dass die Raupe lediglich scherzte. Wie konnte man einem Menschen, einer Frau das Herz aus dem Leib schneiden?

Wie grausam!

Die Tatsache, dass es sich bei der Frau um meine eigene Mutter handeln sollte, hatte ich noch gar nicht richtig realisiert.

War das womöglich die Erklärung für ihr jahrelanges Verschwinden?

Ich unterdrückte die Tränen, die in meinem Inneren aufwallten und drohten, die Oberfläche zu durchbrechen.

»Seitdem sie im Besitz der inneren Uhr ist, empfindet die Königin nichts mehr, weder Liebe, noch Reue oder Mitleid, sodass sie sich schnell zu einer emotions- und skrupellosen Herrscherin entwickelte. Doch wider Erwarten hatte sich eine Emotion bereits vor langer Zeit in ihrem Verstand eingenistet … Es war die Sehnsucht nach ihrer irdischen Familie. Um zu ihrer Tochter und ihrem Mann zurückkehren zu können, war sie bereit, ihr gesamtes Königreich zu opfern. Und so kam es, wie es kommen musste, und sie begann, einen Plan zu schmieden, um das Herz des Wunderlands zu zerstören. Viele sagen, dass sie die Lebensader dieses Ortes vernichten will, um in die Menschenwelt und zu ihrer Familie zurückkehren zu können, da es für sie keinen anderen Weg aus dieser Welt gibt. Durch ihre innere Uhr ist sie an *Wunderland* gebunden.«

Wortlos blickte ich zu der Raupe empor, die es offensichtlich genoss, einen aufmerksamen Zuhörer gefunden zu haben. Ein Lächeln breitete sich auf den runzligen Lippen aus, während sie meinen Blick erwiderte und wisperte: »Aber wer hätte schon ahnen können, dass ihre Tochter von selbst zu uns finden würde?«

Meine Gedanken und Gefühle überschlugen sich, sodass ich lediglich nach Luft schnappen konnte, nachdem die Raupe ihren Monolog beendet hatte.

Ich hatte also tatsächlich recht behalten.

Meine Mutter war die Herzkönigin. Die Herrscherin über Wunderland.

Trotz der Vorahnung, die mich überfallen hatte, traf mich die Bestätigung des Weisen hart. Es glich einem Schlag in die Magengrube und ließ jeden vernünftigen Gedanken in meinem Kopf verpuffen. Stattdessen wurde mir zum ersten Mal klar, dass ich damals nicht nur meine Mutter verloren hatte, sondern auch meine Mutter ihre Tochter.

Ich war immer davon ausgegangen, dass sie uns freiwillig verlassen hatte. Und nun stellte ich fest, dass sie gewaltsam auf einem Thron festgehalten wurde, der ihr nichts bedeutete und den sie bereit war, für uns, für mich, zu opfern. In all den verschwendeten Jahren, in all der

Zeit, in der ich mich allein und verlassen gefühlt hatte, war es meiner Mutter genauso ergangen.

War das zu fassen?

Wie konnte man so rücksichtslos und egoistisch sein, einer jungen Frau ihre eigene Familie zu entziehen? Begriffen die Wunderländer überhaupt, was sie da angerichtet hatten? Welche Gräuel sie begangen hatten? Oder war ihnen das alles gleichgültig?

Das Knirschen, das von den Gliedern des Weisen ausging, zerschnitt meine Gedankenstränge, während die Benzindämpfe mein Bewusstsein benebelten.

Ich sank auf meine Knie, wobei einige spitze Kupferbäume in meine Beine stachen, doch ich ignorierte den temporären Schmerz und versuchte stattdessen, die Qualen meiner Vergangenheit zu verarbeiten und zu verdrängen.

Kein Tag war vergangen, an dem ich nicht an meine Mutter gedacht hatte, an dem ich mir nicht ein Leben mit ihr zusammen ausgemalt hatte … Doch die Realität, ihre Abwesenheit, war umso schmerzhafter und unerträglicher gewesen.

Nie hatte ich zu träumen gewagt, dass meine Mutter sich ebenfalls danach verzehrt hatte, zu uns zurückzukehren.

Niemals wäre ich auf die Idee gekommen, dass sie noch einsamer als ich sein könnte, vollkommen allein und isoliert von der Familie, die ihr die Welt bedeutete.

Dass sie nun eine rachsüchtige Frau sein sollte, die viele unschuldige Leben aufs Spiel setzte, um zu ihrer Familie zurückzugelangen, löste Unbehagen in mir aus.

War sie tatsächlich ebenso rücksichtslos geworden wie die Wunderländer und versuchte, ihren Willen mit allen Mitteln und Wegen durchzusetzen?

Ich wünschte mir so sehr, dass ich sie endlich treffen könnte! All die Jahre hatte ich davon geträumt, ihr zu begegnen und die verlorene Zeit wiedergutzumachen. Ich musste unbedingt zu ihr!

»Du hast eine bedeutsame Aufgabe, Alice«, hauchte die Raupe, sodass mir eine weitere Rauchwolke ins Gesicht waberte, woraufhin sich meine Lungen schmerzhaft zusammenzogen. Ich hustete krampfhaft und versuchte vergeblich, das Zittern meiner Hände zu unterdrücken.

Ich würde mein schlagendes Herz darauf verwetten, dass die Aufgabe mit meiner Mutter zusammenhing.

»Du musst sie aufhalten.« Das war alles, was sie sagte.

»Was?« Ich verstand den Weisen nicht, konnte nicht vorhersehen, was er von mir abverlangte. Zwar hatte ich geahnt, dass er von mir verlangte, mit der Herzkönigin in Kontakt zu treten, dennoch wurde ich aus seinen Worten nicht schlau.

»Du musst sie davon abhalten, das Herz Wunderlands zu zerstören. Wenn es ihr gelingen sollte, so wird alles, was du hier siehst …« Die Raupe ließ einen ihrer stählernen Fühler über die endlose Weite der Landschaft schweifen, weshalb ich mich gezwungen sah, die Welt um mich herum genauer zu beobachten. Das bronzefarbene Kupfer der Bäume schimmerte in der Sonne. Vereinzelt wanden sich Seen aus klarem Wasser durch den Wald. Pfade aus schwarz-weißem Gestein blitzten hier und dort zwischen dem Metall auf. »… sterben.«

Die Macht dieses Wortes wurde mir erst bewusst, als ich meine Umgebung betrachtete und erkannte, dass die Existenz dieser Welt einzig und allein von meiner Entscheidung abhing.

Doch war ich wirklich so bedeutsam, wie die Raupe sagte? Konnte ich allein die Machtgefüge dieses Landes beeinflussen, nur weil ich die Tochter der Herzkönigin war? Was, wenn ich versagte und alles, was ich gerade vor mir sah, untergehen würde? Könnte ich mit dieser Verantwortung leben?

»Jeder einzelne Mechanismus wird versagen, da es keine Kraft mehr gibt, die ihn antreibt. So werden auch die inneren Uhren, die jeder Wunderländer anstelle eines Herzens trägt, ihre Funktion verlieren. Und das Gleiche gilt für deine Mutter. Sie ebnet sich den Weg zu ihrem eigenen Untergang. Auch sie wird vergehen, wenn sie so weitermacht wie bisher. Der einzige Weg, um zu ihrer Familie zu gelangen, wird direkt zu ihrem Tod führen.«

Nein! Nein, das durfte nicht passieren. Ich hatte doch gerade erst herausgefunden, wer meine Mutter war und wo ich sie finden konnte. Ich war ihr noch nie so nah wie in diesem Augenblick gewesen! Am liebsten würde ich mich sofort auf die Suche nach ihr begeben, um ihren Tod und den Untergang Wunderlands zu verhindern …

Die Stille hier oben erdrückte mich und ich wünschte mir mit einem Mal nichts sehnlicher, als das monotone Ticken der Taschenuhren zu hören, die in den Bäumen hingen.

»Nur du kannst sie aufhalten, auf dich wird sie hören, schließlich bist du ihre Tochter.« Das leise Raunen des Weisen fraß sich wie Säure durch meine Überlegungen.

Er hatte recht und ich keine andere Wahl. Entweder entschied ich mich dafür, meine Mutter zu treffen und sie von ihrem Vorhaben abzubringen, oder ich zog mich zurück und überließ Wunderland und meine Mutter ihrem Schicksal. Es gab eigentlich nur eine Entscheidung, die ich wirklich mit meinem Gewissen vereinbaren konnte.

Ich musste die Herzkönigin finden.

Euphorie keimte in mir auf, belebte mich wieder und ließ mich all die vergangenen Jahre vergessen, die aufgrund des Verschwindens meiner Mutter in Dunkelheit getaucht gewesen waren. Ich hatte nun tatsächlich die Möglichkeit, zu ihr zu gelangen!

Doch ehe ich mich versah, holte mich die Skepsis wieder ein und jeder Zweifel, jede Unsicherheit, die ich in der Vergangenheit durchlebt hatten, tosten in meinem Kopf umher.

Was, wenn ihre Menschlichkeit schon längst erloschen war?

Was, wenn meine Mutter nichts von mir wissen wollte?

Was, wenn ich nicht die Tochter war, die sie sich erhofft hatte?

Immerhin besaß sie kein Herz mehr … Doch bedeutete das ebenfalls, dass sie nicht mehr in der Lage sein würde, ihre eigene Tochter zu lieben?

Beim Gedanken an das Uhrwerk in ihrem Inneren schweiften meine Gedanken zu einem gewissen Hutmacher ab.

Elric hatte mir gestanden, nicht menschlich zu sein. Erst jetzt konnte ich den Sinn seiner Worte nachvollziehen.

In seinem Brustkorb tickte ebenfalls eine Uhr, die sein pochendes Herz ersetzte. Mir wurde klar, dass auch sein Leben in Gefahr war, falls ich die Herzkönigin, meine verloren geglaubte Mutter, nicht von ihrem wahnsinnigen Vorhaben abbringen konnte.

Doch natürlich blieb es nicht nur bei Elric. Auch Grinser und der Weise würden dahingerafft werden. Die Schraubenkäfer, Glühbirnenspinnen, Splitterdrachen und Glühwürmchen und noch viel mehr Lebewesen dieser Welt wären auch betroffen.

Nein! Das konnte ich nicht zulassen!

Ich musste all meinen Mut zusammenkratzen und mich meiner Vergangenheit in Gestalt der Frau, die mir das Leben zugleich geschenkt und mich durch ihre Abwesenheit geprägt hatte, stellen.

»Was muss ich tun?«, fragte ich entschlossen.

Die Raupe deutete ein Lächeln an, als hätte sie bereits mit dieser Antwort gerechnet.

»Zunächst musst du die vier Schlüssel mit den Symbolen Kreuz, Karo, Pik und Herz finden. Begib dich mit ihnen zum Herzen Wunderlands und verschließe es, bevor die Herzkönigin es beschädigen oder gar zerstören kann. Auf diese Weise ist es geschützt und nichts Bedrohliches kann ihm widerfahren.«

Viel zu einfach.

»Das ist alles?« Mein Erstaunen war unüberhörbar.

Die Raupe nickte andächtig und ermahnte mich zugleich: »Nimm die Aufgabe nicht auf die leichte Schulter… Unterschätze niemals die Macht der Verzweifelten.«

Die Macht der Verzweifelten …

Die Worte hallten in mir wider und krallten sich in meiner Seele fest. Meine Entschlossenheit wuchs durch die warnenden Worte des Weisen nur noch mehr an.

Ich würde Wunderland und damit meine Mutter retten. Komme, was wolle.

Nur wo sollte ich anfangen? Wo sollte ich mit der Suche der Schlüssel beginnen?

Der Weise schien meine Hilflosigkeit zu bemerken und seufzte leise, wobei eine winzige Rauchwolke aus seinem Mund entwich.

»Ich werde dir helfen«, offenbarte er daraufhin und begann mit schwerfälligen Bewegungen, auf mich zuzukriechen. Ein schrilles Quietschen entstand aufgrund der übereinander reibenden Metallplatten. Ich presste meine Zähne aufeinander und ballte meine Hände zu Fäusten, um der Versuchung zu widerstehen, mir die Ohren zuzuhalten. Wir standen uns nun von Angesicht zu Angesicht gegenüber, sobald ich mich auf meine Zehenspitzen stellte. Mit einem Blick deutete die Raupe an, dass ich die neben ihr ruhende Wasserpfeife an mich nehmen sollte. Unsicher darüber, was ich als Nächstes tun musste, griff ich nach dem länglichen Gegenstand und zog das Objekt näher heran.

Und was jetzt?

Als ich das schwärzliche Öl von innen gegen das gläserne Gehäuse der Flasche schwappen sah, musste ich unwillkürlich das Gesicht verziehen, da der Gestank in meiner Nase brannte.

»Öffne sie«, meinte die Raupe in einem auffordernden Ton.

Zögernd drehte ich die Rauchsäule zusammen mit der Dichtung ab, bis ich nur noch die geschwungene Flasche in meiner Hand hielt, in deren Innerem die schwarze Flüssigkeit vor sich hin gluckerte.

Ich blickte zweifelnd zur Raupe hinauf, welche mir mit einer ungelenken Geste ihrer Stummelarme andeutete, dass ich in das Glasgefäß hinein fassen sollte. Da mir keine andere Option blieb, ließ ich meine Hand durch den breiten Flaschenhals gleiten, bis meine Fingerspitzen in die zähe Flüssigkeit eintauchten. Erstaunlicherweise war diese lauwarm anstelle der erwarteten Hitze, welche benötigt wurde, um Dampf zu erzeugen. Anscheinend hatte sich die ölige Substanz schneller abgekühlt, als ich gedacht hätte.

Hier herrschten anscheinend andere Regeln und Gesetze…

Meine Gedanken rasten, während ich nun meine gesamte Hand in die Schwärze eintauchte und mich bis zum gläsernen Grund hinab tastete.

Sobald meine Fingerspitzen gegen ein winziges Objekt stießen, hielt ich gespannt die Luft an. Ich ergriff das unförmige Ding und umklammerte es mit all meiner Kraft, damit es mir nicht versehentlich durch die Finger glitt, als ich meine Hand wieder ans Tageslicht beförderte. Ich sah, dass die schwarze Flüssigkeit an mir haftete wie eine klebrige zweite Haut, und wagte es schließlich, meine Handfläche zu öffnen, um den Gegenstand zu betrachten, den ich aus der Wasserpfeife herausgefischt hatte.

Ein Schlüssel.

Ich blickte die weise Raupe fragend an.

»Ist das etwa …?«, begann ich, doch meine Stimme versagte, noch bevor ich den Satz vollenden konnte.

»Ja. Das ist einer der Schlüssel zum Herzen Wunderlands.« Der Weise klang traurig und ich verspürte sogleich das Bedürfnis, ihm über die metallische Panzerung zu streichen, doch meine Hand verharrte inmitten der Bewegung, da sich die Raupe bereits auf das Zentrum des Pilzes zubewegte.

So nahm ich stattdessen den Schlüssel in die andere Hand, um ihn näher betrachten zu können. Die schwarze Flüssigkeit perlte widerstandslos von seiner glänzenden Oberfläche ab, welche blank poliert und silbrig im Sonnenlicht aufblitzte. Ich erkannte bei genauerer Betrachtung, dass die Schlüsseleinschnitte ein für ein Kartenspiel übliches Kreuz formten, während ich den schlanken Schaft mit meinen Fingerspitzen umschloss.

Das obere Ende des Schlüssels war jedoch am auffälligsten. Es sah aus wie ein geöffnetes Paar Schmetterlingsflügel, das durch feine Gravuren und einen in ihrer Mitte eingefassten schwarzen Edelstein verziert wurde. Der Stein besaß ebenso die Form eines Kreuzes. Staunend drehte ich den Schlüssel im Sonnenlicht und beobachtete, wie sich das Licht in Tausenden Farben an den Kanten des Edelsteins brach und sie auf die metallische Oberfläche der Raupe reflektierte.

»Warum bist du im Besitz des Schlüssels?«, fragte ich den Weisen eindringlich, während ich weiterhin die filigranen Schmetterlingsflügel aus Silber bewunderte. Hätte ich nicht das starre Metall auf meiner Handfläche gespürt, so hätte ich fast damit gerechnet, dass der Schlüssel zum Leben erwacht und davongeflogen wäre.

Hier in Wunderland schien alles möglich.

»Ich bin sein Hüter und Beschützer. Ich verwahre ihn schon, solange ich denken kann. Mein Verstand und meine Klugheit sind der beste Schutz für einen solch wertvollen Gegenstand. Nun ist allerdings die Zeit gekommen, in der dieses Objekt nicht länger versteckt werden darf, sondern seinen Zweck erfüllen muss. Er ist nun dein…« Die Enttäuschung in der Stimmfarbe des Weisen blieb mir nicht verborgen. Ich schloss meine Finger um den Schlüssel und blickte zu ihm auf.

»Keine Sorge, ich werde dafür sorgen, dass eure Heimat sicher bleibt. Auf mich wird die Königin hören, immerhin bin ich ihre Tochter«, wiederholte ich die Worte der Raupe.

Ich wusste nur zu gut, dass ich mir selbst etwas vorgaukelte und meine Zuversicht gespielt war. Doch im Augenblick blieb mir keine andere Möglichkeit, als darauf zu hoffen, dass meine Mutter mich wiedererkennen und ihr Vorhaben über Bord werfen würde. Der Weise nickte bedenklich und gab mir mit seinem wissenden Blick zu erkennen, dass er mich durchschaut hatte.

»Vergiss nur eines nicht, Alice …«, fügte er mit einem angedeuteten Lächeln hinzu.

»Es ist auch deine Heimat.«

6

Undurchschaubar

Ich schloss meine Finger um das winzige Objekt, spürte das kühle Metall auf meiner Haut und wandte mich von dem Weisen ab. Nervös strich ich mit dem Daumen über den Edelstein, der in den oberen Teil des Schlüssels eingefasst war. Von dort aus breitete sich ein sanftes Prickeln über meine Haut aus und ich wusste bereits, dass die Wirkung des Kuchens nachließ und der Schrumpfprozess einsetzte.

Mit jeder Sekunde verkleinerte ich mich um einige Zentimeter, sodass meine zum Zerreißen gespannte Haut sich wieder zusammenzog. Meine Knochen knackten erneut lautstark und auch die Schmerzen kehrten schlagartig zurück, doch dieses Mal war ich vorbereitet und presste die Zähne so fest aufeinander, bis sie zu knirschen begannen. Schwindel überfiel mich und ich spürte, wie ich bedrohlich schwankte. Trotz meines benebelten Bewusstseins war ich in der Lage, meine Balance aufrechtzuerhalten.

Erstaunt nahm ich einen kupfernen Geschmack in meinem Mund wahr und ich fragte mich, ob es der Geruch der metallischen Bäume sein konnte, der nun auch meine Zunge belegte. Doch ich stellte schnell fest, dass es Blut war, das sich in meinem Mund ausgebreitet hatte. Ich hatte mir tatsächlich vor Anstrengung die Unterlippe aufgebissen.

Nach wenigen Sekunden, die mir allerdings wie eine Ewigkeit vorgekommen waren, befand ich mich wieder auf der Höhe der Kupferbaumkronen. Ich schaute ein letztes Mal nach oben, um noch einen flüchtigen Blick auf die weise Raupe zu erhaschen. Allerdings musste ich niedergeschlagen feststellen, dass sowohl der Pilz als auch der Weise selbst von dichten Wolken umgeben und somit nicht mehr sichtbar für mich waren.

Auf einmal begriff ich, dass nur diejenigen den Weisen zu Gesicht bekamen, die sich mit seiner Größe messen konnten und sich ihm damit würdig erwiesen.

Allmählich begann ich wieder, das altbekannte Ticken der Taschenuhren aus dem Kupferwald zu vernehmen, weswegen ich erleichtert die angehaltene Luft ausstieß. Ich hatte dieses Geräusch unbewusst vermisst und war nun fast schon erleichtert, als ich es wieder hören konnte.

Würde es meinen Mitmenschen genauso ergehen, wenn ich nach London zurückkehrte? Würden sie mich erst durch meine Abwesenheit zu schätzen wissen?

Während ich noch meinen Befürchtungen nachhing, hatte ich meine normale Größe wiedererlangt.

Erst als ich wortwörtlich wieder auf dem Boden der Tatsachen angelangt war, begann ich zu realisieren, was gerade geschehen war.

Ich hatte erfahren, dass meine Mutter noch am Leben war und sie gerade zum Greifen nah war. Und ganz nebenbei hatte ich mir die Last einer ganzen Welt aufgebürdet und musste mich nun auf die Suche nach drei Schlüsseln begeben, die sich praktisch überall verbergen könnten.

Wie sollte ich das anstellen?

»Oh mein Gott!« Ich begann, am ganzen Leib zu zittern, und atmete unkontrolliert ein und aus.

Und als wäre das ganze Chaos noch nicht genug gewesen, hatte ich gerade die Höhe eines verdammten Wolkenkratzers angenommen und wieder verloren!

Selbst wenn ich den Filmklassiker King Kong wahnsinnig mochte, war mir ziemlich unwohl bei dem Gedanken daran, so riesig wie ein Hochhaus gewesen zu sein.

Mein Herz raste und ließ mir keine Ruhe, bis ich mit schweißnassen Fingern meinen Körper betastete. Zuerst die Arme und Beine, schließlich die Rippen, Schultern und Hüften.

Bitte lass nichts gebrochen sein!

Ich vergewisserte mich, dass ich noch ein zusammenhängendes, funktionierendes und vor allem menschliches Wesen war. Die Verrenkungen, die ich während des Wachsens und Schrumpfens durchlitten hatte, waren zumindest von außen nicht mehr erkennbar. Kein Hinweis deutete auf die kürzliche Veränderung meines Körpers hin.

Ich dachte zurück an die Höllenqualen, die ich noch vor wenigen Sekunden verspürt hatte, und konnte nicht glauben, dass ich keinen Schaden aus dem rasanten Wachstumsschub davongetragen hatte. Perplex starrte ich an mir hinab. Für mich war das Ganze unverständlich, ein Rätsel, dessen Knackpunkt ich einfach nicht erkannte.

»Wie?« Die unbeantwortete Frage blieb ohne Antwort in der Luft hängen. Fassungslos wischte ich mir den Angstschweiß mit dem Handrücken von der Stirn.

Ich konnte mir das alles doch unmöglich eingebildet haben!

Zuletzt hob ich meine vor Nervosität bebende Hand auf die Stelle, an der mein Herz unter Haut und Rippen verborgen lag. Dies war der Moment, vor dem ich mich am meisten gefürchtet hatte, seit ich damit begonnen hatte, mich selbst nach Verletzungen abzusuchen.

Ich musste mich einfach versichern, dass ich noch immer ich selbst war.

Als ich das stetige Pochen anstelle eines mechanischen Tickens verspürte, fiel ein gigantischer Felsbrocken von meinem Herzen. Erleichtert stellte ich fest, dass ich mich in diesem Punkt nicht verändert hatte. Ich war immer noch die alte Alice – und ein intakter Mensch.

»Hier steckst du also!« Die plötzlich ertönende Stimme ließ mich vor Schreck zusammenfahren und gleich darauf vor Wut explodieren. Mit diesem gewissen Jemand hatte ich noch ein gewaltiges Hühnchen zu rupfen! Und so leicht würde er mir nicht davonkommen.

Elric würde büßen für das, was er mir angetan hatte!

Der Hutmacher trat hinter einem umgeknickten Kupferbaum hervor, dessen Entwurzelung wohl mein Verdienst gewesen war.

Schließlich hatte ich als Riesin kaum darauf achten können, was ich tat. Jede Bewegung hatte Folgen, die ich nicht vorhersehen konnte.

Seine zerzausten schwarzen Haare standen unter der Krempe seines Zylinders ab. Ich hatte mit einem Mal das Bedürfnis, ihm den Hut abzunehmen und durch die unbändigen Locken zu streichen … *und ihm gleichzeitig eine schallende Ohrfeige zu verpassen.*

»Du verdammter …« Mir fiel einfach kein Schimpfwort ein, das ihm auch nur ansatzweise gerecht wurde. »Was zur Hölle hast du mir da verabreicht?«, fragte ich stattdessen entrüstet und rammte ihm meinen Zeigefinger gegen die Brust.

Offensichtlich nahm er meinen Zorn nicht ernst, denn er lachte auf. Ein kehliges Brummen, das mich beinahe vergessen ließ, warum ich mich mit ihm stritt. Allerdings nur beinahe.

»Das ist nicht witzig, du Idiot! Ich dachte, ich würde sterben!«, fuhr ich ihn an, woraufhin sein Lachen verstummte.

»Das war Wachstumskuchen. Sei lieber froh, dass du während meiner Teegesellschaft nicht heimlich davon genascht hast.« Er grinste schadenfroh, als er meine erstarrte Miene bemerkte. Tatsächlich hatte er mir erklärt, dass so ziemlich jeder Kuchen eine andere Wirkung auf Menschen ausübte. Mit einem Schaudern dachte ich zurück an meinen Kicheranfall und die Halluzinationen, die mich beinahe meines Verstandes beraubt hatten, weil sie mich denken ließen, dass die Farben dieser Welt zerflossen wären.

»Nur auf diese Weise konntest du mit dem Weisen kommunizieren. Und darf ich dich daran erinnern, dass du es warst, die mich als Riesin beinahe plattgetreten hätte?«, rief mir der Hutmacher ins Gedächtnis. Ich überhörte den sarkastischen Unterton in seiner Stimme.

»Es ist ja nicht so, dass du es nicht verdient hättest.«

Erneut deutete sich ein Lächeln auf seinen Lippen an, während die verschiedenfarbigen Augen meinem mörderischen Blick mit Leichtigkeit standhielten. Ich schnaufte entnervt.

»Trotzdem hättest du mich vor den Auswirkungen des Kuchens warnen sollen. Was wäre geschehen, wenn der Kuchen Nebenwirkungen gehabt hätte? Oder wenn irgendetwas in deinem grandiosen Plan schiefgelaufen wäre? Stell dir doch mal vor, was geschehen wäre…« Ich fuchtelte nach einer Erklärung suchend mit den Händen in der Luft herum. »… wenn meine Kleidung nicht mitgewachsen wäre!«

Oh Gott! Eine nackte Riesin … den Anblick hatte ich Wunderland wirklich gern erspart.

Elric lachte trocken auf und musterte mich abschätzend.

»Ich mache keine Fehler, Alice. Hätte ich dich über das Gebäck aufgeklärt, so hättest du nicht einen Bissen davon gekostet. Hätte ich von anderen Nebenwirkungen gewusst, dann hätte ich ihn dir nie verabreicht und wäre ich mir nicht sicher gewesen, dass alles mitwächst, womit du zum Zeitpunkt des Wachstumsprozesses in Berührung kommst, hätte ich die Süßspeise niemals mit auf unsere Reise genommen.« Er blickte mich starr an und zählte die einzelnen Punkte an seinen Fingerspitzen ab. Nachdem er mich einen Moment lang intensiv gemustert hatte, breitete sich ein schelmisches Grinsen auf seinem Gesicht aus.

»Schließlich hätte ich dich auf gar keinen Fall nackt sehen wollen«, fügte er mit einem Zwinkern hinzu, das meine Wangen vor Scham glühen ließ.

So ein Mistkerl!

Ich presste meine Lippen aufeinander, sodass sich das Blut meiner aufgesprungenen Lippe in meinem Mund sammelte und mich davon abhielt, ihn mit Schimpftiraden zu bombardieren.

Das Ticken der Uhren dröhnte in meinen Ohren und sobald ich meine Aufmerksamkeit vollkommen auf das gleichmäßige Geräusch fokussierte, nahm auch mein Herz den ruhigen Gleichtakt an. Ich zwang ein Lächeln auf meine Lippen und vermittelte Elric auf diese Weise, dass seine Worte wirkungslos an mir abprallten und mir am Allerwertesten vorbeigingen.

Die Kanten des Schlüssels schnitten in die Innenfläche meiner Hand, als ich diese zusammenballte. Sie erzeugten einen scharfen Schmerz, der ein Ventil für meine aufgestaute Wut bildete.

Der Schlüssel …

Anscheinend hatte Elric recht und er war zusammen mit mir geschrumpft.

»Was hat der Weise dir gesagt?«, fragte Elric nun vorsichtiger, als rechnete er damit, dass ich im nächsten Moment die Fassung verlor. Seine geheuchelte Freundlichkeit konnte er sich an einen bestimmten Ort stecken, an dem niemals die Sonne schien. Nach seinen dämlichen Sprüchen verspürte ich eher das Bedürfnis, ihm meine Faust ins Gesicht zu rammen, als vernünftig mit ihm zu reden.

»Oh, du meinst die gigantische namenlose Raupe aus Metall? Ach, wir haben nur ein bisschen geplaudert«, erwiderte ich schnippisch.

Was erwartete er denn bitte, von mir zu hören?

Ich war immer noch wütend auf ihn, obwohl Wut nicht mal ansatzweise meine Gefühle für den Hutmacher widerspiegelte.

In meinem Inneren kochten erneut all die unterdrückten Emotionen hoch, die ich gerade erfolgreich in den hintersten Bereich meines Kopfes verdrängt hatte.

Ich wusste nicht, was Elric von mir erwartete oder sich von meiner Begegnung mit dem Weisen erhoffte. Ich wusste ja gerade selbst nicht, wohin mit mir. Die Aufgaben, die vor mir lagen, schienen mich zu überragen und wirkten unmöglich. Und ich fürchtete mich davor, dass ich sie nicht bewältigen konnte. Mein Versagen würde das Ende für Wunderland bedeuten. Was sollte ich bloß tun?

»Wenn du darüber reden willst, bin ich für dich da. Ich weiß, wie es sich anfühlt, fehl am Platz zu sein.« Das Mitleid triefte wie Säure von seinen Worten, sodass sie mich innerlich zerfraßen. Ich schaffte mehr Distanz zwischen uns, indem ich einen Schritt zurücktrat. Mein vorwurfsvoller Blick streifte den seinen.

Wem machte er eigentlich etwas vor?

»Du weißt ohnehin schon, wer ich bin. Du wusstest es von Anfang an. Was soll ich dir also noch Neues berichten können?« Als seine Augen den Kontakt zwischen uns hielten, konnte ich darin lesen, dass er sich ertappt vorkam. Ich hatte also recht. Er hatte von Anfang an geahnt, dass ich die Tochter der Herzkönigin war und mir gegenüber kein Wort erwähnt.

Aber was hätte er auch sagen sollen?

Vermutlich fand er keine Worte für diese seltsame Situation. Ich schaffte es ja nicht einmal selbst, sie in Worte zu fassen, wie konnte ich es also von anderen erwarten?

Ich schloss kurz die Augen und atmete tief durch, um wieder runterzukommen. Das Adrenalin rauschte immer noch ungehalten durch meine Blutbahnen und ließ mir keine ruhige Minute. Mein Herz pumpte rasend schnell und ich spürte es mit einer Heftigkeit gegen meinen Brustkorb trommeln, die mir den Atem raubte.

Beruhig dich, Alice. Wenn du jetzt einen Nervenzusammenbruch bekommst, ist niemandem damit geholfen.

Als ich meine Lider hob, erkannte ich, dass Elric sich keinen Zentimeter bewegt hatte und mich immer noch anstarrte. Er schien förmlich auf den Augenblick gewartet zu haben, in dem ich mich wieder halbwegs beruhigt hatte, denn kurz darauf wagte er es doch tatsächlich, den Mund ein weiteres Mal zu öffnen und meine Geduld weiter zu strapazieren.

Dieser Hutmacher wusste einfach nicht, wann Schluss war.

»Obwohl du sicherlich der Überzeugung bist, dass ich nicht nur attraktiv, sondern auch unglaublich intelligent bin, so muss ich dich enttäuschen, denn allwissend bin ich noch lange nicht. Es tut mir leid. Ich hatte nicht die Absicht, dich mit meinen Worten zu verletzen.«

Bei seinen selbstverliebten Worten musste ich losprusten und tatsächlich vertrieb das Lachen für einen Moment meine finsteren

Gedanken. Das selbstgefällige Verhalten meines Gegenübers trieb mir die Tränen in die Augen.

»Du bist echt witzig, weißt du das?« Ich wischte mir eine Träne aus dem Augenwinkel. Auch Elric selbst rang sich ein zaghaftes Lächeln ab.

»Wow! Mein Plan, dich zum Lachen zu bringen, hat tatsächlich funktioniert. Dein Lächeln ist wundervoll, du solltest in Erwägung ziehen, es öfter zu zeigen.« Mein Lachen erstarb im selben Moment und ich starrte ihn bei diesen Worten sprachlos an.

Hatte er das gerade tatsächlich gesagt?

Wollte er mich auf den Arm nehmen? Oder meinte er seine Worte und seine Entschuldigung womöglich sogar ernst? Ich konnte mich nicht entscheiden, welches von den beiden Szenarien schlimmer wäre.

In seinem sonst unlesbaren Blick meinte ich, so etwas wie Reue zu erkennen, was mich umso mehr aus der Bahn warf.

Elric, der Emotionslose, bereute seine Worte?

Unweigerlich fragte ich mich, ob das vielleicht seine Art war, zu sagen, dass es ihm leid tat? Wollte er damit seine vorherigen Fehltritte etwa wiedergutmachen?

Ich stellte einen Haufen Vermutungen an und warf sie schlussendlich doch allesamt über Bord. Doch ebenso wie Elric war ich dazu bereit, das Kriegsbeil zu begraben.

»Du bist unmöglich, weißt du das?«, brachte ich hervor und knuffte ihm gegen die Schulter. Etwas fester als ursprünglich geplant.

»Wenn du mit unmöglich absolut unwiderstehlich und anziehend meinst, dann ja, dessen bin ich mir sehr wohl bewusst.«

Ich verdrehte die Augen und grinste währenddessen ununterbrochen weiter. Auch Elric lächelte jetzt offen. Für einen Moment hatte ich tatsächlich das Gefühl, er würde mich mögen.

Er hatte es tatsächlich geschafft, mich zum Lachen zu bringen, obwohl mir eher zum Weinen zumute gewesen war.

Die Wahrheit über meine Mutter und die Tatsache, dass ich Wunderland vor seinem Untergang bewahren sollte, hatten mich mehr belastet, als ich dachte.

Ich wusste nicht, wo ich starten sollte und wo mich dieser Weg hinführte. Das Einzige, worüber ich mir im Klaren war, war die Unsicherheit in meinem Inneren.

Was, wenn ich die Erwartungen nicht erfüllen und mein Versprechen nicht einhalten konnte? Was geschah, falls ich scheiterte? War ich bereit, alles für ein Land zu riskieren, das mir selbst absolut suspekt war?

Ich schob für einen Moment meine Zweifel an den Rand meines Bewusstseins, wo ich sie in einer Schublade versteckte, die ich so bald nicht öffnen wollte. Alles, was nun zählte, war, dass Elric und ich an einem Strang zogen und uns nicht mehr gegenseitig anfeindeten.

Mit einem Mal tauchten inmitten der Luft ein Grinsen und anschließend zwei bläulich strahlende Augen auf.

»Ich nehme an, ihr wollt euch nicht mehr gegenseitig an die Kehle springen?«, fragte die Katze mit vibrierender Stimme. Ich warf Grinser einen vernichtenden Blick zu, doch Elric reagierte amüsiert.

»Ich denke, wir haben uns auf einen vorübergehenden Waffenstillstand geeinigt«, meinte er und hielt mir seine geöffnete Hand auffordernd hin. Ich seufzte ergeben und ergriff sie, wobei ein elektrisierendes Knistern bei der Berührung unserer Haut die Luft erfüllte.

Elrics Blick traf meinen. Mir war, als würde ich einerseits in einem goldenen Meer versinken, während mich andererseits das hoffnungsvolle Grün wie eine Insel über der Oberfläche hielt und mich vor dem Ertrinken bewahrte. Der Hutmacher war so verwirrend, manchmal schien er mich zu hassen und im nächsten Moment war er mein Fixpunkt in dieser fremden Welt. Er war als Einziger keine flüchtige Begegnung gewesen, sondern blieb seit unserem Aufeinandertreffen an meiner Seite. Das rechnete ich ihm hoch an, auch wenn wir uns erst seit einigen Stunden kannten.

»Wie lautet der Plan?«, fragte Grinser unvermittelt. Ich entzog zögernd meine Hand aus dem Griff von Elric und wandte mich dem schwebenden Augenpaar zu.

»Wir müssen die vier … nein, die drei Schlüssel zum Herzen Wunderlands finden. Meine Mutt… Die Herzkönigin versucht, es zu zerstören, und wir können es anscheinend nur beschützen, indem wir es verschließen«, erinnerte ich mich und versuchte dabei, die richtigen Worte zu finden, während ich den beiden zögernd den Schlüssel der Raupe präsentierte. Keiner von ihnen würdigte das Schmuckstück eines Blickes. Einzig und allein Grinser nickte meine Worte ab, als hätte er das alles längst gewusst.

Doch statt sich mit den spärlichen Informationen zufriedenzugeben, die ich bereits herausgerückt hatte, blickten meine zwei Gefährten mich abwartend an. Es wirkte beinahe so, als erwarteten sie noch etwas, ein Detail, das ich ihnen verschwiegen hatte.

»Was?« Ihre neugierigen Blicke bohrten sich tief in mich hinein.

»Nun ja, gibt es nicht noch eine Kleinigkeit, die du uns erzählen willst?«, hakte Grinser nach, während er sich in der Luft auf den Rücken drehte, sodass sein scharfkantiges Lächeln auf dem Kopf stand.

Ich blickte die schwebende Katze an und gab dann widerwillig zu: »So wie es aussieht, bin ich wohl die Tochter der Herzkönigin … Auch wenn ich das immer noch für den größten Schwachsinn halte, der mir jemals aufgetischt wurde.« Dass ich in Wahrheit hoffte und bangte, dass meine Mutter keine kaltherzige, emotionslose Tyrannin war, mussten sie ja nicht unbedingt wissen.

»Und du bist damit vollkommen im Reinen?« Elric klang erstaunt, als hätte er nicht damit gerechnet, dass ich diese erschütternde Nachricht so gut wegstecken würde. Wenn er nur wüsste, dass meine über Jahre hinweg aufgebaute Traumwelt dem Untergang geweiht war und sich mein kindliches Ich vor lauter Angst in die Tiefen meines dunklen Unterbewusstseins flüchtete, würde er mich garantiert nicht so beeindruckt beobachten.

»Meine Mutter ist eine Fremde für mich. Ich weiß nicht einmal, ob es der Wahrheit entspricht, was der Weise von sich gegeben hat. Ich würde gern einfach so schnell wie möglich nach Hause zurückkehren.«

Ich warf meinen Begleitern einen Blick zu, der keinen Widerspruch gestattete.

»Was denkt ihr? Wo könnten wir den zweiten Schlüssel finden?«, fuhr ich hastig fort. Elric begann zu grübeln, während die schwebende Katze uns geradezu gelangweilt beobachtete. Erneut breitete sich ein blitzendes Lächeln auf dem Gesicht meines nicht menschlichen Begleiters aus.

»Lasst uns ein wenig am Rad der Zeit drehen!«, meinte Grinser völlig kontextlos und warf Elric einen bedeutungsschweren Blick zu, bevor er spurlos mit der Luft verschmolz.

»Wie ist das gemeint?«, hakte ich nach. Der Hutmacher wirkte einen Augenblick lang ebenso ahnungslos wie ich, bevor sich auf seinen Lippen ein Schmunzeln ausbreitete. Ich konnte geradezu sehen, wie in seinem Kopf ein Licht aufging. Mich würde es nicht einmal mehr verwundern, wenn sich darin tatsächlich eine flackernde Glühbirne befinden würde. Ohne mir eine Antwort zu liefern, ergriff Elric mein Handgelenk.

»Warte, was hast du vor?«, stieß ich aus, doch der Verrückte ignorierte meine Frage konsequent und zog mich weiter durch das kupferfarbene Unterholz des Waldes. Ich stemmte mich ihm störrisch entgegen, woraufhin Elric sich nach einigen Metern entnervt umwandte.

»Könnte funktionieren«, murmelte er gedankenlos nachdem er mich kurz gemustert hatte und als er für einen Moment seinen Klammergriff um mein Handgelenk löste, atmete ich erleichtert auf. Doch keine Sekunde später hatte er mich schon über seine Schulter geworfen, sodass mir kaum Zeit blieb, zu reagieren.

»Verdammt, Elric! Lass mich runter!« Ich verstärkte meine Schreie mit energischen Schlägen gegen seinen Rücken, doch der Hutmacher gab keinen Mucks von sich und ließ sich nichts anmerken. Es wirkte so, als würde er gerade einen gemütlichen Sonntagsspaziergang durch den Wald tätigen und nicht an einer Verschleppung beteiligt sein.

Hilflos strampelten meine Beine in der Luft, sodass ich mich nach einigen Minuten geschlagen geben musste und mich von Elric herumtragen ließ.

»Du könntest mir wenigstens erklären, was hier los ist«, grummelte ich und versuchte vergebens, meine Arme zu verschränken.

»Das wirst du noch früh genug feststellen, Prinzesschen«, meinte er gleichgültig. Bei meiner neuen Betitelung kamen mir beinahe die Kuchenstücke der Mitternachtsteestunde wieder hoch. Der Punk in mir zeterte los, dass derjenige, der mir diesen Spitznamen verpasst hatte, die Konsequenzen tragen musste.

»Nenn mich nicht so, das ist erniedrigend.« Ich boxte ihm in die Seite, doch Elric keuchte bei meinem Schlag nicht einmal auf.

»Du bist ganz schön störrisch, weißt du das?«

»Wenn du mit *störrisch* widerspenstig, wild und auf gewisse Weise faszinierend meinst, dann ja, dessen bin ich mir sehr wohl bewusst«, ahmte ich seinen Tonfall nach.

Bei seinem kurz angebundenen Lachen wurde ich auf seinen breiten Schultern ein wenig durchgeschüttelt, was wiederum einen wohligen Schauder über meinen Rücken sandte.

Ich verfluchte mich dafür, dass ich ihn zu mögen begann. Denn eigentlich konnte ich weder ihn noch das Ticken in meinen Ohren, den Kupfergeruch oder diese mechanisierte Welt leiden und ich würde alles daransetzen, dass das auch so blieb.

»Du hast ›frech‹ vergessen«, fügte Elric hinzu und ich konnte das Grinsen in seiner Stimme überdeutlich hören.

Ich schlug ihm kräftig mit der flachen Hand auf den Rücken, sodass er notgedrungen sein schelmisches Gelächter unterbrechen musste. Damit war unsere Unterhaltung beendet.

Wortlos ließ ich mich von ihm noch eine Weile durch die Gegend tragen und sah währenddessen die Landschaft an mir vorbeiziehen.

Ich vernahm verschiedene Geräusche aus dem Unterholz, ein Zirpen, mehrmaliges Klopfen oder auch das Schlagen von Hufen auf dem steinigen Boden. Leider ließen sich keine Tiere in unserer Nähe blicken. Sie mieden offenbar den Kontakt mit Menschen.

Schade … Ich wäre gern einem weiteren Metallwesen begegnet. Aber es würden sich bestimmt noch weitere Gelegenheiten bieten, um die Lebewesen dieses Landes kennenzulernen.

Die Uhren um uns herum zeigten allesamt dieselbe Zeit an. Es war bereits früher Morgen und die Sonne malte helle Strahlen über das Kupfer der Bäume um uns herum. Ihr warmer Schein tauchte die Umgebung in goldenes Licht und beleuchtete unseren Weg.

Wie schnell die Zeit hier verging …

Die Nacht war bereits verstrichen und ein neuer Tag nahte. Es war so viel geschehen, das ich mir nicht erklären konnte, und dennoch schien ich mich auf der Stelle zu bewegen.

Auf gar keinen Fall durfte ich meine Zeit hier verschwenden. Mit jeder Sekunde, die ich länger im Wunderland blieb, fehlte ich in meiner Welt. Und natürlich wollte ich, so schnell es ging, zu meiner Mutter gelangen, das durfte einfach nicht warten!

Ich sah die Stunden vor meinen Augen dahinfließen, konnte spüren, wie die Minuten zwischen meinen Fingern verronnen und die Sekunden sich einerseits zäh wie Kaugummi in die Länge zogen und andererseits im Zeitraffer an mir vorbeizuziehen drohten. Ich seufzte entmutigt und starrte nur noch mit leerem Blick vor mich hin, als mit einem Mal ein blaues Augenpaar vor mir auftauchte und mir ein flüchtiges Grinsen zuwarf.

»Nimm es ihm nicht übel, er will dich nur beschützen.« Die Stimme war so leise, dass ich sie nur schwer über das dominante Ticken der Uhren um uns herum vernehmen konnte. Anscheinend wollte Grinser die Aufmerksamkeit von Elric nicht auf uns lenken und tatsächlich hatte dieser bis jetzt noch nichts von unserem kleinen Gespräch mitbekommen.

»Das ändert nichts daran, dass er so ein …« Mir schwebten Tausende zynische Ausdrücke für den wahnsinnigen Hutmacher mit dem offensichtlichen Kontrollzwang im Hirn herum, doch keiner schien angemessen für ihn zu sein. Ich seufzte leise. »Er treibt mich zur Weißglut.«

Das rechte Auge der Katze verschwand kurzzeitig, als würde sich ein unsichtbares Lid über die Netzhaut bewegen. Der Anblick war so skurril, dass mir die Kinnlade herunterklappte.

Hatte Grinser mir gerade etwa zugezwinkert?

»Du wirst dich schon daran gewöhnen … müssen.« Das letzte Wort hauchte er vor sich hin, bevor er nicht mehr sichtbar für mich war. Ich versuchte, die Katze noch zu erfassen, bevor sie vollständig verschwand, und fischte dabei mit beiden Händen in der Luft vor mir herum, doch konnte ich nichts Greifbares zu fassen bekommen. Alles, was ich spürte, war ein mir schnell entgleitender Luftstrom.

Ich zischte leise Flüche in mich hinein, während ich Ausschau nach dem unverwechselbaren Grinsen aus scharfen Metallstücken hielt. Da ich jedoch genauso gut nach Geistern hätte suchen können, gab ich schließlich nach wenigen Minuten auf und befasste mich stattdessen mit dem Schlüssel der Raupe. Ich drehte ihn in meiner Hand hin und her, ließ die bunten Reflektionen der Morgensonne über meine blasse Haut tanzen. Ich genoss diesen kurzen Moment der Ruhe sowie das Schauspiel aus Licht, gegossenem Silber und funkelnden Edelsteinen.

Es vergingen noch weitere schweigsame Minuten, bis mich Elric plötzlich nach vorn zog und auf dem Boden absetzte.

Ich hatte ehrlich gesagt nicht damit gerechnet, da mein Begleiter es anscheinend auch nicht für nötig hielt, mir Bescheid zu sagen oder mich zu warnen.

Umso erschrockener reagierte ich, als ich mit einem Mal mein eigenes Gewicht wieder tragen musste.

Vor Schreck geriet ich vollkommen aus dem Gleichgewicht, sodass ich rückhaltlos nach hinten gefallen wäre, hätte sich nicht ein muskulöser Arm von hinten um meine Taille gelegt und mich nach vorn gezogen.

Ich lag in den Armen des Hutmachers, wurde an seine harte Brust gepresst und blickte erstaunt zu ihm hoch. Seine Augen sogen mich vollkommen auf, jede meiner Bewegungen, jedes Blinzeln, jeden Atemzug …

Zwischen unsere Körper hätte nicht einmal ein Blatt Papier gepasst, unsere Gesichter waren nur Millimeter voneinander entfernt. Diese plötzliche Nähe sorgte dafür, dass mein Mund vor Verblüffung offen stand und ich jeden Zentimeter von Elrics Antlitz mit Scheu betrachtete.

Mit seiner freien Hand strich er eine lila Strähne hinter mein Ohr, während sein Blick mich festhielt. Bei dieser Geste begann mein Herz zu rasen. Jeder vernünftige Gedanke wurde durch seinen einnehmenden Blick im Keim erstickt, während er mir mit seinem warmen Atem jegliche Luft nahm. Meine Lider flatterten, als Elrics Gesicht verschwamm und seine Augen, seine … Lippen noch ein wenig näher an mich heranrückten. Plötzlich war sein Mund viel zu dicht an meinem Ohr, weshalb ich nur am Rande seine Stimme vernahm.

»Ich denke, du kannst jetzt wieder auf eigenen Beinen stehen.« Ich fuhr zusammen, wurde aus meinem Tagtraum gerissen und stieß mich von Elric ab, auf dessen Mund ein bedauernswertes Lächeln lag.

Was war bloß in mich gefahren?

Hatten wir uns gerade wirklich um ein Haar …?

Ich bemühte mich darum, meine Fassung zu bewahren, und richtete mich schwer atmend auf.

»Ich denke, ich gehe lieber allein weiter.« Meine Stimme bebte und ich schämte mich sofort für diese unmissverständliche Tatsache. Vermutlich lief mein Gesicht puterrot an, da ich augenblicklich spürte, wie mir die Hitze in die Wangen schoss.

»Das wird nicht nötig sein«, erwiderte er lediglich gelassen und ich musste mich unweigerlich fragen, wie Elric bloß in Anbetracht dessen, was zwischen uns vorgefallen war, solch eine Ruhe bewahren konnte. »Wir sind bereits an unserem Ziel angelangt.«

7
Tickendes Herz

Ungläubig drehte ich mich um meine eigene Achse, um zu sehen, was unser Ziel überhaupt darstellte. Vor uns teilte sich der Kupferwald, um einen See zu umfassen. Nur wenige Meter von mir entfernt plätscherten die seichten Wellen an das Ufer aus schwarzen und weißen Kieselsteinen. Das Geräusch beruhigte meine Nerven und versetzte mich in Staunen.

Dicht über die glitzernde Wasseroberfläche zischte ein Libellenschwarm hinweg. Eines der Insekten löste sich von seinen Artgenossen. Es flog zum Ufer hinüber und sirrte direkt vor meinem Gesicht in der Luft herum, was mich zunächst irritierte. Als ich jedoch bedächtig einen Schritt zurücktrat, konnte ich das Tier in seiner vollen Pracht erfassen.

Der längliche Körper der Libelle schien aus dem Gewinde einer dünnen Schraube zu bestehen, während ihr Kopf durch eine gläserne Kugel ausgemacht wurde. Im Inneren der Kugel wirbelten bunte Farbprismen umher, die von meinem Standpunkt aus einem Kaleidoskop glichen. Ich hatte ein solches Spielzeug als Kind besessen. Dabei handelte es sich um einen Gegenstand, in dem sich bunte Glassteine befanden. Durch das Drehen und Bewegen des Gefäßes veränderte sich die Spiegelung und neue Farbmuster erschienen. Bei der Libelle geschah das aufgrund ihrer hastigen Bewegungen innerhalb weniger Sekundenbruchteile.

Wahnsinn!

Als das Geschöpf in der Luft kurz innezuhalten schien, konnte ich einen flüchtigen Blick auf die Flügel werfen. Sie schienen aus einer Art Gestein geschaffen zu sein. Das Material wirkte hart und dennoch hauchzart, weil es so dünn geschliffen war. Es schimmerte in vielen verschiedenen Farben, sobald das Sonnenlicht es berührte, weshalb ich daraus schloss, dass es sich um einen Kristall handeln musste. Die schillernden Reflexionen und bunten Prismen, die die Libelle umspielten, ließen mich andächtig innehalten. Die Schönheit dieses winzigen Wesens war atemberaubend und nahm mein gesamtes Bewusstsein ein. Als ich meine Hand vorsichtig ausstreckte, um das Insekt zu berühren, sauste es jedoch eilig davon und verschmolz wieder mit dem Schwarm.

Ich blickte sehnsüchtig hinaus aufs Wasser und stieß ein leises Seufzen aus.

Wie gern hätte ich die Kristalllibelle nur einen Wimpernschlag länger beobachtet.

Als Kind, das in einer Großstadt aufgewachsen war, war mir das alles fremd. Das offene Wasser und der pfeifende Wind, der über den See hinwegfegte und damit die Wasseroberfläche zum Kräuseln brachte. Ich atmete tief ein und nahm einen salzigen Geschmack wahr, der mich seltsamerweise an Tränen auf meiner Zunge erinnerte.

Ein See, bestehend aus Tränen, die vom Himmel fielen. Was für ein seltsamer Einfall.

Je länger ich im Wunderland blieb, desto wirrer wurden meine eigenen Gedanken.

Der See war derart gigantisch, dass ich nicht einmal bis zum anderen Ufer hinübersehen konnte. Das klare Wasser blitzte in der Sonne, die bereits am Zenit stand und uns mit ihren Strahlen erwärmte. Ich ließ die Hitze auf meiner Haut tanzen und genoss das kribbelnde Gefühl. Ich wagte es allerdings nicht, zu überprüfen, ob es sich bei dem Himmelskörper wirklich um die Sonne handelte und nicht bloß um einen ausgetüftelten Mechanismus, der dafür sorgte, dass mir die Illusion eines Feuerballs am Himmelszelt vorgegaukelt wurde.

Der Schlüssel wog plötzlich schwer in meiner Hand. Während ich versuchte, den Moment zu genießen, zog er mich mit der Schwere seiner Verantwortung zu Boden.

Ich weiß, dass das lächerlich klang, und konnte mir nicht erklären, warum dem so war. Doch ich hatte die Befürchtung, ihn zu verlieren und damit den Untergang Wunderlands zu besiegeln.

Widerwillig wandte ich mich Elric zu. Ich hielt ihm bittend den Schlüssel hin und wagte es nicht, zu sprechen. Meine Befürchtung, dass meine Stimme meine Verunsicherung ihm gegenüber offenbaren würde, ließ mich verstummen. Wortlos nahm der Hutmacher mir den kleinen Gegenstand ab und verstaute ihn in seinem Lederbeutel, den er anschließend zurück in seine Anzugtasche gleiten ließ.

»Wir werden wohl oder übel noch ein Weilchen warten müssen. Der nächste Fährmann wird erst gegen Abend hier ankommen und uns zur anderen Seite bringen können«, sagte er nach einigen Minuten des beharrlichen Schweigens.

Ich nickte, doch ich musste mich zusammenreißen, um meinen Frust nicht in die Welt hinauszuschreien. Noch weitere unnötige Stunden in dieser verrückten Welt? Nein danke.

Mir lief die Zeit davon, wenn ich meine Mutter rechtzeitig auffinden wollte.

Ich versank im Anblick des Sees. Die Wellen hypnotisierten mich, während das gleichmäßige Rauschen meine Ohren erfüllte. Meine Sinne waren voll und ganz auf das Wasser ausgerichtet, weshalb sich nach einigen Minuten meine Muskeln lockerten und sogar ein Lächeln auf meine Lippen schlich. Die Wirkung des Sees befähigte mich dazu, wieder klar zu denken. Ich versuchte, mich selbst zu beruhigen …

Worüber machte ich mir überhaupt Sorgen?

Alles würde sich fügen. Ich befand mich auf dem Weg zur Herzkönigin und wenn alles nach Plan verlief, würden wir bestimmt bald zu ihr gelangen. Dann würde Wunderland von ihrem Zorn verschont werden und alles wäre wieder in Ordnung.

Das Einzige, was mich zurzeit aus der Bahn warf, war mein Begleiter auf dieser verrückten Reise.

Es war offensichtlich, dass etwas zwischen Elric und mir vorgefallen war, auch wenn ich es mir im Nachhinein immer noch nicht erklären konnte.

»Worüber denkst du nach?« Seine inzwischen vertraute Stimme riss mich aus meinen Überlegungen. Ich hatte gar nicht vernommen, wie er sich mir genähert hatte und zuckte dementsprechend erschrocken zusammen. Er warf mir einen amüsierten Seitenblick zu, sagte jedoch nichts weiter. Da ich ihm unmöglich offenbaren konnte, dass meine Gedanken unter anderem um ihn gekreist waren, antwortete ich mit dem Erstbesten, was mir in den Sinn kam.

»Über meine Heimat.«

»Wie ist es so in deiner Welt?« Seine Frage klang zaghaft, als wüsste er nicht, ob sie mich in irgendeiner Art und Weise verletzen könnte. Ich seufzte lediglich und blickte ihn direkt an.

»Was interessiert dich das?«

Er zuckte mit den Schultern, ein unsicheres Lächeln breitete sich auf seinen vollen Lippen aus.

»Ich schätze, ich bin einfach nur neugierig.«

Das Erlebnis der plötzlichen Nähe schien auch ihn aus der Bahn geworfen zu haben, sonst würde er wohl kaum solches Interesse zeigen. Vielleicht hatte es ihn doch nicht so kaltgelassen, wie ich gedacht hatte. Außerdem würde ich vermutlich noch einige Stunden mit ihm hier festsitzen. Früher oder später musste ich also anfangen, mit ihm zu reden.

Ich fühlte mich zunehmend unwohl bei dem Gedanken, dass Elric meine Welt kennenlernen sollte, sei es auch nur durch meine Erzählungen. Wortlos ließen wir uns am Ufer nieder, sodass wir zusammen auf die Wasseroberfläche blickten, die durch den Wind zum Aufbrausen gebracht wurde.

Ich ließ mir Zeit, bevor ich tief einatmete und dem Hutmacher von meinem Zuhause zu berichten begann: »Ich stamme aus einer

Stadt namens London. Am Tag ist dort wahnsinnig viel los, doch das wahre Leben beginnt bei Nacht…« Ich sah ihn bedeutungsvoll an. »Wenn die digitalen Anzeigen an einem vorbeiziehen und man die geheimen Orte besucht, die jeder bei Tag meidet und alles aus einem anderen Blickwinkel sieht. Beim Anbruch des Abends öffnen ganz andere Geschäfte ihre Türen und alles sieht plötzlich fremd aus. Ich habe es geliebt, zusammen mit meinen Freundinnen durch die Straßen zu streifen und einfach zu beobachten, wie die Stadt wirklich zu leben beginnt. Wie die Gebäude im Zentrum ausgeleuchtet werden und sie sich auf der Themse spiegeln. Wie die Wolkenkratzer sich in pures Licht verwandeln und den Schein der Sterne verblassen lassen und wie alles seinen eigenen Glanz bekommt.« Ich hielt inne und warf Elric einen flüchtigen Blick zu.

Hatte ich zu viel gesprochen?

War meine Begeisterung zu kindlich gewesen?

Doch der Hutmacher hing förmlich an meinen Lippen. Anscheinend machte ihm meine Schwärmerei nichts aus. Also fuhr ich fort.

»Die Stadt ist wunderschön und hässlich zugleich«, setzte ich erneut an. »Es gibt reichlich verzierte Häuser und Denkmäler und nur einen Moment später erblickst du am Eingang jeder U-Bahn-Station Obdachlose. Je glänzender und heller der Schein, desto tiefer die Schatten. Und London strahlt heller als die Sonne.« Eine frische Brise wehte mir um die Nase, wirbelte meine Haare auf und lenkte mich für einen Moment ab.

»Du musst der Norm entsprechen, sonst wirst du aussortiert, gehörst nicht mehr dazu, schlimmstenfalls wirst du von der Gesellschaft verstoßen. Es reicht schon aus, anders zu sein, um nicht von allen akzeptiert zu werden.«

Elric betrachtete mich nachdenklich. »Bist du denn anders als alle anderen?«

Ich lachte bei seinem Einwand trocken auf.

»Ja, das könnte man so sagen. Ich bin ein Regenbogentropfen in einem Meer aus Grau.« Die Worte wisperte ich bloß vor mich hin, weswegen sie von dem Wind von meinen Lippen gerissen und über den See verstreut wurden.

»Falls es dich tröstet, ich wusste von Beginn an, dass du anders bist. Du hast diese Ausstrahlung an dir. … Dieses gewisse Etwas.« Seine Stimme wirkte heiser. Er räusperte sich kurz.

War ihm das jetzt so herausgerutscht oder meinte er seine Worte ernst?

Egal, was der Fall war, es fühlte sich auf jeden Fall verdammt gut an, das zu hören. Ich wagte nicht, ihn anzusehen, da ich wusste, dass sich die altbekannte Röte sofort in meinem Gesicht ausbreiten würde.

»Meine Welt ist zwar häufig grau, aber sie kann auch verdammt schön sein. Zum Beispiel wenn du den Menschen begegnest, die du über alles liebst. Wenn dir dein Vater eine seiner seltenen Umarmungen schenkt. Wenn deine Freundinnen dich Hand in Hand mit in ihr nächstes Abenteuer ziehen. Wenn du merkst, dass die Leute dich wertschätzen, dich lieben … Diese Wärme, sie ist einfach unersetzlich und einzigartig auf der ganzen Welt.« Ich seufzte auf bei dem Gedanken an meine Familie und Freunde.

Lucy, Katy … Wie sehr wünschte ich, dass ich sie noch einmal wiedersehen könnte. Ihnen versichern könnte, dass es mir gut ging und dass sie sich keine Sorgen zu machen brauchten. Ich wollte nur noch einmal ihre Liebe, ihre Freundschaft in einer der festen Umarmungen spüren, die wir bei jeder Gelegenheit austauschten. Was würde ich dafür geben, Lucy von Tyler schwärmen zu hören und mich zusammen mit Katy darüber lustig zu machen. Ich wollte mit ihnen über Bands und unsere neuen Haarfarben reden, über Street-Art und die Eigenarten meines Vaters.

Ich spürte, wie Tränen in meine Augen traten und blinzelte sie hastig hinfort.

»Liebe kann so schön sein. Ich weiß nicht, warum manche Menschen das nicht verstehen. Denn du musst wissen, dass der Hass in unserer Welt oft über die Liebe siegt, weshalb die Menschen sich wie machthungrige Tiere bekämpfen.«

»Wie kann eine einzige Welt so in sich aufgespalten sein?«, fragte Elric verdutzt und insgeheim teilte ich sein Unverständnis. Ich zwirbelte am Saum meines Rockes herum und blickte auf das Wasser, das sanft gegen meine Fußspitzen gespült wurde.

»Ich weiß es nicht. Ich weiß nur, dass es so ist.«

»Und warum willst du ausgerechnet an so einen Ort zurückkehren? Du könntest doch genauso gut hierbleiben.«

Sein Vorschlag löste in mir ein unbestimmtes Gefühl aus, keine Ablehnung, allerdings auch keine Zustimmung.

Ja, ich könnte vermutlich einfach im Wunderland bei meiner Mutter bleiben und nie mehr nach Hause zurückkehren, sobald ich sie ausfindig gemacht hätte. Aber ... Meine Familie, meine Freundinnen, einfach alles zurücklassen und vergessen? Nein. Nein, das ging einfach nicht.

»Ich habe Heimweh. Ich vermisse meinen Vater, der ohne mich vollkommen allein in unserer Welt wäre, und meine Freundinnen, deren Persönlichkeiten noch bunter sind als ihre Haarfarben. Ich vermisse das Gefühl, über echte Baumrinde zu streichen und nicht über glattes Metall. Ich vermisse es, die Sonne aufgehen zu sehen– ich vermisse den echten Mond.« Bei dieser Aussage fiel mir erst auf, dass ich mich gerade einmal wenige Stunden in dieser Welt befand. Dennoch fühlte es sich wie eine endlos lange Zeit an. »In meiner Welt habe ich mich lebendig gefühlt. Das alles hier wirkt hingegen wie ein böser Traum.«

Nachdem ich meine schweren Gedanken endlich losgeworden war, wurde mir plötzlich bewusst, wie sehr sie meine Seele und mein Herz belastet hatten. Ich atmete aus und ließ sie ziehen. Augenblicklich fühlte ich mich mehrere Kilo leichter.

Elric blickte mich währenddessen schweigend an, ich konnte aus seinem Gesichtsausdruck nicht schlau werden. Er war undurchschaubarer als ein versiegeltes Buch.

»Das klingt schrecklich und schön zugleich«, wisperte er mir ins Ohr, wobei er sich leicht vorbeugte.

»Das ist es.« Meine Stimme schwoll an vor trauriger Glückseligkeit.

»Nun will ich dir im Gegenzug etwas von meiner Welt erzählen.«

Es war nicht sonderlich schwer, zu erahnen, dass er mich nur ablenken wollte, doch ich grinste ihn dennoch dankbar an und ließ ihn gewähren.

»Nun ja, hier ist alles ziemlich durchgetaktet und mechanisch, falls du es noch nicht gemerkt haben solltest. Diese Welt ist irgendwie kalt. Selbst wir, die Bewohner, leben nicht wirklich.« Er geriet ins Stocken, doch ich wartete gespannt ab, bis er bereit war, fortzufahren.

Ich erinnerte mich an die Worte der weisen Raupe und wie sie mir erzählt hatte, dass die Wunderländer allesamt kein richtiges Herz in ihrer Brust trugen, sondern ein Uhrwerk, das sie am Leben erhielt.

Wie sollte das bloß funktionieren?

Elric war ebenfalls einer von ihnen und er wirkte so lebendig und … echt. Besaß er wirklich kein schlagendes Herz?

Nur wenige Sekunden später bestätigte er meinen Verdacht.

»In unserem Inneren tickt eine Uhr anstelle eines schlagenden Herzens. Unsere Zeit läuft im wahrsten Sinne des Wortes ab und sobald die Uhr anhält, sterben wir.«

Ich sog scharf die Luft ein und musterte Elric eingehend, bevor ich es wagte, ihm eine Frage zu stellen.

»Der Weise hat mir zwar schon davon erzählt, aber ich kann mir nichts darunter vorstellen. Wie genau funktionieren eure Körper? Wir brauchen doch das Herz, um zu überleben.«

Der Hutmacher musterte mich einen Augenblick lang und schien mit sich zu hadern, ob er mir tatsächlich die ganze Wahrheit offenbaren sollte. Doch ich hielt seinem Blick stand, bis er den Kopf wegdrehte und ergeben seufzte.

»All meine Organe funktionieren normal, wenn du das wissen willst. Ich kann ganz normal atmen, essen und Schmerz empfinden. Mein

Blut zirkuliert genauso durch meinen Körper wie bei dir. Einzig und allein das Herz unterscheidet sich. Es ist wie eine mechanische Pumpe, die alles am Leben erhält und in einem festen Rhythmus fortläuft. Beständig bis zum Schluss. Sie weicht niemals von ihrem Gleichtakt ab.« Ich horchte auf und verfolgte jedes seiner Worte, um bloß nichts zu verpassen. »Und genau das ist das Problem.« Er senkte den Kopf und starrte auf seine Schuhe. Wich er etwa meinem Blick aus?

»Wie meinst du das?« Meine Stimme zitterte ganz leicht. Ich hoffte, dass er es nicht bemerken würde.

»Der Rhythmus meines Herzens ist das Problem. Es handelt sich um ein Uhrwerk. Jedes Zahnrad, jede Schraube und jedes Scharnier, das ineinandergreift, hat eine Funktion. Sie alle sind in einem perfekten Einklang aufeinander abgestimmt.« Er hielt inne und sah mich nun doch an, als wolle er meine Reaktion auf die Worte sehen, die er gleich an mich richten würde. »Ich kann keine Gefühle empfinden, Alice. Der Rhythmus meines Herzens kann durch nichts verändert werden. Ihr Menschen redet oft davon, dass euer Herz rast, wenn ihr aufgeregt seid. Dass es wie wild in eurer Brust schlägt, wenn ihr Angst habt, und dass es manchmal stolpert oder gar stehenbleibt, wenn ihr liebt. Mein inneres Uhrwerk lässt das nicht zu. Es verweilt im ewig gleichbleibenden Takt und verhindert wahre Emotionen.«

Ich riss meine Augen auf und konnte nicht aufhören, ihn anzustarren. Eine Vorahnung hatte ich bereits nach den Worten der Raupe gehabt, doch die Wahrheit aus Elrics Mund zu hören, war dennoch schockierend.

Ein Leben ohne Emotionen … War das überhaupt möglich?

Machten sie uns nicht erst zu dem, was wir waren?

Sie waren der Auslöser für alles, was wir taten, für all unsere Entscheidungen und Handlungen.

Ohne sie wären wir bloß eine leere umherwandelnde Hülle.

»Aber … wie kann das sein? Ich verstehe das nicht«, flüsterte ich.

Oder wollte ich es einfach nicht verstehen?

»Ich erwarte nicht von dir, dass du es nachvollziehst. Obwohl ich einen lebendigen Körper habe, fühle ich mich innerlich starr, fast schon tot. Das Einzige, was ich tun kann, ist, mein Schicksal zu akzeptieren und das Beste draus zu machen. Und das solltest du auch tun.«

Wieder einmal wurde ich aus seinen Worten nicht schlau.

Meine Gedanken standen völlig still.

»Aber wie kommt es, dass du trotzdem so menschlich wirkst?«, warf ich ein und suchte Augenkontakt zu ihm.

»Wir haben es perfektioniert, Emotionen zu imitieren und sie zu lesen, weswegen es nicht auffällt, dass wir nichts weiter als unsere äußere Hülle sind.« Seine Erklärungen klangen einstudiert. Als hätte er gewusst, dass der Moment kommen würde, in dem er mich über die Bewohner Wunderlands aufklären musste.

Jeder Moment, in dem ich gedacht hatte, dass Elric kalt und unberührt von einer Situation schien, ergab nun einen Sinn. Ein Leben ohne Gefühle… *Wie mochte das bloß gelingen?*

Elric schien meine Zweifel zu bemerken, denn er holte tief Luft, bevor er fortfuhr. Offensichtlich fiel es ihm schwer, die folgenden Worte an mich zu richten: »Wenn wir uns allerdings zu etwas hinreißen lassen sollten und kurz davor sind, tatsächlich Gefühle zu entwickeln, so verfallen wir dem Wahnsinn. Unser Rhythmus, der Takt unseres Herzens gerät durcheinander und zerstört dadurch seine eigene, feine Mechanik. Es ist wie eine Krankheit, die beim Empfinden von Emotionen auftritt. Und sie endet tödlich. Immer.« Er lachte trocken auf. Das Geräusch erstarb jedoch schnell, als er meinen schockierten Gesichtsausdruck bemerkte.

Tödlich?

Bedeutete das tatsächlich, dass Elric, sobald er Gefühle entwickelte, zuerst wahnsinnig werden und schließlich an den Folgen sterben würde?

»Es ist ein Fluch. Wir sind dazu verdammt, nichts zu fühlen oder verrückt zu werden. Wir lassen die Emotionen einfach nicht zu, um uns zu schützen. Wir wollen sie nicht.«

Ich starrte ihn an, konnte nichts sagen, keinen einzigen vernünftigen Gedanken fassen, keine tröstenden Sätze formulieren.

Er wollte nichts mehr fühlen, weil es ihn das Leben kosten könnte. Wie überaus tragisch …

»Ich habe glücklicherweise eine Ablenkung gefunden, um nicht den Verstand zu verlieren und die Kontrolle über mein Handeln zu bewahren«, erklärte er mir mit einem vielsagenden Lächeln. Natürlich war es nicht schwer zu erraten, was er meinte.

»Das Hutmachen«, meinte ich und Elric nickte bestätigend.

»Durch die Arbeit kann ich meine Gedanken bündeln. Mein ganzes Leben gleicht einem dauerhaften Zustand der Verwirrung, da man einerseits Emotionen zulassen will, doch andererseits genau weiß, dass sie einen ins Verderben treiben. Das Hutmachen ist meine Rettung, mein Rückzug aus diesem sinnlosen Dasein.«

Ich schluckte schwer. Niemals hätte ich vermutet, dass sein Beruf ihm so viel bedeutete. Dass er ihn sogar vor dem Wahnsinn rettete.

»Das bedeutet also…« Ich versuchte nachzuvollziehen, was er mir da erzählte. Doch seinen Worten Glauben zu schenken, schien unmöglich für mich. Schließlich führte Elric einfach meinen Gedanken zu Ende.

»Dass jede aufrichtige Emotion, ob Liebe oder Hass, Wut oder Freude, mir nach und nach den Verstand raubt und mein inneres Uhrwerk zerstört.«

Ich blickte ihn mit großen Augen an und Elric starrte unbehelligt zurück.

»Das ist ja grausam«, flüsterte ich. Der Schock hatte sich tief in meinem Inneren eingenistet.

Wie konnte man so leben?

Mich hätte das Wissen, an meinen eigenen Gefühlen zu sterben, vermutlich eher umgebracht als meine Emotionen.

»Solange du nichts empfindest, ist alles in Ordnung«, entgegnete er unbekümmert. Das war also der Grund, warum Elric sich mir gegenüber so abweisend verhalten hatte … Doch nachdem wir uns vor wenigen Augenblicken so nahe gekommen waren, wirkte er wie ausgetauscht. Als hätte ein Wandel bei ihm stattgefunden.

Sollte wirklich ich der Grund dafür sein?

Es schien so, als seien wir uns in letzter Zeit viel nähergekommen. Näher, als uns beiden wahrscheinlich lieb war.

»Warum hältst du es für wichtig, dass ich das alles weiß? Du hättest es auch weiterhin für dich behalten können und dein Schweigen nicht brechen müssen.« Ich sprach meine Gedanken direkt aus, ohne Umschweife. Elrics Miene drückte Erstaunen und Nachdenklichkeit aus, anscheinend hatte er mit dieser Frage nicht gerechnet.

»Um ehrlich zu sein, denke ich, dass du wichtig bist. Für die Zukunft Wunderlands, für die Herzkönigin und auch für mich. Du musst diese Welt verstehen, um sie zu retten. Du sollst erkennen, dass deine Rolle von enormer Bedeutung ist. Ohne deine Hilfe wird es deiner Mutter gelingen, das Herz Wunderlands zu vernichten, wodurch auch all unsere Uhren verstummen würden. Für immer. Du kannst bereits jetzt den Verfall unserer geliebten Heimat erkennen, wenn du genau hinschaust. Die Bäume beginnen zu rosten und die Uhren im Wunderland schlagen mit jeder Sekunde langsamer. Und das alles nur, weil die Herzkönigin und das Herz Wunderlands nicht mehr im Einklang miteinander sind. Ihre tiefe Verbundenheit, die nun durch den Widerwillen der Königin zerrüttet wird, sorgt dafür, dass auch Wunderland zu schwächeln beginnt.« Er fuhr sich mit der Hand durch die zerzausten Haare, während ich ihn bloß anstarren konnte. Ich gierte nach mehr, wollte alles von meiner Mutter wissen und war derart darauf fixiert, dass ich Elric beinahe an den Schultern gepackt und geschüttelt hätte, damit er mir mehr verriet.

»Eigentlich sollte es ihre Aufgabe sein, das Herz zu schützen, doch dessen Kräfte schwinden. Deine Mutter wartet nur auf den Moment, um der Quelle das letzte Fünkchen Leben zu rauben und diese Welt ein für alle Mal zu vernichten. Nicht mehr lange, dann ist das Herz schwach genug und die Königin kann zuschlagen. Dir bleibt nicht mehr viel Zeit, um die Schlüssel zu finden, das Herz zu verschließen und Wunderland zu seiner alten Kraft zu verhelfen.«

Erst nachdem Elric verstummte, bemerkte ich, dass ich die Luft angehalten und gebannt jedem Wort gelauscht hatte, das über seine Lippen geflossen war.

Er musste meinen entrückten Blick bemerkt haben, denn nur kurze Zeit später sprang Elric überraschend auf die Beine, schlug seine Hacken zusammen und salutierte mir. Der Anblick war einfach göttlich, weshalb ich ein Kichern nicht unterdrücken konnte.

Was hatte der Verrückte denn nun schon wieder vor?

»Ich sehe schon: Wir brauchen dringend eine kleine Ablenkung! Ein Glück bin ich ein Meister der Ablenkung und stets zu Diensten! Komm, ich will dir etwas zeigen.« Mit diesen Worten ergriff er meine Hand und zog mich ins knietiefe Wasser. Meine Stulpen sogen sich mit der eiskalten Flüssigkeit voll und klebten unangenehm an meinen Beinen, doch ich unterdrückte ein Zittern und konzentrierte mich auf das, was Elric mir zeigen wollte.

»Sieh genau hin«, wisperte er und zog sogleich die silbrig glänzende Nadel aus seinem Revers hervor. Ich runzelte die Stirn, unsicher darüber, was genau er vorhatte. Dann schöpfte er ein wenig Wasser in seine freie Hand und begann, mit der Nadel Bewegungen zu machen, die typisch für das Nähen waren. Dabei fuhr er mit der Spitze der Nadel immer wieder sanft über die Wasseroberfläche, sodass feine Wellen entstanden. Ich blickte Elric erstaunt an und widmete mich dann wieder dem kuriosen Schauspiel, das sich mir bot.

Die Wasseroberfläche schien sich langsam abzulösen und hing am Ende der hauchdünnen Nadel des Hutmachers. Er führte einige geschickte Handgriffe aus und brachte auf diese Weise das Wasser in die Form einer zylinderähnlichen Säule.

Er machte, was er am besten konnte … *einen Hut.*

Er schuf aus dem Nichts etwas Wundervolles. Die Welt war sein Material, das Leben selbst seine Inspiration.

Ich konnte die Euphorie spüren, die ihn antrieb, konnte die Besessenheit in seinen Augen sehen, die ihn zum Perfektionismus anspornte, und ich konnte anhand des Zitterns seiner Hände und der flüchtigen Blicke in meine Richtung erschließen, dass ich seine Muse sein musste.

Ich wagte es kaum, Luft zu holen, und versuchte, die schnellen Handbewegungen und Stiche nachzuvollziehen, mit denen Elric die Oberflächenspannung des Wassers durchlöcherte und wieder zusammenflickte.

Die Fäden bestanden lediglich aus der durchsichtigen Flüssigkeit, ebenso wie der Stoff. Auch die zahlreichen winzigen Verzierungen schienen daraus gefertigt worden zu sein.

Nach einiger Zeit, in der Elric den Hut immer wieder prüfend vor seinem strengen Blick hin und her gedreht hatte, verkündete er schließlich: »Ich glaube, es ist vollbracht!«

Der Stolz in seiner Stimme stimmte mich glücklich. Ich konnte nicht sagen, wie lange wir schon dort gestanden hatten. Es hätten Minuten oder gar Stunden sein können. Mein Zeitgefühl hatte mich verlassen.

Elric wandte sich mir zu und seine verschiedenfarbigen Augen blitzten vergnügt, als er mir den Hut hinhielt.

»Für dich! Damit du mich in deiner eigenen schaurig schönen Welt nicht vergisst.«

Ich starrte ihn einen Augenblick lang ungläubig an, schüttelte dann zunächst zögerlich und schließlich energischer den Kopf.

»Das kann ich nicht annehmen!« Meine Stimme stockte.

»Nein, du musst! Denn du hast mich dazu inspiriert, also sieh ihn als Geschenk an. Niemand anderem würde er stehen, befürchte ich.«

Ich seufzte ergeben und nahm den Hut aus Wasser schließlich entgegen.

»Du musst ihn auspusten.«

Ich blickte irritiert zum Hutmacher auf.

Auspusten?

Mein Blick musste Bände gesprochen haben, denn Elric grinste bis über beide Ohren.

»Versuch es! Wie bei einer Kerze.«

»Na gut, aber wehe, du legst mich rein.« Ich funkelte ihn gespielt böse an, bevor ich den Hut in den geöffneten Handflächen vor mein Gesicht hielt und zaghaft pustete. Ich erwartete, dass das Geschenk jeden Augenblick explodierte oder in Flammen aufging. Stattdessen raubte es mir den Atem.

»Oh. Mein. Gott.«

Das Wasser löste sich in abertausend flimmernden Funken von der Oberfläche des Hutes ab, die vom Wind wie glühende Sterne in den Himmel davongetragen wurden.

Es war das Unglaublichste, was ich jemals in meinem Leben gesehen hatte. Die tanzenden Funken entfernten sich langsam von uns und legten ein Meisterwerk frei, das mich meines Verstandes beraubte. Für mich zählte einzig und allein die Einmaligkeit dieses Augenblicks.

Als die Lichtpunkte in der Ferne erloschen, wollte ich Elric nur noch dafür danken, dass er mir einen solch unglaublichen Moment geschenkt hatte.

Dieser Augenblick hatte sich wie pure Magie angefühlt. In einer Welt, die von Technik und Mechanik beherrscht wurde, in der jeder Zinken eines Zahnrads einwandfrei zu dem anderen passte, hatte ich es nicht für möglich gehalten, so etwas wie Zauberei und Wundern zu begegnen. Wenn ich allerdings länger darüber nachdachte, so musste ich mir eingestehen, dass auch die Existenz eines tickenden Herzens an ein Wunder heranreichte.

In den Fasern dieses Ortes war so viel Magie eingewebt, ohne dass man es auf den ersten Blick sah.

Anschließend streifte mein Blick den vollendeten Hut und erneut fehlten mir die Worte, um auszudrücken, welche Emotionen mein Herz zum Rasen brachten. … Er war einfach perfekt.

Der Hut war zierlich und wie ein Zylinder geformt. Der hellblaue Stoff, mit welchem er umspannt war, ließ mich an die Farbe des Sees vor uns denken und die dünne, fein verzierte Spitze erinnerte mich an die glitzernde Oberfläche der Sonne, die sich auf dem Wasser spiegelte. Mittig auf dem Kragen befand sich eine goldene Taschenuhr, die der des Kaninchens, das mich unfreiwillig in diese Welt gebracht hatte, zum Verwechseln ähnlich sah. Rundherum waren mehrere blutrote Rosen drapiert. Ich berührte vorsichtig die zarten Blütenblätter. Auf der Rückseite der Krempe war eine riesige schwarz-weiß gestreifte Schleife angebracht, deren Bänder bis zu meinem Rücken hinab fielen. Sie baumelten sanft gegen meine gelockten Haare, als ich den Hut probeweise aufsetzte.

Er passte wie angegossen.

»Wie hast du …?«, setzte ich an, doch Elrics verschwörerisches Lächeln verschlug mir die Sprache.

»Berufsgeheimnis, Alice. Ich bin allerdings mehr als froh, dass er dir gefällt.« Ein Schmunzeln breitete sich auf seinem Gesicht aus.

»Gefallen? Das ist die Untertreibung des Jahrhunderts! Und du hast es aus dem Nichts geschaffen!« Ich quietschte beinahe vor Begeisterung, woraufhin der Hutmacher sich ein Lachen nicht verkneifen konnte.

»Alles, was man benötigt, ist die richtige Technik. Dann kannst du selbst aus der Luft um dich herum etwas erschaffen.«

Mit diesen Worten steckte er die wertvolle Nähnadel zurück an sein Reverse, während er mich aufmerksam beobachtete.

Ohne darüber nachzudenken, umarmte ich ihn stürmisch, wobei der Hut auf meinem Kopf leicht verrutschte. Ich entlockte ihm dadurch erneut ein Lachen. Dann rückte er den Hut auf meinem Kopf zurecht und legte seine starken Arme um mich.

»Danke«, nuschelte ich gegen seine Brust.

Mein Ohr war genau auf der Höhe, wo eigentlich sein Herz schlagen sollte. Stattdessen vernahm ich ein hohles, ewig widerhallendes Ticken …

8
Die Überfahrt

Er war kein Mensch, wie das monotone Ticken in seiner Brust nur allzu deutlich bewies.

Ich räusperte mich und stieß mich von Elric ab.

»Ich … Wir …«, begann ich, während ich einige Schritte zurücktrat. Sein von Enttäuschung erfüllter Blick verfolgte mich, während ich mich immer weiter von ihm distanzierte. Er ahnte, dass ich es vernommen hatte. Ich konnte die Gewissheit in seinen Augen ablesen.

Enttäuschung?

Konnte er so etwas überhaupt empfinden?

»Du hast es gehört!« Er spie mir diese Worte verächtlich entgegen. »Und jetzt denkst du, ich bin ein Monster.«

»Ich…« Mein Atem stockte und in meinen Ohren hallte immer noch das Echo des Tickens wider. Elric ging auf mich zu, woraufhin ich zurückwich. Ich wusste nicht, warum ich plötzlich diese Angst vor ihm verspürte, obwohl wir zuvor einen so innigen Moment miteinander geteilt hatten.

Und dennoch hatte sich etwas verändert …

»Es … es erscheint so unwirklich«, brachte ich schließlich hervor.

Eine Sekunde vorher hatte ich mir noch vormachen können, dass wir beide ganz normal waren.

Es war eine Sache, die Wahrheit gesagt zu bekommen und eine andere, diese Wahrheit am eigenen Leib zu erfahren.

Das Ticken hatte mich wachgerüttelt. Ich gehörte nicht hierher. Ich war nicht wie Elric. In meiner Welt besaß niemand ein tickendes Herz und musste seine Gefühle unterdrücken, aus Angst, zu sterben.

»Du brauchst dich nicht vor mir zu fürchten, Alice«, raunte er, während seine Stimme um einige Oktaven tiefer wurde. »Vielmehr solltest du dich vor dir selbst fürchten.«

»Vor mir selbst?« Die volle Schlagkraft seiner Worte war noch nicht zu mir durchgedrungen.

Doch sein Blick verunsicherte mich. Wenn ich es nicht besser gewusst hätte, hätte ich geglaubt …

… er verabscheute mich.

»Eure Herzen sind wilde und gefährliche Kreaturen. Sie steuern euer Handeln, erfüllen euch mit blinder Liebe und verseuchen euch mit Hass. Das menschliche Herz ist ein Monster! Euer Körper, eure Knochen und Rippen sind nichts weiter als sein Käfig.«

Seine Worte verursachten klaffende Wunden in meiner Seele und unsichtbare Narben, welche niemand sehen würde, die ich jedoch nur allzu deutlich spürte. Ich zuckte bei jeder Silbe zusammen, jeden mit Hass ausgespuckten Satz quittierte ich mit einer Träne und seine Beleidigungen raubten mir den Atem.

Elric verachtete nicht mich, sondern den Teil an mir, der uns unterschied.

Er hasste meine Menschlichkeit.

Wie hatte die friedliche Situation bloß so dermaßen schnell eskalieren können?

»Ich habe selbst entschieden, wer ich sein will, habe mein Leben selbst in die Hand genommen und es nicht blind von meinen Emotionen steuern lassen! Gefühle zuzulassen ist keine Schwäche, Elric! Weder in meiner noch in deiner Welt.« Meine Stimme schwoll mit jedem Wort an, während ich durch das Wasser hindurch auf Elric zugeschritten kam, bis unsere Fußspitzen aneinanderstießen.

»Wage es nie wieder«, fuhr ich fort und sog zischend die Luft ein, wobei mein störrischer Blick den seinen taxierte und woraufhin ich einen Moment mit heftigen Atemzügen innehielt, »… mich als schwach zu bezeichnen.«

Eine Strähne fiel mir ins Gesicht und Elric hatte bereits die Hand gehoben, um sie hinter mein Ohr zu streichen, als ich ausholte und seine Finger zur Seite schlug.

»Fass mich nicht an!«

»Sonst was?« Elrics Augen funkelten mich amüsiert an, doch ich konnte glasklar die Wut ausmachen, die ich in ihm entfacht hatte. Offenbar war es ihm nicht länger möglich, seine Emotionen zurückzuhalten. Ich musste aufpassen. Immerhin bewegte ich mich hier auf sehr dünnem Eis und gefährdete sein Leben.

»Wirst du mich anschreien? Lass alles raus, Alice! Nur weil ich nichts fühlen kann, heißt das noch lange nicht, dass ich mich nicht darum schere, wie man mich behandelt!« Er drängte mich zurück in Richtung Wald, aus den Fluten des Sees heraus, sodass mir keine andere Wahl blieb, als ihm rückwärts auszuweichen.

»Du scherst dich doch nur um dich selbst und deine dämlichen Kuchen! Ich bin für dich nur so lange von Bedeutung, bis ich deine verrückte Heimat rette. Danach werde ich dir so egal sein wie alles andere!«

»Du hast ja keine Ahnung! Kannst du dir vorstellen, was für ein Risiko ich auf mich nehme? Für dich?« Seine Stimme begann zu bröckeln, wilde Locken fielen ihm in die Augen.

Ich konnte nichts weiter tun, als den Kopf zu schütteln. Die Worte steckten mir im Halse fest.

Ich wich immer weiter vor ihm zurück. Das Ufer befand sich schon außerhalb meines Sichtfeldes, da Elric dicht vor mir stand. Er hatte mich bis an den Rand des Waldes zurückgedrängt.

Plötzlich spürte ich in meinem Rücken den kalten, glatten Stamm eines Baumes.

Elric stoppte nicht, sondern drängte sich noch weiter in meine Richtung, sodass ich zwischen ihm und dem Stamm eingekeilt war. Meine Arme hingen nutzlos an meinen Seiten hinab, sodass ich ihm hilflos ausgeliefert war.

Mit einem Mal wurde sein Blick weicher und er fuhr mit seinen Augen jede Linie meines Gesichts nach. Mir stockte der Atem, während ich Elrics Vorhaben abwartete. Ich konnte ihn unmöglich einschätzen.

Wir waren exakt da, wo wir schon bei unserer Ankunft am See gewesen waren.

Wagte er es nun endlich?

»Alice … Auch wenn mir das Gefühl fremd ist, weiß ich, dass ich dich mag und du mir wichtig bist. Ich muss aufpassen, dass…«

»… du nichts fühlst, um nicht den Verstand zu verlieren«, vollendete ich seinen Satz, woraufhin er bloß nickte.

Mein Blick verweilte jedoch auf seinen Lippen. Im Hintergrund tickten die Uhren im Gleichklang mit meinem Herzen und die klirrenden Blätter des Waldes erzeugten zusammen mit dem seichten Plätschern des Sees eine Sinfonie der Hassliebe, die zwischen Elric und mir herrschte. Sein plötzlicher Wutausbruch, als ich das Ticken seiner Uhr vernommen hatte, war Beweis genug, dass zwischen uns niemals etwas sein durfte.

»Dein Herz würde ihn mit einem Mal verschlingen, ohne dass du es verhindern könntest«, wisperte er und schaute mich aus seinen verschiedenfarbigen Augen an. Ich nickte, konnte meinen Blick nicht von ihm losreißen.

Reiß dich zusammen, Alice.

»Es sei denn …« Seine Stimme klang so zerbrechlich wie Glas, als würden sich mit einem kaum hörbaren Knistern feine Risse darüber ausbreiten.»… du hältst mich bereits für verrückt?«

Ich lachte kurz auf. »Du hast mir einen Hut aus Wasser genäht und wirst von einer schwebenden Katze begleitet … Da, wo ich herkomme, wäre das mehr als verrückt.« Sein verzweifelter Blick ließ mich schließlich innehalten und das Gesagte relativieren. »Aber hier – hier im Wunderland – sind wir alle ein bisschen verrückt.«

Er schien die Luft angehalten zu haben, denn er stieß seinen Atem nun erleichtert aus. »Eine Portion Wahnsinn schadet niemandem«, fügte er mit einem schiefen Grinsen hinzu. Erst jetzt bemerkte ich, dass er mich immer noch an den Baumstamm presste, während seine Hände auf meiner Taille ruhten.

»Elric?« Ich warf ihm einen vielsagenden Blick zu und sofort ließ er von mir ab, als hätte er sich an meiner Haut verbrannt.

Mehr durfte sich nicht zwischen uns entwickeln …

Unsere Zuneigung könnte tödlich enden.

Diese Bürde würde ich nie und nimmer tragen können.

Ich atmete tief durch und bemerkte zeitgleich, wie mein Herz raste. Zwischen Elric und mir durften sich unter keinen Umständen Gefühle entwickeln. Keuchend schnappte ich nach Luft. Wenn das nicht schon längst geschehen war …

»Alice?« Seine tiefe Stimme drang mir durch Mark und Bein. Ich blickte auf und konnte sehen, wie er auf das Ufer des Sees zuschritt.

Seine Schultern wiegten in einem für mich unhörbaren Rhythmus, seine Schritte waren bedacht und schienen dennoch entspannt, während seine Hände locker an seiner Seite schwangen. Der dunkelrote Anzug spannte sich um sein breites Kreuz und betonte die muskulöse Statur des Hutmachers.

Ich wollte ihm gerade folgen, als ich hinter mir ein mechanisches Schnurren vernahm.

»Er riecht immerzu nach Kuchen«, hörte ich eine leise vibrierende Stimme wie aus dem Nichts sagen. Ich verharrte mitten in der Bewegung.

Es gab nur einen, der so etwas Irres von sich geben konnte, ohne dass ich davon überrascht gewesen wäre.

Ich wandte mich zu Grinser um und sah mich augenblicklich seinem teuflischen Lächeln gegenüber.

»Lass dir eines gesagt sein: Wenn du meinen jungen Freund umbringst, dann verspreche ich, wirst du diese Welt nie wieder verlassen, Herzenssklave.« Leuchtend blaue, senkrechte Pupillen erschienen direkt vor mir.

»Keine Sorge, so weit lasse ich es nicht kommen.«

»Menschliche Versprechen sind flüchtiger als das Leben selbst.« Mit diesen Worten entschwanden die Augen der Katze in hauchfeine Schlieren. »Lass mich diese Zusammenführung nicht bereuen…« Grinsers körperlose Stimme verfolgte mich, selbst als seine Erscheinung bereits mit der Umgebung verschmolzen war.

»Alice!« Elrics Stimme lenkte meine Aufmerksamkeit auf ihn zurück. Neben ihm schaukelte ein verlottertes Boot, das vielmehr einer aus Brettern und Schrauben zusammengefügten Nussschale glich. Mittig auf dem Schiffchen stand ein mir nur allzu bekanntes Wesen, das mich wiederum mit großen, zuckenden Augen anstarrte.

Das weiße Kaninchen.

Ich stürmte los, beachtete nicht, wie meine Füße durchs Wasser stapften und die Kälte an meinen Waden hinaufschoss. Meine Hände waren zu Fäusten geballt und meine Augen begannen vor unbändigem Zorn zu brennen.

»Du!«, stieß ich zwischen zusammengebissenen Zähnen hervor. »Das ist alles deine Schuld!« Meine Stimme klang schrill und scharf wie zersplitterndes Glas.

Ich nahm das Kaninchen genauer unter die Lupe und hätte nicht überrascht sein dürfen, als ich erkannte, dass es alles andere als normal aussah.

Die weißen Ohren waren gespitzt, als würde das Wesen auf eine weitere Schimpftirade von mir warten. Vor seinem linken tiefschwarzen Knopfauge war ein Monokel befestigt, wie bei der Raupe. Auf diese Weise konnte ich das hektische Zucken seines Augapfels einwandfrei erkennen. Der Rumpf des aufrecht stehenden Tieres war in ein dunkelblaues Wams gehüllt, auf dessen Brust ein rotes Herz aufgestickt war. Aus den Taschen quollen Dutzende goldene Uhren hervor, die jener glichen, die sich auf meinem Hut befand. Als ich meinen Blick weiter nach unten gleiten ließ, erblickte ich statt der kräftigen Hinterbeine eine Konstruktion aus kupferfarbenen Drähten, Zahnrädern und Spulen, die bei jeder Bewegung verdunstenden Dampf ausstießen und leise zischten. Diese Besonderheit hatte ich bereits in London bemerkt.

Ich hatte mich also nicht geirrt!

Das Kaninchen war tatsächlich alles andere als normal. Und die mechanischen Hinterläufe hatte ich mir auch nicht eingebildet.

Es gehörte zweifelsfrei zum Wunderland.

»Als königlicher Berater war es meine Aufgabe, deine Hilfe zu beanspruchen«, gab das Kaninchen mit piepsiger Stimme von sich und deutete auf das Stoffherz auf seiner Brust.

»Du dienst also der Herzkönigin?« Mein Blick verschärfte sich.

Das Kaninchen nickte hektisch, als wolle es weitere Komplikationen vermeiden, indem es so schnell wie möglich meine Fragen beantwortete.

»Ich bin zwar ihr Berater, doch in Wahrheit diene ich nur meinem Land selbst und bin ihr zu nichts verpflichtet. Als ich die Pläne der Königin durchschaut habe, sah ich keinen anderen Ausweg, als ihre Tochter herbeizuholen. Ich bedauere die Art und Weise meiner Vorgehensweise.«

Ich kniff die Augen misstrauisch zusammen.

Im Inneren des Kaninchens tickte wie bei allen anderen Geschöpfen Wunderlands eine Uhr. Mitleid oder Gefühle waren somit für dieses Wesen gleichermaßen Fremdworte. Wie also hätte ihm etwas ehrlich leidtun können?

»Ich hüte das Uhrwerk und kann euch helfen. Dort befindet sich nämlich einer der Schlüssel zum Herzen Wunderlands. Es ist eine der fundamentalen Säulen unserer Welt, also behandelt es bitte mit dem gebührenden Respekt.«

Ich hielt inne und blickte zu Elric, der offenbar das Tierwesen in unsere Pläne eingeweiht hatte und nur darauf wartete, dass wir unsere Reise fortsetzten.

Wie lange hatte Grinser mich abgelenkt?

Ich wandte mich wieder dem Kaninchen zu und nickte steif. Bevor es etwas auf meine Reaktion erwidern konnte, erstarrte das Tier und schnupperte kurz mit seiner Schnauze in der Luft.

»Ich habe die Witterung eines weiteren Gastes aufgenommen … Ein Raubtier?«, meinte es unvermittelt und keinen Augenblick später materialisierte sich Grinser zwischen uns. Die leuchtend blauen Augen und die kontinuierlich drehenden Zahnräder seines Schwanzes waren mir seltsam vertraut. Das Einzige, was mir bis jetzt noch nicht sonderlich aufgefallen war, war der Aufzieher auf seinem Rücken, der ihn wie eine Aufziehpuppe wirken ließ. Er war nur von hinten erkennbar, da ansonsten der gigantische Kopf der Katze die Sicht darauf versperrte.

Kein Wunder, dass es mir bis jetzt noch nicht aufgefallen war. Schließlich bewegte sich unser Begleiter ohnehin am liebsten in unsichtbarer Form fort.

»Du siehst so aus, als könntest du als meine nächste Mahlzeit enden, Karnickel.« Ihre Worte wurden durch das metallische Grinsen der Katze untermalt.

»Das denke ich nicht, wenn ihr meine Hilfe in Anspruch nehmen wollt, du schwebender Fleischfresser!« Die Stimme des Kaninchens klang erstaunlich selbstbewusst und als Reaktion darauf seufzte Grinser leise.

»Dann vielleicht beim nächsten Mal?«

»Das verbitte ich mir!«

Der Schlagabtausch zwischen den beiden Tieren wirkte wie eine Gewohnheit. Ob dieses Gespräch vielleicht schon des Öfteren stattgefunden hatte?

Wie zur Antwort zog Elric die Augenbrauen hoch, beugte sich zu mir herüber und flüsterte mir »Erzfeinde« zu.

Ich schmunzelte unweigerlich.

»Die Zeit drängt«, brummte der Hutmacher schließlich, als sich Katze und Kaninchen ein Blickduell lieferten. »Wir müssen euer Geplänkel leider auf ein anderes Mal verlegen.«

Ich nickte zustimmend und bestieg dann das stark unter mir schwankende Boot. Ich befürchtete, in der nächsten Sekunde die Balance zu verlieren und im See zu landen. Als ich mich schließlich ohne weitere Zwischenfälle auf einem der Querbalken niedergelassen hatte, setzte sich Elric mir gegenüber. Bei ihm schaukelte die Nussschale nicht einmal ansatzweise.

Grinser schwebte wie zu erwarten über unseren Köpfen, während sich das weiße Kaninchen hinter mir positionierte.

»Seid ihr alle bereit?«, fragte es in die Runde und in diesem Moment fiel mir ein, dass ich mich noch nie auf einem Boot befunden hatte, da ich in einer Großstadt aufgewachsen war …

Was, wenn ich seekrank werden würde?

»Alles in Ordnung bei dir?«, versicherte sich Elric, der offenbar meine Unsicherheit bemerkt hatte.

Das passte mir gar nicht. Ich drückte den Rücken durch und sah ihm direkt in die Augen.

»Natürlich. Ich bin absolut bereit dazu, eure Welt zu retten.«

»Ausgezeichnet! Uns rennt nämlich die Zeit davon«, bemerkte das Kaninchen, während es eine Taschenuhr an einer dünnen Kette aus seinem Wams hervorzog und mit alarmiertem Blick die langsam voranschreitenden Zeiger begutachtete. Als es die Uhr wieder verstaut hatte, begab es sich zum hinteren Teil des Bootes und fuchtelte an einer der Bodendielen herum.

Was um alles in der Welt tat es da?

»Du warst noch nie auf dem Wasser, habe ich recht?« Elric umfasste mein Handgelenk und zog damit meine gesamte Aufmerksamkeit auf sich. Sein goldenes Auge glänzte im Schein der späten Nachmittagssonne und ich versank in warmen, goldenen Fluten.

»Ist das so offensichtlich?« Ich musste an meine Heimat denken, eine Stadt aus grauem Beton. Zwar schlängelte sich die Themse mitten hindurch, doch selbst sie hatte ich höchstens auf einer Brücke überquert. Ich war noch nie auf oder in offenen Gewässern gewesen.

»Dir wird es gefallen, glaub mir.«

»Wir werden voraussichtlich morgen früh am anderen Ufer angelangen«, verkündete das Kaninchen piepsig.

»Was?« Ich sprang auf die Beine und die Nussschale begann unter meinen Bewegungen heftig zu schwanken, weshalb das Kaninchen beinahe ins Wasser gestürzt wäre. Elric bekam das Tier jedoch gerade noch rechtzeitig an einer seiner Vorderpfoten zu fassen und stabilisierte damit sein Gleichgewicht. Ich setzte mich wieder und murrte eine flüchtige Entschuldigung.

Eine ganze Nacht auf dem See?

Auf dem offenen Wasser?

Das konnte doch nur schiefgehen.

»So was solltest du während der Überfahrt dringlichst unterlassen«, mahnte mich das Kaninchen, das seine mechanischen Hinterbeine durch ein Loch ins Wasser tauchte. Kurz darauf lebte das Geräusch von plätscherndem Wasser und röhrenden Motoren auf und mit ihnen wehte ein aufkommender Fahrtwind durch meine Haare – und Dieselgeruch, der den salzigen Duft des Sees überlagerte, um meine Nase.

Ich ließ meine Hände zurück in meinen Schoß gleiten und sah erstaunt dabei zu, wie das weiße Kaninchen unser kleines Boot mithilfe seiner paddelnden Hinterläufe antrieb. Uns mit einem Motorboot zu vergleichen, wäre vielleicht übertrieben gewesen, aber wir bewegten uns erstaunlich schnell über die blanke Wasseroberfläche, sodass sich hinter uns leichte Wellen bildeten, die in die Breite des Sees abebbten.

Ich warf einen Blick zur Seite und konnte perfekt sehen, wie die rötlich glühende Sonne im Osten in den Fluten des Sees versank.

Moment mal … im Osten?

Ging sie nicht normalerweise im Westen unter?

Hier schien sich ausnahmslos alles von meiner Welt zu unterscheiden.

Ich seufzte bei diesem Gedanken kurz auf und betrachtete die Abenddämmerung. Wie das Wasser sehnsüchtig die rot glühenden Wunden der Sonne erlosch, wie es sie in ihrer Gänze aufnahm und wie sich dahinter die Nacht als schützendes Tuch über das Land ausbreitete.

Elric beobachtete mich und ich lächelte, als ich es bemerkte. Für einen Moment musste ich mir eingestehen, dass seine Augen mehr strahlten als jedes Himmelsobjekt.

»Weißt du, nur beim Sonnenuntergang begegnen sich Sonne und Mond auf Augenhöhe. Denn obwohl die beiden Geliebten immer hintereinander herjagen, bekommen sie sich nur dann für einen kurzen Moment zu sehen. Einer muss weichen, um den anderen gewähren zu lassen … Und das bis in alle Ewigkeit.«

Der Hutmacher starrte mich sprachlos an, während ich meinen Blick erneut gen Horizont richtete. Ausnahmsweise genoss ich das Schweigen zwischen uns. Der dunkelviolette Himmel über ihm zeichnete Muster durch die Wolken, die das gesamte Himmelszelt zu einem abstrakten Kunstwerk wandelten.

Meine eigenen Worte warfen in mir eine Frage auf: War Elric mein Mond oder meine Sonne?

»Woher kennst du diese Geschichte?« Elric klang ehrlich interessiert.

»Mein Vater hat sie mir früher vor dem Einschlafen erzählt. Immer nur diese eine Geschichte… Er hielt sie für die ehrlichste aller Erzählungen und legte Wert darauf, dass ich das Besondere in den unscheinbaren Dingen sehe.«

Elric ergriff meine Hände und meine Haut begann unter seiner Berührung angenehm zu kribbeln.

»Danke.«

Dieses eine Wort war alles, was er über seine Lippen brachte.

»Wofür?«

»Du hast die Geschichte mit mir geteilt und mir diese Erinnerung geschenkt. Ich denke, das verdient ein Dankeschön.« Er lächelte mich an, doch dann fiel sein Blick auf unsere ineinander verschlungenen Hände.

Schlagartig verhärtete sich seine Miene, woraufhin er ruckartig seine Finger zurückzog und sich eine Maske über seine Züge legte.

Ich konnte in mir die Enttäuschung aufkeimen spüren. Ich sank auf den Boden der Nussschale, um mich Elric zu entziehen und starrte ins Firmament dieser kalten Welt. Zum zweiten Mal binnen weniger Sekunden stockte mir der Atem, als sich im nachtschwarzen Himmel gigantische und fast durchschimmernde Zahnräder abzeichneten. Der komplette Kosmos war übersät mit ihnen, alle rotierten unaufhaltsam und glänzten silbrig im Einklang mit den Sternen, die auf den Zinken der Zahnräder wie Diamanten strahlten.

Das Wunderland war faszinierend auf seine Weise, doch kein sicherer Ort für einen Menschen.

In diesem Augenblick verstand ich, dass ich mein Herz vor allen äußeren Gefahren dieser Welt, auch vor Elric, verschließen musste.

Ganz genau so wie das Herz von Wunderland.

9
Das Uhrwerk

Ich schreckte hoch, als jemand behutsam an meiner Schulter rüttelte. Als ich mich vollkommen perplex aufsetzte und die Nussschale als Reaktion darauf zu kippeln begann, hielt ich mich vorsichtshalber am Rande des Bootes fest, bis dieses wieder zur Ruhe gekommen war.

Der Mond stand hoch am Himmelszelt, es war immer noch tiefste Nacht. Allerdings war die ganze Umgebung in ein seltsames Schimmern getaucht, das unmöglich vom Mond stammen konnte. Das Licht wirkte … anders.

Aber vielleicht war ich auch einfach nur todmüde und bildete mir irgendwelche Dinge ein, die nicht da waren.

Verschlafen blinzelte ich in Elrics Gesicht, das sich direkt vor meinem befand.

Mein Schlaf war mir heilig und wer mich ungefragt aufweckte, hatte für gewöhnlich mit einem Rundumschlag zu rechnen, der mehr als nur eine Gehirnerschütterung hinterließ. Deshalb überlebten meine Wecker daheim nie sehr lange …

»Was ist denn los?« Meine Stimme klang belegt vom Schlaf, doch rau durch den Schreck, der mich beim Aufwachen durchfuhr. Statt einer Antwort legte Elric einen Zeigefinger verschwörerisch über sein Lächeln und bedeutete mir somit, leise zu sein.

Dann zog er mich sanft an meinem Oberarm hoch und zum Rand des Bootes. Es schaukelte leicht hin und her und erzeugte sanfte Wellen. Elric machte eine kurze Geste in Richtung des Wassers. Irritiert folgte ich seiner Anweisung und blickte hinaus auf den See. Vor Schreck hätte ich beinahe einen Satz nach hinten gemacht. Doch seine kräftige Hand legte sich beruhigend auf meinen Rücken, sodass ich mich sicher fühlte, während ich einen zweiten Versuch startete und über den Rand unseres Bootes spähte.

Ein riesiger fluoreszierender Wal schwamm durch den See. Auf seiner gesamten Körperoberfläche waren Ornamente und Verzierungen zu sehen, die heller leuchteten als der Rest seiner Haut. Das Meerestier strahlte in einem sanften Türkis, während die Wasseroberfläche direkt über ihm in allen Farben schimmerte, die ich kannte, und auch in solchen, die mir fremd waren.

Ich streckte eine Hand aus und ließ meine Fingerspitzen über die flirrende Oberfläche gleiten. Elric hatte seinen Arm um mich gelegt und hielt mich fest, sodass ich keine Furcht verspürte, als ich mich noch ein wenig weiter auf den offenen See hinausbeugte. Die Nussschale schwankte ein wenig, doch der Hutmacher schaffte es, mit seinem Gewicht meins auszugleichen und das Boot in Balance zu bringen.

Mit einem Mal schoss wenige Meter von uns entfernt eine gigantische Schwanzflosse empor und hüllte die gesamte Umgebung in ihren türkisen Schein ein. Für einen Moment lang schien die Zeit stehen geblieben zu sein und sie verharrte in der Höhe. Die Verzierungen glühten auf der Haut des Wals und brannten sich unwiderruflich in mein Gedächtnis und die Schwärze der Nacht ein.

Dann fuhr sie hernieder und schlug mit einem ohrenbetäubenden Krachen auf der Wasseroberfläche auf.

Hinter mir ertönte ein ängstliches Quieken. Das weiße Kaninchen hatte das Spektakel ebenfalls verfolgt. Seine Augen waren allerdings vor Schreck geweitet.

So ein Angsthase …

Ich lächelte über mein gedankliches Wortspiel und strich beruhigend über sein Fell. Doch das Tier war in einer Art Schockstarre gefangen, weshalb ich seufzend von ihm abließ. Gegen angeborene Instinkte konnte niemand etwas ausrichten.

Als ich mich wieder der Schwanzflosse zuwandte, konnte ich sehen, wie durch den Aufprall auf die Wasseroberfläche unzählige leuchtende Tropfen wie glitzernder Regen auf uns niederprasselten. Ich öffnete die Handflächen und sah erstaunt zu, wie das Licht der Flüssigkeit bei der Berührung mit meiner Haut langsam verblasste und schließlich vollkommen erlosch.

Durch die Bewegung der Flosse hatten sich mehrere Wellen gebildet, die uns nun langsam, aber sicher immer weiter vom Ort des Geschehens wegtrugen. Sehnsüchtig betrachtete ich das majestätische Lichtwesen, das sich nun von uns entfernte und in den Tiefen des Sees verschwand.

Das Bedürfnis, einfach in den See zu springen und dem leuchtenden Meerestier zu folgen, war mehr als verlockend.

Adrenalin rauschte durch meine Adern und das fluoreszierende Licht spiegelte sich in Elrics Zügen, der mich sanft vom Rand des Bootes zurückzog. Sein grünes Auge strahlte heller als die Male des Wals und das goldene riss mich in einen Strudel, der sich auf dem offenen Meer hätte befinden können, so gewaltig wirkte die Macht eines einzigen seiner Blicke auf mich.

Die Wasseroberfläche warf flüchtige Reflexionen auf seine ebenmäßige Haut und betonte die Schatten seiner markanten Wangenknochen. Er strich mit einer Hand durch mein Haar und umklammerte mich mit der anderen umso fester, als würde er es nicht wagen, mich loszulassen.

Das Herz schlug mir bis zum Hals, meine Stimme versagte und mein Atem stockte. Wir waren uns so nah, dass ich nicht anders konnte, als in seinen endlos tiefen Augen zu versinken und mit meinen Fingern durch seine weichen, widerspenstigen Haare zu fahren. Ich hatte noch nie in meinem Leben derartige Gefühle verspürt… Nichts und niemand hatte jemals so etwas bei mir ausgelöst. In meinem Bauch setzte ein nervöses Flattern ein.

Doch wie in jeder vergleichbar intimen Situation wie dieser löste Entsetzen seinen sehnsüchtigen Blick ab, als er seine Lippen fest zusammenpresste und mich bestimmt von sich hinfort schob. Ich schüttelte leicht mit dem Kopf, atmete tief durch und versuchte, meine Gedanken zu ordnen.

Was war da gerade passiert?

Als ich mich Hilfe suchend umsah, fing ich mir den missmutigen Blick des weißen Kaninchens ein, welches wieder begonnen hatte, uns durch seine Hinterpfoten voranzutreiben.

»Ich verliere den Verstand, wenn wir so weitermachen, Alice«, raunte Elric unvermittelt und seine Worte durchbohrten mein Herz wie der Treffer durch einen vergifteten Speer.

Ich erwiderte nichts, denn er kehrte mir den Rücken zu und starrte stillschweigend in den düsteren Nachthimmel.

Ich wusste nicht, was ich tun sollte, was ich empfinden sollte, was zur Hölle von mir erwartet wurde, sodass ich zu nichts weiter in der Lage war, als mich wieder niederzulegen. Mir blieb nichts anderes übrig, als so zu tun, als hätten die letzten Minuten nicht stattgefunden, und mich lautlos in einen ruhelosen Schlaf zu wiegen.

»Alice, wach auf«, weckte mich eine Stimme, während Sonnenstrahlen an meiner Nase kitzelten und mein Gesicht erwärmten. Ein leises Lachen klingelte in meinen Ohren und ließ mich unweigerlich schmunzeln, obwohl meine Augen immer noch geschlossen waren.

»Ich hatte einen seltsamen Traum. Darin kamen ein Kaninchen mit mechanischen Beinen, eine schwebende Katze mit leuchtenden blauen Augen und ein Hutmacher vor, der zwar nicht mehr alle Tassen im Schrank hatte, aber trotzdem irgendwie …« Ich gähnte, rieb mir mit der Faust durch die Augen, öffnete sie schlaftrunken und erblickte besagten Hutmacher, der mich wiederum erwartungsvoll ansah.

»Irgendwie … was?« Ein Lächeln breitete sich auf seinem Gesicht aus, das leicht mit dem von Grinser hätte mithalten können.

Innerhalb eines Sekundenbruchteils war ich hellwach und funkelte ihn herausfordernd an. »Das wüsstest du wohl gern, was?«

Er ließ seine Augen über meinen Körper schweifen, als würde er mich zum ersten Mal wirklich wahrnehmen, bevor er nach Atem ringend wisperte: »Ich weiß es nicht.«

Schmerz lag in seiner Stimme und im selben Augenblick legte sich die Maske wieder über sein Gesicht, sodass ich mich unweigerlich von seiner wahren Persönlichkeit abgeschnitten fühlte. Ein kalter Schauer lief über meinen Rücken und ich versuchte verzweifelt, seinem verhärteten Blick standzuhalten, doch schon nach wenigen Sekunden musste ich meine Augen abwenden.

Diese Unnahbarkeit zerfraß mein Herz.

Um mir nichts anmerken zu lassen, räusperte ich mich kurz und wies Elric darauf hin, dass wir eine Aufgabe zu erledigen hatten. Er nickte mir zu, wich meinen Versuchen, Augenkontakt zu ihm aufzubauen, allerdings ebenso gekonnt aus wie meinen scheinbar unbeabsichtigten Berührungen.

Kurz darauf verließen wir das Boot, auf dem ich bis vor wenigen Minuten noch im Tiefschlaf geschlummert hatte. Ich erkannte schnell, dass das weiße Kaninchen bereits am Ufer des Sees wartete, wo die Nussschale auf dem Trockenem lag.

Es war bereits früher Morgen und die aufgehende Sonne vertrieb die letzten Sterne vom Himmel. Die letzten Überbleibsel der gerade erst vergangenen Nacht.

Nebelschwaden zogen wie graue Schleier über den See und waberten ziellos umher. Die kalte, erfrischende Morgenluft belebte meine Gliedmaßen und versorgte mein übermüdetes Gehirn mit dem nötigen

Sauerstoff. Ich schloss meine bleischweren Lider und atmete mehrmals tief ein und aus.

Als ich meine Augen nach einiger Überwindung wieder öffnete und mein Atem kleine Wolken bildete, konnte ich mehr als deutlich spüren, dass Elric mich heimlich beobachtete.

Sein Blick verursachte ein sanftes Prickeln auf meiner Haut, weshalb ich mich schließlich widerwillig zu ihm umwandte. Ich sah ihn mit einer in die Höhe gezogenen Augenbraue an und wartete darauf, dass er sich für sein auffälliges Starren in Grund und Boden schämte. Doch stattdessen fixierte er mich weiterhin nachdenklich, versuchte, mich zu entschlüsseln, als wäre ich ein besonders kompliziertes Rätsel.

Dabei war er derjenige, der schwer zu durchschauen war.

»Ich will nicht drängen, aber uns läuft die Zeit davon«, bemerkte die piepsige Stimme des Kaninchens, während es zeitgleich eine der unzähligen Taschenuhren aus seinem Wams hervorzog, wobei zwei weitere Zeitmesser aus seiner Tasche purzelten und auf dem staubigen schwarz-weißen Untergrund des Ufers landeten. Ohne die zwei verloren gegangenen Schmuckstücke zu beachten, stopfte es die Uhr, welche es ans Tageslicht befördert hatte, wieder in seine Kleidung zurück und machte auf der Stelle kehrt, um uns den weiteren Weg zu weisen.

Verwirrt betrachtete ich die am Boden liegenden Chronometer, die monoton vor sich hin tickten. Sie wurden weder von Elric noch von dem Kaninchen beachtet. Ein wenig verdutzt und sichtlich unentschlossen versuchte ich, mit dem Kaninchen Schritt zu halten, welches bereits zum Ufer eines Flusses hoppelte, der in den See mündete.

Wir liefen eine Weile stromaufwärts, weit abseits der eigentlichen Pfade, während um uns herum wie erwartet die Kupferbäume aus dem Boden schossen.

Das Wasser des Flusses war klar und hell, sodass ich zwischenzeitlich mein Spiegelbild auf der glatten, fast regungslosen Oberfläche ausmachen konnte. Ich war erstaunt, dass meine Kleidung die Reise bis jetzt relativ unbeschadet überstanden hatte, wenn man über Flecke oder die zerschlissenen Stulpen hinwegsah.

Ich spürte Elrics Blicke in meinem Rücken wie brennende Flammen, die sich langsam über meinen Körper ausbreiteten und in meinem Inneren ein unruhig flackerndes Feuer entfachten.

Ohne ihn weiterhin zu beachten, stapfte ich hinter dem Kaninchen her, das an Tempo zulegte und schließlich sogar mit quietschenden Gliedmaßen vor mir herlief. Auch ich beschleunigte meine Schritte und holte nach und nach die Distanz, die es bereits überbrückt hatte, wieder auf. Währenddessen schnappte ich keuchend nach Luft. Insgeheim wünschte ich mir, dass ich in meinem bisherigen Leben mehr Sport getrieben hätte. In meinen Beinen begannen bereits die Muskeln und Sehnen zu schmerzen, doch ich trieb mich weiter an, um das Kaninchen nicht aus den Augen zu verlieren.

Die ganze Situation kam mir vor wie ein Déjà-vu. Es war schließlich noch gar nicht so lange her, dass ich das Kaninchen durch die Straßen von London verfolgt hatte.

Wahrscheinlich war es inzwischen zu seiner Lieblingsbeschäftigung geworden, Menschen – insbesondere mich – in die Irre zu führen.

Plötzlich hielt das Tier abrupt inne, wobei ich beinahe über das weiße Fellknäuel gestolpert wäre, das mich als Reaktion auf mein ungestümes Verhalten mit einem entrüsteten Blick bedachte.

Murrend entschuldigte ich mich und warf einen Blick über meine Schulter, um zu sehen, ob Elric sich noch hinter uns befand. Der Hutmacher hastete uns entgegen und warf mir ein flüchtiges Lächeln zu, als er neben mir zum Stehen kam. Er schien nicht einmal sonderlich aus der Puste zu sein. Zwar atmete er schwerer als sonst, doch er musste nicht hektisch nach Luft schnappen, so wie ich es tat.

Ich sollte wirklich mehr Sport treiben.

Elric nahm seinen Zylinder vom Kopf und strich sich durch die Haare. Sie waren durch das Laufen so durcheinandergekommen, dass ich mich wirklich beherrschen musste, um sie nicht eigenhändig wieder in Ordnung zu bringen. Meine Finger zuckten bereits, doch ich beherrschte mich.

Dieser Kerl löste wirklich die unterschiedlichsten Gefühle in mir aus, die von Mordlust bis hin zu vollkommenem Wahnsinn reichten.

»Weiter kann ich euch nicht führen, meine Pflicht als Hüter des Uhrwerks verbietet es mir, Unbefugte noch näher an unser größtes Heiligtum heranzuführen«, sprach das Kaninchen.

Ich runzelte verwirrt die Stirn.

»Das bedeutet, du hättest uns gar nicht herbringen dürfen«, schlussfolgerte ich aus seinen Worten.

»Theoretisch gesehen, ja. Doch da ich im Dienste meines Landes stehe, sah ich keine andere Möglichkeit, als euch auf diese Weise zu helfen. Ich werde also einfach meine Augen vor dem, was gleich geschehen wird, verschließen.«

Es würde wegschauen, damit ich an den Schlüssel gelangen konnte …

»Auf diese Weise bleibt er seinen Pflichten treu und dient dennoch Wunderland«, erklärte Elric mir mit belegter Stimme, als würde ihn diese Tatsache beunruhigen. Ich nickte zögernd und kniete mich nieder, um mit dem Kaninchen auf einer Höhe zu sein.

Das Kaninchen hatte viel riskiert, indem es uns hierher gebracht hatte. Das musste man ihm hoch anrechnen.

»Ich danke dir vielmals für deine Hilfe. Ich werde versuchen, dich nicht zu enttäuschen«, flüsterte ich ihm in die Löffel, während ich behutsam über den Kopf des Tieres strich.

Wohlig lehnte sich das Kaninchen gegen meine Hand und genoss die Streicheleinheiten, bevor es mich mit seinen schwarzen Knopfaugen anstierte und seine Stimme festigte.

»Dessen bin ich mir sicher.«

Ich ließ meine Hand sinken und nickte dem Tier zu, das scheinbar als Antwort darauf mit seiner Stupsnase und den langen Schnurrhaaren wackelte, bevor es sich durch seine mechanischen Gelenke umwandte und in den Schatten des angrenzenden Waldes entschwand.

Noch während ich dem mit Maschinenkraft betriebenen Kaninchen hinterher blickte, erschienen vor meinem Gesicht zwei strahlend blaue Augen, die mir direkt in die Seele zu starren schienen. Den Augen folgte nun auch Grinsers restlicher Kopf.

»Zum Glück ist das verdammte Viech schnell abgezogen, sonst wäre es als mein Vormittagssnack geendet, das schwöre ich euch«, fauchte er schließlich durch sein rasiermesserscharfes Grinsen. Ich konnte bei diesen wichtigtuerischen Worten nicht anders, als die Augen zu verdrehen.

»Alice, das musst du dir ansehen!« Elrics Stimme klang euphorisch und ich meinte, ein erfreutes Funkeln in seinen Augen erkennen zu können, als er mir über seine Schulter hinweg einen raschen Blick zuwarf.

Ich rappelte mich wieder auf, während der schwebende Katzenkopf mich mehrfach umkreiste. Ich bedachte ihn mit einer letzten warnenden Geste, den dieser lediglich mit einem katzenhaften Kichern quittierte.

Seufzend wandte ich mich Elrics Entdeckung zu und konnte nicht glauben, was nur wenige Schritte hinter einer Baumreihe vor meinen neugierigen Blicken verborgen lag. Etwa zwanzig Meter von uns entfernt ragte eine gigantische Felswand wie ein steinernes Monument in die Höhe, sodass dies ohne Zweifel die Quelle des Flusses sein musste, der in den See mündete.

Inmitten des Gewässers ratterte ein gusseisernes Mühlrad mit verschiedensten Verschnörkelungen beständig vor sich hin. Es verursachte eine Kaskade an fallendem Wasser, das in Wasseradern hinab schoss und dort schäumend auf die makellos glatte Oberfläche aufschlug. Das Mühlrad wurde durch eine komplizierte Konstruktion aus Rohren, Zahnrädern und Ketten aufrecht gehalten. An mehreren undichten Stellen innerhalb der schief zusammengesteckten Leitungen entwich Dampf und stob in die Luft davon. Das Gerüst aus Schläuchen und Röhren schraubte sich so weit in die Höhe, dass ich meinen Kopf in den Nacken legen musste, um das Gesamtwerk aus Eisen, Stahl und fließendem Wasser zu erfassen. Das Gebilde war nur das Fundament für ein noch größeres Kunstwerk, das sich direkt oberhalb des eisernen Mühlrads befand. Es war eine Uhr, die die meisten Hochhäuser aus der Gegend, in der ich aufgewachsen war, um einiges überragte.

Ihr Durchmesser, ihr Umfang, ihre Existenz ließen sich nur als gewaltig beschreiben.

Den äußeren Ring der Uhr bildete ein Rad, das über nach innen gerichtete Stahlträger das marmorne Ziffernblatt stützte. An dessen Rand waren zwölf Ornamente angebracht. Jedes einzelne von ihnen überragte mich in seiner Größe. Der innere Ring der Uhr lag direkt an den Spitzen der pfeilförmigen Veredelungen an, sodass die daran befestigten Stäbe auf das Zentrum des Ziffernblattes zuliefen.

An der Stelle, an der die zwölf Stäbe zusammentrafen, entsprangen die Zeiger der Uhr. Diese waren im Gegensatz zu dem Rest des imposanten Zeitmessers geradezu schlicht. Zwei Pfeile, die über die in den weißen Marmor eingearbeiteten römischen Ziffern huschten.

»Na dann mal los!« Elric klatschte in die Hände und ich zuckte bei dem plötzlichen Geräusch leicht zusammen, woraufhin der verrückte Hutmacher mich triumphierend angrinste. Ich sah zwischen ihm und dem monströsen Gebilde hin und her.

Das konnte doch unmöglich sein Ernst sein!

»Hast du dieses Uhrwerk mal genauer betrachtet? Das Ding ist beinahe so gigantisch wie der Big Ben! Wenn du da irgendetwas finden willst, brauchst du Tage, Wochen!«, fuhr ich ihn an. Offensichtlich hatte dieser realitätsfremde Wahnsinnige nicht erkannt, wie heikel die Situation war.

War ich dieser Aufgabe wirklich gewachsen?

Ich wippte mit meinem rechten Fuß energisch im Takt eines für ihn unhörbaren Liedes. Meine innere Ruhe verwandelte sich langsam, aber sicher in spürbare Hektik und zum Teil in Angst.

Elric wechselte einen vielsagenden Blick mit Grinser, dessen Augen inzwischen heller strahlten als die nächtliche Beleuchtung Londons.

»Das hier ist nicht deine Welt, hier gelten andere Regeln… Ich schätze, daran wirst du dich früher oder später noch gewöhnen müssen«, gab Elric mit einem bedauernswerten Lächeln von sich.

Ich blies mir wütend eine blonde Haarsträhne aus dem Gesicht, verschränkte meine Arme vor der Brust und lehnte mich mit dem Rücken an den glatten Stamm eines Kupferbaumes hinter mir.

»Ach ja? Und was hast du vor? Willst du mir wieder irgendeinen magischen Kuchen verabreichen und all unsere Probleme werden auf unerklärliche Art und Weise gelöst?« Der Sarkasmus in meiner Stimme war so schneidend, dass er hoffentlich auch für jemanden mit schwach ausgeprägter Empathie hörbar war.

»Ja, so in etwa war der Plan.«

Ich stöhnte entnervt auf und erlag der Versuchung, mir mit der Handfläche gegen die Stirn zu schlagen. Keine Sekunde später konnte ich ausmachen, wie Elric in der Tasche seines Anzugs herumwühlte und den kleinen ledernen Beutel ans Tageslicht beförderte.

Der Hutmacher hatte nicht gescherzt.

»Das ist nicht dein Ernst«, meinte ich und eine gefährlich explosive Mischung aus Wut und Furcht begann in meinem Inneren zu brodeln.

»Ich kann mich nicht daran erinnern, je etwas so ernst gemeint zu haben«, entgegnete er trocken und zog das kleine Fläschchen mit der blauen Flüssigkeit aus dem Lederbeutel.

»Ich werde das nicht trinken!« Meine Stimme wurde mit jedem Wort schriller und Panik schnürte mir die Kehle zu. Der Hutmacher würde mich am Ende möglicherweise sogar noch vergiften, wenn er damit sein geliebtes Land retten könnte.

»Leider wirst du es tun müssen, wenn wir an den Schlüssel gelangen wollen.«

Mir platzte beinahe der Kragen.

»Trink das Zeug doch selbst und spiel du zur Abwechslung einmal den Helden, Hutmacher!« Meine Worte waren scharf und kratzten hoffentlich das überhebliche Selbstbewusstsein meines Gegenübers an.

»Glaub mir, wenn ich könnte, würde ich es selbst tun. Aber auf mich hat weder der Kuchen noch der Trank eine Wirkung. Die Nebenwirkungen treten nur bei Menschen auf. Und ich bin ein Wunderländer, ich bin hier aufgewachsen. Die Magie dieses Ortes kann mir nicht schaden. Aber du bist eine Fremde in diesem Land. Bei dir schlägt der Effekt an. Du bist die Einzige von uns, die den Trank einnehmen kann.« Elrics Erklärung wirkte zwar wirr, dennoch ergab sie Sinn.

Verfluchter Mist. Und ich hatte gedacht, ich könnte mich zumindest dieses eine Mal aus der Affäre ziehen.

Er blickte mich starr aus seinen zweifarbigen Augen an und wieder einmal hatte ich das Gefühl, ich würde in seiner Gegenwart an meinen eigenen Emotionen ertrinken.

Ihm musste es ähnlich gehen. Auch wenn er eigentlich nicht fähig war, zu fühlen, so erweckte er den Eindruck, dass es ihm mit mir anders ging. Ich war seine ganz persönliche Ausprägung der Hölle, sein Untergang. Und dennoch blieb er an meiner Seite, ebenso wie ich an der seinen.

Wir können nicht miteinander, aber auch nicht ohne einander.

Bei diesem Gedanken musste ich beinahe lächeln, doch die Situation war denkbar unpassend, also verkniff ich es mir. Stattdessen seufzte ich laut auf und ergab mich widerwillig meinem Schicksal.

»Na schön, ich mache es. Aber unter einer Bedingung.« Ich hob meinen Zeigefinger drohend und die plötzlich eingetretene Erleichterung in Elrics Gesicht begann zu schwinden. »Du musst mir vorher erzählen, was dieses Zeug mit mir anstellt.«

Der Hutmacher begann zu schmollen und warf mir mit großen Augen einen unschuldigen Blick zu. »Aber dann würde es nur halb so viel Spaß machen.«

»Entweder oder.« Ich deutete mit dem Kinn auf das Fläschchen in seiner Hand. »Also? Was bewirkt das?«

Sofort übergab Elric mir den winzigen Behälter mit der blauen Flüssigkeit.

»Auf die Art und Weise, wie der Kuchen dich zum Wachsen gebracht hat, wirst du durch diesen Trank schrumpfen.« Ich warf ihm einen finsteren Blick zu.

»Wirst du's tun?«, fragte er dann und zog wie so oft eine Augenbraue hoch.

»Habe ich denn eine Wahl?«, erwiderte ich in einem letzten Versuch, dem Ganzen zu entkommen, doch wie erwartet schüttelte Elric mit dem Kopf.

Ich drehte die kleine Flasche zwischen meinen Fingern nervös hin und her und schaute ihn flehend an. Unsere Blicke schienen sich ineinander zu verhaken, sodass wir uns eine Weile lang gegenüberstanden und einfach nur anstarrten. Jeder von uns beiden wusste, dass da mehr zwischen uns war, als wir zugeben wollten. Man konnte es Faszination nennen oder Anziehungskraft … Doch ich fand einfach kein Wort, das angemessen für unsere seltsame Beziehung war. Außerdem wollte ich uns nicht auf einen einzigen Ausdruck reduzieren, sondern jede einzelne Facette unserer gegenseitigen Zuneigung (und ja, auch Abneigung) beachten.

Plötzlich schnappte Elric hörbar nach Luft und nickte hektisch, bevor er sich von meinem Blick losriss und abwandte. Er nahm seinen Zylinder vom Kopf und strich sich durch die Haare, raufte sie, als würde er erneut gegen seine Gedanken – oder Gefühle – ankämpfen.

Er war in der Lage, Emotionen zu fühlen, ganz gleich, ob er anderer Meinung war.

Wie so oft hinterließ sein Verhalten einen Stich in meinem Herzen. Ich würde niemals mit ihm darüber reden können, wenn ich ihn dadurch gefährden oder gar töten würde. Ich konnte nicht zulassen, dass meine Gefühle für ihn seine innere Uhr dazu veranlassten, für immer stehenzubleiben.

Ich ließ Elric also allein mit seinen Versuchen, sich endgültig von mir abzukehren, und wandte mich stattdessen der kleinen Phiole in meiner Hand zu. Bei näherer Betrachtung wirkte sie eher wie der Flacon eines Parfüms in der Form einer Träne. Im Inneren schwappte die zähe blaue Flüssigkeit hin und her, sobald ich das Gefäß leicht kippte. Als meine Finger über das Glas strichen, fuhr ich mit den Fingerkuppen über den ebenfalls gläsernen Korken in der Form eines Zylinders, der die Flaschenöffnung verschloss. Ich schnaufte kurz, was ein missglücktes Lachen darstellen sollte. Dann betrachtete ich das kleine beigefarbene Kärtchen, das an einer dünnen Schnur um den Flaschenhals festgebunden war und worauf in geschwungenen Lettern geschrieben stand: Trink mich.

Ich öffnete den Korken vorsichtig mit einem leisen *Plopp* und schnupperte skeptisch am Inhalt.

Ein paar hauchdünne Schlieren aus buntem Rauch stiegen vor meinen Augen aus der Flasche in die Höhe, die ich mehr als kritisch beäugte.

Als ich probeweise den Geruch des unbekannten Gebräus aufnahm, war ich mir sicher, dass ich etwas Derartiges noch niemals zuvor gerochen hatte, obwohl mir viele einzelne Noten bekannt vorkamen.

Erdbeeren, Waldmeister, Zitrone, Orange, Zimt, der Geruch von frisch gebackenen Schokoladenplätzchen, von Regen und blühenden Wiesen, von Rosen, Lilien, Gänseblümchen, ebenso wie von Kräutern wie Oregano, Pfeffer und Chili …

Ich hätte ewig an dem süßen Getränk riechen können und garantiert noch viel mehr Gerüche herausgefiltert, doch etwas anderes erregte meine Aufmerksamkeit. Grinsers strahlende Augen erschienen vor mir und betrachteten mich mit großem Interesse. Ich ließ das Fläschchen sinken und erwiderte den starrenden Blick der schwebenden Katze.

»Kannst du mir einen Gefallen tun, Menschenkind?« Das sonst unbewusste Schnurren in ihrer Stimme war kaum noch wahrzunehmen. Ich nickte zögerlich und umklammerte den Trank in meiner Hand umso fester.

»Kannst du mir beschreiben, wie dieses Riechen funktioniert?« Grinsers Frage klang beinahe traurig, aber sehnsüchtig. »Ich würde alles dafür geben, um selbst über diesen Sinn zu verfügen.«

Er tat mir leid …

Ich lächelte ihn scheu an und versuchte ihm zu erklären, wie es war, die Welt mit den Sinnen zu erfassen. Das Unverständnis blitzte in Grinsers Katzengesicht mit jedem meiner Wörter deutlicher auf, doch ich ließ mich dadurch nicht beirren.

Ich sinnierte einen Moment lang über meine Ansätze einer Erklärung und meinte zum ersten Mal, verstehen zu können, wie sich Elric und Grinser fühlen mussten.

Innerlich tot. Fremd in der eigenen Welt.

»Ich wünsche mir für dich, dass du irgendwann erkennst, wo du wirklich hingehörst und was es bedeutet, zu fühlen.«

Grinser wirkte enttäuscht. War das möglich?

Konnte es sein, dass er ebenso wie Elric allmählich so etwas wie echte Emotionen entwickelte?

»Ja, Alice«, sagte Grinser schließlich, als hätte er meine Gedanken gelesen. Die Art, wie er meinen richtigen Namen statt des abfälligen Kosenamens aussprach, ließ mich erschauern. »Mit deinem Erscheinen hast du eine gewaltige Lawine an Ereignissen ins Rollen gebracht. Einige Lebewesen im Wunderland fangen an… zu fühlen. Gefühle zu entwickeln und Sehnsucht zu empfinden. Dir ist klar, dass dies unabsehbare Folgen für uns alle hat, oder?«

Ich nickte hektisch und wandte mich dann mit Tränen in den Augen von Grinsers schwebendem Augenpaar ab. Denn sowohl die unsichtbare Katze als auch Elric waren mir irgendwie ans Herz gewachsen. Vor allem Elric.

Um ihn nicht in Gefahr zu bringen, musste ich so schnell wie möglich handeln, die Pläne meiner Mutter durchkreuzen und in meine eigene Welt zurückkehren, bevor ich noch mehr Unheil anrichten konnte.

Ich holte tief Luft, verdrängte die salzigen Tränen aus meinen Augenwinkeln und hob das Fläschchen mit der wirkungsvollen Flüssigkeit an meine Lippen.

Drei …

Zwei …

Eins …

… dann kippte ich den zähen Inhalt meinen Rachen hinunter.

Der dickflüssige Sirup schmeckte süß wie Zucker, der meine Geschmacksknospen freudig in meinem Mund tanzen ließ. Ich schluckte alles restlos hinunter und schüttelte kurz meinen Kopf, da mein gesamter Mund kribbelte und unaufhörlich prickelte.

Ich hatte dabei reflexartig die Augen zugekniffen, ohne es auch nur zu bemerken. Als ich meine Lider wieder hob, fiel sogleich der altbekannte Schwindel über mich her. Das sanfte Prickeln, das zuvor bloß meinen Mundraum erfüllt hatte, breitete sich nun über meinen gesamten Körper aus. Die Welt um mich herum schien mit jeder vergehenden Sekunde zu wachsen, während ich unaufhörlich schrumpfte, bis die Kupferbäume zu Giganten wurden, das Uhrwerk zu einem unüberwindbaren Berg und Elric zu einem Riesen.

Hatte er sich etwa genauso gefühlt, als ich meinen Wachstumsschub durch den Kuchen bekommen hatte? Es schien, als hätten wir nun die Rollen getauscht.

Mir wurde schlecht, ich fühlte mich zusammengeknautscht und erbärmlich, als hätte ich gerade die schlimmste Achterbahnfahrt meines Lebens hinter mir. Ich hatte gewusst, worauf ich mich einließ, und trotzdem fühlte ich mich unwohl, verletzlich.

Elric grinste mich an und ich schätzte, dass ich gerade mal so groß war wie seine Fingernägel. Grimmig starrte ich ihn an, auch wenn er es wohl kaum erkennen konnte.

»Wir müssen uns beeilen!«, brüllte ich, da der Schrumpftrank früher oder später seine Wirkung verlieren würde und uns nicht unendlich viel Zeit blieb.

Ich wusste nicht, ob Elric mich tatsächlich verstanden hatte, aber er legte seine ausgebreitete Handfläche so vor mich auf den schwarz-weißen Schachbrettboden, dass ich mich auf seinen Handballen stemmen und auf seine Hand steigen konnte. Vorsichtig hob er seine Hand mit mir als Passagier in schwindelerregende Höhe.

Meine Angst meldete sich sogleich zu Wort, denn es kam mir so vor, als blickte ich von der ungesicherten Aussichtsplattform eines Hochhauses hinunter. Der Boden schien unendlich weit entfernt und ich wagte es nicht, auch nur eine falsche Bewegung auszuführen, da ich ansonsten ziemlich sicher als undefinierbare Pfütze auf dem schwarz-weißen Untergrund verendet wäre.

»GRINSER!« Elric pfiff zwei Mal kurz durch die Zähne und augenblicklich erschien die schwebende Katze direkt neben ihm. Der Luftzug, der durch das Pfeifen ausgelöst wurde, wütete um mich herum wie ein Tornado. Ich stieß einen spitzen Schrei aus und krallte mich am Daumen des Hutmachers fest. Beinahe hätte ich das Gleichgewicht verloren und wäre in die Tiefe geschleudert worden.

Pass doch auf, verdammt nochmal!

Der Hutmacher hatte seinen Fehler bemerkt und lächelte mich entschuldigend an. Als mein Blick kurz von seinem Gesicht auf das schwebende Grinsen neben ihm schweifte, verpuffte mein Ärger auf der Stelle.

Oh mein Gott!

Ich spürte eindeutig, wie ich in Ohnmacht zu fallen drohte. Die spitzen metallischen Zähne der Katze befanden sich direkt auf meiner Augenhöhe, sodass sie mich mit einem Bissen hätte verschlingen können.

Die Erschütterung, die durch Elrics glucksendes Lachen hervorgerufen wurde, glich einem Erdbeben mit der Stärke 10.0, was einer globalen Katastrophe gleichkam. Ich hätte schreien können, doch die Angst, mich auf seine Hand zu übergeben, ließ mich meinen Mund geschlossen halten.

Stattdessen kniff ich ihn nicht sehr behutsam in die Haut zwischen seinem Daumen und dem Zeigefinger. Sofort erstarb das Lachen und ein entnervtes Zischen war zu hören.

»STEIG AUF DEN RÜCKEN VON GRINSER!«

Ich sollte … WAS?

Der prüfende Blick des Katzenwesens fixierte mich und schlagartig wurde mir bewusst, dass mir gar keine andere Wahl blieb.

»ER WIRD DICH ZUM UHRWERK BRINGEN, DAMIT DU DEN SCHLÜSSEL FINDEN KANNST!«

Wenn das so weiterging, würde ich noch einen dauerhaften Hörschaden aus diesem Abenteuer davontragen. Ich stöhnte auf und kämpfte mich entschlossen auf die Beine. Das war schwerer als gedacht, da Elric nicht stillhalten konnte und die fleischige Handfläche, die nun mein Boden war, nicht gerade dazu beitrug, mein Gleichgewicht zu stabilisieren.

Schließlich schaffte ich es, von seinem Zeigefinger auf Grinsers inzwischen sichtbaren Rücken zu klettern, wobei ich penibel darauf achtete, bloß nicht nach unten zu gucken. Ich erinnerte mich an die lebensmüden Drahtseilkünstler aus den Nachrichten und sofort schossen die Schlagzeilen über fehlgeschlagene Seiltanzaufführungen auf mich ein.

Ich atmete mehrmals tief durch und setzte dann meinen Weg fort, in der Hoffnung, dass alles gut ging.

Auf dem Rücken der schwebenden Katze krallte ich mich so fest, als ginge es um mein Leben, was genau genommen auch der Fall war. Sofort flog Grinser los, woraufhin mir der plötzliche Fahrtwind mit voller Wucht entgegenschlug. Das Katzenwesen schnurrte während des Fliegens, was ich mehr als deutlich durch die starken Vibrationen in seinem Körper spürte.

Ich wagte es nach einiger Überwindung, zur Seite zu blicken, wobei ich erkennen konnte, wie die Welt beinahe gemächlich an uns vorbeizog, während ich das Gefühl hatte, wir würden mit Lichtgeschwindigkeit durch die Luft sausen.

Es war ohne Zweifel angenehmer, ein Riese zu sein.

Doch das Fliegen hatte auch seine Vorteile. Inzwischen hatte ich mich auf den an meinen Kleidern und Haaren zerrenden Wind eingestellt und begann tatsächlich, es zu genießen.

Ich spürte den Gegenwind und jubelte, als Grinser einige scharfe Kurven flog.

Lachend wandte ich mich um und konnte hinter mir den peitschenden Schwanz, bestehend aus mehreren sich in der Luft um sich selbst drehenden Zahnrädern, sowie den langsam vor sich hin rotierenden Aufziehschlüssel der schwebenden Katze erkennen.

Mit einem Mal erstarb mein Lachen und ich blickte den Schlüssel mit weit aufgerissenen Augen an. Ich war mir nicht wirklich sicher, doch es könnte sein, dass…

Nein, nein, das war absolut unmöglich.

Doch ich musste Gewissheit erlangen. Ich streckte alle viere von mir und lag dementsprechend auf dem Bauch. Mit meinen Armen und Beinen kontrollierte ich, dass ich langsam, aber sicher in Richtung des Schlüssels rutschte. Dabei klebten sie zwar unangenehm am metallischen Körper Grinsers und erzeugten ein hohes Quietschen, doch das störte mich nicht weiter. Der Schlüssel war nun in meiner Reichweite.

Oh Hilfe!

Ohne über die Folgen nachzudenken, richtete ich meinen Oberkörper auf. Im selben Augenblick erfasste mich ein Luftstrom und drückte mich nach hinten. Die Stärke des Luftwiderstands traf auf mich wie eine Faust und nahm mir für einen Moment jegliche Orientierung. Nur meine ausgestreckten Beine gaben mir ein wenig Halt… und das nur kurz. Hinter mir erklang das Surren des Schlüssels. Als ich zu ihm aufblickte, war er beinahe doppelt so groß wie ich. Das hier war meine Chance.

Bevor ich noch durch eine Böe erfasst und durch die Luft gewirbelt werden konnte, packte ich mit beiden Händen fest an das obere Ende des Schlüssels, welches sich beständig im Kreis drehte. Kaum hatte ich es fest im Griff, zerrte der Mechanismus meinen Körper in die Länge.

Mein Rücken wurde gestreckt und meine Gelenke knackten lautstark. Ich kreischte kurz auf, bevor ich meine Beine von Grinsers Rücken löste und der Schlüssel mich herumwirbelte.

Von außen sah der Aufzieher so aus, als würde er sich langsam, geradezu gemächlich bewegen. Doch jetzt, als ich mich an ihn klammerte und die Fliehkraft am eigenen Leib spürte, wirkte er wie ein sich wild drehendes Karussell.

Meine Hände wurden klamm und schwitzig, während der Wind unablässig an mir zerrte. Meine Umwelt verschwamm zu einer flüssigen Bewegung, Farben schwappten ineinander und meine Augen suchten vergeblich nach einem Fixpunkt.

Ich spürte, wie die Innereien in meinem Körper zu wandern begannen und durch die Fliehkraft immer weiter nach außen gepresst wurden.

Das hier war schlimmer als jedes Fahrgeschäft, das ich jemals auf einer Kirmes besucht hatte!

Gerade als ich dachte, es könnte nicht mehr schlimmer kommen und ich müsste mich vor lauter Übelkeit übergeben, verlangsamte Grinser den Flug abrupt. Der Gegenwind verringerte sich schlagartig um die Hälfte. Meine Hände begannen zu zittern und ich spürte, wie meine Muskeln schlappmachten. Ich hing kraftlos an dem oberen Ende des Schlüssels und versuchte, meine Sinne wieder in den Griff zu bekommen. Doch die Welt hörte einfach nicht auf, sich zu drehen…

Schließlich ließ ich mich auf den Rücken des Katzenwesens plumpsen und blieb einige Sekunden lang benommen sitzen.

»Alles in Ordnung da hinten?«, erkundigte sich Grinser.

Gerade als ich erwidern wollte, dass es mir schon besser ging, und den Mund öffnete, bereute ich es. Ich schaffte es gerade noch, mich vom Rückgrat meines Begleiters abzustemmen, bevor ich meinem Mageninhalt ›Adieu‹ sagte. Grinser kommentierte mein Verhalten bloß mit einem entnervten Schnauben, doch das war mir gerade herzlich egal.

Nach einigen Minuten war der Schwindel bereits ein wenig abgeklungen, auch wenn ich mir noch nicht zutraute, auf eigenen Beinen zu stehen. Sogar meine inneren Organe hatten sich wieder eingespielt und befanden sich hoffentlich an ihrem Platz. Nur mein Magen grummelte noch vor sich hin.

Seufzend legte ich mich auf den Rücken und starrte in den Himmel. Über mir drehte der Schlüssel seine Runden und warf in regelmäßigen Abständen Schatten auf mein Gesicht.

Erst jetzt erinnerte ich mich daran, dass ich die unfreiwillige Karussellfahrt nur auf mich genommen hatte, um herauszufinden, ob meine Vermutung sich bewahrheitete.

Kopfschüttelnd wandte ich mich von dem Ding ab, während ich versuchte, meine panische Schnappatmung zu kontrollieren und das Gesehene möglichst schnell wieder zu vergessen. Denn auf Grinsers Rückgrat drehte sich ohne Zweifel einer der Schlüssel zum Herzen Wunderlands.

10

Wettlauf gegen die Zeit

Aus meiner Liliputaner-Perspektive wirkten die ungeheuren Wassermassen, die vor uns vom Mühlrad in die Tiefe stürzten, sogar gewaltiger als die Niagarafälle. Ich betrachtete staunend, wie sich die Strahlen der Sonne auf der Oberfläche des fallenden Wassers brachen und schimmernde Reflexionen auf das bereits rostbraun verfärbte Metall der Rohre warf.

Grinser flog nach unserer Verschnaufpause unbeeindruckt an der unbändigen Naturgewalt vorbei und landete wenig später auf dem verschnörkelten Gerüst der Mühle, wobei ich ein letztes Mal kräftig durchgeschüttelt wurde.

Anschließend kletterte ich behutsam von seinem Rücken, stellte mich vor sein breites Grinsen und strich auf Zehenspitzen stehend über die drahtigen Schnurrhaare. Wassertropfen stoben durch die Luft und perlten auf Grinsers glattem Körper ab, während um uns herum ein blasser Regenbogen entstand.

»Danke für alles«, flüsterte ich ihm leise zu, sodass er die Ohren spitzen musste, um meine piepsigen Worte zu verstehen. »Darf ich dich etwas fragen?« Er verharrte lediglich, weshalb ich sein Schweigen als Zustimmung deutete. »Woher wusstest du, wo wir nach dem zweiten Schlüssel suchen mussten? Zwar hat uns das Kaninchen hierhergeführt, doch du warst es, der Elric den entscheidenden Hinweis gegeben hat.«

Lasst uns ein wenig am Rad der Zeit drehen …

Das waren seine Worte gegenüber Elric gewesen, bevor wir zum See aufgebrochen waren. Grinser wusste definitiv mehr, als er zugeben wollte.

Das Katzenwesen lächelte verschwörerisch.

»Manche Dinge sind für mich einfach offensichtlicher als andere.«

Mit diesen Worten machte er auf der Stelle kehrt und entmaterialisierte sich, noch bevor sein peitschender Schwanz mich erwischen konnte. Ein Luftzug war das Einzige, was auf Grinsers verblasste Anwesenheit hinwies.

Mit einem unguten Gefühl in der Magengegend wandte ich meine Augen von der Stelle ab, an der bis vor wenigen Sekunden noch die Katze gesessen hatte, und blickte zweifelnd in die Höhe.

Ich stand auf einem der unzähligen schnörkeligen Ornamente, die am Gerüst des Mühlrads angeschweißt waren. Vorsichtig machte ich einige wohlüberlegte Schritte und kämpfte mich so Stück für Stück weiter nach vorn. Schließlich gelangte ich bei den ineinander verschweißten Rohren an, die unendlich weit nach oben ragten und zugleich die Stütze für das Uhrwerk bildeten.

An vielen Stellen drang Wasser durch Löcher im Metall und erzeugte einen Anblick, der mich ein wenig an einen überdimensionalen Springbrunnen oder gar an einen gigantischen Wasserpark erinnerte.

Wäre ich nicht so in Eile gewesen, hätte ich den Ausblick vielleicht sogar genießen können.

Kurz entschlossen schwang ich mich an einer der nassen Stangen nach oben. Meine Finger hatten sich noch nicht um das Metall geschlossen, als ich meine Entscheidung schon bereute. Ich bekam keinen Halt, sodass es kam, wie es kommen musste: Meine Hände rutschten von der glitschigen Oberfläche ab und griffen ins Leere. Augenblicklich wurde ich in die Tiefe gerissen. Die Luft sauste lautstark an meinen Ohren vorbei und zerrte mir meine Schreie von den Lippen. Ich sah die Welt wie in einem Zeitraffer an mir vorbeiziehen. Farben vermischten sich und bildeten einen Sog, aus dem ich unmöglich entkommen konnte. Der beißende Wind trieb mir die Tränen in die Augen, sodass ich stark blinzeln musste, um überhaupt noch etwas zu erkennen.

Erst ein Strom aus Wasser, das aus einem Rohrloch sprudelte, rettete mich schließlich, indem es mich mit sich hinfort spülte. Ich landete in einer breiten, halboffenen Röhre und wurde einfach von der Strömung mitgerissen.

Glück im Unglück.

Das Gewicht des fließenden Wassers drückte mich hinab und der Aufprall nahm mir für einen Augenblick die Orientierung. Ich schnappte entsetzt nach Luft, atmete jedoch bloß eiskalte Flüssigkeit ein. Nur eine Sekunde später hustete ich sie wieder aus. Mein Schädel brummte und drehte sich.

Das war definitiv schlimmer als im Freizeitpark!

Ich versuchte, mit meinen Armen Halt zu bekommen, doch Fehlanzeige. Meine ganze Umgebung war zu rutschig und feucht, sodass mein Griff immer wieder abglitt. Nach ein paar Minuten wurde die Strömung Gott sei Dank schwächer. Es gelang mir tatsächlich, den Rücken durchzustrecken, um ein wenig Atem zu sammeln. Die Luft glitt wohltuend in meinen Brustkorb und vertrieb den Schwindel und die Orientierungslosigkeit für einen Moment.

Einatmen …

Ausatmen …

Als ich meinen Blick gen Himmel richtete, erkannte ich schnell, dass das Gerüst aus ineinander verschlungenen Leitungen tatsächlich so etwas wie eine überdimensionale Wasserrutsche bildete.

Oh, oh …

Erst jetzt bemerkte ich, dass kurz vor mir die Wassermassen abrupt in die Tiefe stürzten. Die Strömung zerrte an mir und drückte mich mit ungeheurer Stärke voran.

Ich steuerte geradewegs auf einen Abgrund zu!

Noch bevor ich einen Schrei ausstoßen konnte, wurde ich von den Fluten über die Kluft gedrängt. Ich streckte meine Arme und Beine weit von mir und schrie gellend auf, da ich absolut nichts mehr unter mir spürte.

Einen Moment lang meinte ich sogar, die Schwerelosigkeit des Sturzes in meinen Gliedern zu spüren. Es fühlte sich so an, als würde man in einem Free Fall Tower sitzen und dem Abgrund entgegen rasen. Dieser winzige Sekundenbruchteil, in dem man von ganz oben in die Tiefe stürzte und dachte, dass man aus seinem Sicherheitssitz herauskatapultiert werden würde. Man wurde gewaltsam gegen die Gurte gedrückt und schien für einen Moment länger in der Luft zu hängen und langsamer zu fallen, als das Fahrgerät es zuließ.

Für einen Wimpernschlag verspürte ich genau diese Leichtigkeit. Als wäre ich eine Feder, die vom Wind davongetragen wurde.

Ich konnte sehen, wie die Sonne ihre hellen Strahlen über die Landschaft tanzen ließ. Glitzernd flimmerte mir die Wasseroberfläche entgegen. Winzige Tropfen, fein wie Staub, stoben durch die Luft und erzeugten abertausend blasse Regenbögen. Die bunten Bögen schienen einer anderen Welt zu entspringen. Sie überschnitten und überlagerten sich mehrfach, wobei einige mehr, andere weniger sichtbar waren. Die Gesamtheit ihrer Erscheinung war atemberaubend.

Nur Sekunden später flutete eine Woge glitzerndes Wasser über mich hinweg und riss mich fort von dem Schauspiel. Die Schwerkraft holte mich wieder ein. Mir wurde kurz übel und ich sah nur noch, wie die Welt sich um mich herum drehte.

Oh bitte nicht schon wieder … ich hatte doch gerade erst eine Achterbahnfahrt mit einem Schlüssel hinter mir.

Doch bevor mein unruhiger Magen wieder zu einem Problem werden konnte, landete ich erneut in einer halb geöffneten Röhre. Die zylinderartige Leitung, in der ich gerade saß, senkte sich leicht nach unten. Durch die Strömung des stetig fließenden Gewässers wurde ich in einem gemächlichen Tempo vorangetrieben.

Der Sog führte mich direkt unter den Regenbögen hindurch. Ihre schillernden Farben blendeten meine Augen, doch ich wagte es nicht, von diesem Naturschauspiel wegzusehen. Stattdessen streckte ich eine Hand aus, um die Illusion mit meinen Fingerspitzen berühren zu können. Perlen aus Flüssigkeit glänzten im Schein der gleißend hellen Sonne.

Natürlich konnte ich die Regenbögen nicht wirklich berühren, doch als meine Hand durch ihr buntes Licht glitt, meinte ich, ein sanftes Kribbeln auf meiner Haut zu spüren.

Im Wunderland war alles möglich.

Ich ließ mich von der Strömung weitertreiben, bis ich in einiger Entfernung ein Rohr ausmachen konnte, das quer über meiner Leitung lag und meiner Fahrt ein Ende bereitete. Sobald meine Arme sich um das rostige Material schlossen, flammte der Schmerz in meinen angespannten Muskeln auf. Meine vollgesogene Kleidung hing wie Blei an mir und erschwerte jede Bewegung. Ich rang nach Luft und krallte mich weiterhin an der quer liegenden Leitung fest, um nicht hinfort gerissen zu werden. Trotz der Nässe und der Wassermassen, die an meinem Körper hinab strömten und damit drohten, mich erneut in die Tiefe zuziehen, kämpfte ich mich auf die obere Hälfte des Rohres, auf der ich breitbeinig zum Sitzen kam.

Links neben mir befand sich der Wasserfall, von dem ich zuvor in den Abgrund gerissen worden war. Während ich die Kaskade atemlos betrachtete, versuchte ich, meine innere Fassung zurückzuerlangen.

Ich hätte sterben können!

Der Wasserfall hätte meinen Körper ohne Weiteres zum Zerschmettern bringen können.

Ich atmete tief durch und konnte meinen Blick einfach nicht von dem Anblick losreißen. So tödlich und doch so schön.

Vergiss deine Aufgabe nicht, Alice!

Ich kämpfte mich mit wackeligen Beinen wieder hoch und sah mich um. Um näher an das Zentrum des Uhrwerks heranzukommen, musste ich weiter nach vorn gelangen. Und das konnte ich nur über die Rohre.

Da ich nicht wieder in eine unfreiwillige Rutschpartie hineingeraten wollte, achtete ich nun umso mehr darauf, wo ich meine Füße hinsetzte. Durch das spritzende Wasser blieb keine Stelle trocken, doch ich konnte die Abschnitte meiden, in denen das Metall von Rost zerfressen war oder große Löcher aufwies. Dazu musste ich mich von Leitung zu Leitung hangeln oder über einzelne Röhren balancieren. Auf diese Weise hechtete ich von einem Rohr zum nächsten.

Das ganze Gebilde glich einem wirren Labyrinth aus Metall und Rost, das verworrener und dichter wurden, je weiter ich in das Zentrum zum Ziffernblatt vordrang.

Tatsächlich wirkten die Leitungen und Schläuche wie wilde Auswucherungen der gigantischen Uhr. Das Metall rankte sich immer weiter in Richtung Himmel und nahm einen großen Teil des Kupferwaldes und des Flusses für sich ein.

Hätte ich es nicht besser gewusst, hätte ich das Uhrwerk selbst für eine Pflanze gehalten. Ein Organismus, der alles überragte und still verharrte.

Nachdem ich die Hälfte des Weges bis zu meinem Ziel, dem Ziffernblatt, überbrückt hatte, lehnte ich mich an eine der unzähligen Rohrfassungen und wischte mir über die schweißüberströmte Stirn. Die vollen Ausmaße meiner Unsportlichkeit gaben sich jetzt zu erkennen.

Es musste doch einen einfacheren und vor allen Dingen schnelleren Weg hinauf geben.

Wie gerufen entwich in der Nähe von mir eine explosive Dampfwolke zwischen den undicht ineinander gesteckten Rohrenden. Ich grinste siegessicher in mich hinein, da mir schlagartig eine verrückte Idee kam.

Man könnte sich das doch bestimmt zunutze machen …

Also raffte ich mich ein letztes Mal zusammen und hangelte mich noch ein wenig auf dem wackeligen Gerüst aus Rohren, Stahlträgern und metallischen Ornamenten weiter, bis ich einige Meter direkt unterhalb des Uhrwerks angelangt war.

Ohne zu zögern, machte ich mich an den Verschlüssen zwischen den Leitungen zu schaffen. Ich löste die klapprigen Rostschrauben voneinander, die die zwei Rohrenden zusammenhielten, und verschob sie, indem ich meinen winzigen Körper dagegen stemmte. Schließlich waren das obere Ende mit der Öffnung nach unten und das untere nach oben gerichtet.

Augenblicklich schoss Wasserdampf aus beiden Rohrenden hervor, sodass zwei Fontänen entstanden, die mich an Geysire erinnerten. Kurz nach der heißen Luft folgte sprudelndes Wasser, das mit starkem Druck in die Luft katapultiert wurde. Ich klammerte mich verzweifelt an den Rand des Rohres, welches nach oben gerichtet war und überlegte für einen Moment, ob ich wirklich bereit dazu war. Der Druck, der die Flüssigkeit jetzt noch nach oben trieb, würde bestimmt bald nachlassen.

Bevor ich meinen Verstand einschalten und zu einem logischen Schluss kommen konnte, hatte ich mich bereits über die Fassung geschwungen. Ich wurde von dem strömenden Wasser erfasst und in luftige Höhen mitgerissen. Zu Beginn brannte die Flüssigkeit noch heiß auf meiner Haut, doch nach wenigen Sekunden kühlte es sich soweit ab, dass ich die Temperaturen ertragen konnte. Ein Schrei entfuhr mir zusammen mit dem Gedanken, dass ich todgeweiht und diese ganze Aktion von vornherein zum Scheitern verurteilt gewesen war.

Ich rotierte um meine eigene Achse und überschlug mich unzählige Male, sodass ich die Orientierung schon wieder verlor, sobald ich sie wiedererlangt hatte. Schwindel vernebelte meine Sicht und Übelkeit kroch in meinem Hals empor. Doch als ich direkt vor meiner Nase die gigantischen Zeiger der Uhr entdeckte, dachte ich nur noch daran, mich an ihnen festzuklammern und nie wieder loszulassen.

Meine Finger schafften es tatsächlich, den wirren Befehl meines Gehirns zu befolgen, und krallten sich mit verbliebenen Kräften an die spröden Eisenpfeile, die beständig über das Ziffernblatt wanderten.

Eine scheinbar nie vergehende Sekunde lang hing ich in der Luft. Meine Augen waren vor Schock geweitet, mein Herz setzte einige Schläge aus und meine Beine baumelten hilflos über dem Abgrund.

Ich biss meine Zähne so fest zusammen, bis sie knirschten, und versuchte vergeblich, das Zittern meiner Arme zu unterdrücken.

Durchhalten, ihr nicht vorhandenen Muskeln!

Vorsatz für den Fall, dass ich wieder nach Hause komme: mehr Sport treiben!

Ich strampelte mit den Füßen und bekam dadurch genug Schwung zustande, dass ich mich an den Zeiger klammern konnte.

Ich presste mich an das scharfkantige Eisen und hangelte mich mit letzter Kraft nach oben, sodass ich nach all meinen Anstrengungen endlich auf ihm saß. Die stetige Bewegung des Zeigers unter mir trieb mich jedoch zum Handeln an. Denn die Zeit drängte und ich hatte keine Ahnung, wie lange der Schrumpftrank noch wirkte.

Ich hielt panisch Ausschau nach dem verdammten Schlüssel und war beinahe so weit, aufzugeben und an einer anderen Stelle weiterzusuchen. Als mein Blick jedoch über ein verdächtiges Glitzern schweifte, breitete sich ein Hauch Erleichterung aus. Der winzige Schlüssel, der idealerweise zu meiner Zwergengröße passte, steckte im Zentrum des Ziffernblatts. An genau der Stelle, wo sich die Zeiger trafen.

Seufzend stellte ich mich auf die Füße und versuchte, das Gleichgewicht auf dem dünnen Eisenstab zu halten. Zunächst schien das sehr einfach, da der Pfeil waagerecht auf der römischen IX verharrte. Dachte ich zumindest.

Bereits nach einem Sekundenbruchteil wurde mir klar, dass die leichte Bewegung des Zeigers, die ich bereits im Sitzen wahrgenommen hatte, zu einem starken Gefälle führte, welches mit jeder vergehenden Sekunde steiler wurde.

Meine Schritte überschlugen sich, als ich versuchte, meine Balance zu halten und gleichzeitig nach vorn zu hetzen. Ich stolperte mehrfach, doch jedes Mal gelang es mir, mich wieder auf die Beine zu kämpfen und meinen Weg fortzusetzen.

Ein plötzlicher Ruck erschütterte den Zeiger. So stark, dass er mich aus der Bahn warf. Ich kippte zur Seite und konnte wie in Zeitlupe erkennen, dass ich dieses Mal mein Gleichgewicht nicht würde halten können. Ich nutzte die unmittelbare Nähe zum Ziel, stieß mich vom Zeiger ab und sprang auf den Schlüssel zu. Als ich ihn zu fassen bekam, entfuhr mir ein Jubelschrei.

Ich hatte es tatsächlich geschafft!

Nun ja … fast.

Momentan hing ich bloß kraftlos an ihm und war kaum dazu in der Lage, mich zu bewegen.

Ein Schauder durchfuhr meinen Körper… Ich spürte ein altbekanntes Kribbeln durch meine Adern jagen. Von meinem Herzen ausgehend bis in meine Arme und Beine.

»Verdammt!«, entfuhr es mir, während ich schockiert feststellte, dass ich wieder zu wachsen begann.

Jetzt musste ich den richtigen Zeitpunkt abwarten.

Ich rüttelte erst am Schlüssel, nachdem ich bereits an Größe zugelegt hatte, um ihn so aus seinem Loch zu lösen. Was schwerer war, als ich gedacht hatte, da sich der Marmor des Ziffernblatts eng um das winzige Stück Metall schloss. Ein animalischer Schrei entfuhr mir, als ich mich schließlich mit beiden Füßen gegen das Gemäuer stemmte und mit meinen restlichen Kraftreserven an dem Gegenstand zerrte. Doch das glatte Material drohte, durch meine schwitzigen Hände zu rutschen. Ich gab dennoch nicht auf, bis ein leises Klicken ertönte und Marmorstaub auf mich herab rieselte. Der Schlüssel löste sich immer mehr aus seinem Schloss und drohte, mit mir zusammen in die Tiefe zu fallen. Ich schaffte es gerade noch, mich vom Ziffernblatt abzustoßen, nachdem ich das Objekt meiner Begierde aus dem Schloss gelöst hatte und ein gewaltiges Donnern durch das Uhrwerk grollte.

Das Gebilde stürzte ein!

Hatte der Schlüssel etwa das Bauwerk im Innersten zusammengehalten? War er der wichtigste Bestandteil des Uhrwerks gewesen?

Mit all den Rohren und Leitungen, dem Marmor und den Metallen verlor ich mich rückwärts im Fall in die Tiefe, den Schlüssel umklammernd, als wäre er mein Lebensretter. Der Wind trommelte gegen meinen Körper und spritzendes Wasser verschleierte meine Sicht. Augenblicklich überschattete die Angst meinen kurzen Triumph.

Die Zeiger sausten herab und zogen wie pfeilförmige Geschosse an mir vorbei. Das marmorne Ziffernblatt bröckelte auseinander, während die Rohre aus ihren Verankerungen rissen und in einer einzigen riesigen Dampfwolkenexplosion auseinanderstoben.

Das Mühlrad hielt an und auch die Wassermassen gerieten ins Stocken, als wäre die Zeit für diesen Ort stehen geblieben. Nur einen Wimpernschlag später schleuderte mich die Druckwelle durch die Luft, während ich meine alte Größe wiedererlangte. Ich schlug auf der Wasseroberfläche auf, die sich aufgrund der enormen Geschwindigkeit im ersten Moment vielmehr wie steinharter Betonboden anfühlte.

Ich keuchte schmerzerfüllt auf und atmete dabei statt Luft bloß eiskaltes Wasser ein. Mein Griff um den Schlüssel verhärtete sich. Ihn jetzt zu verlieren, wäre fatal. Dann wären meine ganzen Bemühungen völlig umsonst gewesen. Die Kälte stach von innen wie tausend Nadeln gegen meinen Brustkorb. Eine ungekannte Schwere machte sich in meinen Gliedern breit. Als wäre mein Körper nicht aus Fleisch und Blut, sondern in Beton gegossen worden.

Ich fühlte mich bleischwer. Beinahe wie in dem Moment, in dem ich von dem Beruhigungskuchen von Elric gekostet hatte.

Der Fluss sog mich hinab und machte das Vergessen leicht … *So leicht.*

Ich kämpfte zunächst dagegen an und versuchte mit hektischen Armbewegungen, an die Wasseroberfläche zu gelangen. Doch die Kälte lähmte meine Muskeln, machte meine Arme schwer wie Stein. Nach kurzer Zeit konnte ich sie nicht einmal mehr knicken. Die Strömung zog mich immer tiefer, hinfort von den Reflexionen der Sonne, die sich über meinem Kopf spiegelten. Ich sah, wie sich das Licht des Himmels immer weiter von mir entfernte. Ich sank tiefer und konnte nichts dagegen unternehmen. Meine Glieder waren taub und meine

Gedanken verstummt. Mein Wille, zu überleben, ertrank zusammen mit der Gewissheit, dass ich aus eigenem Antrieb nie wieder das wärmende Sonnenlicht auf meiner Haut spüren würde.

Nie wieder die Wärme seiner Anwesenheit. Elric …

Der Gedanke an ihn ließ mich nicht mehr los und ich konnte es nicht ertragen, dass ausgerechnet er das Letzte sein würde, an das ich in meinem kurzen Leben denken würde. Nicht an Lucy, Katy oder meinen Vater, sondern an ihn.

Den Hutmacher.

Obwohl meine Muskeln bereits wie ein infernales Feuer brannten, fasste ich den endgültigen Entschluss, mich noch nicht der alles umfassenden Dunkelheit hinzugeben. Ich tat kräftige Schwimmzüge, bis ich schließlich die Wasseroberfläche durchstieß und prustend nach Luft schnappte.

»Ich hab dich!« Seine Stimme flutete wie ein weiterer Schwall Wasser über mich hinweg. Doch dieses Mal hieß ich dieses Gefühl herzlich Willkommen, denn es bedeutete, dass ich in Sicherheit war. Ich wusste nicht, wie er so plötzlich neben mir auftauchen konnte oder woher seine Stimme kam. Es schien so, als hätte er meine schreienden Gedanken erhört und wäre ihnen blind ins Wasser gefolgt. Seine Arme legten sich um mich und stützten mich auf diese Weise, sodass ich nicht gleich wieder in der Tiefe des Sees versank.

»Keine Sorge, ich werde dich hier rausholen«, beschwor er mich, woraufhin ich widerstandslos in seinen Armen zusammensackte. In Ufernähe trug er mich mit schnellen Schritten aus dem Wasser, als wäre ich ein von ihm geborgener Schatz.

Während ich blinzelnd zu ihm aufblickte, konnte ich seinen sorgenvollen Blick unmöglich ignorieren und schaute erstaunt zurück.

Die Wärme in seinen Augen, die Fürsorge und die Art und Weise, wie er mich schließlich unter einem Kupferbaum auf dem Boden bettete, ließ mein Herz unwillkürlich schneller schlagen. Elric wusste, wann es nötig war, sein wahres Wesen über ihn bestimmen zu lassen und sich wie ein… Mensch zu benehmen.

Ich hustete das Wasser aus meinen Lungen, während es mir immer noch unmöglich war, zu atmen. Mir gelang es gerade so, die Augen offen zu halten, da die Erschöpfung wie ein gefräßiges Raubtier über mich herfiel, das mich vollkommen zu verzehren drohte. Die Ohnmacht schlich sich erneut an mich heran, Kälte breitete sich über meinen ganzen Körper aus.

»Bleib wach, Alice! Komm schon! Nicht aufgeben!« Elrics Stimme entfernte sich mit jedem Wort mehr von mir und ich spürte, wie ich immer mehr in die ewige Schwärze davon driftete.

Alles schien so einfach, so friedlich… und ich wollte mich diesem Gefühl hingeben und die Schmerzen zurücklassen.

»Ich brauche dich …« Seine raue, dunkle Stimme drang durch mein schwindendes Bewusstsein wie ein Lichtstrahl, der meine verschwommene Sicht klärte und die aufziehende Finsternis vertrieb. Diese drei Worte waren mein Verhängnis, ebenso wie der Mann, der sie aussprach. Schlagartig kehrten meine Sinne zu mir zurück und alle möglichen Eindrücke strömten wie ein unkontrollierbarer Tsunami auf mich ein.

Das strahlende Licht der Sonne, das Rauschen des fließenden Wassers nicht weit von mir entfernt, der Geruch vom Metall und Kupfer des Waldes …

Als ich meinen Kopf vorsichtig drehte, erkannte ich Elric, in dessen Blick pure Verzweiflung und Hilflosigkeit lagen.

Ich versuchte, zu ihm zu sprechen, doch stattdessen überkam mich ein Hustenanfall und ein Schwall bitterkalten Wassers stieß aus meinem Mund. Ich röchelte, als Elric sich neben mich kniete und an seine Brust drückte. Er strich mir beruhigend durch das nasse Haar und ich nahm endlich meinen ersten Atemzug.

»Der … Schlüssel.« Sprechen fühlte sich an, als wäre ein Reibeisen über meinen Rachen gerutscht.

Ich öffnete die verkrampften Finger meiner rechten Hand, die ich vor Kälte kaum noch spürte, während ich Elric auffordernd anblickte. Erst jetzt begriff er, was ich ihm mitteilen wollte.

Hatte ich den Schlüssel aller Umstände zum Trotz behalten?

»Du hast es geschafft«, murmelte er ungläubig und fast ehrfürchtig. Mir entfuhr ein erleichterter Seufzer, als er seine Worte wiederholte, dieses Mal bestimmter. »Du hast es geschafft!«

Wir lächelten einander an und allmählich kehrte das Gefühl in meinem Körper zurück. Die Sonnenstrahlen erwärmten meine Haut langsam und sorgten dafür, dass sich die eisige Kälte des Flusses aus meinen Adern verzog. Ich begann, mich vorsichtig zu bewegen, bis die Taubheit aus meinen Gliedmaßen wich. Nach Stunden fühlte ich mich endlich stark und ausgeruht genug, um wieder auf zwei Beinen zu stehen. Elric stützte mich behutsam, während ich neben ihm her humpelte.

Erst jetzt wurde mir das Ausmaß der Zerstörung bewusst, die ich durch meine Taten verursacht hatte.

Das Uhrwerk lag in Schutt und Asche und seine restlichen Überbleibsel wurden durch die Strömung des Flusses weggespült. Ich hinterließ eine Ruine.

Unschlüssig betrachtete ich das zersplitterte Ziffernblatt, die auseinandergesprengten Rohre, die in alle Richtungen abstanden, und das Mühlrad, welches schief in seinem Gerüst hing. Das alles nur wegen des winzigen Schlüssels in meiner Hand.

Ich betrachtete den Gegenstand abwägend, um zu entscheiden, ob die Vernichtung eines so wichtigen Teils Wunderlands deswegen tatsächlich nötig gewesen war.

Das Relikt wirkte geradezu schlicht im Gegensatz zu dem der Raupe, wenngleich ebenso wertvoll. Er unterschied sich jedoch in einem wesentlichen Detail von dem ersten: Der obere Teil bestand aus zwei Hasenohren, die anscheinend auf den Hüter des Uhrwerks hinwiesen.

Das weiße Kaninchen würde mich umbringen, wenn es sehen könnte, was ich mit seinem geliebten Uhrwerk angerichtet hatte. So viel war sicher.

Unterhalb der Ohren befand sich wie bei dem Schlüssel des Weisen ein einzelner Edelstein. Dieses Mal handelte es sich allerdings um einen Rubin in der Form eines Karos, das auch als Einschnitt auf dem Schlüsselschaft wiederzufinden war. Ich drehte und wendete das Schmuckstück mehrmals im Sonnenschein, ehe ich es Elric reichte, damit er es sicher verwahren konnte.

Während der Hutmacher den Schlüssel in seinen Lederbeutel steckte, bemerkte ich etwas, das mir in dieser Welt fremd geworden war.

Stille?

Ich vernahm nicht das kleinste Geräusch. Während ich immer noch verzweifelt darauf hoffte, dass es an meinem geschädigten Gehör lag, machte ich mich allein auf den Weg zum nächstbesten Kupferbaum. Ich griff zwischen die verwachsenen Äste und zog eine der darin hängenden Taschenuhren heraus. Mit spitzen Fingern pflückte ich sie vom Baum und betrachtete sie prüfend. Die Zeiger waren um kurz nach neun stehengeblieben. Genau zu der Uhrzeit, als ich den Schlüssel entfernt hatte.

Nein, nein, nein, das konnte nicht sein!

Ich rupfte hektisch noch mehr Zeitmesser aus den Bäumen, doch alle Zeiger waren ausnahmslos in exakt derselben Position eingefroren.

Die Taschenuhren glitten durch meine erstarrten Finger und zerschellten am Boden in Abertausende Einzelteile.

Die Zeit stand still.

11

Der Zerfall

»Was ist passiert?«, wisperte ich und meine Unterlippe begann noch vor Vollendung meiner Frage verräterisch zu beben.

»Jede Uhr im Wunderland lief nach dem Uhrwerk. Und ohne das Uhrwerk gibt es keine Zeit mehr. So einfach ist das.« Elric sagte das so selbstverständlich, als hätte er diese Katastrophe kommen sehen. Er hatte die Arme hinter seinem Rücken verschränkt und kam langsam auf mich zu.

»Wir haben also die Zeit gelöscht?«, fragte ich fassungslos.

»So könnte man es ausdrücken, ja.«

Ich begann nervös an meinen Haarspitzen herumzuspielen und fühlte mich entsetzlich schuldig.

»Und was bedeutet das für Wunderland?« Meine Stimme bebte.

»Also entweder steht die Zeit still und nichts wird sich verändern …« Ich atmete bei Elrics Antwort mehr als erleichtert aus. »… Oder die gesamte Welt wird nach und nach in sich zusammenfallen.« Schlagartig verflog die beruhigende Wirkung seiner Worte.

Ironischerweise fiel in diesem Augenblick ein metallenes Blatt von einem der Kupferbäume neben uns zu Boden. Das Scheppern des Aufpralls ließ mich innehalten, bevor ich es mit spitzen Fingern aufhob und prüfend im Sonnenlicht drehte.

Für einen Moment erstarrte ich.

Brauner Rost breitete sich rasend schnell über die Adern aus und sorgte dafür, dass das Blatt innerhalb weniger Sekunden zu bröckeln begann und in meiner Hand zu feinem Roststaub zerfiel. Mein Schock verhärtete sich.

Der Flügelschlag eines Schmetterlings kann auf der anderen Seite der Welt einen Tornado auslösen.

Das Sprichwort war ein Echo in meinem Kopf.

Hatte ich den Untergang Wunderlands eingeläutet?

Ich schaute Elric entsetzt in die zweifarbigen Augen.

»Was bedeutet das für dich?«

Er schien den Schmerz und die Angst in meinem Blick deutlich zu sehen, weshalb er schnell den Kopf abwandte und sich mit der rechten Hand durch die kunstvoll verstrubbelten Haare fuhr. Seinen Zylinder hatte er offensichtlich verloren. Wahrscheinlich während seiner waghalsigen Rettungsaktion, um mich aus dem Wasser zu fischen.

Ich tastete nach dem Hut, den Elric mir angefertigt hatte. Mich wunderte es nicht, ihn nicht mehr auf dem Kopf vorzufinden. Dabei hatte der Hutmacher sich so viel Mühe damit gegeben.

Und ich verlor ihn einfach …

»Ich komme klar. Mach dir keine Sorgen um mich. Wir haben Wichtigeres zu erledigen.«

Er wich mir aus, was mich wiederum wütend machte.

»Du wirst doch nicht etwa… wie das Blatt zerfallen?« Das Zittern meiner Stimme hatte die Oberhand gewonnen und ließ meinen Körper mit jedem Wort erbeben.

»Nein. Noch nicht. Die inneren Uhren sind an einen Organismus, den jeweiligen Körper, gebunden. Die Pflanzen und die Taschenuhren in den Bäumen sind mit dem Land auf eine andere Weise verbunden als wir individuellen Lebewesen. Wir werden erst sehr spät die Folgen dieser Katastrophe zu spüren bekommen.« Er hielt kurz inne. »Allerdings ist diese Veränderung für Wunderland gravierend. Das werden wir vermutlich auch noch merken.«

Ich hielt es nicht länger aus und überbrückte die geringe Distanz zwischen uns, indem ich ihn hastig mit beiden Armen umschlang. Elric erhob keine Widerworte. Er zog endlich seine Arme hinter dem Rücken hervor, die er zuvor die ganze Zeit dort verschränkt hatte. Ich rechnete damit, dass er sie öffnen und um mich legen würde. Stattdessen spürte ich eine sanfte Berührung auf meinem Kopf. Das leichte Gewicht, das nun dort ruhte, war mir vertraut … Ich löste eine Hand aus unserer Umarmung und betastete das Objekt auf meinem Kopf, um ganz sicherzugehen.

Tatsächlich, es war mein Hut!

Ungläubig starrte ich Elric an.

»Du hast ihn gerettet? Wie?«, fragte ich mit heiserer Stimme. Diese winzige Geste bedeutete mir so unheimlich viel. Denn sie zeigte mir wieder einmal deutlich, dass ich Elric nicht egal war.

»Er ist aus Wasser geschaffen, erinnerst du dich? Wie könnte er also darin verloren gehen?« Sein Blick hielt an mir fest und mich gefangen. Um seine Lippen hatte sich wieder dieses geheimnisvolle Lächeln gelegt, das ich nicht länger aus meinen Gedanken verbannen konnte. »Ich konnte ihn nicht einfach dort vergessen. Das wäre so gewesen, als hätte ich dich zurückgelassen. Dich aufgegeben. Und das konnte ich einfach nicht.«

Nun umschloss er mich doch endlich mit seinen Armen, sodass wir eine Weile einfach nur dastanden und uns gegenseitig festhielten, während um uns herum die Welt dem Untergang geweiht war. Wir waren uns so nah, dass ich seinen Duft nach Vanille einatmete. Elric beraubte mich meiner Sinne und wusste es wahrscheinlich noch nicht einmal.

Mein Herz hämmerte erbarmungslos gegen meine Rippen und schien meine widersprüchlichen Gefühle für den Hutmacher zu verraten, als ich auf einmal an seine Worte dachte. Mein Herz sei ein Monster und mein Körper sein Käfig. Nie im Leben hätte ich gedacht, dass er recht behielt.

Es war falsch, was wir hier taten.

Ich wusste es besser und kannte die Risiken. Eigentlich sollte ich mich von ihm fernhalten und es ihm nicht noch schwerer machen, in meiner Nähe zu sein. Doch stattdessen hatte mich der Wille meines Herzens schwach und egoistisch gemacht. Es war unverkennbar wahr: Mein Herz war eine Bestie, die Elric mich zu fürchten gelehrt hatte.

Ich legte meine Hand an seine Brust, hinter der seine innere Uhr tickte, und konnte fühlen, wie sie mehrmals stockte und kurz darauf wieder schneller schlug.

Unbändige schwarze Locken fielen ihm in die Stirn, welche ich beiläufig mit meiner Hand zur Seite strich. Er klemmte mir zeitgleich eine widerspenstige Strähne meines hellblonden Haares hinters Ohr.

Ich lächelte ihn vorsichtig an und sein Grinsen strahlte hell wie die über uns stehende Sonne zurück. Seine markanten Züge und die leichte Bräune wirkten durch den Lichteinfall wie sanft schimmernde Bronze.

»Wenn die Welt ohnehin untergeht«, flüsterte er plötzlich und senkte seinen Kopf zu meinem. Meine Augen schlossen sich instinktiv, als würde mein Körper mir signalisieren, dass das, was jetzt kommen würde, nur gefühlt und nicht gesehen werden konnte. Als wäre es zu viel für meine anderen Sinne.

Einen Augenblick später spürte ich die sanfte Berührung seiner vollen Lippen auf meinem Mund. Er schmeckte nach süßem Honig und endlosem Sommer.

Ein leichtes Stöhnen entfuhr ihm, als er meine Hüfte näher an sich presste und mir mit der anderen Hand flüchtig durch die Haare fuhr. Ich vertiefte den Kuss ebenso wie er und drohte, vollkommen in dem puren Gefühl der Zuneigung zu ihm zu ertrinken. Ich hatte die Befürchtung, vom Boden abzuheben, da ich mich so unendlich leicht und sorgenfrei fühlte. Elrics Nähe und Berührungen ließen mich innerlich vor Euphorie jauchzen, während mein Herz einen Purzelbaum nach dem anderen schlug und das Monster zunehmend von seinem lebendigen Käfig Besitz ergriff.

Kaum hatten sich unsere Lippen widerwillig voneinander gelöst, sackte Elric augenblicklich zu Boden. Ein gequälter Laut drang aus seinem Mund. Während er sich vor Schmerzen krümmte, wusste ich nicht, wie mir geschah.

Elric hatte mich geküsst – und litt nun Todesqualen.

Einen Moment lang stand ich vollkommen perplex einfach nur da, bevor ich mich neben ihn kniete und verzweifelt versuchte, seine Aufmerksamkeit auf mich zu lenken.

Er krallte seine Finger in meinen Arm und zog sich an mir nach oben, bis er schließlich wankend auf beiden Beinen stand.

»Ich habe doch gesagt, du wirst mein Untergang sein, Alice«, knurrte er und fasste sich mit schmerzerfüllter Miene an die Brust.

»Und du treibst mich in den Wahnsinn«, erwiderte ich sanft, aber bestimmt, denn es war nichts als die Wahrheit. Er grinste mich schief an, doch zugleich fielen die Schatten der Qualen über sein Gesicht.

In diesem Augenblick realisierte ich, dass ich unumstößlich und bedingungslos in den verrückten Hutmacher verliebt war. Und ebenso wurde mir bewusst, dass meine Liebe ihn töten würde.

Von dieser Erkenntnis erschüttert, trat ich einige Schritte zurück und ließ Elric geschwächt am Ufer stehen. Sein Blick strahlte seine seelische Zerrüttung über mein plötzlich abweisendes Verhalten aus.

»Was hast du?«, fragte er und die Verzweiflung seiner Stimme tauchte meine Gefühle in nichtsahnende Unwissenheit.

»Ich … Das hier …« Ich deutete auf uns beide. »Das funktioniert nicht, Elric. Es wird dich umbringen und ich kann das einfach nicht zulassen.«

Er humpelte auf mich zu, bis er wieder dicht vor mir stand. »Alice, ich hätte dich heute fast verloren. Tu mir das nicht noch einmal an.« Sein Atem rasselte schwer und sein Blick zuckte hektisch über mein Gesicht. »Ich schwöre bei meinem Leben, dieser kläglichen Existenz, dass ich an deiner Seite bleiben werde.«

Seine Worte ließen mein Inneres wie hauchfeines Glas zerspringen und die Scherben zerfetzten sowohl mein Herz als auch meinen Verstand.

Ich holte tief Luft und wappnete mich für den nächsten notwendigen Schritt. Ich musste Elric davon überzeugen, sich von mir fernzuhalten. Es war die einzige Möglichkeit, ihn vor dem grausamen Schicksal zu bewahren, das ihn andernfalls ereilen würde.

»Und was, wenn ich das nicht will?«, flüsterte ich leise mit brechender Stimme. Ich konnte sehen, wie die Farbe aus seinem Gesicht wich und nichts als Kälte in seinen Augen hinterließ.

»Du versuchst ernsthaft, dich von mir fernzuhalten, damit du mich nicht mit deiner Zuneigung bedrohst? Ist es etwa das, was du willst?« Seine Stimme schwoll mit jedem Wort weiter an, bis er beinahe schrie. Ich zuckte zusammen.

»Siehst du denn nicht, dass es notwendig ist? Das hast du vor einem Tag selbst noch zu mir gesagt. Wenn wir uns nicht voneinander fernhalten, wirst du zerfallen. Und das kann ich einfach nicht mit ansehen.«

»Ich weiß, was ich gesagt habe«, grollte der Hutmacher. »Zu diesem Zeitpunkt habe ich tatsächlich noch gedacht, dass es möglich ist. Aber in deiner Gegenwart spüre ich etwas Echtes. Und ich will diese Gefühle zum ersten Mal wirklich zulassen, verstehst du das nicht?« Zum Ende hin wurde sein Tonfall immer flehender. Er wollte unbedingt, dass ich ihm glaubte. Und vielleicht tat ich das auch, allerdings wollte ich das Opfer, das es kostete, nicht akzeptieren. Seine Blicke durchbohrten mich und ich konnte förmlich spüren, wie er versuchte, meine Gedanken zu erraten.

Das war der entscheidende Moment.

Der Augenblick, in dem ich sein nicht vorhandenes Herz in kleine Stücke zerreißen und vom Winde davontragen lassen würde, sodass sie nie wieder zusammenfanden.

»Du besitzt doch nicht einmal Emotionen, Elric.« Ich war selbst erstaunt darüber, wie kalt meine Stimme klang. Meine Gedanken überschlugen sich und hinterließen eine Schneise des Chaos und der Zerstörung in meinem malträtierten Geist. Am liebsten hätte ich die Worte sofort wieder zurückgenommen, besonders als ich in sein fassungsloses Gesicht blickte.

»Woher willst du bitte wissen, was ich fühle und was nicht? Du steckst nicht in meiner Haut, du bist kein Wunderländer.« Seine Stimme wurde leiser und leiser, verhallte klanglos in der Distanz zwischen uns.

»Ich … ich weiß es einfach«, nuschelte ich kaum wahrnehmbar. Elric hatte vielleicht recht mit seiner Aussage, dass ich ihn niemals verstehen könnte. Doch im Gegenzug würde er meine Entscheidung, ihn durch meine Ablehnung zu beschützen, ebenfalls niemals nachvollziehen.

»Ich habe mich bei unserem Kuss zum ersten Mal wirklich lebendig gefühlt, Alice.« Der Wind riss das Flüstern von seinen Lippen und trug es hinfort, sodass es beinahe nicht von mir gehört werden konnte. »Hat er dir denn gar nichts bedeutet?«

Sein Blick wurde starr und verlangte Antworten von mir.

Am liebsten wäre ich bei diesen Worten zu ihm hinübergeeilt und hätte ihm immer und immer wieder gesagt, dass es mir leid tat. Dass ich das hier nur tat, um seinen Zerfall zu verhindern. Ich musste blinzeln, um die aufsteigenden Tränen zu vertreiben. Währenddessen verharrte ich in vollkommener Stille.

Oh doch, das hatte er. Und wie er das hatte. Mehr als das. Er bedeutete mir mehr, als ich in Worte fassen könnte.

»Nicht im Geringsten«, meinte ich stattdessen entgegen jeglicher Vernunft. Das Monster in meinem Brustkorb schlug seine Krallen von innen in meinen Körper und zerfetzte mich regelrecht. Das Zittern und Beben war aus meiner Stimme gewichen. Eisige Kälte breitete sich in meinem Inneren aus. Die Lüge, die meinen Mund verließ, verletzte Elric mehr, als ich hätte ahnen können.

Als ich ihm in die Augen sah, konnte ich erkennen, wie etwas in ihm zerbrach. Wie ich etwas zerstörte, was zuvor nie da gewesen war und nun nie wieder entstehen würde …

»Und ich dachte, ich hätte nichts zu verlieren«, war alles, was er noch sagte, bevor er sich von mir abwandte und eilig davonging.

Erkennst du denn nicht, dass ich dich davor bewahre, zu sterben, indem ich vorgab, dich zu hassen? Und das alles nur, weil ich dich liebe.

Liebe konnte ganz schön vertrackt und kompliziert sein.

Erst als Elric mir vollständig den Rücken zugekehrt hatte, ließ ich die Tränen zu. Sie flossen in einem reißenden Strom aus meinen Augen und gruben salzige Furchen in meine Haut. Sie waren die stillen Zeugen meiner wahren Gefühle.

Wieso hatte ich das getan?

Ich hatte alles zerstört.

Dabei wollte ich ihn doch nur retten.

Ich wünschte mir zutiefst, ich hätte diese vernichtenden Worte nicht an ihn gerichtet, hätte meine Vernunft ausgeschaltet und die verbleibende Zeit mit ihm genossen. Doch stattdessen hatte ich die zarte Blüte, die zwischen uns aufzusprießen begann, zerdrückt.

Dachte ich zumindest …

Bis ich seine Hand auf meiner Schulter spürte. Langsam drehte ich mich zu ihm um und schaute hoffnungsvoll zu ihm auf. Doch die emotionslose Maske, die kalt zurückstarrte, offenbarte nicht die geringste Gefühlsregung.

Er war wieder ganz der Alte.

Ich hätte erleichtert sein sollen, mein Plan hatte schließlich funktioniert, Elric war außer Lebensgefahr. Allerdings hatte ich dabei nicht berücksichtigt, dass mein Herz durch die Schlacht verwundet zurückbleiben würde. Doch damit würde ich leben können.

Wäre Elric meinetwegen umgekommen, hätte mich das bis an mein Lebensende belastet und ein normales Leben wäre undenkbar gewesen.

»Wir müssen weiter.« Seine Stimme wirkte ebenso kalt wie sein starrer Gesichtsausdruck.

»Du wirst mich weiterhin begleiten?«, fragte ich erstaunt.

»Ich tue es nicht deinetwegen, sondern um meine Heimat zu retten.« Seine Stimme war scharf wie ein frisch gewetztes Messer, das mir direkt ins Herz gerammt wurde.

»Natürlich.« Ich senkte den Blick und unheilvolles Schweigen breitete sich zwischen uns aus.

»Und wie geht es jetzt weiter?«Ich räusperte mich kurz und betrachtete ihn fragend, während ich krampfhaft das Bedürfnis unterdrückte, erneut in Tränen auszubrechen.

»Wir machen uns auf den Weg zum Herzen Wunderlands«, erwiderte er nüchtern.

»Uns fehlen noch zwei Schlüssel«, bemerkte ich und blickte ihn zweifelnd an.

»Grinser hat mir diese Botschaft gerade übermittelt und wenn er mir derartige Befehle erteilt, dann gilt es, sie zu befolgen.«

Was? Wieso?

Wusste Grinser etwa mehr, als er zugeben wollte?

Hütete er womöglich ein Geheimnis?

Wenn, dann musste es eines sein, das Elric mir ebenfalls verschwieg …

Die beiden verheimlichten mir etwas. Doch ich hakte nicht weiter nach und beschloss, dass es das Schlauste war, Grinsers Rat zu befolgen. Immerhin hatte er uns zum Uhrwerk und damit zum zweiten Schlüssel geführt.

Als ich mich nicht in Bewegung setzte, begann Elric, zu drängen.

»Er meinte, es sei von höchster Wichtigkeit, dass wir uns dorthin begeben. Denn bald wird es zu spät sein, Alice. Deine Mutter wird uns alle verfallen lassen, wenn es Wunderland selbst nicht schon vor ihr tut. Unsere einzige Chance besteht darin, sie sofort und ohne Umschweife von ihrem Vorhaben abzuhalten.«

Ich nickte, auch wenn seine Worte für mich unergründlich waren. Ich vertraute darauf, dass er und Grinser wussten, was zu tun war.

Wir machten uns erneut auf den Weg und durchquerten den Kupferwald, ohne dass ich einen blassen Schimmer hatte, in welche Richtung wir überhaupt liefen. Elric führte mich, doch auf meine permanenten Nachfragen, wo wir hingingen, folgte stets eine lange Periode des Schweigens.

Über Stunden gingen wir über den immer gleichen schwarz-weißen Boden, an den immer gleichen Bäume entlang, mit der immer gleichen Uhrzeit auf den Ziffernblättern der verstummten Taschenuhren, die aus den Ästen baumelten.

Nachdem wir schon eine Weile durch die Gegend gewandert waren, vernahm ich ein leises Tschirpen über unseren Köpfen. Doch immer wenn ich meinen Kopf verrenkte, um zu sehen, was sich zwischen den Zweigen über mir verbarg, verstummte es.

Erst als ich für einen Moment innehielt, konnte ich zwischen den Blättern ein Paar schwarzer Knopfaugen ausmachen. Mein Blick huschte nach vorn, doch Elric setzte seinen Marsch unbeirrt weiter fort.

Langsam ließ ich meine Hand zwischen die Blätter gleiten und streckte den Zeigefinger aus. Nach wenigen Sekunden spürte ich ein leichtes Gewicht und winzige Krallen, die sich in meine Haut gruben. Ich zog ruhig den Arm zurück und belächelte das kleine Tier, das auf meinem Finger hockte und mich ebenso neugierig anstarrte. Es war ein kleiner, gerade einmal faustgroßer Vogel. Ich setzte meinen Weg fort, während ich meinen kleinen Gefährten aufmerksam musterte. Seine glänzenden Federn bestanden aus poliertem blau schimmernden Metall. Sie wirkten wie ausgestanzt und übereinandergelegt. Es raschelte und klimperte leise, als sich das Tierchen aufplusterte. Das Kopfgefieder und der kurze, spitz zulaufende Schnabel hingegen schienen in eine feste Form gegossen worden zu sein. Das Material kam mir so bekannt vor … War das etwa Gold?

Meine Augen weiteten sich ungläubig. Behutsam streckte ich die andere Hand aus, um den glatten Schnabel zu berühren. Der Vogel schien sich überhaupt nicht daran zu stören, sondern reckte sich mir sogar entgegen, als ich ihn vorsichtig streichelte. Einmal kam ich versehentlich mit den scharfkantigen Metallfedern in Berührung und fügte mir einen Schnitt zu. Es tat kaum weh und blutete nur kurz, weshalb ich die Verletzung nicht länger beachtete.

Insgeheim taufte ich den Vogel ›Goldkehlchen‹, weil es mich so sehr an die Rotkehlchen aus meiner Welt erinnerte und aufgrund der Farbe seines Gefieders besonders auffiel.

Der Anblick lenkte mich für einen Moment lang von all meinen Sorgen ab. Ich bewunderte das außergewöhnliche Geschöpf und konnte mich gar nicht daran sattsehen. Wunderland machte seinem Namen alle Ehre.

Er begleitete uns eine Weile auf unserem Weg, doch wie so oft verlor das Tier nach einiger Zeit das Interesse an uns und hob von meinem Finger ab. Als es die Flügel spannte, erkannte ich unter den Federn einen ausgefuchsten Mechanismus, bestehend aus Zahnrädern und dünnen Drahtstangen, der es dem Vogel nicht nur ermöglichte, zu fliegen, sondern sich auch clever durch Hindernisse zu manövrieren.

Das Goldkehlchen schwebte noch einen Moment vor meiner Nase umher und tschirpte kurz auf, bevor es einen Bogen flog und im Wald verschwand.

Als ich mich wieder auf den Weg konzentrierte, fiel mir auf, dass Elric bereits ein ganzes Stück vor mir herlief. Ich beschleunigte meinen Gang, um ihn wieder einzuholen, bis ich schließlich neben ihm stand.

»Sind wir überhaupt auf dem richtigen Weg?«, entfuhr es mir lauter als ursprünglich gedacht, weil mich das dumpfe Gefühl beschlich, dass wir die ganze Zeit nur im Kreis liefen. Elric hielt abrupt inne und wandte sich dann langsam zu mir um. Zorn glühte in seinen Augen und plötzlich kam mir der Gedanke, dass es wahrscheinlich keine gute Idee war, seine Entscheidungen zu hinterfragen. Besonders, da wir gerade sowieso auf Kriegsfuß standen. Er schien seine Gefühle nicht mehr unter Kontrolle zu haben und ließ seine Wut zu, anstatt sie zu verdrängen oder mit Gleichgültigkeit zu übertünchen.

»Kennst du ihn denn? Wohl eher nicht!«, zischte er mir zu, bevor er sich erneut von mir abwandte und weiter stur durch die Gegend stapfte. Ich trottete wortlos und ermüdet hinter ihm her.

Plötzlich erschien ein nur allzu bekanntes Augenpaar direkt vor meinem Gesicht.

»Grinser …«, wisperte ich, um nicht Elrics Aufmerksamkeit auf mich zu lenken. »Da bist du ja endlich wieder!«

»Ich bin zu keiner Zeit von eurer Seite gewichen«, schnurrte die schwebende Katze seelenruhig.

Zu keiner Zeit?

Ich dachte an den leidenschaftlichen Kuss zwischen Elric und mir zurück und natürlich an den darauffolgenden Streit. Schlagartig spürte ich die Hitze in meinen Wangen brennen und betrachtete die Katze lediglich mit großen Augen.

»Deine Entscheidung war richtig, Menschenkind.« Die Vibration in der Stimme des Katzenwesens hätte leicht mit einem Schnurren verwechselt werden können. »Menschen und Wunderländer sind nicht füreinander geschaffen. Du hast sein Leben verschont, ebenso wie deins.«

Wieso fühlte es sich dann so an, als würde meine Existenz in Scherben zu meinen Füßen liegen?

Ich nickte bloß als Antwort.

»Aber ich fürchte, ich muss eine Warnung aussprechen…« Ich blickte ihn fragend an. »Vielleicht solltest du in Betracht ziehen, zu rennen.«

»Wieso rennen?«, hakte ich gerade noch nach, als der Boden unter mir zu beben anfing.

Ich fuhr herum und betrachtete den Wald hinter mir. In der Ferne hörte ich ein leichtes Grollen, das ebenso gut ein nahendes Gewitter sein konnte, doch der Himmel war klar und keine Wolke war zu sehen. Stattdessen wirbelten nicht weit von uns entfernt schwarze Rauchschwaden auf und verdunkelten den tiefroten Horizont. Bäume knickten wie Streichhölzer unter der gewaltigen Druckwelle weg, die geradewegs auf uns zurollte.

»ELRIC! RUNTER!«, schrie ich, während ich mich auf den Boden warf. Aus dem Augenwinkel konnte ich noch erkennen, wie der Hutmacher meinen Befehl wortlos befolgte.

Keine Sekunde später schien die Welt über unseren Köpfen zusammenzufallen. Eine unsichtbare Wand prallte gegen unsere Körper, zerrte an meiner Kleidung, an meinen Haaren, an mir.

Die ungeheure Kraft riss mich vom Boden und schleuderte mich durch die Luft, bevor ich gegen etwas Hartes krachte. Ein scharfer Schmerz schnitt durch meine Wirbelsäule und durchzuckte meinen ganzen Körper. Ich schrie gellend auf und sackte kraftlos zu Boden. Meine Glieder zitterten zu stark und konnten mich nicht halten. Tränen stiegen mir in die Augen, die ich bloß einen winzigen Spaltbreit öffnete.

Was war gerade passiert?

Doch dann erfasste mein Blick etwas, wovon ich mich unmöglich abwenden konnte. Nur wenige Meter von mir entfernt lag ein kleines Tier am Boden. Ein Vogel. Seine Federn schimmerten metallisch blau und sein Kopf glänzte golden. Die Mechanik seiner Flügel war zersplittert, der winzige Kopf unnatürlich verdreht. Mein Goldkehlchen.

Ich versuchte, den Kloß hinunterzuschlucken, der sich in meinem Kehlkopf gebildet hatte. Ich erstickte fast daran und röchelte nach Luft, als ich meinen Blick weiterschweifen ließ.

Erst jetzt erkannte ich, dass der gesamte Boden von toten Vögeln übersät war. Es gab keinen Meter, auf dem sich keine winzige Leiche fand. Sie mussten in den Bäumen gehockt haben. Ihre zerbrechlichen Körper hatten der Wucht der Druckwelle unmöglich standhalten können.

Ich sah sie überall. Rote, blaue, grüne und gelbe Federkleider. Kleine Knopfaugen, die mich leblos anstarrten. Ich keuchte auf und wusste, dass ich hier nicht liegen bleiben konnte. Der Anblick der toten Tiere zerfraß mein Herz.

Ich hustete Staub aus und kämpfte mich trotz enormer Rückenschmerzen auf die Beine. Nur wenige Schritte hinter mir rappelte auch Elric sich auf und sah mich mit geweiteten Augen an.

»Was zur Hölle war das?«, fragte er atemlos.

»Was fragst du mich? Du lebst in dieser Welt!« Meine Stimme war ungewollt laut. In meinen Ohren hatte sich ein hartnäckiger Tinnitus festgesetzt, sodass ich schrie, um das lästige Piepen zu übertönen. Panik unterdrückte jeden Gedanken.

Als ich in die Richtung sah, aus der die Druckwelle gekommen war, traute ich meinen Augen nicht. Die Welt spaltete sich. Ein gigantischer Abgrund tat sich im Boden auf und schien die Landschaft wie das aufgerissene Maul eines Ungeheuers zu vertilgen. Der schwarze Kraterzog sich über einen Großteil der Landschaft und bahnte sich seinen Weg mit tödlicher Geschwindigkeit auf uns zu.

Wunderland zerbrach.

Ich vernahm das Knacken wegknickender Kupferbäume, das Rumpeln von Geröllhaufen und die Schreie vereinzelter Bewohner Wunderlands, die sich nicht vor dem Schlund retten konnten. Dunkler Rauch stieg am Rande der Schlucht auf und machte den Tag zur Nacht.

Mein hysterischer Schrei riss Elric aus seiner Starre. Wir mussten tatenlos mit ansehen, wie seine Heimat zerstört wurde. Der unbändige Schrecken in seinen Augen traf mich mitten ins Herz.

Ich griff kurzerhand seinen Arm und riss ihn mit mir. Stolpernd hielt er Schritt, doch er wandte sich immer wieder um, nur um zu sehen, ob das Ende näher rückte.

Irgendwann ertrug er es nicht mehr, zurückzublicken, weshalb wir rannten und rannten, bis uns der Atem ausging, die Glieder schmerzten, der Kopf seinen Dienst verweigerte und die Instinkte die Kontrolle über unsere Körper übernahmen.

Alles, was jetzt zählte, war, zu überleben.

Ich wagte es nicht, anzuhalten. Die Angst, in den Abgrund gerissen zu werden, war übermächtig.

Wir bahnten uns einen Weg durch das unendliche Labyrinth des Waldes, schauten nur noch nach vorn, blendeten das Krachen, die Schreie hinter uns vollkommen aus, um nicht das Ziel aus den Augen zu verlieren.

Mit einem Mal wirkten die Geräusche viel zu nah. Sie hatten sich mit der Zeit immer weiter genähert, sich an uns herangepirscht, und als ich schließlich doch einen Blick über die Schulter nach hinten wagte, musste ich bestürzt erkennen, dass die Erde unter unseren Schritten bereits zu splittern begann.

Wir waren zu langsam. Einen Wettlauf gegen eine Naturkatastrophe konnte man nur verlieren.

Der Riss begann direkt an unseren hinter unseren Fersen, er wirkte wie ein Schatten, der sich hinter uns über das gesamte Land zog. Ich fasste einen unüberlegten Entschluss, mobilisierte meine verbliebenen

Kräfte, nahm Anlauf und stieß Elric zur Seite. Wir landeten neben dem Spalt, der sich unbeirrt durch das Land fraß und drohte, uns mit in den Abgrund zu reißen.

Völlige Leere klaffte vor uns auf, sodass ich mich schnell wieder auf die Beine kämpfte und Elric an seiner roten Anzugjacke herumriss, da er sich keinen Zentimeter bewegte und den Erdriss mit großen Augen betrachtete. »Elric, wir müssen hier weg! Steh auf, verdammt nochmal!«, kreischte ich ihm direkt ins Ohr, doch das Grollen des einstürzenden Gesteins übertönte mich vermutlich ohnehin.

Ich konnte mir nicht ansatzweise vorstellen, wie erschütternd es sein musste, zu sehen, wie die eigene Welt entzweibrach, ohne etwas dagegen unternehmen zu können. Doch jetzt war weder der richtige Zeitpunkt noch die passende Situation, um das mit ihm auszudiskutieren.

Ich zerrte abermals an seinem Arm, bis er sich endlich in Bewegung setzte und mir mit unsicheren Schritten folgte, während ich weiter in den Wald hetzte und vor dem Erdspalt floh.

Als bereits schwarze Punkte vor meinen Augen tanzten, hielt ich an einem der Kupferbäume an und lehnte mich nach Luft ringend an seinen kühlen Stamm.

Erst langsam begann ich, zu realisieren, wie knapp wir dem Tod entronnen waren. Mein Herz hämmerte gegen meinen Brustkorb und ich versuchte vergeblich, meinen rasselnden Atem zu beruhigen.

»Wir sind verloren.« Elrics Aussage brachte mich dazu, die Distanz zwischen uns zu überbrücken und seinen Arm tröstend zu berühren. Egal, was passieren sollte, in diesem Augenblick war es wichtiger, dass er wusste, dass ich ihm beistehen würde. Ganz gleich, was zwischen uns vorgefallen war.

»Noch können wir das Herz von Wunderland verschließen«, versicherte ich ihm und glaubte selbst kaum daran, dass meine Worte stimmten. Doch ich brachte sogar ein kleines Lächeln zustande, was angesichts der Umstände geradezu absurd schien.

Elrics Blick blieb jedoch starr, als er den meinen erwiderte.

»Wir sind zu spät, Alice.«

12

Schattennebel

Eine Weile standen wir einfach nur da und tauschten wortlos Blicke aus, bevor ich mich schließlich abwandte und mich mit meinen eigenen Gedanken beschäftigte.

Ich musste diese Welt vor meiner wahnsinnigen Mutter beschützen, sie vor dem vollkommenen Zerfall bewahren.

Als ich mir jedoch ins Gedächtnis rief, dass ich zum Teil auch selbst für die Verwüstung Wunderlands verantwortlich war, wurde mir mulmig zumute. Ich hatte das Uhrwerk vernichtet und damit die Ordnung aus den Fugen gebracht.

Nicht nur die Herzkönigin stürzte Wunderland in sein Verderben, ich stand ihr in nichts nach.

Völlig unerwartet erschien ein blaues Augenpaar vor mir. Grinser hatte die nervige Angewohnheit, in den unpassendsten Augenblicken aufzutauchen und dann zu verschwinden, wenn wir seine Hilfe wirklich gebrauchen konnten. Ich zuckte bei seinem Anblick kurz zusammen und warf dann unserem alten Bekannten einen mürrischen Blick zu.

Ein metallisch blitzendes Grinsen schwebte mitten in der Luft.

»Schön, zu sehen, dass ihr noch am Leben seid. Das gestaltet die Rettung unserer Welt deutlich einfacher.«

Ich rollte entnervt mit den Augen. Die Sprüche der schwebenden Katze konnten mich nicht mehr so verunsichern wie zu Beginn meiner Reise.

»Hör mir gut zu, du fliegendes Katzenvieh«, raunte ich. »Du hast gesagt, wir müssen zum Herzen Wunderlands, bevor es zu spät ist. Kannst du uns nun dort hinführen oder nicht?«

Die Katze kniff berechnend die Augen zusammen. »Natürlich. Ich kann euch zu jeder noch so kleine Ecke im Land der tickenden Herzen bringen.«

»Uns läuft die Zeit davon, beeil dich!«

Ich meinte, ein schwaches Nicken zu erkennen, bevor mein Gegenüber erneut den Schleier der Unsichtbarkeit um sich legte und sich somit vor mir verbarg. Grinsers Pläne blieben für mich bis auf Weiteres undurchschaubar, allerdings vertraute ich dem Instinkt der Katze seltsamerweise mehr, als ich zugeben wollte.

Doch darüber konnte ich mir später Gedanken machen.

Ich wandte mich kurzerhand ab und ging auf Elric zu, der sich wenige Meter entfernt auf dem staubigen Untergrund niedergelassen hatte und erschöpft an einem Baumstamm lehnte, während er ins Nichts starrte.

»Elric?« Ich sprach ihn nur zögerlich an, da ich absolut nicht einschätzen konnte, wie er auf mich reagieren würde. Als er seinen Kopf langsam in meine Richtung wandte, wertete ich das bereits als gutes Zeichen. »Wir müssen los. Grinser wird uns den Weg weisen.«

»Ich will nicht mehr aufstehen, Alice«, meinte der Hutmacher nur leise.

»Wie bitte?«

»Ich habe keine Kraft mehr …«, flüsterte er bedrückt »Wenn meine ganze Welt untergeht, so will ich zusammen mit ihr untergehen.«

Ich seufzte kurz auf, bevor ich mich neben ihm im Schneidersitz niederließ. In meinem Inneren regte sich die Ungeduld.

Eigentlich hatten wir keine Zeit, um jetzt innezuhalten …

Doch der Hutmacher brauchte eine kleine Pause, das spürte ich.

»Das sind aber ganz schön pessimistische Gedanken«, neckte ich ihn und schaute vorwurfsvoll zu ihm hinüber. Er fuhr sich verzweifelt durch die Haare und betrachtete dann ratlos seine geöffneten Hände.

»Ich kann nichts tun, ich bin vollkommen machtlos. Wenn alles, was ich kenne, verschwindet, dann will ich auch …« Er brachte den Satz nicht zu Ende. Bevor er noch mehr sagen konnte, ergriff ich seine Hand und drückte sie fest an mich. Er ließ es ohne Widerspruch geschehen.

»Und was, wenn ich dir sage, dass du alles retten und deine Heimat zurückerlangen könntest?«, flüsterte ich und richtete meinen Blick ebenso wie er in die Ferne.

»Das ist unmöglich.«

»Willst du deine gesamte Existenz, alles, was du bist und sein könntest, aufgeben, ohne dass du wenigstens versucht hast, diese Welt vor dem Zerfall zu bewahren?«

Er schwieg.

»Gib dich nicht auf, nur weil du denkst, du wirst verlieren. Was wäre, wenn du gewinnst und als Sieger aus der Schlacht hervorgehst?«

»Du bist verrückt.«

Ich grinste in mich hinein und drückte seine Hand ein wenig fester, bevor er erneut die Lippen zu einem einzigen dahin geseufzten Wort öffnete. »Danke.«

Für diesen einen Moment war die Welt im Reinen und alles schien in Ordnung.

Zumindest solange, bis plötzlich etwas anderes meine Aufmerksamkeit erregte: Ein schwarzer Nebel waberte über den Boden, hüllte ihn komplett ein und bewegte sich genau auf uns zu.

Ich hoffte sehnlichst, dass meine vorherigen Worte ihre Wirkung bei Elric nicht verfehlt hatten, und sprang auf.

»Wir müssen los!«, befahl ich und blickte ihn auffordernd an. Offenbar hatte er den seltsamen Nebel noch nicht bemerkt. Ich war mir mehr als sicher, dass dieses mysteriöse Naturschauspiel nichts Gutes verheißen konnte.

»Siehst du das da drüben?«, fragte ich ihn und deutete vage in die Richtung der gemächlich auf uns zuziehenden Schwaden. Die dünnen Schlieren waren noch etwa zehn Meter von uns entfernt, krochen allerdings beständig über den Boden auf uns zu und würden bereits in wenigen Augenblicken bei uns angelangt sein.

Der Nebel zog sich an den Kupferbäumen in die Höhe und hüllte sie in nachtschwarzen Dunst ein. Es schien so, als wäre der Wald vor uns in Tinte getaucht und von ewiger Dunkelheit verschluckt worden.

Die Bedrohlichkeit dieses skurrilen Spektakels war mehr als greifbar und ließ erneut das Adrenalin durch meine Blutbahnen pumpen.

Der Hutmacher zögerte keine Sekunde. Er sprang auf die Beine und zog mich mit sich. Ein weiteres Mal rannten wir ziellos durch die Wälder, bloß hinfort von der nächsten Plage, die uns einzuholen drohte.

Ich wusste nicht, was geschehen würde, wenn der Nebel uns einholte, doch die Art und Weise, wie er lautlos über das Land zog und wie ein stiller Mörder die Welt hinter uns spurlos verschwinden ließ, jagte mir einen Schauder über den Rücken. Ich spürte die prickelnde Kälte im Nacken. Während ich prüfend einen Blick nach hinten warf, wäre ich beinahe gestolpert, hätte sich Elrics Griff um meinen Arm nicht verstärkt.

Sobald die Kupferbäume in Kontakt mit dem Gewölk kamen, begannen sie, sich zu winden und wie eine defekte Maschine zu knirschen. Sie bogen sich der Finsternis entgegen.

Bildete ich mir das ein oder wuchsen die Äste?

Tatsächlich. Die drahtigen Zweige rankten sich immer höher und weiter vom Stamm hinfort. Auch die dicken Wurzeln wanden sich durch das Gestein und brachen es Stück für Stück auf. Die Bäume waren zum Leben erweckt worden.

Wunderland wurde durch eine Wand aus luftiger Finsternis verschluckt. Unaufhaltsame Dunkelheit hatte sich dort eingenistet und waberte um Bäume, Uhren, Zahnräder … um alles.

Es schien so, als hätte der Tag seinen Schützling, sein eigenes Land, verraten und an die Nacht abgetreten.

Das Einzige, woran ich in diesem Moment denken konnte, war, dass ich mein Versprechen an Elric nicht würde halten können.

Wunderland würde untergehen und ich konnte es nicht verhindern.

Mit diesem Wissen fiel es mir umso schwerer, weiterzulaufen. Der ganze Ballast, die Verantwortung, die auf meinen Schultern lastete, schien mich zu Boden ringen zu wollen. Als hätte mir jemand einen Felsbrocken auf den Rücken gebunden, den ich die ganze Zeit mit mir herumtragen musste. Nun war es soweit gekommen und seine Schwere schien mich zu erdrücken. Er zerquetschte meinen Brustkorb und versiegelte meine Atemwege. Ich wurde immer langsamer.

Was, wenn ich es nicht schaffte?

War das hier ein Vorgeschmack auf die Apokalypse, die uns bevorstand?

Bei dem letzten Gedanken setzte mein Gehirn für einen Moment aus. Ich spürte es ganz deutlich. Für eine Sekunde war mein Kopf wie leergefegt und meine Beine begannen, unkontrollierbar zu zittern, bevor sie unter mir nachgaben und ich auf die Knie fiel.

In meinem Blickfeld schwirrten schwarze Punkte umher.

»Ich kann … nicht mehr«, stöhnte ich, da sein Griff immer eiserner und drängender wurde.

Als Elric sich zu mir umwandte, raubte mir sein Anblick den letzten Rest meines spärlichen Atems. Die Intensität seines Blickes ließ mich ins Straucheln geraten.

Mein Herz sollte das Monster sein?

Ich war mir ziemlich sicher, dass hinter seinen Augen ein Ungeheuer auf der Lauer lag.

»Was soll das heißen?«, meinte er und seine goldenen und grünen Iriden quollen ebenso vor Dunkelheit über wie der Wald in unserem Nacken.

»Ich bin mir nicht sicher, ob ich das noch länger durchhalten kann.«

»Das Tempo?«

»Alles.« Er schien zu verstehen, was ich ihm damit sagen wollte.

Strähnen klebten mir auf der verschwitzten Stirn und ich atmete hektisch ein und aus, wobei die Luft vor meinem Gesicht zu kondensieren begann. Die Kälte der nahenden Dunkelheit löste eine Gänsehaut auf meinen Armen aus und ließ die feinen Härchen senkrecht abstehen.

Ich versuchte, mich vom Boden abzustützen, doch meine geschwächten Glieder gaben unter mir nach und auch meine Beine zitterten derart stark, dass ich nicht in der Lage war, mich aufrecht zu halten. Elric beugte sich sofort zu mir herab und suchte verzweifelt nach einem Weg, um mir zu helfen, doch der schwarze Nebel zog unbarmherzig auf uns zu und verwandelte das uns bekannte Wunderland in nichts weiter als einen Schatten desselben. Die drahtigen Äste der lebendig gewordenen Kupferbäume beugten sich uns entgegen, als wären sie bereit für ihre nächsten Opfer. Ihre Auswüchse zuckten in unsere Richtung, während in meinen Ohren das unnatürlich laute Knirschen ihrer metallischen Rinde widerhallte.

Ich warf einen Blick zurück und konnte unschwer erkennen, dass sich die Finsternis wie eine Welle vor uns auftürmte, bereit, uns endgültig zu verschlingen. Tiefschwarze Wurzeln und Äste krochen auf uns zu, bahnten sich einen Weg zu uns. Die Bäume nahmen Besitz von uns, beanspruchten uns für sich.

Noch während ich versuchte, ihren Fängen zu entkommen, schlang sich ein eisiger Ast um meinen Fußknöchel und zerrte mich in Richtung der wallenden Dunkelheit. Die plötzliche Bewegung brachte mich aus dem Gleichgewicht. Ich konnte mich nicht mehr halten und schlug mit meinem Oberkörper hart auf dem Boden auf. Schmerz zuckte wie ein Blitz durch meinen Körper und ließ mich aufschreien. Ich krallte meine Finger in den Untergrund, doch die Steine waren zu eben, um Halt zu erlangen. Meine Fingernägel brachen, während ich verzweifelt mit den Händen über den rauen Boden schabte und mir die Haut zerfetzte. Das Brennen der Schürfwunden war jedoch nichts im Vergleich zu der Heftigkeit, mit der mich der Baumauswuchs in Richtung der Finsternis schleifte.

Gerade noch rechtzeitig bekam mich Elric an den Armen zu fassen. Er sah mich panisch an und in seinen Augen blitzten echte Emotionen auf.

War das die Erkenntnis, dass er nichts gegen die Naturgewalten Wunderlands ausrichten konnte?

Der Ast wand sich immer höher an meinem Bein empor, während eine weitere Wurzel meine Wade zu fassen bekam. Ein Ruck ging durch meinen Körper, als die vom Schattennebel beherrschten Kupferbäume mich zu sich zerrten.

»Du kannst es schaffen, du hast bereits zwei Schlüssel. Versuch, das Herz zu schließen, und rette deine Heimat!« Meine Stimme bebte und auch seine Finger begannen merklich zu zittern.

Elric musste das hier überleben!

Wenn ich es nicht schaffen sollte, dann zumindest er.

»Ich werde nicht ohne dich gehen!«, schrie er und riss weiterhin an meinen Armen herum. Auch ich spannte mich an, versuchte, mich aus dem Griff der Wurzeln und Äste zu winden, und trat wild um mich. Dies hatte jedoch nur zur Folge, dass die Fesseln aus Metall sich immer enger um meine Beine schnürten und mich bewegungsunfähig machten. Ich spürte, wie mein Blut nicht mehr bis zu meinen Zehenspitzen durchdrang, und schnappte entsetzt nach Luft. Für mich gab es möglicherweise kein Entkommen mehr, doch ich musste Elric unbedingt von hier fortschicken.

Ich zwang mich dazu, Ruhe zu bewahren und die Hysterie aus meiner Stimme zu verbannen.

»Elric«, begann ich und zum ersten Mal, seitdem ich gestürzt war, sah er mich an. Seine Augen strahlten lebendig. »Vertrau mir! Du kannst es schaffen!«

Ich versuchte ein weiteres Mal, meine Beine von den eisernen Schlingen zu befreien, doch ich versagte dabei jämmerlich. Die Wurzeln waren wie eine Würgeschlange, die ihren Griff mit jeder Sekunde verstärkte und ihr Opfer nicht entkommen ließ. Meine Muskeln verweigerten mir den Dienst und meine Zähne klapperten vor Nervosität unaufhörlich, sodass ich gerade noch den Blick heben konnte, um das Antlitz des Hutmachers zu sehen.

Die Äste wuchsen inzwischen über meine Hüften hinaus. Je näher der Nebel rückte, desto mehr Kraft gewannen sie. Ich hingegen wurde mit jedem Wimpernschlag schwächer. Meine Hände glitten langsam von seiner Haut ab, während Elric versuchte, seinen Griff zu festigen. Er wollte mich nicht gehen lassen. Doch er musste.

Und wenn er diese Entscheidung nicht treffen wollte, dann musste ich es für ihn tun.

»Verzeih mir«, hauchte ich ihm noch zu, bevor ich meine Hände mit einem kräftigen Ruck von den seinen befreite. Augenblicklich schien sich die Kraft der Wurzeln und Äste ohne Elrics Gegenwehr zu vertausendfachen. Sie zerrten mich von ihm fort. Ich wollte schreien, presste allerdings die Lippen fest aufeinander, um diesen Drang zu unterdrücken. Mein Blick wanderte zurück zu Elric.

Das Letzte, was ich sah, bevor die Finsternis über meinem Kopf einbrach und die Welt um mich herum verschluckte, waren seine Augen.

13
Gefangen

Die Schatten verschlangen meinen Körper voll und ganz, während mich die Fesseln der Kupferbäume immer tiefer in die Dunkelheit hineinzogen, hinfort vom Licht.

Ich musste irgendwie hier raus!

Egal wie.

Prüfend tastete ich meine Umgebung nach etwas ab, an dem ich mich festhalten konnte. Doch stattdessen erfühlte ich eine schmierige Schicht Feuchtigkeit auf dem Boden. Anscheinend lagerte sich der Nebel langsam ab. Meine Finger waren ölig, sodass ich von jedem Gegenstand abrutschte, an dem ich mich festzuhalten versuchte.

Meine Verzweiflung brachte mich dazu, nach dem Hutmacher zu rufen. Sobald ich jedoch meine Lippen öffnete, drangen die wolkenartigen Schatten in meinen Mund und durch meine Nasenlöcher in meine Lunge. Ich röchelte und keuchte, versuchte, das seltsame Gemisch auszuspucken und den öligen Geschmack von meiner Zunge zu vertreiben. Vergeblich. Nur zu deutlich spürte ich, wie die unsichtbaren Nebelfinger sich an meinem Rachen und meiner Luftröhre hinab tasteten. Ich würgte und hustete, doch das hielt ihn nicht zurück.

Was zur Hölle war das für ein Zeug?

Lediglich ein ersticktes Keuchen floss noch über meine Lippen. Ich rang verzweifelt um Kontrolle und wand mich in meinem Gefängnis aus Schlingen und Wurzeln. Jede Bewegung schmerzte wie glühendes Eisen, das auf meine Haut gedrückt wurde. Ich presste die Zähne so stark aufeinander, dass ein knirschendes Geräusch entstand. Es ging durch die lautstarken Bewegungen der zuckenden Baumfesseln vollkommen unter. Sie hatten inzwischen meinen gesamten Körper bis hin zu den Schultern in ihrer Gewalt.

Ein eiserner Kokon, aus dem ich unmöglich entweichen konnte.

Jede einzelne Muskelzuckung meinerseits wurde sofort unterbunden, indem sich die Fesseln fester zusammenzogen. Ich versuchte, die Schmerzen zu ignorieren.

Bloß nicht bewegen …

Als ich stillhielt, verharrten endlich auch die Äste. Für einen Moment dachte ich tatsächlich, ich hätte das Schlimmste überstanden. Doch wenige Sekunden später regten sich die Baumauswüchse erneut. Sie drückten mich in die Höhe, woraufhin ich aufrecht in der Luft schwebte.

In einem verzweifelten Versuch, zu entkommen, krümmte ich mich zusammen, um die Schlingen ein wenig zu lockern. Stattdessen zogen sie sich nur fester und pressten jegliche verbliebene Luft aus meinen Lungen. Meine Atemwege brannten, als hätte ich Säure getrunken.

Ich betete, dass mein Hutmacher vor diesem düsteren Meer geflohen war.

Das seltsame Gewinde aus Wurzeln und Ästen bewegte sich so lange rückwärts, bis ich einen harten Widerstand im Rücken spürte. Den Stamm eines Kupferbaums. Die Ranken drückten mich mit immenser Kraft an die metallische Rinde. Wider Erwarten begann der Stamm unter dem Druck zu splittern und aufzubrechen.

Er war hohl!

Die metallischen Fesseln drängten meinen Körper in den entstandenen Hohlraum, bevor sie nach und nach von mir abließen. Der immense Druck fiel plötzlich von meinem Körper ab und das Gewicht der unzähligen eisernen Ranken wurde von mir genommen.

Ich konnte mein Gleichgewicht zunächst nicht halten und sobald die letzte Wurzel sich von meinem Bein gelöst hatte, fiel ich in mich zusammen wie ein Kartenhaus. Trotz meiner Erschöpfung schlich sich ein erleichtertes Lächeln auf mein Gesicht – bevor ich realisierte, was gerade tatsächlich vor sich ging.

Ich wurde hier drinnen eingeschlossen!

Lebendig gefangen in einem Baum.

Meine Gedanken überschlugen sich bei der Vorstellung, hier drinnen sterben zu müssen. Der Schwindel suchte mich erneut heim und zehrte an meinen Kräften wie ein gieriger Parasit. Ich musste mich für einen Augenblick anlehnen, um nicht vollkommen durchzudrehen oder zusammenzubrechen.

Vorsichtig nahm ich ein paar Atemzüge. Hier drinnen war die Luft nicht so gravierend durch den Nebel verpestet worden wie außerhalb des Baumstammes. Inzwischen hatte das fremdartige Gefühl in meinem Hals nachgelassen und die Luft drang wieder bis zu meiner Lunge vor.

Ich strich mit meinen Händen so lange über das Metall, bis das Wissen zu mir durchsickerte, dass ich so nicht weiterkommen würde. Die Verzweiflung brodelte in meinem Inneren. Ihre giftigen Dämpfe benebelten mein Gehirn und ließen eine Sicherung durchbrennen.

Ich wollte nicht sterben! Nicht hier, nicht so!

Ich ballte meine Hände zu Fäusten und schlug auf die Wände ein. Einmal. Und noch einmal. Und noch einmal. So lange, bis meine Fingerknöchel taub wurden und ich keinen Schmerz mehr fühlte. Ich biss die Zähne zusammen und zwang mich dazu, einfach weiterzumachen, bis sich die ersten Dellen in dem Material erfühlen ließen und mir das Blut an den Handballen hinab rann.

Brennender Schmerz durchzuckte meine Hände.

Ich keuchte und atmete tief durch. Inzwischen hatte sich die Luft innerhalb des Stammes neutralisiert und es war nur noch ein schwacher Rest des Nebels in meinen Lungen verblieben.

Meine Gedanken schweiften ab. Ich lehnte mich mit den Handinnenflächen gegen den Stamm. Mein Blut glitt über die Metallranken und machte sie rutschig. Ich stöhnte auf und stieß mich von ihnen ab.

Ich war gerade im Begriff, mich von ihnen abzuwenden, als plötzlich winzige Funken unter der Berührung aufstoben. Ein flüchtiges Aufblitzen von Licht in vollkommener Finsternis.

Immer und immer wieder.

Die Ranken rieben übereinander und bewegten sich unter schrillem Quietschen und Knirschen. Sobald meine blutbesudelte Handfläche das Metall erfasste, zog es sich vor mir zurück und gab den Weg frei.

War mein Blut etwa der Grund dafür?

Ich witterte eine Chance und presste meine blutigen Handflächen auf die Metallfesseln, die augenblicklich unter meinen Fingern nachgaben und sich unter großer Anstrengung auseinanderbiegen ließen. Funken flogen durch die Luft und erhellten meine Umgebung zumindest ein wenig.

Nach nur einem Wimpernschlag umwehte mich der Schattennebel wieder. Seine kalten Finger glitten über meine Haut und hinterließen überall einen schmierigen Ölfilm. Ich schauderte, doch ließ mich davon nicht beirren. Im Gegenteil, das tödliche Gewölk spornte mich dazu an, noch schneller zu arbeiten.

Sobald ich die Äste und Wurzeln weit genug voneinander getrennt hatte, schlüpfte ich durch das Loch im Baumstamm und rannte los. Hinter mir streckten sich die Bäume nach mir aus, als wollten sie das einzig Lebendige in diesem toten Land aufspüren.

Doch sobald sich ein Zweig auf meine Schulter legte oder meinen Knöchel zu umschlingen versuchte, streifte ich ihn mit meinen blutigen Fingerspitzen und sofort zogen sich die Schlingen wieder zurück.

Ich rannte und rannte, bis meine Muskeln und Sehnen schmerzten und ich nicht mehr konnte. Erst nachdem ich keinen Schritt mehr laufen konnte, hielt ich für eine Sekunde an. Meine Lungen drohten zu bersten. Ich hatte es immer noch nicht gewagt, nach Luft zu schnappen. Zwar lief ich höchstens erst eine halbe Minute, doch der Sauerstoffmangel machte es mir geradezu unmöglich, kopflos weiterzulaufen. Ich brauchte einen Orientierungspunkt, sonst würde ich hier niemals herausfinden.

Es gab nur eine Möglichkeit …

Ich konnte zwar nichts sehen, aber hören. Das musste ich ausnutzen. Ich setzte meinen letzten Rest Atem auf eine Karte und riss den Mund zu einem lautstarken Schrei auf, der glücklicherweise meine Lippen verließ, bevor die Nachtwolken in meine Lungen eindringen konnten.

»ELRIC!«

Für einen schrecklich langen Augenblick herrschte Stille.

Dann vernahm ich rechts von mir eine Stimme. Ich konnte unmöglich sagen, welche Worte sie rief. Doch das war mir egal. Ein letztes Mal begann ich, zu laufen. Dieses Mal ging es um Leben und Tod. Meine Konzentration wich mit jeder Sekunde und ich spürte geradezu die Ohnmacht in meinem Inneren an die Oberfläche kriechen.

Nur noch ein kleines bisschen …

Ich stolperte. Meine Beine zitterten und die Muskeln würden meinen Marathon nicht mehr lange mitmachen. Ohne Sauerstoff begannen sie langsam zu erschlaffen. Ich kniff die Augen mehrmals zusammen, als erste Lichtfetzen in der Ferne auftauchten.

Konzentrier dich!

Hoffnung keimte in mir auf. Ich musste es einfach schaffen! Ich verbot mir, an etwas anderes zu denken als an die leuchtenden Augen Elrics. Nicht an meine Verletzungen, meine Schmerzen oder meinen möglichen Tod. Alles, was zählte, war, dass ich ihm noch einmal in die Augen sehen konnte. Lediglich die Hoffnung auf ein Wiedersehen hielt mich auf den Beinen.

Ich hatte ihm nie gesagt, was ich wirklich für ihn empfand, aus Angst, *er könne es nicht verkraften und… würde mich verlassen.*

Oh ja, er war ein Dickkopf und manchmal auch der größte Vollidiot unter der Sonne … Doch er war mein. Und ich war sein, ohne dass er es gewusst hatte und ohne dass es mir selbst überhaupt bewusst gewesen war.

Wir hatten unsere Chance vertan und nun konnte ich an nichts anderes denken als an Elric und die Tatsache, dass wir unsere gemeinsame Zeit nicht genutzt hatten.

Die Zweifel überwogen gegenüber der Hoffnung.

Ich spürte, wie mit jeder vergehenden Sekunde das Leben aus mir wich, wie meine letzten gepressten Atemzüge wieder und wieder ein Stückchen meiner Seele mit aushauchten und meine Lider schwerer wurden, bis ich schließlich die Schwärze um mich herum nicht mehr von der Dunkelheit hinter meinen Augenlidern unterscheiden konnte und sie somit geschlossen hielt.

Es war zu spät …

Ich war bereit, stehenzubleiben und mich zu aufzugeben. Es war vorbei. Ich öffnete meinen Mund und ließ den Schattennebel widerstandslos in meinen Körper eindringen, von mir Besitz ergreifen. Ich keuchte, würgte und ließ die Tränen aus meinen Augenwinkeln entfliehen. Sie rannen über meine Wangen und tropften an meinem Kinn hinab. Die Wucht, mit der mich das Gewölk heimsuchte, ließ mich einige Schritte nach vorn stolpern.

Vor mir sah ich Licht. Blasses, wundervolles Licht.

War das mein Ende?

Würde ich nun sterben?

War dies das Ende des Tunnels, von dem immer gesprochen wurde?

Ich fiel auf meine Knie, weil meine Füße mich nicht länger tragen konnten. Kriechend arbeitete ich mich auf die Helligkeit zu. Nur noch ein paar Meter …

Ich streckte meine zitternde Hand danach aus. Sie tauchte in das Licht hinein und ich spürte statt der klammen Kälte des Schattennebels eine wohltuende Wärme auf meiner Haut. Ich lächelte und atmete ein letztes Mal, bevor ich zusammensackte. Doch bevor ich auf dem Boden aufschlagen konnte, bemerkte ich eine Berührung an meinem Handgelenk. Fremde Finger schlossen sich um meine Hand und zogen mich entschlossen aus dem Nebel hervor.

Gleißende Helligkeit empfing mich und mit ihr frische Luft, die ich sofort gierig aufsog. Das Licht stach so sehr in meinen Augen, dass ich meine Lider zukneifen musste. Es fühlte sich so an, als würde ich direkt in die Sonne schauen.

Schnell schob sich ein Schatten in mein Sichtfeld. Ich blinzelte zu der Gestalt hoch und konnte meinen Augen kaum trauen.

»Elric?« Meine Stimme klang rau und geschunden.

Bildete ich mir das gerade ein oder stieg wirklich eine winzige Nebelwolke aus meinem Mund hervor?

Es sah so aus, als hätte ich an einer Zigarette gezogen und würde den Rauch in die Luft pusten. Bevor ich irgendetwas hätte sagen können, schloss mich die Person vor mir in ihre Arme. Er war es tatsächlich.

»Ich dachte, ich hätte dich verloren«, nuschelte eine vertraute Stimme mir ins Ohr. Bevor ich etwas erwidern konnte, löste sich Elric von mir und half mir in die Höhe. Er stützte mich, indem er einen Arm um meine Taille legte, und brachte mich Schritt für Schritt vom Schattennebel fort, welcher wiederum auf der Stelle zu verharren schien. Er wallte immer wieder in die Höhe, doch er breitete sich nicht weiter aus.

Ein Glück!

Zu Beginn wurde mir beim Gehen schnell schwindelig und ich knickte mehrmals weg, doch nach einer Weile hatte ich mein Gleichgewicht einigermaßen wiedergefunden.

Stöhnend fasste ich mir an den brummenden Kopf, der sich anfühlte, als würde ihn jemand mit einem Presslufthammer bearbeiten. Nachdem wir einige Minuten schweigend vorangegangen waren, deutete Elric auf einen umgestürzten Baumstamm. Seufzend ließ ich mich darauf fallen und schloss meine Augen. Er setzte sich zu mir und rückte nah an mich heran.

Ich wagte es nicht, meine Lider zu öffnen, sondern konzentrierte mich stattdessen darauf, in Ruhe zu atmen und meine Gedanken zu sortieren.

Ich war ganz offensichtlich nicht gestorben.

Die Kupferbäume waren vor meinem Blut zurückgewichen, sodass ich fliehen konnte. Wieso?

Obwohl ich diese ganze Tortur überlebt und der Gedanke an Elric mich am Leben gehalten hatte, würde ich ihm das nicht sagen können.

Als ich plötzlich eine sanfte Berührung an meinem Oberarm spürte, zuckte ich zusammen. Sobald ich meine Lider hob, sah ich den sorgenvollen Ausdruck in seinen Augen.

Nein! Er durfte sich keine Sorgen machen, er durfte überhaupt nichts fühlen, ansonsten …

Ich führte den Gedanken nicht zu Ende, da er mir Kopfschmerzen verursachte. Es fühlte sich so an, als würde jemand von innen gegen meine Stirn hämmern. Stöhnend fasste ich mir an den Kopf. Die Falten auf Elrics Stirn vertieften sich bei meinem Anblick nur noch.

Ich atmete, so flach es ging, und versuchte, meinen Körper nicht zu überanstrengen. Mir war bewusst, dass ich großes Glück hatte, weil ich vor dem Nebel fliehen konnte. Dennoch fühlte ich mich gerade absolut grauenhaft …

Ich stand völlig neben mir, als würde ich mich außerhalb meines Körpers befinden und nur am Rande wahrnehmen, was mit mir geschah.

Mein Bewusstsein schwebte in einem schummrigen Dämmerzustand und hatte jeglichen Bezug zur Realität verloren. Was zählte, war nur der Augenblick. Ich musste nur eine weitere Sekunde überstehen, und noch eine … Irgendwann würde der Schmerz verblassen. Hoffentlich.

Ich konnte förmlich spüren, wie die Nebeltinte aus meinem Inneren sickerte, meine Venen und Adern verließ. Schließlich kam es, wie es immer kommen musste, und das Licht vertrieb die Schatten, die auf meiner Seele lasteten.

»Ist alles in Ordnung mit dir?« Sanft berührte mich Elrics Hand an der Schulter. Ich lehnte mich dagegen und seufzte kurz auf.

»Es geht gleich bestimmt wieder. Ich muss mich nur ein bisschen ausruhen.« Meine Stimme klang wie das Krächzen eines Raben. Ich hatte zu oft im Nebel versucht, um Hilfe zu schreien. Ein Stöhnen entwich mir, bevor ich versuchte, zu schlucken. Meine Zunge war immer noch belegt von dem öligen Geschmack.

»Das ist alles meine Schuld! Es tut mir leid, Alice… Wenn du gestorben wärst, hätte ich mir das nie verzeihen können.« Als ich meinen Blick hob und in seine Augen sah, erkannte ich erst, wie ernst er seine Worte meinte.

»Du kannst doch gar nichts dafür. Ich war diejenige, die den Griff gelöst hat. Du hast das Richtige getan«, erwiderte ich zaghaft. Doch Elric schüttelte entschieden den Kopf.

»Sobald der Nebel dich verschlungen hatte, breitete er sich nicht weiter aus. Ich weiß nicht, wieso.« Der Hutmacher runzelte nachdenklich die Stirn. »Alles, was ich getan habe, war, auf deine Rückkehr zu warten. Und dann habe ich deinen Schrei gehört. Du hast meinen Namen gerufen.« In Elrics Augen spiegelten sich seine Seelenqualen. Er musste sich aufrichtige Sorgen gemacht haben. Um mich. »Ich war ein Feigling. Ich hätte hinterherrennen und dich retten sollen.«

Ich sah ihn entschlossen an, um die Zweifel aus seinen Gedanken zu vertreiben. »Ich habe mich selbst gerettet. Und das ist auch gut so. Sei doch vernünftig. Du solltest dein eigenes Leben nicht für jemanden wie mich riskieren«, erinnerte ich ihn.

»Alice!« Seine Lautstärke stieg rapide an und er musterte mich mit einem entgeisterten Gesichtsausdruck. »Du wärst da drinnen fast gestorben! Verstehst du das nicht?«

Ich glaube, ich verstand inzwischen mehr vom Sterben als er. Ich wäre beinahe ertrunken und nun fast erstickt.

»Wärst du da drinnen wirklich gestorben …« Ich starrte ihn an und wartete gespannt auf die folgenden Worte »… Ich glaube, dann wäre mein Uhrwerk zersprungen.«

Er fasste nach meiner Hand und umschloss sie mit den seinen. Sein Griff war fest und meine eiskalten Glieder nahmen seine Wärme dankend entgegen. Ich lächelte und sah auf unsere ineinander verschlungenen Finger hinab. Für einen Moment standen meine Gedanken still.

Was. Zur. Hölle?

Mein Kiefer klappte vor Entsetzen nach unten, als ich sah, was dieser unheilvolle Nebel mit meinem Körper angestellt hatte.

Jede einzelne Ader, jede sichtbare Vene an meinem Körper war dunkel gefärbt. Mehr als das: Die Finsternis schien geradezu in ihnen zu pulsieren.

Ich schnappte nach Luft, denn ich konnte den Anblick meiner blassen, durchscheinenden Haut und den darunter liegenden schwarzen Lebenslinien nicht ertragen. Es wirkte so, als flösse Tinte durch meinen Körper, als strömte die Essenz der Nacht selbst meine Glieder. Die Adern an meinen Armen marmorierten meine blasse Haut.

Ich war eine schwarz-weiße Version meiner selbst.

Doch nicht nur das. Meine Hände waren blutbesudelt. Die offenen Wunden an meinen Knöcheln waren zum Glück nur noch leicht feucht, allerdings sahen die feinen Linien des angetrockneten Blutes wirklich furchterregend aus. Unter der rostroten Schicht konnte ich eine Schwellung und Blutergüsse ausmachen.

Immerhin war ich am Leben. Mit ein paar Verletzungen würde ich schon irgendwie klarkommen.

Ich konnte den dem Moment, in dem das Adrenalin langsam nachließ, förmlich spüren. Denn in diesem Augenblick setzten die Schmerzen ein.

Elric betrachtete meine Hände ebenso erstarrt wie ich. Sein Kiefer malmte aufeinander und ein steinerner Ausdruck legte sich über seine Augen. Er musste die Verletzungen schon vorher bemerkt haben, besonders meine schwarzen Adern.

Bedauern zeichnete sich in seinen Zügen ab.

Dafür, dass er nichts fühlen durfte, ließ Elric gerade viel zu viele Emotionen zu.

»Ich werde nicht zulassen, dass dir noch einmal etwas zuleide getan wird.« Ich strich ihm bei seinen Worten beruhigend über den Arm.

»Elric …«

»Nein! Ich kann mir das nicht mit ansehen. Wie du leidest, wie du …«

Stirbst. Das war es, was er sagen wollte, doch er tat es nicht. Vermutlich weil dieses eine Wort beinahe zur schrecklichen Wahrheit geworden wäre.

Ich versuchte zu sprechen, doch meine Stimmbänder fühlten sich bei diesem Versuch an, als würde jemand ein glühendes Eisen auf sie pressen. Kein Ton drang hervor.

Was sollte ich bloß sagen?

»Lass uns nicht mehr darüber reden, okay? Ich habe es überstanden. Ich bin hier bei dir. Alles andere zählt nicht«, meinte ich schließlich. Er nickte entschlossen. Sein Daumen malte stetig Kreise auf meine Hand.

Wir starrten eine Weile lang einfach ins Nichts. Jeder hing seinen eigenen Gedanken nach. Die Stille zwischen uns tat gut. Meine Muskeln entspannten sich und die Anspannung, die sich während unseres Gespräches besonders in meinem Nacken bemerkbar gemacht hatte, fiel endlich von mir ab.

Bald pulsierte anstelle der Kälte und Finsternis die neu gewonnene Wärme in meinen Adern und ich konnte förmlich spüren, wie die Schatten nach und nach aus meinem Körper wichen.

»Eine sehr schlaue und manchmal auch etwas vorlaute Katze hat mir einmal erzählt, dass hinter den schönsten Augen die dunkelsten Geheimnisse verborgen liegen«, brach Elric schließlich die Stille und warf mir einen vielsagenden Blick zu. »Ich kann dir zweifelsfrei verkünden, dass ich nie in meinem Leben solch faszinierende Augen wie die deinen gesehen habe.« Er hielt kurz inne, fuhr jedoch hastig fort. »Die Erzählungen von deiner Welt haben mich auf eine Art und Weise berührt und begeistert, die mir Angst macht.« Sein Blick fuhr die Konturen meines Gesichts nach, als würde er sich jedes Detail einprägen wollen. »Ich wünschte wirklich, alles wäre einfacher und ich könnte dich lieben und begehren wie ein normaler Mann. Doch so ist es leider nicht. Ich sehe deine Schönheit, ich sehe deine Einzigartigkeit und ich sehe deine sehnsüchtigen Blicke.« Er zwinkerte mir zu und ich grinste ihn wie eine Idiotin an, weil ich nicht wollte, dass er aufhörte, zu reden. »Doch ich bin gezwungen, meinen Lebensweg allein zu gehen. Ist das nicht eine Tragödie, die es wert wäre, niedergeschrieben zu werden?«

In seinen Augen lag so viel Schmerz, dass ich es nicht mehr ertrug, zu schweigen. Er musste wissen, dass er mit seinen Gefühlen nicht allein war.

»Wir werden mit der Tragik in unserem Herzen bereits geboren«, flüsterte ich entschlossen.

Im nächsten Augenblick hatte ich mich bereits vorgebeugt und Elrics nächste Worte erstickt, indem ich meine Lippen zärtlich auf die seinen legte. Der Kuss dauerte nur kurz an und als ich mich von dem Hutmacher löste, starrte dieser mich entsetzt an.

Keinen Wimpernschlag später beugte er sich jedoch vor, hielt meinen Hinterkopf mit einer Hand fest und grub seine Finger in meine lockigen Haare. Er zog mich näher an sich heran, woraufhin wir in einem weiteren, diesmal intensiveren Kuss versanken.

Die Sanftheit seiner Lippen, der leichte Druck seines Mundes auf meinem und die Wärme seines Atems, der über meine empfindliche Haut strich – all dies beraubte mich meines Verstandes und sorgte dafür, dass ich von Wärme und Licht erfüllt wurde. Auch der letzte Rest der nebulösen Finsternis wurde damit aus meiner Seele verbannt. Mein Universum drehte sich um diesen Mann und ich hatte keinen Zweifel daran, dass auch ich das Zentrum seines Daseins war … Zumindest für diesen Augenblick.

Mein Herz und seine Uhr pochten und tickten im Gleichklang. Wir waren uns noch nie so ähnlich und verschieden zum selben Zeitpunkt gewesen. Er war mein Hoffnungsschimmer, der meine düsteren Zweifel in die Flucht schlug.

Er war mein Retter und ich sein Untergang.

Sein Körper war eng an den meinen gepresst. Zwischen unseren Gesichtern hätte nicht einmal mehr ein Stück Papier gepasst und unsere Augen fixierten sich gegenseitig, während die unbändige Leidenschaft zwischen ihnen elektrisierende Funken sprühte.

Plötzlich senkte Elric seine Lider und zog sich langsam zurück.

Beinahe nebensächlich fasste er mit seiner Hand an die Stelle auf seiner Brust, an der seine innere Uhr tickte. Auch wenn er sich sichtlich darum bemühte, sich keine Schmerzen anmerken zu lassen, so waren die stillen Qualen in seinen Augen eindeutig zu erkennen.

Er schaute mich bittend an und machte eine eindeutige Kopfbewegung, woraufhin ich meinen Blick abwandte. Ich konnte verstehen, dass er sich diesen Moment der Schwäche nicht anmerken lassen wollte.

Ich wich meinen unheilvollen Gedanken aus und bemerkte, dass sich die zuvor tintenschwarzen Adern zurückgezogen hatten und meine Haut beinahe wieder normal aussah. Ein leicht gräulicher Schimmer schien noch immer unter der Oberfläche zu liegen, doch im Vergleich zu dem vorherigen Zustand waren diese Folgen der alles verzehrenden Schatten mehr als erträglich.

Aus dem Augenwinkel bemerkte ich, dass Elric mich nachdenklich betrachtete. Seine Hand verharrte weiterhin an seinem Brustkorb und ich fragte mich verzweifelt, was er gerade dachte.

Ich bekam ernsthafte Zweifel, ob meine Entscheidung, ihn wieder in meine Nähe vordringen zu lassen, nicht doch eine schlechte Idee gewesen war. Die Gefahr, ihn für immer zu verlieren, lauerte zwischen uns und beschattete jede unserer Berührungen, jede noch so kleine Geste und jeden Gedanken an eine mögliche gemeinsame Zukunft.

Was würde mit uns geschehen, sobald Wunderland gerettet war? Unsere Wege würden sich trennen. Jeder würde in seine Heimat zurückkehren und sein altes Leben wie gewohnt fortführen.

Was geschehen würde, wenn unser Plan scheitern und Wunderland in Schutt und Asche liegen würde, bliebe in Rätsel.

Wer würde den finalen Kampf überleben?

Wer siegen?

Konnte Wunderland gerettet werden oder war es bereits zu spät?

Würde ich jemals wieder nach Hause zurückkehren?

Ich schaute hinter mich und konnte in der Ferne den schwarzen Nebel erblicken, der ein ganzes Territorium Wunderlands in tödliche Schatten tauchte und für sich beanspruchte. Die Schwaden schienen sich tatsächlich nicht weiter zu nähern und ich war unendlich froh, dass Elric genügend Abstand zwischen mich und das dunkle Gewölk gebracht hatte.

Als ich mich wieder zum Hutmacher umwandte, sah ich Schweißperlen auf seiner Stirn glitzern und er atmete schwerer. Besorgt fasste ich ihn am Oberarm.

»Ist alles in Ordnung?«, erkundigte ich mich zögernd. Er wich meinen Blicken aus und fokussierte den Wald vor uns.

»Das wird schon … Wir müssen dringend weiter.« Seine Sätze klangen abgehackt, als versuche er, seinen Atem zu sparen. Ich wagte es nicht, ihm zu widersprechen.

Ich schwächelte zwar und fühlte mich nicht sonderlich sicher auf den Beinen, als ich versuchte, ohne Hilfestellung aufzustehen. Doch im Gegensatz zu meiner Nahtoderfahrung begann ich langsam mich wieder wie ein menschliches Wesen zu fühlen.

Als ich daran zurückdachte, wie die letzten Atemzüge langsam aus meiner Lunge entwichen waren und mein Körper bereit dazu gewesen war, meine Seele preiszugeben, zuckte ich unmerklich zusammen.

Einzig und allein der Gedanke an Elric hatte mich vor einem weiteren Delirium bewahrt.

Er war mein letzter Gedanke gewesen, bevor ich meine Augen beinahe für immer geschlossen hatte, und der Erste, den ich erblickt hatte, als ich meine Lider wieder aufgeschlagen hatte und das Leben in meinen Körper zurückgekehrt war.

Ich verdankte ihm alles.

Er hatte das Unmögliche geschafft und mich vor meinem persönlichen Untergang bewahrt.

Nun war es an der Zeit, mein eigenes Versprechen einzuhalten und seine Heimat vor der vollkommenen Zerstörung zu bewahren.

»Dann lass uns gehen«, meinte ich zu ihm, während meine Beine drohten, unter meinem eigenen Gewicht wegzuknicken.

Ich ballte meine Hände so stark zusammen, dass meine Fingernägel Abdrücke in meinen Handflächen hinterließen, die beinahe wie Halbmonde aussahen. Ich musste die Schmerzen, die es mir bereitete, auf eigenen Beinen zu stehen, irgendwie kompensieren.

Allerdings war ich nicht annähernd so gut im Verbergen von Qualen wie Elric, weshalb sich meine Miene in eine schmerzverzerrte Grimasse verwandelte, die für den Hutmacher unübersehbar war.

»Bist du sicher, dass du schon bereit dazu bist?«, hakte er besorgt nach und kaschierte so sein eigenes Unwohlsein. Ich nickte hektisch, um ihm nicht antworten zu müssen.»Du solltest dich wirklich noch ein wenig schonen, du bist gerade erst von den Toten wiederauferstanden.«

Ich presste schließlich doch zwischen zusammengepressten Zähnen eine Antwort hervor: »Wir müssen uns beeilen, falls wir die Herzkönigin aufhalten wollen. Wir haben nicht mehr viel Zeit.« Ich versuchte, so viel Entschlossenheit in meine Stimme zu legen, wie es mir möglich war.

Es war offensichtlich, dass ich nicht in Topform war, doch ich wollte keinen großen Hehl daraus machen und überspielte meine körperlichen Schmerzen.

Als sein Blick den meinen fixierte und ich in einen gold- grünen Strudel verschiedenster Gefühle hinab gezogen wurde, drang seine melodische Stimme trotz allem überdeutlich zu mir hindurch: »Versuch, deine Lügen das nächste Mal wenigstens glaubwürdig klingen zu lassen. Ich kaufe dir nicht ab, dass du allein durch diesen Wald spazieren kannst.«

Doch anstatt mich weiter aufzuziehen, machte Elric ein paar Schritte auf mich zu, nur um mich daraufhin schwungvoll hochzuheben. Ich konnte nicht einmal blinzeln, so schnell fand ich mich in seinen Armen wieder. Von den Schweißperlen auf seiner Stirn und dem schweren Atem abgesehen, war diese Geste überraschend und fürsorglich zugleich.

Hatte er sich etwa so schnell wieder erholt?

Ich bezweifelte es, aber Elric war ein Meister darin, seine wahren Gefühle zu verstecken. Vermutlich überspielte er seine Schwäche gerade einfach.

»Du willst nicht auf mich hören, also müssen wir eben einen Kompromiss finden. Ich hoffe, das ist für dich in Ordnung«, meinte er und schmunzelte mich wissend an.

Er war sich anscheinend sicher, dass seine rührende Fürsorge in Ordnung für mich war, und tatsächlich behielt er in diesem einen Punkt ausnahmsweise einmal recht. Ich lächelte ihn unschuldig an und klimperte einige Male übertrieben mit den Wimpern.

»Und du wirst mich jetzt die ganze Zeit durch die Gegend tragen?«, fragte ich mit zuckersüßer Stimme. Er schnaubte kurz, was eindeutig als Lachen durchging.

»Ich werde dich auf Händen tragen, bis du wieder genug Kraft hast, um selbst zu laufen, und selbst dann werde ich dich auf Rosen betten und dir jeden Wunsch erfüllen, noch bevor er deinen herzförmigen Mund verlassen hat.« Seine Stimme triefte vor Sarkasmus und in seinen Augen tanzte der Schalk.

Wir warteten den Bruchteil einer Sekunde ab und lachten gemeinsam los.

»Hättest du es mir wirklich abgekauft?«, fragte er hoffnungsvoll. Auf seinen Lippen lag ein breites Grinsen.

»Nicht in tausend Leben! Mein Gott, war das schwülstig.« Unser Lachen klingelte in meinen Ohren und ließ die Röte in meine Wangen steigen. Sein Lachen war das wundervollste Geräusch, das ich jemals gehört hatte.

Warum konnte es nicht immer so einfach sein?

»Daran könnte ich mich glatt gewöhnen«, meinte ich, nachdem wir uns beide wieder beruhigt hatten.

Wortwörtlich auf Händen getragen zu werden, hatte tatsächlich seine Reize.

Elric erwiderte mein Lächeln, während die Nachmittagssonne hinter seinem Haupt zwischen den kupfernen Zweigen der Bäume hervor spähte. Sie vertiefte die Schatten in seinem Gesicht und schien das Strahlen seiner Augen zu intensivieren. Er wirkte wie eine Vision, eine Erscheinung, ein lebendig gewordener Traum.

Unsere gegenseitige Zuneigung war gefährlich und tödlich, deshalb war es umso wichtiger, dass wir nichts riskierten und unsere begrenzte Zeit miteinander wertschätzten.

Mir drehte sich jetzt schon der Magen um, wenn ich daran dachte, mich für immer von ihm verabschieden zu müssen und in meine eigene Welt zurückzukehren. Unsere inzwischen zusammengewachsenen Seelen würden brutal auseinandergerissen werden und tiefgreifende Wunden hinterlassen. Ich würde nach dem neuen Zuhause, das ich in seinen Armen und auch in Wunderland gefunden hatte, unvorstellbares Heimweh empfinden.

Dass Elric innerhalb weniger Tage eine solch bedeutende Funktion in meinem Leben ausfüllte, beunruhigte mich zutiefst. Noch nie zuvor hatte ich jemanden so nah an mich herangelassen. Ich wusste nicht, wie ich damit umgehen sollte.

Der Hutmacher deutete mein betretenes Schweigen und flüsterte mir verschwörerisch ins Ohr: »Vergiss niemals, das Herz will immer das erlangen, was es niemals haben kann…«

Hoffnung keimte in meinem Inneren auf, zusammen mit dem Wunsch, ihm trotz aller Widerstände nah sein zu wollen.

Wir waren nichts weiter als zwei Seelen, die ihre gegenseitigen Schattenseiten und Lichtmomente bereits ergründet hatten und nun durch den Willen und den Wunsch zusammengewachsen waren, das uns umgebende Chaos gemeinsam zu überstehen und hoffentlich irgendwann miteinander glücklich zu werden.

14

Der Aufzieher

Elric hatte auf liebevolle Art und Weise angeordnet, dass ich mich noch eine Weile ausruhen sollte, solange er versuchte, Grinser ausfindig zu machen. Nur er kannte den Weg zum Herzen Wunderlands. Ohne ihn konnten wir bloß ziellos umherirren.

Hatte der Nebel ihn womöglich erwischt? Könnte er vielleicht sogar … Nein! An so etwas durfte ich gar nicht erst denken.

Erst nachdem der Hutmacher mehrfach nach der schwebenden Katze gerufen hatte, tauchte sie auf. Sobald das leuchtende Augenpaar und das unverkennbare Grinsen vor uns erschienen, atmete ich erleichtert durch. Die Angst um meinen tierischen Freund, die sich in meinem Hinterkopf festgebissen hatte, löste sich langsam auf.

Hatte der Nebel ihn womöglich erwischt? … Nein! An so etwas durfte ich gar nicht erst denken.

Sobald das leuchtende Augenpaar und das unverkennbare Grinsen vor uns erschienen waren, atmete ich erleichtert durch. Die Angst um meinen tierischen Freund, die sich in meinem Hinterkopf festgebissen hatte, löste sich langsam auf.

»Ich habe versucht, euch zu finden, doch unsere Wege haben sich während der Flucht getrennt.« Das Grinsen begann sich gemächlich auf den Kopf zu drehen.

»Wir dachten schon, dir wäre etwas zugestoßen«, stieß ich unter Anspannung aus und betrachtete das Katzenwesen aufmerksam. Dieses gab jedoch nur ein empörtes Schnauben von sich.

»Ich beherrsche die Macht des Verdunstens und Auflösens. Dieses bisschen Nebel könnte mir niemals etwas anhaben. Auch wenn ich zugeben muss, dass mir die Dunkelheit da drinnen den letzten Nerv geraubt hat.« Elric verdrehte aufgrund dieser Aussage die Augen. Offenbar ging es Grinser blendend, wenn er bereits zu seiner alten Überheblichkeit zurückgekehrt war. »Aber ich muss zugeben, dass ich froh darüber bin, dass es euch beiden gut geht.« Das schwebende Lächeln wurde noch breiter und ich meinte, ein vielsagendes Funkeln in den Augen zu erkennen, während die Katze mich in den Armen des Hutmachers betrachtete.

Elric räusperte sich lautstark, bevor er nach ein paar Sekunden des peinlichen Schweigens wieder das Wort ergriff. »Wir sollten uns beeilen. Kennst du den Weg von hier aus, Grinser?«

»Was ist das denn für eine Frage! Natürlich kenne ich den Weg. Es ist nicht mehr weit. Wir müssen nur in Richtung Süden gehen und ein letztes Waldstück durchqueren. An den Rand des Waldes grenzt bereits der Fuß des Hügels, wo sich das Herz Wunderlands befindet.«

Bei dem Katzenwesen klang alles so wahnsinnig einfach. Ich bezweifelte jedoch, dass es so problemlos ablaufen würde.

Trotz des mulmigen Bauchgefühls, das mich bei Grinsers Worten befiel, setzten wir uns in Bewegung.

Während des kurzen Marsches bis zum besagten Waldstück lehnte ich meinen Kopf gegen Elrics Brust. Mein Ohr war genau auf der Höhe, wo eigentlich sein Herz schlagen sollte. Stattdessen vernahm ich das ungleichmäßige und disharmonische Ticken seiner inneren Uhr.

Ein Schauder lief mir über den Rücken, als ich mir zwangsläufig vorstellen musste, dass ich für diesen unauslöschlichen Makel, diesen lebensgefährlichen Fehler verantwortlich war. Immerhin war ich zweifelsfrei der Auslöser für seine plötzlich auftretenden Gefühle und damit für die langsame, qualvolle Zerstörung seines Uhrwerks.

Noch während ich in einen unruhigen Schlaf sank, konnte ich an nichts weiter denken als daran, dass ich eine wandelnde Naturkatastrophe war. Alles, was ich berührte, verkümmerte unter meinen Fingern, sodass ich Tod und Unheil in meiner gesamten Umgebung verbreitete.

Eigentlich war es ziemlich ironisch, dass ich, die ganz Wunderland ins Chaos gestürzt hatte, die Retterin meiner wiedergefundenen Heimat sein sollte. Ich wollte es zwar nicht offen zugeben, doch ich hatte mich nach und nach mit dieser Welt und ihren Einwohnern angefreundet, hatte gelernt, sie zu verstehen, und so verrückt es auch klang, ich hatte sogar begonnen, sie zu vermissen.

Die Splitterdrachen, die Kristalllibellen, der fluoreszierende Wal – vielleicht nicht unbedingt die Spinne.

Mein Kopf schwankte im Rhythmus von Elrics ruhigem Gang und ich genoss es, ihm für den Augenblick nah zu sein, doch ich durfte mich nicht daran gewöhnen. Schließlich konnte es nicht ewig so zwischen uns weitergehen. Wir beide kannten die Wahrheit und mussten uns ihr früher oder später stellen. Unsere Liebe hatte keine Zukunft, egal ob er das akzeptieren wollte oder nicht. Doch hier und jetzt wollte ich seinen tickenden Herzschlag unter meinen Händen spüren und ihm so lange in die Augen blicken, bis die Welt um uns herum bloß noch aus Schemen und wilden Strudeln aus Licht und Schatten bestand, in denen weder Zeit noch Raum existierten.

Wir schwirrten in unserer ganz eigenen Galaxie, in der Liebe keine Opfer forderte.

Ich seufzte schwer und kuschelte mich enger an Elrics dunkelroten Anzug an, sodass der samtige Stoff beruhigend über meine Wange strich. Es fühlte sich ein bisschen wie das weiche Fell einer Katze an und kitzelte an meiner Nase.

Plötzlich verharrte der Hutmacher inmitten seiner Bewegung, weswegen ich mich nach wenigen Sekunden gezwungen sah, zu überprüfen, was der Grund war.

Möglicherweise war ich ihm zu schwer geworden und er wollte, dass ich auf meinen eigenen zwei Beinen weiterlief.

Inzwischen fühlte ich mich gestärkt genug, um selbstständig stehen zu können, ohne fremde Hilfe in Anspruch nehmen zu müssen.

Ich schlug flatternd meine Lider auf und hob meinen Blick von Elrics weißem Hemd, das sich eng um seinen Oberkörper straffte. An einigen Stellen war der Stoff aufgerissen und offenbarte die darunterliegende Haut.

Vorsichtig ließ der Hutmacher mich zu Boden gleiten, woraufhin er mir ersatzweise seinen linken Arm anbot, sodass ich mich immer noch bei ihm einhaken konnte, falls ich schwächeln sollte.

Glücklicherweise hatte mir die kurze Verschnaufpause in seinen Armen erstaunlich gutgetan, weswegen ich dankend ablehnte.

Auf seiner Stirn glitzerten noch immer Schweißperlen und sein Atem ging ungewohnt schwer.

Oder lag sein Schwächeanfall vielleicht auch an seinem Uhrwerk?

Kaum wollte ich die Frage aussprechen, vernahm ich ein Knistern und gleich darauf ein Knirschen. Sofort erstarrte ich. Ich schlug meine Hände vor dem Mund zusammen, um nicht zu schreien.

Dieses Mal erwartete uns überraschenderweise keine lebensbedrohliche Katastrophe oder eine Plage biblischen Ausmaßes. Nein. Der Anblick, der mich derartig in Schrecken versetzte, war der des altbekannten Kupferwaldes vor uns.

Jeder einzelne Baum, jede darin baumelnde Uhr, jedes metallische Blatt, jeder Ast und selbst die Wurzeln, die sich stellenweise in den schwarz-weißen Boden hineinbohrten, waren vollkommen verrostet. Es wirkte so, als läge über der sonst bronzefarbenen Rinde mit den Gravuren eine dunkelbraune, langsam abblätternde Schichtaus Dreck, die das Gesamtbild des Waldes verschandelte.

Die Schönheit, der Zauber Wunderlands, wurde durch seinen unaufhaltsamen Zerfall beschmutzt. Und es gab rein gar nichts, was ich dagegen unternehmen konnte.

Der fortgeschrittene Prozess des Rostens hatte garantiert einen irreparablen Schaden innerhalb der Flora und Fauna meiner Heimat hinterlassen.

Moment mal … Hatte ich das Wunderland gerade tatsächlich ›meine Heimat‹ genannt? Das war mir zwar unbewusst so herausgerutscht, aber vielleicht war tatsächlich etwas Wahres dran… Egal, damit würde ich mich später befassen müssen.

»Das kann nicht wahr sein«, wisperte ich und eine leichte Brise wehte mir durch die Haare, weshalb meine Sicht auf die verrosteten Kupferbäume kurzzeitig verschleiert wurde.

»Alice«, setzte Elric an, doch ich wollte seine tröstenden Worte nicht hören. Es war ganz allein meine Schuld, egal wie oft er mir beteuerte, dass ich absolut nichts gegen dieses Schicksal hätte unternehmen können.

Es deprimierte mich auf eine tiefgreifende, alles verändernde Art und Weise, wie das Land, meine neue Heimat, um mich herum zu erlöschen schien und das Leben langsam, aber sicher aus ihr entwich.

Ich beugte mich zu einer der Baumwurzeln hinab. Um sie herum wuchsen winzige Blumen und Pflanzen, die ebenfalls mit einer Schicht aus Rost überzogen wurden. Ich pflückte eine der Blumen ab und drehte sie vor meinem Gesicht hin und her. Die hauchzarten Metallblüten zerrissen in der Luft und zerfielen kurz darauf zu Roststaub. Der dünne Stängel brach schließlich in meiner Hand, sodass das Gewächs auf dem Boden aufschlug und in seine Einzelteile zersplitterte. Ich wich entsetzt zurück, bis ich Elrics Hand auf meiner Schulter spürte.

»Ich will es nicht hören«, unterbrach ich ihn, noch bevor er zu einer optimistischen Ansprache ansetzen konnte. Er klappte seinen Mund kommentarlos wieder zu und gab sich damit zufrieden, mich bloß verständnisvoll von der Seite zu mustern.

»Wir müssen nur noch dieses Waldstück durchqueren, dann sind wir am Fuße des Hügels angelangt, auf dem sich das Herz Wunderlands befindet. Denkst du, du stehst das durch?«, fragte er.

Mich wunderte es, wie unbeeindruckt Elric von dem Anblick des Waldes zu sein schien. Er war zwar stehengeblieben und hatte alles mit großen Augen gemustert, doch kein Wort des Bedauerns oder der Trauer kam über seine Lippen. Als hätte er sich bereits an die Zerstörung und Verwüstung seines Landes gewöhnt, sich schließlich damit arrangiert.

So weit hätte es nie kommen dürfen …

»Habe ich denn eine Wahl?«, murrte ich und warf ihm einen vielsagenden Blick zu. Ich würde alles für Wunderland tun, für meine Mutter, die Herzkönigin … *Und auch für ihn.*

Mit diesem Entschluss im Kopf wagte ich den ersten Schritt und betrat das verendende Waldstück.

Elric blieb mir dicht auf den Fersen und schob sich leichtfüßig an den Baumstämmen vorbei. Mir fiel der Gang zwischen den leichenhaften Baumreihen hindurch deutlich schwerer als ihm. Wahrscheinlich lag das vor allem daran, dass ich penibel darauf achtete, bloß nichts zu berühren.

Stieß ich dennoch gegen einen Ast, eine Wurzel, oder streifte bloß ein Blatt, so zerfiel dieses schlagartig in feinen, rostigen Staub, der zu Boden rieselte oder vom Wind davongetragen wurde.

Wir gingen schweigend voran, während ich stets darauf bedacht war, bloß nicht zur Seite zu blicken, sondern meine Aufmerksamkeit lediglich auf den schmalen Pfad vor meinen Füßen zu lenken. Ich zuckte bei jedem Rascheln, jedem Knistern zusammen und versuchte hartnäckig, den Gedanken aus meinem Kopf zu verbannen, dass wir uns durch einen sterbenden Wald voller verlorener Leben bewegten.

Ich fiel in eine Art Paralyse und blendete alles um mich herum aus, als würde ich mich in einem seltsamen Zustand der Ohnmacht befinden, obwohl ich offensichtlich wach war und um mich herum alles geradezu überdeutlich wahrnahm. Meine Sensibilität für die Welt um uns herum hatte ihr Höchstmaß erreicht und brachte meinen Kopf ziemlich sicher bald zum Explodieren.

»Alice! Pass auf!« Elrics Stimme riss mich aus meinem komatösen Zustand, sodass ich erschrocken hochfuhr und mich hektisch umblickte. Ich hielt Ausschau nach drohenden Gefahren. In diesem Moment umfasste er von hinten meine Hüfte und zog mich ruckartig zurück … Keinen Augenblick zu spät.

Nur wenige Sekundenbruchteile nachdem mich Elric in Sicherheit gebracht hatte, landete der breite Stamm eines von Rost zerfressenen Baumes an genau der Stelle, an der ich bis vor Kurzem noch gestanden hatte. Die Blätter und Äste raschelten. Einige zerfielen zu feinem Staub und bildeten eine rotbraune Wolke vor uns, die den Pfad in ihren giftigen Nebel einhüllte, bevor die mikroskopisch kleinen Partikel sich auf dem Boden absetzten und eine leichtere Sicht ermöglichten.

Geschockt verharrte ich an Ort und Stelle. Der leichte Druck von Elrics starken Händen auf meiner Hüfte wirkte beruhigend auf mich und sorgte dafür, dass ich mich schließlich traute, ihm direkt in die Augen zu sehen.

»Danke«, flüsterte ich betreten. Ich hätte diese gefährliche Situation selbst erkennen und einschätzen können. Allerdings war ich vollkommen mit meinem Selbstmitleid beschäftigt gewesen.

Elric zog eine Augenbraue in die Höhe und deutete mir mit einer fordernden Handgeste an, dass er offensichtlich noch mehr erwartete. Ich verdrehte die Augen und freute mich innerlich dennoch, dass wir wieder zu unseren üblichen Blödeleien zurückgekehrt waren. Ich hatte sie irgendwie vermisst.

»Na ja, du weißt schon … Du hast mein Leben gerettet und so weiter und so fort.« Meine Augen blitzten ihn amüsiert an.

»Es war mir wie immer eine Ehre«, erwiderte er mit einem triumphierenden Lächeln und verbeugte sich wie ein wahrer Gentleman vor mir. Ich schaute nervös zu Boden und spürte, wie das Blut in mein Gesicht rauschte.

»Ist alles in Ordnung mit dir?«, fragte er dann, ernster als jemals zuvor.

Ich atmete tief durch, bevor ich ihm Rede und Antwort stand. »Diese grausamen Katastrophen. Zuerst das zerstörte Uhrwerk, dann der Graben, der ganz Wunderland entzwei geteilt hat. Gefolgt von diesem alles einnehmenden Schattennebel. Und nun das hier. Ich weiß, du findest es idiotisch, dass ich mir allein die Schuld daran gebe, doch so ist es nun mal. Ich habe das Uhrwerk zwar ungewollt in die Luft gesprengt, doch das ändert nichts daran, dass die Welt ihre natürliche Ordnung verloren hat und nun Wunderland verrückt spielt … Wegen mir.«

Elric trat so nah an mich heran, dass sich unsere Fußspitzen sacht berührten. Er hob mit seiner Hand leicht mein Kinn an, sodass ich nicht anders konnte, als direkt in seine vor Leben sprühenden Augen zu schauen.

Die Wärme und Zuneigung, die in seinem Blick strahlten, ließen mein Herz wie eine zweite Sonne aufgehen.

»Alice, ich glaube, du verlierst den Verstand. Jeder Kampf fordert seine Opfer und hätten wir nicht nach den Schlüsseln gesucht, so wären wir jetzt vollkommen machtlos gegenüber der Herzkönigin.«

Seine Worte riefen ein winziges Lächeln auf meinen Lippen hervor, bevor schließlich doch die Zweifel überwogen.

»Aber uns fehlen noch immer zwei Schlüssel. Wir sind also noch immer genauso unvorbereitet wie zuvor.«

Elric schnalzte bei meiner Aussage entrüstet mit der Zunge und starrte mich tadelnd an.

»Grinser weiß, was er sagt. Wenn er der Überzeugung ist, dass jetzt der richtige Moment gekommen ist, um das Herz aufzusuchen, dann ist dem so. Keine Widerworte, keine Zweifel. Außerdem bist du mächtiger, als du denkst, Alice. Vertrau auf dich selbst und du wirst wissen, was zu tun ist, wenn es soweit ist.«

Seine beruhigenden Worte waren wie Balsam für meine geschundene Seele. Ich erkämpfte mir mein Lächeln zurück und pikste ihn in die Seite. »Du bist absolut wahnsinnig, weißt du das?«

Er umfasste meine Taille und zog mich näher zu sich heran, woraufhin seine Lippen sanft über die meinen strichen, als wäre er nichts weiter als ein verführerischer Lufthauch.

»Wenn du mit wahnsinnig unter anderem *wahnsinnig* talentiert, *wahnsinnig* attraktiv und *wahnsinnig* unwiderstehlich meinst, dann stimme ich dir voll und ganz zu.«

Ich widersprach ihm nicht, sondern blickte ihm direkt in die schelmisch aufblitzenden Augen. Dieses Mal gelang es ihm allerdings nicht, mich mit seinem Humor anzustecken.

»Elric, habe ich bereits den Verstand verloren?«

»Wenn dem nicht so wäre, wäre es doch unglaublich langweilig hier, denkst du nicht?« Er richtete liebevoll den Hut auf meinem Kopf zurecht und sah mich dann eindringlich an. »Ich werde nicht zulassen, dass dir jemals ein Leid zugefügt wird. Das schwöre ich dir hiermit beim Ticken meiner nicht mehr ganz funktionstüchtigen inneren Uhr.«

Mit jedem Wort näherte sich sein Mund dem meinen, sodass Elric seinen Schwur schließlich mit einem sanften Kuss besiegelte, der meine Seele beflügelte. Er hinterließ auf meinen Lippen den süßen Geschmack nach Versprechungen und Hoffnung.

Wir durchquerten den Wald ohne weitere schwerwiegende Zwischenfälle, weswegen wir nach ungefähr einer Stunde erleichtert die abgestorbene Umgebung hinter uns ließen. Inzwischen ging die Sonne bereits unter. Der Abend kündigte sich an und eine laue Brise wehte mir um die Ohren. Ich begann zu frösteln und rieb mit den Händen an meinen Oberarmen auf und ab, um mich warm zu halten.

»Ist dir etwa kalt?«

Ich starrte ihn mit zusammengekniffenen Augen an.»Ich habe irgendwie vergessen, meine Jacke mitzunehmen, bevor ich in das Kaninchenloch gestürzt bin. Kannst du dir das vorstellen?«

Elric lachte leise auf, wobei ihm seine schwarzen Locken in die Stirn fielen. »Hier, nimm meine«, meinte er und streifte elegant sein dunkelrotes Jackett von den Schultern.

Ich versuchte, ihn aufzuhalten und mich aus der Situation rauszureden, da mir seine zuvorkommende Geste mit einem Mal ein wenig peinlich war, doch keine Sekunde später war ich bereits von seiner samtigen Jacke umgeben, die mir in etwa zehn Nummern zu groß war.

»So, jetzt ist es besser.«

Ich erwiderte sein strahlendes Lächeln und brachte kein einziges Wort heraus, weshalb ich ihm lediglich zunickte. Daraufhin wandte er sich von mir ab und begann erneut, mich durch die Karpaten Wunderlands zu führen, während ich mich in den weichen Stoff kuschelte. Von innen war die Jacke mit einem seidigen Material gefüttert, das sich angenehm an meine Haut schmiegte.

Ich hatte gar nicht erst versucht, meine Arme in die scheinbar endlos langen Ärmel zu stecken. Stattdessen ließ ich sie locker unter der offenen Jacke schlenkern, sodass diese nur auf meinen Schultern ruhte.

»Wir sind bald da«, meinte Elric unvermittelt und ich spürte, wie mein Herz zu rasen begann.

Bald war es soweit.

Ich würde endlich meine Mutter treffen. Die Frau, die ich mein ganzes Leben lang totgeglaubt hatte. Und nun hatte sich nicht nur herausgestellt, dass sie als Königin über ein fremdes Land herrschte, sondern auch, dass sie diesen Ort zerstören wollte, um zu ihrer irdischen Welt zurückzukehren. Um zu mir und meinem Vater zurückzukehren. Zu den Menschen, die sie trotz ihres tickenden Herzens über alles liebte.

So richtig hatte ich das alles immer noch nicht begriffen. Ich konnte es einfach nicht glauben. Und dennoch wollte ich nach all der Zeit nichts sehnlicher, als meine Mutter in die Arme zu schließen.

Dieser Gedanke raubte mir den Atem und ließ meine Beine wackelig werden. Langsam begann ich zu realisieren, dass das Aufeinandertreffen mit meiner Mutter nicht länger ein Traum war, sondern endlich zur Realität werden würde.

»Könnten wir vorher … noch eine kleine Pause einlegen?«, fragte ich vorsichtig. Elric zuckte unentschlossen mit den Schultern und ließ sich einige Meter weiter erschöpft auf einer riesigen Baumwurzel nieder, die zum Glück keine Anzeichen von Rost oder Verfall aufwies.

Ich setzte mich zu ihm und bemerkte erneut, wie schwer der Hutmacher atmete. Als würde eine tonnenschwere Kraft auf seinen Brustkorb einwirken, sodass er nur spärlich und schwer Luft holen konnte. Sein Gesicht war an den Wangen eingefallen und tiefe Schatten lagen in seinen Augenhöhlen. Ein dünner Schweißfilm schimmerte auf seiner Stirn und machte seine Erschöpfung deutlich.

Ich schluckte schwer und griff nach Elrics Hand, die er erleichtert drückte. Sein Zustand hatte sich rapide verschlechtert. Ich war mir sicher, dass das Ticken seiner inneren Uhr nun noch disharmonischer sein musste als jemals zuvor. Angst breitete sich in meinem Inneren aus und verdichtete sich zu einem schmerzhaften Knoten in meinem Magen.

Es war eindeutig die Furcht, ihn für immer zu verlieren.

»Was tut ihr denn da?« Zwei blaue Pupillen erstrahlten mitten in der Luft vor uns und fixierten uns voller Argwohn.

»Wir machen nur kurz Rast, damit wir stark genug sind, um eine Chance bei der Konfrontation mit der Herzkönigin zu haben«, erwiderte Elric fast schon gelangweilt, als gehöre diese Art der Auseinandersetzung mit Grinser zu seinem Alltag.

Nun wurde der ganze Kopf der schwebenden Katze sichtbar. Ich stellte beängstigt fest, dass dies einer der seltenen Momente war, in denen Grinser kein überbreites metallisches Lächeln zur Schau stellte.

Die Situation war anscheinend mehr als ernst.

Der mechanische Blick der Katze fokussierte unsere ineinander verschlungenen Hände und wanderte dann zu meinen Augen hinauf.

»Wie konntest du nur, Alice? Ich habe dich gewarnt, dass das passieren würde! Sieh ihn dir an! Er ist bloß noch ein Schatten seiner selbst!« Der gekränkte Unterton in der vor Wut vibrierenden Stimme Grinsers ließ mich ungewollt zusammenzucken. Sofort fuhr Elric hoch, damit er sich auf Augenhöhe mit seinem mechanischen Freund befand.

»Es ist nicht allein ihre Wahl gewesen. Ich selbst habe mich dafür entschieden, an ihrer Seite zu bleiben!« Seine Worte ließen mich überrascht aufhorchen. »Mir ist bewusst, was das für Folgen für mich haben könnte, doch ich bin nicht bereit, ein emotionsloses, immer gleiches und freudloses Dasein zu führen, nur weil ich dadurch nichts riskieren würde. Ich bin nicht der, den meine Vergangenheit geformt hat! Ich bin das, was ich entschieden habe, zu sein. Und ich bereue keine meiner bisherigen Entscheidungen.«

Sprachlos starrte ich Elric an. Er hatte den Mut aufgebracht, über alle Grenzen seiner Existenz hinwegzugehen, nur um seinen wahren Gefühlen, die an sich schon ein Ding der Unmöglichkeit waren, treu zu bleiben.

Nur für mich.

Stolz schwoll in mir an und ich stellte mich aufrecht neben Elric, ergriff seine Hand. Ich blickte Grinser voll Zuversicht an, sodass er erkennen musste, dass auch ich zu meinen Entscheidungen und dem Hutmacher stand.

Die schwebende Katze schien die Kontrolle über ihre Auflösungskünste verloren zu haben, da es sie nicht weiter scherte, dass sie vollkommen sichtbar für uns war.

Sofort fiel mein Blick auf den stetig rotierenden Aufziehschlüssel auf seinem Rücken, der mir bereits bei meinem Flug zum Uhrwerk aufgefallen war. Ich hatte damals gebetet, dass meine Vermutung falsch war und ich mich irrte, doch natürlich hatte alles Beten nichts genützt.

Auf dem Rücken der Katze drehte sich weiterhin einer der Schlüssel zum Herzen Wunderlands.

Ich erkannte ihn an den vielfältigen Verzierungen und dem kleinen schwarzen Edelstein in der Form eines Pik.

Elric schien meinen bestürzten Zustand schnell zu bemerken, weshalb er meinem Blick folgte. Als auch er den sich stetig im Kreis drehenden Schlüssel erkannte, riss er überrascht die Augen auf und starrte daraufhin Grinser an.

Seine Reaktion verriet mir, dass er offenbar nie daran gedacht hatte, dass der Aufzieher auf Grinsers Rücken einer der Schlüssel zum Herzen Wunderlands sein könnte.

Wahrscheinlich hatte er ihn stets für ganz normal gehalten und ihm keine besondere Aufmerksamkeit geschenkt. Immerhin kannte er ihn schon eine lange Zeit. Hatte Grinser ihm nie etwas erzählt? Oder hatte er bis vor Kurzem gar nichts von den Schlüsseln gewusst?

Das Katzenwesen behielt zu meinem Erstaunen einen gelassenen Gesichtsausdruck bei. »Seid ihr nun endlich hinter des Rätsels Lösung gekommen?«, fragte es fast schon teilnahmslos.

Verwirrung übermannte mich und nahm mir kurzzeitig die Fähigkeit, zu sprechen. Zu unrealistisch wirkte das Ganze auf mich.

»Du weißt von dem Schlüssel auf deinem…?«, fragte ich, als ich meine Stimme schließlich wiedererlangt hatte. Ich deutete mit dem Zeigefinger auf den Aufzieher, der in Grinsers Rückgrat steckte.

»Natürlich, dummes Menschenkind! Ich trage ihn seit meiner Geburt bei mir, genauer gesagt seit der Entstehung Wunderlands.« Er machte eine bedeutsame Pause, in der ich versuchte, meine Gedanken zu ordnen und aus dieser Situation schlau zu werden.

Seit der Entstehung Wunderlands?

Grinser schien so etwas wie ein Urgestein Wunderlands zu sein. Jemand, der von Anbeginn der Zeit mit dabei gewesen war und das Wachstum, die Entstehung und schließlich den Zerfall seiner Welt miterleben würde.

»Als Schlüsselhüter selbst wusste ich, wo sich die anderen Schlüssel befanden. So natürlich auch meiner. Nichts auf deiner Reise geschah ohne Grund, Alice. Allerdings ist meine Aufgabe hiermit getan. Ich gehe bis zu diesem Punkt und nicht weiter.«

Sobald mir klar wurde, dass wir den Schlüssel brauchten, der das Katzenwesen antrieb, überkam mich Entsetzen.

»Was bedeutet das?«

Grinser schüttelte langsam und mit starren Gliedern den Kopf.

»Was wird passieren, wenn der Schlüssel entfernt wird?« Meine Lippen zitterten, während ich diese Frage stellte, da ich jetzt schon enorme Angst vor der Antwort verspürte. Auch Elric sah seinen alten Freund hoffnungsvoll an, als würde er in den nächsten Augenblicken mit einem Wunder rechnen.

Die schwebende Katze ließ ihren Blick zwischen dem Hutmacher und mir hin und her schweifen, bevor sie mir schließlich in die Augen und damit direkt in die Seele sah.

»Mein Antrieb wird fehlen, meine Mechanik wird versagen und ich werde funktionslos sein. Tot.«

Ich wünschte, ich hätte diese Worte nie gehört.

Ich wünschte, ich hätte meine Frage nie gestellt.

Ich wünschte, ich hätte nie entdeckt, was Grinsers Lebensquelle war.

Elric begann, energisch mit dem Kopf zu schütteln. »Das werde ich nicht zulassen! Du bist mein Freund. Um genau zu sein, der einzige in dieser verkorksten Welt. Ich werde nicht tatenlos dabei zusehen, wie auch du mich verlässt.«

Ich wusste genau, woran er in diesem Augenblick dachte. Er war bereits im Begriff, seine gesamte Heimat zu verlieren. Nun wollte er nicht auch noch das Opfer in Form seines einzigen Freundes erbringen.

»Du wirst ja auch nicht derjenige sein, der meine Mechanik zum Verstummen bringt«, erklärte Grinser daraufhin mit einem gleichmütigen Ausdruck im Gesicht, während er sich wieder mir zuwandte. »Sondern sie.«

Elric erstarrte mitten in der Bewegung, ebenso wie ich.

Wie bitte?

»Niemand von uns beiden ist dazu in der Lage, Grinser!« Ich versuchte mit bebender Stimme, ihn zu überzeugen. Doch die schwebende Katze schüttelte ununterbrochen mit dem Kopf, als würde sie meine Worte, die endgültige Wahrheit, aus ihrem Kopf verbannen wollen.

»Ihr habt keine Wahl. Und ihr werdet beide erkennen, dass ihr dazu fähig seid, Großes zu vollbringen, wenn ihr es tun müsst. Nur werde ich zu dem Zeitpunkt nicht mehr existieren.«

Ich setzte erneut an, der vorlauten Katze zu widersprechen. Stattdessen konnte ich jedoch nur hektisch nach Luft schnappen, um meine aufkommenden Tränen zu unterdrücken.

»Ich habe so lange gelebt, Mädchen. Ich werde glücklich sein, wenn ich euch mit meinem Tod noch einen letzten Dienst erweisen kann. Nur will ich meinen Jungen nicht damit belasten… Du hingegen schuldest mir einen Gefallen, Menschenkind.«

Ich starrte Grinser entsetzt an und die blau schimmernden Pupillen blickten erbarmungslos zurück. »Ich habe dich damals zum Hutmacher geführt und dich nach Hause gebracht. Nun ist es deine Aufgabe, meinen Wunsch zu erfüllen.«

»Du hast mich nicht nach Hause gebracht«, entgegnete ich ihm, der mich mit einem wissenden Grinsen beglückte.

»Bist du dir sicher, Alice?« Die schwebende Katze rotierte um ihre eigene Achse. »Ein Teil von dir gehört hierher, zu Wunderland, und das weißt du ebenso gut wie ich.«

Ich schluckte schwer bei seinen Worten, da meine wahre Herkunft wohl kaum zu verleugnen war und ich mir langsam eingestand, dass diese Welt tatsächlich wie eine zweite, wiedergefundene Heimat für mich war. Die schwebende Katze hatte nicht gelogen. Ich war tatsächlich zu Hause angelangt.

»Tu mir das nicht an!« Elric ging plötzlich dazwischen. Er hatte sich bis jetzt eher bedeckt gehalten, doch in seiner angespannten Miene und den vor Trauer und Wut sprühenden Augen war eindeutig seine Furcht vor dem Bevorstehenden abzulesen.

»Gibt es wirklich keinen anderen Weg? Einen Ersatz für den Schlüssel, damit du …«, keuchte ich und Tränen verschleierten meine Sicht.

»Nein. Nein, den gibt es nicht«, meinte Grinser und klang dabei seltsam tonlos, beinahe melancholisch. Als hätte er bereits mit seinem Schicksal abgeschlossen.

»Ich hätte mehr von dir erwartet, du elender Feigling! Ich fasse es nicht, dass du uns einfach so verlassen willst! Wir brauchen dich, stimmt' s, Alice?« Elrics Wutausbruch weckte mich auf. Ich nahm meine

Umgebung viel sensibler wahr. Den in der Luft umher peitschenden Schwanz Grinsers, sein metallisches Grinsen, den sich rotierenden und dabei leise klickenden Schlüssel in seinem Rücken und die beiden erwartungsvoll auf mich gerichteten Augenpaare.

Um ehrlich zu sein, wusste ich die Antwort auf seine nach Zustimmung lechzende Frage nicht.

Ich wusste nicht, was richtig war, und erst recht wusste ich nicht, ob ich das Ganze ohne Grinser durchstehen würde.

Ich blickte zu Elric auf und pure Verzweiflung lag in seinem ebenso wie in meinem Blick. Es war eindeutig, dass er erwartete, dass ich ihm zur Seite stehen und seine Meinung teilen würde. Doch ich war mir nicht sicher, ob dies nicht doch die falsche Entscheidung sein könnte.

Wir brauchten den Schlüssel, Grinsers Aufzieher, um Wunderland zu retten. Es stand so viel auf dem Spiel. So viele Opfer waren bereits gebracht worden. Und dennoch konnte ich nicht vorhersehen, ob es mit diesem hier getan sein würde.

»Ich weiß es nicht.« Meine Stimme war nichts weiter als ein heiseres Flüstern, herausgepresst zwischen heiß auf meinen Wangen brennenden Tränen und einem markerschütternden Schluchzer.

»Könnt ihr denn nicht erahnen, was für weitreichende Folgen eure voreilige Entscheidung haben wird? Die Existenz von ganz Wunderland könnte damit aufs Spiel gesetzt werden! Und wenn es unsere Welt nicht mehr gibt, wird es euch ebenso wie mich nicht mehr geben.« Grinsers Stimme wurde scharf. »Das Herz ist nicht mehr weit entfernt, folgt einfach dem Pfad. Ihr müsst den letzten Schlüssel finden! Er befindet sich bei …«

Der Moment, in dem Elric die Fassung verlor, brannte sich für alle Ewigkeit in mein Gedächtnis ein. Ein unmenschlicher Schrei ertönte, als würde seine Seele zerrissen werden und seine mentalen Schmerzen ihn in den Wahnsinn treiben. Seine Augen wurden trüb, als würde sich ein grauer Schleier über die Farben seiner Iriden legen. Sobald er verstummte, legte sich ein bis zur Unkenntlichkeit verzerrtes Lächeln auf sein Gesicht.

»Ich werde das nicht zulassen! Wenn jemand dir das Leben nimmt … d-dann werde ich das sein!« Elric sprach seltsam abgehackt und mit einem düsteren Unterton in der rauen Stimme.

Was zum Teufel meinte er damit?
Er wollte doch nicht etwa …

Ich versuchte gerade, zu ergründen, was es mit seinen Worten auf sich hatte, als der Hutmacher sich bereits auf seinen früheren Gefährten stürzte. Er krallte sich mit beiden Händen an den schwarzen Körper und schmetterte diesen mit voller Wucht auf den Boden. Das Geräusch des splitternden Katzenkörpers dröhnte in meinen Ohren, ebenso wie die Sätze, die Elric soeben von sich gegeben hatte. Als ich zu begreifen begann, was vor sich ging, schien es bereits zu spät zu sein.

»Elric! Hör auf!« Ich sprintete nach vorn und rammte den Hutmacher mit all meiner Kraft gegen die Schulter, weswegen er zur Seite taumelte und Grinsers entstellten Körper freigab.

Ich schlug schwer schluchzend die Hände vor den Mund.

Eine Körperhälfte war von unzähligen feinen Rissen überzogen, sodass das Gehäuse vollkommen demoliert zu sein schien. Teilweise war das aus goldenen Zahnrädern, Schrauben und Muttern bestehende Innere durch die schwarze Karbonhülle zu sehen. Die feine Mechanik bewegte sich nur noch stockend und langsam fort. Ich hob Grinser vorsichtig auf die Arme und wiegte ihn sanft hin und her. Sein Schwanz aus Zahnrädern zerfiel in seine Einzelteile und kullerte zu Boden. Seine zuvor blau strahlenden Augen schienen nun gedimmt zu sein, als wäre er nur noch halb bei Bewusstsein.

»Grinser? Kannst du mich hören?«, wisperte ich ihm zu, während eine Träne von meiner Nase tropfte und auf seiner glatten Stirn landete.

Bei meinen Worten verzog sich sein Mund zu einem leichten Grinsen und ich schwor mir bei meinem schlagenden Herzen, dass ich diesen Augenblick ewig in meiner Erinnerung bewahren würde.

»Das ist noch nicht das Ende.«

Seine letzten Worte, bevor das Licht hinter seinen blauen Pupillen vollkommen erlosch und jegliches Leben aus ihm wich. Seine innere Mechanik kam zum Stehen und ich konnte nichts weiter tun, als zuzusehen.

Meine unaufhaltsamen Tränenströme ergossen sich auf dem kleinen zersplitterten Körper und umhüllten ihn mit meiner bodenlosen Trauer.

15

Der Verstand weilt nur kurzfristig unter den Verruckten

Ich weigerte mich, Grinsers leblosen Körper loszulassen, weswegen ich ihn immer noch in meinen Armen hielt, als würde er bloß in einen ewigen dunklen Schlaf gewiegt werden.

Als ich es schließlich wagte, Elric gegenüberzutreten, erkannte ich schnell, dass seine Augen nicht mehr getrübt zu sein schienen. Der Hutmacher musterte mich mit inzwischen geklärtem Blick, der von meinem entsetzten Gesicht zu dem zusammengerollten Bündel in meinen Armen wanderte. Er erstarrte, betrachtete seine erhobenen zitternden Hände und schien nicht glauben zu können, was er gerade getan hatte.

Er streckte seine Hand nach Grinser aus und ich trat sofort einen Schritt zurück, um die Katze aus seiner Reichweite zu schaffen.

»Fass ihn bloß nicht an«, knurrte ich, die Tränen rannen in reißenden Fluten aus meinen Augen. Elrics Hand verharrte in der Luft und begann unmittelbar zu beben, als würde er von seinen schlimmsten Befürchtungen durchgerüttelt werden. »Wieso hast du das getan?«, wisperte ich. Das Unverständnis war zweifellos in mein Gesicht geschrieben.

»Ich war das nicht … Du musst mir glauben!« Seine Stimme schwoll an, dröhnte in meinen Ohren und brachte mit der Wucht seiner Worte beinahe mein Trommelfell zum Platzen.

»Ich habe selbst gesehen, wie du ihn aus der Luft gerissen und zu Boden geschmettert hast!«, warf ich ihm vor, während ich von Trauer ergriffen auf den verstummten Freund in meinen Armen blickte.

»Das kann nicht sein …« Elric raufte sich die Haare, sodass sie wild zu Berge standen. Ein Ausdruck des Verstehens huschte über sein Gesicht. »Alice, hör mir zu! Das hier ist überlebenswichtig für dich.« Er fuhr sich mit der Hand durchs Gesicht und versuchte sichtlich, nicht vollkommen durchzudrehen.

Es schien tatsächlich so, als würde er sich nicht an seine Tat erinnern können.

»Erinnerst du dich an meine Aussetzer, sobald wir uns näher kamen?« Natürlich tat ich das. »Das waren Vorboten meines Zerfalls. Ich hatte offenbar gerade … einen Anfall. Einen starken. Es werden noch weitere folgen, viel mehr und in viel kürzeren Zeitperioden. Ich weiß nicht, wann oder wie es passieren wird, doch ich werde den Verstand verlieren, ich werde dem Wahnsinn verfallen und ich bin bereits jetzt eine tickende Zeitbombe … Wortwörtlich.«

Nein, nein … Das war unmöglich!

»Du musst mir versprechen, dass du gegen mich angehen wirst, falls ich dich angreifen sollte. Du wirst mich daran hindern müssen, mehr Schaden anzurichten, als ich es sowieso schon getan habe.« Einen Moment lang hielt er inne. »Töte mich, wenn es sein muss.«

Beinahe wäre mir Grinsers Körper durch die Arme geglitten, so sehr nahmen mich Elrics Worte mit. Die Endgültigkeit seiner Worte versetzte mich in einen Schock.

Die Vernunft eingebüßt,
dem Wahnsinn verfallen,
für immer verloren.

»Der Verstand weilt nur kurzfristig unter den Verrückten und ich will, dass du bereit bist. Für alles, was nötig sein wird.« Sein sanftes Flüstern wurde durch den lauen Wind zu mir getragen.

Ich ertrug die Distanz zwischen uns nicht länger und stürzte zu Elric hinüber, wobei ich meinen freien Arm um seinen Oberkörper schlang und ihn an mich drückte, während ich mit dem anderen Grinser fest umklammert hielt.

Niemals würde ich ihn töten können. Niemals!

Eher würde ich mich umbringen.

»Ich werde euch alle retten. Dich, Grinser und Wunderland…«, murmelte ich in den weichen Stoff seines Hemdes.

Ein leises glucksendes Lachen entwich ihm. »Und was ist mit dir, Alice? Vergiss nicht, dich selbst zu retten.«

Ich schwieg und gab keine Antwort, obwohl die Worte klar und deutlich in meinem Kopf herumgeisterten:

Ich bin nicht mehr zu retten, Elric.

Er stützte sein Kinn auf meinem Haupt ab und ich genoss diesen kurzen Augenblick der gemeinsamen Nähe, auch wenn ich wusste, dass er nicht lange anhalten würde.

»Alice?«, fragte Elric urplötzlich und ich schaute zu ihm auf, woraufhin sich unsere Blicke trafen und miteinander in ein goldgrünblaues Meer verschmolzen. »Ich…« Sein Atem stockte. Eine scheinbar ewig lang andauernde Sekunde sprach keiner von uns beiden und ich wartete ängstlich darauf, was er sagen würde. »Vergiss es. Jetzt ist nicht der richtige Zeitpunkt«, flüsterte er dann jedoch lediglich und zog sich von mir zurück. Er löste sich aus der Umarmung und sofort kroch die Kälte an meinen Armen und Beinen empor.

Und egal wie nah man sich kam, am Ende stand man mit seinen Gefühlen immer allein da.

Ich suchte nach der Anzugjacke von Elric, die in der Hektik zu Boden geglitten war. Sobald ich sie gefunden hatte, breitete ich sie auf dem Boden aus und entfernte den Lederbeutel mit den Schlüsseln aus der Jackentasche. Sorgfältig bettete ich Grinsers Überreste in dem samtig weichen Stoff und wickelte ihn dann um den winzigen Körper.

»Ich werde dich nie vergessen, mein kleiner Freund«, wisperte ich, während ich nach dem glänzenden Aufzieher in seinem Rücken griff, ihn vorsichtig aus seinem Rückgrat löste und in den Beutel gleiten ließ. Anders als bei den anderen Schlüsseln wollte ich diesen hier nicht genauer unter die Lupe nehmen. Ich wollte ihn einfach nur loswerden, in einen See werfen, einschmelzen, für immer verschwinden lassen. Er war der Beweis für das endgültige Ende eines viel zu bedeutsamen Lebens.

»Lass mich ihn tragen«, forderte Elric zaghaft hinter meinem Rücken.

»Natürlich. Er war schließlich dein engster Freund.«

Die Worte ließen ihn zusammenzucken, was ich sogar aus dem Augenwinkel heraus erkennen konnte. Der Hutmacher kniete sich neben mich, schob seine Arme unter sein rotes Jackett und hob das Bündel behutsam auf.

Ich hingegen griff zu dem Lederbeutel und ließ ihn locker an meiner Seite baumeln, während wir unseren Weg schweigend fortsetzten.

Warum fühlte sich das Ganze nur so an, als würden wir an einer Beisetzung teilnehmen?

»Was waren seine letzten Worte?« Elrics Frage traf mich unvorbereitet, sodass ich ihn im ersten Moment nur verdutzt anstarren konnte.

»Das ist noch nicht das Ende«, antwortete ich schließlich mit schwerem Gemüt und einem langen Seufzer.

Elric warf mir ein bedrücktes Lächeln zu, als hätte er bereits damit gerechnet.

Überraschte ihn das denn gar nicht?

»Was hat es mit diesem Satz auf sich?«, fragte ich zögernd, um der Sache auf den Grund zu gehen.

»Wir hatten eine Art … Abmachung. Sobald einer von uns den nahenden Tod spürt, wird dies der letzte Satz sein, den er von sich gibt. Nichts anderes. Es galt als eine Art Warnung für den jeweils anderen, denn damals war ich noch ein Winzling und lief ständig Gefahr, von irgendwelchen Bedrohungen Wunderlands getötet zu werden. Ohne Grinsers Hilfe wäre ich niemals so weit gekommen. Wir haben auf unsere inneren Uhren geschworen … Das war vor langer, langer Zeit.«

Elrics nachdenklicher Unterton ließ mich vermuten, dass die Erinnerung an diesen Augenblick ihm schwer zusetzte.

»Ich habe immer gedacht, Grinser würde mich überleben und nicht andersherum. Dass er derjenige wäre, der diese Worte von mir hören würde.«

Ich sagte nichts weiter, während der Zorn still in meinem Inneren vor sich hin brodelte. Kein Wort. Als ich mich zu ihm umwandte, erkannte ich ein nur allzu bekanntes, an Elric jedoch vollkommen ungewohntes Glitzern in seinen Augenwinkeln.

Er wischte sich die verräterischen Tränen augenblicklich fort und betrachtete die wässrige Substanz auf seinem Handrücken. »Was ist das?« Er klang beinahe angewidert.

»Das sind Tränen«, erklärte ich ihm ruhig. »Du hast mich doch auch schon weinen gesehen. Eigentlich solltest du sie kennen.« Erst einen Moment zu spät bemerkte ich, was meine Worte tatsächlich bedeuteten. Elric weinte. Tränen strömten aus seinen Augen. Er empfand Trauer.

»Oh mein Gott«, wisperte ich, als mir das klar wurde.

»Ich wusste nicht, dass ich dazu fähig bin«, erklärte er mir und ich nickte beiläufig, den Blick starr auf die wässrigen Spuren auf seinen Wangen geheftet. »Das bedeutet …« Seine Stimme hatte einen drohenden Ton angenommen.

»Dass du um deinen verlorenen Freund trauerst«, erwiderte ich hoffnungsvoll, doch er schüttelte den Kopf.

»Das hier ist das Ende. Schlimmer kann es kaum noch kommen. Das hier ist der Punkt, von dem aus es kein Zurück mehr für mich gibt. Ich werde nie wieder der Alte sein können…« Seine Worte schwebten zwischen uns und sorgten dafür, dass sich eine Gänsehaut auf meinem gesamten Körper ausbreitete. »Wir müssen uns beeilen«, ergänzte er plötzlich hektisch. Als ich seine Augen musterte, erkannte ich, wie das matte Grau von seinen Augenwinkeln ausgehend über seinen gesamten Augapfel kroch, bis sich schließlich auch die tiefschwarze Pupille trübte. Er begann mit einem Mal, wie aus dem Nichts loszurennen, als wollte er vor seinem Schicksal davonlaufen und dem Tod entkommen. Ich wusste augenblicklich, dass er einen weiteren Anfall erlitt. Doch es zu wissen und zu begreifen, waren wie zwei vollkommen unterschiedliche Seiten ein und derselben Münze.

»Elric, warte!« Ich hetzte ihm sofort hinterher und versuchte, seine sich immer weiter entfernende Silhouette nicht aus den Augen zu verlieren. Meine Seiten brannten und meine Lungen schrien nach Luft, während meine wund gelaufenen Füße bei jedem Schritt blitzartige Schmerzen meine Beine hinauf jagten. Von Weitem sah ich die Umrisse Elrics taumeln und fallen, zusammenklappen wie ein Kartenhaus, das von einem heftigen Windstoß umgefegt wurde.

Ich schrie auf, legte an Tempo zu, ignorierte die stechenden Schmerzen in meinen Gliedmaßen und war innerhalb weniger Sekunden bei dem zusammengebrochenen Hutmacher angelangt. Das Bündel, bestehend aus Grinser und der dunkelroten Anzugjacke, war aus seinen Armen geglitten und einige Meter entfernt zu Boden gefallen. Elric selbst lag auf dem harten Untergrund, seine Stirn war verschwitzt, seine Haare zerzaust. Seine geschlossenen Augen lagen in tiefen Höhlen.

Ich fiel auf die Knie und lauschte an seiner Brust, betete für ein Lebenszeichen und atmete erleichtert auf, als ich das schwache Ticken seiner inneren Uhr vernahm. Allerdings war ihr Rhythmus stark verlangsamt, vergleichbar mit einem sehr schwachen Herzschlag.

Ich tätschelte leicht seine Wange und flüsterte Elrics Namen, während seine Lider aufflatterten und seine erschöpften, jedoch ungetrübten Augen versuchten, mich zu fokussieren.

»Hey …« Ich lächelte ihn zaghaft an und versuchte, die Sorgenfalten aus meiner Stirn zu verbannen. Ohne großen Erfolg.

»Anfall?«, hauchte er lediglich, begleitet von einem schmerzhaft klingenden Husten. Ich nickte unsicher und verflocht meine Finger mit den seinen.

»Aber keine Sorge, das kriegen wie wieder hin«, flüsterte ich, während ich ihm dabei half, sich aufzusetzen und gegen einen Baumstamm zu lehnen. Innerlich verzweifelte ich regelrecht und glaubte kein Wort, das ich sagte. Unsere Aufgabe war noch längst nicht erledigt, unser Ziel noch nicht erreicht, doch unsere gemeinsame Zeit schien sich dem Ende zuzuneigen.

War das hier wirklich das Ende?

»Es wird nicht besser werden. Nur schlimmer«, entgegnete er daraufhin. Die Verbitterung war ihm überdeutlich anzumerken. Ich versuchte, seine deprimierenden Zukunftsprognosen aus meinem Kopf zu verbannen und mich stattdessen darauf zu konzentrieren, ihn bei Bewusstsein zu halten.

»Alice?« Seine Augenlider fielen immer wieder zu, als sei er schläfrig oder bereits dem Fieberwahn verfallen.

»Ich bin hier. Ich bin an deiner Seite, wie wir es uns gegenseitig versprochen haben.« Ich drückte seine Hand und wollte nicht daran denken, wie der Moment sein würde, wenn ich sie loslassen müsste.

»Geh.« Seine Stimme klang bittend, fast flehend, und ich zuckte bei diesem einzigen Wort, diesem Befehl, zusammen.

»Ich werde nirgends hingehen«, entgegnete ich.

»Wir sind am Rande des Waldgebiets. Der Pfad wird dich zum Herzen führen, wie Grinser gesagt hat… Du musst …« Er schluckte schwer und sein Kopf fiel kraftlos nach vorn. »Du musst dich dorthin begeben. Du sollst meine Heimat retten, selbst wenn du mich nicht retten kannst. Wunderland kann ohne mich existieren, aber ich nicht… ohne Wunderland.« Seine Stimme war kaum mehr als ein Flüstern.

Ich begann zu zittern. Nicht vor Kälte oder Wut, sondern aufgrund der unbeschreiblichen Furcht, den weiteren Weg ohne ihn bestreiten zu müssen.

»Bleib bitte bei mir, okay?« Meine Stimme mündete in heftige Schluchzer, die meinen gesamten Körper erschütterten und teilweise sogar auf Elric übergingen.

»Kleine mutige Alice. Du brauchst mich nicht. Du bist stark, also lass mich zurück und tu das, was du zu tun hast. Ich werde hier auf dich warten.«

Ich schluckte den Schwall an protestierenden Phrasen, die mich zu ersticken drohten, wortlos hinunter.

»Und du wirst wirklich auf mich warten?« Selbst mein Flüstern zitterte vor Panik. Ich wollte ihn nicht allein hier zurücklassen.

»Ich kann nichts versprechen.«

»Weißt du, was ich am meisten fürchte?« Ich versuchte, ihn abzulenken. Seine Aufmerksamkeit sachte, geradezu behutsam auf mich zu richten.

»Monster unter deinem Bett«, witzelte er und sein heiseres Lachen wurde durch einen heftigen Hustenkrampf abgelöst.

»Die auch«, erwiderte ich, als er sich wieder beruhigt hatte. Mir war nicht nach Lachen zumute. »Ich fürchte weder die Risiken des Lebens noch die Gefahr des Todes.«

»Sehr naiv von dir«, murmelte der Hutmacher verdrossen.

»Ich fürchte mich vor den Dingen, die während des Lebens in meinem Inneren sterben.«

Elric sagte daraufhin nichts weiter und ich stimmte für eine Weile in sein Schweigen ein.

»Kennst du das Gefühl, die Luft anzuhalten, Alice?«

Ich nickte und erinnerte mich an frühere Tauchaktionen im Schwimmbad, als ich kleiner gewesen war.

»Der Druck auf deinen Ohren ist immens, deine Augen sehen nichts, weil du sie zukneifst, und auch Sprechen ist eine Unmöglichkeit.« Er atmete tief durch und räusperte sich. »Das Leben ist genauso. Doch dann triffst du diesen einen Menschen, der alles verändert, der dich verändert … Und plötzlich beginnst du, zu atmen, die Wasseroberfläche zu durchbrechen und die Welt um dich herum aufzusaugen wie ein Verdurstender, der gerade eine Oase inmitten der ausgetrockneten Wüste gefunden hat.« Er warf mir einen vielsagenden Blick unter seinen halb geschlossenen Lidern zu. »Du hast mich verändert, Alice.«

Einen winzigen Moment lang wusste ich nicht, was ich auf seine Worte erwidern sollte, doch dann lächelte ich ihn sanft an, drückte seine Hand und wisperte: »Und du mich, Elric.«

Ich lehnte mich vor und küsste ihn leicht. Ein angenehmes Kribbeln entstand an meinem Mund und breitete sich in meinem gesamten Körper aus, das mich belebte. Als ich mich langsam von meinem Hutmacher entfernte, schien in ihm etwas zerbrochen zu sein.

»War das ein Abschiedskuss?«

Ich erstarrte.

War es das?

»Ich weiß es nicht.« Meine Stimme war nichts weiter als ein Flüstern, das mir durch den Wind von den Lippen gerissen wurde.

»Wenn dem so ist, dann … muss ich dir noch etwas gestehen. Ich …« Seine Stimme stockte, seine Augen verloren sich in den meinen und ich spürte das Herz in meiner Brust flattern. »Ich denke, ich liebe dich.«

Er sah mich abwartend an, die Welt um uns herum stand still. Mein Herz setzte einige Schläge aus und ich vermutete schon, dass ich hier an Ort und Stelle einen Herzinfarkt erlitten hätte, doch nach kurzer Zeit begann es umso heftiger zu pochen, als würde das Monster in meinem Inneren tatsächlich den Käfig aufbrechen wollen.

Elrics Blick ruhte immer noch erwartungsvoll auf mir, verdüsterte sich jedoch zunehmend mit jeder vergehenden Sekunde. »Vergiss es einfach, ich hätte das ni…«

Noch bevor er seinen Satz beenden konnte, presste ich meine Lippen auf seine, um ihn zum Schweigen zu bringen.

»Ich denke, ich liebe dich auch«, antwortete ich, nachdem sich unsere Münder voneinander gelöst hatten. Mein Herz überschlug sich dabei.

»Ich werde hier auf dich warten«, hauchte er nach einigen Minuten des Schweigens und sah mich mit glasigem Blick an. »Geh jetzt. Bitte.«

Die Anspannung, unter der er die Worte hervor presste, ließ mich nur vermuten, wie viel Kraft und Überwindung ihn diese Worte kosteten. Ich presste die Lippen zusammen und nickte. Wenn das sein Wunsch war, würde ich mich nicht länger dagegen wehren.

Ich überprüfte die drei Schlüssel im Lederbeutel und rappelte mich schließlich auf, um Elric am Baumstamm zurückzulassen und meinen Weg notgedrungen allein fortzusetzen.

Manchmal erforderte eine Situation den unbeschreiblichen Mut, das Falsche zu tun.

16

Ab mit ihrem Kopf

So kam es, dass ich mich auf unsicheren Beinen von meiner ersten großen Liebe entfernte. Elric rang mit dem Tod, während ich zu verhindern versuchte, dass diese Welt, meine wahre Heimat, als unbedeutendes Häufchen Asche verenden würde. Ich konnte unmöglich sagen, wer von uns beiden gerade die größere Schlacht schlug.

Ich wagte es nicht, mich umzudrehen, denn sein Anblick hätte mich nicht gehen lassen. Ich wäre bei ihm geblieben. Deshalb rannte ich los, nur so konnte ich an meine bevorstehende Aufgabe denken und genügend Mut sammeln, um dieses halsbrecherische Abenteuer allein zu Ende zu führen.

Ich preschte durch eine Reihe an Bäumen hindurch und befand mich plötzlich am Fuße eines Hügels, welcher vollkommen unbewachsen zu sein schien. Um ihn herum hatte sich der Kupferwald gebildet, als sei er das Zentrum dieser Welt.

Als ich schließlich aufblickte, erkannte ich auf der Kuppe des Hügels einen Baum. Einen echten, lebenden Baum, dessen saftig grüne Blätter im seichten Wind raschelten.

Er war wie eine Erscheinung für mich, eine Erleuchtung!

Wie sehr hatte ich etwas Lebendiges in dieser Welt vermisst. Wie oft hatte ich mir vorgestellt, die Kupferbäume würden unter meinen Fingerspitzen aufleben und knorrige Rinde oder grünende Blätter wie dieser bekommen. Jegliche Anstrengungen waren vergessen, einzig und allein der Anblick des prächtigen Gewächses zählte für mich.

Meine Augen leuchteten erwartungsvoll auf und ich begann, den steilen Hang hinaufzusprinten. Ich nahm keine Rücksicht auf meine von Muskelkater gepeinigten Glieder und erkämpfte jeden einzelnen Meter, bevor ich erschöpft auf die Knie fiel, nachdem ich auf Händen und Füßen strauchelnd oben angelangt war.

Ich hob meinen Kopf und glaubte immer noch nicht, dass dort tatsächlich ein waschechter Baum aus meiner Welt stand, dessen Wurzeln tief in die schwarz-weiße Erde zu meinen Füßen hineinragten. Ich reckte meine Hand, um das vertraute Gefühl des rauen Stammes unter meinen Fingerkuppen zu spüren, und war unendlich erleichtert, als sich der Baum nicht als eine Wahnvorstellung erwies.

Als ich mich auf die Beine kämpfte und den Baum umrunden wollte, musste ich jedoch feststellen, dass das Gewächs sich trotz seiner augenscheinlichen Vertrautheit von den anderen Pflanzen der Menschenwelt unterschied. Ich positionierte mich frontal vor dem Baum und musste zwangsläufig erkennen, dass es nicht nur eine, sondern zwei ineinander verwachsene Pflanzen waren.

Die linke Seite bildete der normale Baum, während die rechte aus einem Kupferbaumbestand.

Die beiden Bäume spalteten sich direkt an der Wurzel und wuchsen in einem weiten Bogen auseinander. Allerdings neigten sie sich beim Beginn der Verästelungen wieder zueinander, sodass sie an ihrer Krone zusammenwuchsen.

Ich trat einige Schritte zurück, wobei ich beinahe rückwärts den Abhang hinuntergefallen wäre, und betrachtete das Gesamtbild der beiden unterschiedlichen Pflanzen. Auf eine ausgefallene, bisher noch nie dagewesene Weise verschmolzen sie zu einem Ganzen und harmonierten miteinander.

Als ich die Bäume so betrachtete, fiel mir die Lücke zwischen den beiden Stämmen auf. Sie ähnelte der Form eines riesigen Herzens.

Ich verstand umgehend. Das war es also. Das Herz Wunderlands.

Diese unbestreitbare Tatsache war geradezu offensichtlich. Ich stolperte nach vorn, näher an das einzigartige Gewächs heran, und betrachtete die Stämme, Äste und Zweige eingehender. Ich wusste, sie müssten hier irgendwo sein, in die Rinde oder das Metall eingearbeitet, sodass ich sie nicht auf Anhieb …

Da!

Ich freute mich innerlich wie ein kleines Kind, das gerade eine Belohnung für das Lösen einer besonders schweren Aufgabe erhalten hat, als ich ein winziges schlüssellochförmiges Loch im Stamm der von Narben und Verformungen geprägten Rinde des Menschenbaums erkennen konnte. Hastig wühlte ich in dem Lederbeutel von Elric herum, griff nach einem beliebigen Schlüssel und warf, sobald ich ihn ans Tageslicht befördert hatte, einen schnellen Blick darauf. Es war der Schlüssel, den die weise Raupe mir überreicht hatte.

Meine Hand zitterte, als ich den Schaft in das Schlüsselloch einführte, das in die grobe Baumrinde eingearbeitet war. Anschließend drehte ich den Schlüssel langsam um. Ich wartete gespannt ab, bis schließlich ein leises Klicken ertönte. Meine Anspannung löste sich ein wenig, doch als ich erkannte, dass nichts weiter geschah, wurde ich zunehmend nervöser.

Mussten womöglich erst alle Schlüssel stecken, bevor eine Wirkung sichtbar wurde?

Ich suchte sofort nach dem nächsten Loch und fand es an genau der Stelle, wo sich am Boden die Stämme und Wurzeln der beiden Pflanzen teilten. Ich schnappte nach einem weiteren Schlüssel und erkannte anhand der vergoldeten Hasenohren zweifelsfrei, dass es der aus dem Uhrwerk sein musste. Auch dieser ließ sich leicht herumdrehen und gab ein kurzes mechanisches Klicken von sich.

Als ich nach der dritten Öffnung Ausschau hielt, konnte ich erkennen, dass sie dieses Mal mittig im Stamm des Kupferbaumes eingearbeitet war.

Ich ergriff also den letzten Schlüssel im Beutel und schickte ein Stoßgebet in Richtung Himmel, während ich es zum ersten Mal wagte, den Aufzieher Grinsers genauer zu betrachten. Sofort fiel mir der schwarze Edelstein in Form eines Pik auf. Die Form war auch als Einschnitt im Schaft des Schlüssels vorzufinden. Doch natürlich war das nicht die einzige Besonderheit des Schlüssels, denn zwei strahlende Saphire waren ebenfalls in ihm eingearbeitet, sodass der obere Teil des Schlüssels wie der fein geschliffene Kopf einer Katze aussah, deren blau leuchtende Augen einen anstarrten. Es standen sogar zwei winzige silbrige Ohren vom Schlüssel ab, ebenso wie ein leicht geschwungener Schwanz, der sich in Form von hauchdünnen Zahnrädern um sich selbst wand.

Ich musste schlucken. Dieser Schlüssel hatte unverkennbar Grinser gehört.

Mit bebender Hand setzte ich das winzige Objekt in die dafür vorgesehene Öffnung ein und drehte es langsam herum, bis erneut das kaum hörbare Klicken zu vernehmen war. Ich verharrte in meiner Position und konnte aus meiner Position mit Leichtigkeit das letzte, unerfüllt bleibende Schlüsselloch erkennen. Es befand sich an genau der Stelle, an der die Kronen der beiden Bäume sich herab neigten und zusammenwuchsen. Ich erinnerte mich an den Moment kurz vor Grinsers Tod, als dieser uns hatte verraten wollen, wo wir den vierten Schlüssel finden würden.

Ich hielt abwartend den Atem an, als die Luft um mich herum eigenartig anfing, zu schwirren und sich elektrisch aufzuladen. Meine Haare standen zu Berge, wie kurz vor einem stürmischen Gewitter. Als ich ein einziges Mal verwirrt in den dunkelroten, jedoch wolkenfreien Himmel blinzelte und danach meinen Blick wieder auf das Herz vor mir richtete, staunte ich nicht schlecht, als ich einer perfekten Version meiner selbst gegenüberstand.

Die zerzausten blonden Haare mit den pastellfarbenen Strähnen, das punkige Outfit und die vor Entsetzen geweiteten blauen Augen würde ich überall wiedererkennen. Ich schreckte vor mir selbst zurück, ebenso wie mein Ebenbild auf der anderen Seite des Herzens. Als sich mein Puls ein wenig beruhigt hatte, wurde mir klar, dass mein Verhalten idiotisch war. Ich brauchte mich schließlich nicht vor meinem eigenen Spiegelbild zu fürchten.

Oder vielleicht doch?

Schließlich war im Wunderland alles anders.

Probeweise hob ich einen Arm, mein Doppelgänger tat es mir gleich. Ich hüpfte auf einem Bein, raufte meine Haare, schrie, wagte es sogar, einmal um den Baum herumzugehen, nur um zu erkennen, dass auf der anderen Seite des Herzens keine Menschenseele zu sehen war. Doch als ich zu meiner Seite zurückkehrte, so tat es auch die zweite Alice.

Vorsichtig trat ich ein wenig nach vorn und hob meine Hand an, ebenso wie meine Kopie.

Als ich meine Handfläche gegen eine dünne, kalte Fläche presste, atmete ich erleichtert aus. Es war lediglich ein Spiegel, angebracht in der Mitte des Herzens. Dennoch blieb die Frage, wie dieser so plötzlich hierhergelangt war. Mir war durchaus klar, dass die Schlüssel dafür verantwortlich sein mussten, doch der Sinn des Ganzen blieb mir dennoch verborgen.

Plötzlich spürte ich eine sanfte Berührung an meiner immer noch gegen das spiegelnde Glas gepresste Hand.

Es war eine zweite Handfläche, welche die meine durch den Spiegel hindurch ergriff. Ich schrie überrascht auf und in meinem Kopf nistete sich bloß ein einziger Gedanke ein, während ich mir die Seele aus dem Leib brüllte und meine Hand aus dem festen Griff meines Spiegelbilds zu entziehen versuchte.

Das war absolut unmöglich!

Mein Ebenbild starrte mich mit einem eingefrorenen Grinsen auf dem Gesicht an, während ich mich verzweifelt gegen den Kupferbaumstamm zu stemmen versuchte, um mich aus dem eisernen Griff zu lösen. Je stärker ich zog, desto mehr reichte der Arm der anderen Alice auf meine Seite.

Es war bizarr, verrückt und jagte mir eine Heidenangst ein, mir selbst ins Gesicht zu starren und zu wissen, dass das nicht ich war. Schließlich hatte ich eine günstige Position gefunden und riss mit einem Ruck an dem Arm, der inzwischen bis zur Schulter in meine Seite der Realität hineinragte.

Spiegel-Alice fiel nach vorn, sodass die gläserne Oberfläche tiefe Risse bekam und schließlich in einem Splitterregen auf mich herniederging. Allerdings war die Person, die aus dem Spiegel auftauchte, eine gänzlich andere als mein eigenes Spiegelbild.

Um ein Haar wäre ich erleichtert gewesen, dass ich mich nicht gegen mich selbst beweisen musste, doch ich ahnte noch viel Schlimmeres, als ich die lockigen hellblonden Haare erblickte und das scharlachrote Kleid aus Seide, welches bis zum Boden reichte.

Ich riss mich aus dem immer noch festen Griff der Fremden los und stolperte einige Schritte zurück, während sich die Herzkönigin aufrichtete. Ich erinnerte mich an ihr Abbild, das ich auf einer Spielkarte im Kupferwald betrachtet hatte.

Diese Frau hatte nichts mit der sanften, wunderschönen Königin auf dem winzigen Blatt Papier gemeinsam. Ich hatte noch genau die Zeichnung ihrer weichen Gesichtszüge im Gedächtnis, doch diese Frau besaß ausgeprägte Wangenknochen und ein herzförmiges Gesicht. Die leichte Blässe auf der Spielkarte hatte sie unnahbar, geradezu kalt wirken lassen. Allerdings war die Haut der wahren Königin mir gegenüber so strahlend weiß wie Schnee oder unbeschriebenes Papier, als wäre jegliche Farbe daraus entwichen. Einzig und allein die Augen waren realistisch abgebildet worden. Um die Pupille herum war ein warmes, beinahe besänftigendes Braun zu sehen, während sich dieses nach außen zur Regenbogenhaut hin verlor und in ein strahlendes Blutrot überging.

Die Krone auf ihrem Kopf war die gleiche wie auf dem Porträt der Karte: ein goldener Kranz aus Ranken und feinen Blättern, wobei oberhalb ihrer Stirn, beim Beginn des Scheitels, ein daumengroßer Rubin in Herzform ruhte. Ihr rotes Kleid war trägerlos, begann leicht unterhalb ihrer Schultern und besaß einen angedeuteten herzförmigen Ausschnitt über der Brust.

Ein geschneidertes Meisterwerk aus vergossenem Blut.

Elric hatte mir einen Hut aus klarem Wasser geschaffen, warum also sollte es nicht möglich sein, ein Kleid aus Blut zu schneidern?

Mir wurde schlagartig schlecht beim Anblick dieser wunderschönen, doch zeitgleich brutalen und herrischen Frau, die sich erhobenen Kopfes in meine Richtung bewegte.

Das sollte meine Mutter sein?

Ich fühlte mich mit dieser Frau kein Stück weit verbunden und innerlich spürte ich, wie mein Kindheitstraum zerplatzte. Eine liebende Mutter würde ich in dieser Person niemals finden. Obendrein schien sie mich nicht einmal zu erkennen und diese Tatsache schmerzte mehr als das enttäuschende Bild, das sich von ihr nun in meinem Kopf eingenistet hatte.

»Wer wagt es, das Herz zu schließen? Nur die Königin selbst vermag es, über das Wunderland zu herrschen und zu befehlen.«

Ich starrte sie zunächst sprachlos an, bis mir die goldene Kette an ihrem Hals auffiel. Am Ende dieser baumelte ein goldener Schlüssel, an dessen Reide ein winziges Herz aus Rubin funkelte.

Natürlich.

Der letzte Schlüssel zum Herzen befand sich bei der Herzkönigin selbst. Ich hätte es wissen müssen.

»Ich habe dir eine einfache Frage gestellt. Leiste deiner Königin treuen Dienst und verrate mir deinen Namen.«

Die Abscheu in ihrer Stimme war unüberhörbar. Sie musterte mich mit einem derart unterkühlten Blick, dass ich schauderte.

Erkannte sie mich denn gar nicht wieder? Ihr musste doch die Ähnlichkeit auffallen, oder etwa nicht?

Für einen Moment herrschte Stille zwischen uns. In meinem Inneren tobte ein totales Gefühlschaos. Ich wollte die Frau vor mir zugleich umarmen aus Erleichterung und anschreien aus Enttäuschung, weil sie ihre eigene Tochter nicht wiedererkannte.

»Alice.« Mehr brachte ich nicht heraus.

Ich konnte den exakten Augenblick erkennen, in dem sie verstand. Ein entsetzter Ausdruck huschte über ihr engelsgleiches Gesicht. Die Herzkönigin musterte mich von Kopf bis Fuß, trat schließlich zögerlich näher heran und starrte mich ungeniert an.

»Soso. Und woher kommst du, Alice? Was hast du hier verloren?«, fragte sie. »Erzähl mir deine Geschichte, und vor allem sage mir, liebes Kind, warum trägst du diesen heimtückischen Namen?«

Sollte ich sofort mit der ganzen Wahrheit herausrücken? Die Art und Weise, wie sie mich unter die Lupe nahm, gefiel mir überhaupt nicht. Aber ich konnte es nicht unversucht lassen, mich ihr zu öffnen, um ihr Vertrauen zu gewinnen.

»Ich komme aus der Menschenwelt. Das weiße Kaninchen hat mich ins Wunderland gelockt, weil…« Für einen Augenblick hingen meine Worte in der Luft und ich war mir nicht sicher, ob ich überhaupt weitersprechen sollte. Doch ich musste die Neuigkeit, die auf meiner Zunge brannte, einfach loswerden. »Weil ich deine Tochter bin.« Meine Stimme zitterte nur leicht und ich war unglaublich erstaunt darüber, dass ich mich selbst so gut im Griff hatte. Die Gesichtszüge entgleisten ihr und sie öffnete und schloss den Mund mehrmals bei dem verzweifelten Versuch, die richtigen Worte zu finden.

»Nein, nein, das kann nicht sein. Das ist vollkommen unmöglich.«

Ich schaute regungslos dabei zu, wie meine Mutter vor mir auf den Boden sank und mich mit großen Augen ansah. Das rote Kleid schien dabei eine gigantische Blutlache um sie herum zu bilden.

»Ich habe euch vor so langer Zeit verlassen … Ich habe dich und deinen Vater jeden Tag vermisst. Inzwischen weiß ich nicht einmal mehr, wie sich Vermissen überhaupt anfühlt. Das Einzige, was ich weiß, ist, dass es der größte Schmerz war, den ich jemals in meinem Leben empfunden habe«, wisperte sie und fasste sich an die Brust, dort, wo inzwischen kein Herz mehr pochte, sondern eine implantierte innere Uhr tickte.

»Wir haben dich auch vermisst«, flüsterte ich schließlich und spürte die verräterische Nässe meiner Tränen auf den Wangen. Das Eis zwischen uns war gebrochen. Sie erinnerte sich an mich! In mir brach allerdings auch etwas. Ein Damm, vor Jahrzehnten errichtet, der alle unfreiwilligen Gefühle gegenüber meiner Mutter zurückgehalten hatte. Nun strömten all die ungewollten Emotionen über mich hinweg und drohten, mich zu ertränken, weshalb mir nichts weiter blieb, als hemmungslos zu weinen. Ich sackte vor meiner Mutter zusammen. Sie nahm mein Gesicht zwischen ihre Hände, trocknete meine Tränen und sprach leise: »Wie lange habe ich auf diesen Moment gewartet …«

Ich spürte endlich, wie mich ein lang herbeigesehnter innerer Frieden überkam. Ich hatte meine Mutter wieder zurück. Nach all den Jahren.

Sie war der Grund meiner Reise, meine Antriebskraft.

Ich hatte jegliche Strapazen durchgestanden, da ich wusste, dass mich ihre offenen Armen willkommen heißen würden.

»Wenn er doch nur echt wäre.«

Sie hatte ihre linke Hand von meiner Wange gelöst und griff nun in ihr üppiges Dekolleté. Keine Sekunde später fühlte ich den sanften Druck einer Klinge, die gegen meinen Kehlkopf gepresst wurde. Geschockt riss ich die Augen auf und blickte direkt in die verschleierten, trüben roten Augen meiner Mutter.

»W-wie meinst du das?«, hauchte ich und versuchte zwanghaft, keine hektischen Bewegungen zu machen, um sie nicht zu provozieren. Ich war vollkommen in meinem Körper gefangen. Gerade eben hatten wir uns fast in den Armen gelegen und nun bedrohte sie mich? Was zur Hölle ging hier vor sich?

»Du bist ein Trugbild. Wenn auch ein ziemlich raffiniertes… Genau so habe ich mir meine Tochter immer vorgestellt, ein wenig exzentrisch und bildschön, wie ihre Mutter!« Ich hörte eindeutig den Stolz aus ihrer Stimme heraus. »Doch du bist nur ein weiterer Streich meiner Fantasie. Ein Geschöpf meiner Sehnsucht, dazu geboren, um mich in den Wahnsinn zu treiben.« Ihre Worte klangen so honigsüß, als würde sie mir damit ein Kompliment machen wollen. »Doch ich habe kein Erbarmen, ich werde dich töten, aus meinem Gedächtnis verbannen, so wie ich es mit den anderen vor dir auch getan habe.« Ihr darauffolgendes irres Kichern drang mir durch Mark und Bein.

Oh Gott.

»Willst du damit sagen, du bildest dir oft ein … mich zu sehen?«, fragte ich, um genügend Zeit zu schinden.

»Ich sehe Visionen von dir und deinem Vater andauernd, seitdem ich nichts mehr fühle und die Sehnsucht meinen Verstand zermürbt. Doch ich gebe nicht klein bei. Ich kämpfe gegen euch an. Immer und immer wieder. Und bald habe ich es geschafft. Du wirst die letzte Illusion sein, die ich zu bekämpfen habe. Das Herz Wunderlands ist geschwächt und ich kann mir endlich einen Weg zu meiner echten Familie bahnen…« Daraufhin beugte sie sich leicht vor, sodass ihre Lippen mein Ohr streiften, während sie sanft wisperte: »Aber zunächst … ab mit deinem Kopf.«

Ich schreckte zusammen und stieß mich vom Boden ab, sodass ich auf Händen und Füßen rückwärts von meiner Mutter hinfort robbte. Stolpernd kam ich schließlich auf die Beine und stand ihr zitternd gegenüber. Die Erkenntnis, dass meine eigene Mutter so viel ihres Verstandes eingebüßt hatte, dass sie ihre eigene Tochter nicht wiedererkannte, jagte mir mehr Angst ein als der goldene Dolch in ihrer Hand. Seine Klinge war leicht gewellt und wirkte wie die Strahlen bei Sonnenaufgang. Dort, wo die scharfe Klinge in das mit Lederriemen umwickelte Heft mündete, befand sich ein weiterer herzförmiger Rubin, nur um einmal mehr zu verdeutlichen, wer die rechtmäßige Eigentümerin dieser Waffe war.

Die Herzkönigin pirschte sich wie eine Raubkatze an mich heran, die Jagd auf ein machtloses Opfer machte. Und während sie mit trübem Blick auf mich zuschritt, wobei sie die immer gleichen markerschütternden Worte wisperte, versuchte ich verzweifelt, einen Fluchtweg aus meiner misslichen Lage zu finden.

»Ab mit deinem Kopf. Ab mit deinem Kopf … AB MIT DEINEM KOPF!«, schrie sie schließlich und erhob die Waffe gegen mich. Ich wich ihren ziellosen Stichen und wütenden Manövern geschickt aus, sodass ich weitestgehend unverletzt blieb.

»Hör auf damit!«, kreischte ich ihr entgegen, meine Stimme schwoll an vor Verzweiflung und machte es mir unmöglich, zu atmen.

»Niemals«, hauchte sie, während die goldene Klinge kurz vor meinem Gesicht durch die Luft schnitt. Ich sah diesen Moment wie in Zeitlupe: Die irren Augen meiner Mutter waren fest auf ihr Ziel gerichtet, während der aufblitzende goldene Stahl knapp vor meinen Augen entlang zischte. Lichtfunken und winzige blutrote Perlentropfen tanzten auf der glatten Oberfläche und ließen mich erschrocken blinzeln …

Der Schmerz setzte eine Sekunde später ein, als ich den Schnitt an meiner Wange zu spüren begann.

Es war zum Glück bloß eine oberflächliche Verletzung. Als ich jedoch mit meinen Fingerspitzen ungläubig über meine Wange strich, brannte der Schnitt und befleckte meine Finger mit Blut. Ich presste meine Handfläche gegen die Wunde und blickte schockiert zu meiner Mutter hoch, die triumphierend den Dolch zwischen ihren Zeigefingern rotieren ließ.

»Hast du gedacht, ich würde dich verschonen, nur weil du aussiehst wie … *sie?*« Ihre Stimme brach und ich konnte das zwanghafte Zurückhalten ihrer eigenen Tränen erkennen. Es fiel mir so leicht, dieses winzige Detail wahrzunehmen, weil ich selbst mehr als genug Übung darin hatte, meine eigene Enttäuschung zurückzudrängen.

»Keine Sorge, ich mache es schnell. Du wirst nur einen kurzen Schmerz spüren. Obwohl …« Ein irres Lachen schallte über mich hinweg. »Eigentlich habe ich gerade das Bedürfnis, deine Seele langsam und qualvoll zu zerschneiden. Doch bedauerlicherweise besitzen Illusionen keine Seelen.« Sie kicherte hinter vorgehaltener Hand. »Von daher spare ich mir lieber die Mühe und die Zeit, immerhin habe ich heute noch etwas vor.« Sie warf einen flüchtigen Seitenblick zum Baumherz hinüber, als würde sich darin ein Portal in die Menschenwelt befinden.

Die offene Drohung sowie die versteckte Hoffnung in ihren Worten verschlugen mir die Sprache. Die Herzkönigin erhoffte sich also immer noch eine Wiedervereinigung mit ihrer Familie, auch wenn sich ihre leibliche Tochter direkt vor ihr befand. Und sie gerade im Inbegriff war, diese zu töten.

Ich wollte es ihr sagen, wollte es in die Welt hinausschreien, wollte es alle und vor allen Dingen sie wissen lassen: *Ich bin doch hier, ich bin dein eigen Fleisch und Blut!*

Doch meine Lippen verweilten aufeinander gepresst und mein Gehirn weigerte sich, all die neuen auf mich einströmenden Informationen zu verarbeiten. Die Königin wischte sich fahrig über die Augen und wandte sich ihrer Aufgabe zu, mich aus dem Weg zu schaffen.

Sie befand sich nur noch eine Armeslänge von mir entfernt, doch ich war einfach nicht in der Lage, mich von der Stelle zu bewegen. Ich schluckte schwer, als ich sah, wie sie mit beiden Händen den Dolch umklammerte und über ihren Kopf hob, während ihre zitternden Pupillen ihr Ziel fest in Angriff nahmen.

Dieses Mal würde sie mich nicht verfehlen …

Die Klinge sauste auf mich hinab. Ich schloss instinktiv die Augen, um nicht zu sehen, wie es geschah. Es war zwecklos, ich konnte mich nicht gegen meine eigene Mutter zur Wehr setzen. Vor wenigen Minuten war es das Wichtigste für mich gewesen, die Erkenntnis in ihrem Blick zu sehen, dass ich ihre Tochter war. Ich hatte mir gewünscht, ihre Freude zu spüren. Wie so oft hatte ich mich nach ihrer Liebe gesehnt und wurde bitter enttäuscht.

Man sollte aufpassen, was man sich wünschte.

Vor mir stand eine Irre, eine Fremde. Und dennoch war ich nicht in der Lage, sie zu hassen. Ich wusste, dass es meine Mutter war, die sich vor mir erhob und vollkommen vom Wahnsinn zerfressen war. Und das machte es umso schwerer für mich, sie für ihre Taten zu verurteilen.

Ich erinnerte mich an die Worte, die ich zuvor an Elric gerichtet hatte: *Ich fürchte mich vor den Dingen, die während des Lebens in meinem Inneren sterben.*

In diesem Augenblick starb ein sehr wichtiger Teil meines Lebens. Der Wunsch, den ich von Kindesbeinen an gepflegt und den ich nie gewagt hatte, loszulassen.

All meine Träume von einer Zukunft mit einer liebenden Mutter an meiner Seite verpufften und sammelten sich in einem stetig anwachsenden Aschehäufchen zu meinen Füßen. Eine salzige Träne bahnte sich ihren Weg aus meinem Augenwinkel über meine Wange, sodass sie geradewegs in meine klaffende Wunde hineintropfte, deren Schmerz bei der Berührung erneut aufflammte.

Wie sich der Tod wohl anfühlte? Ob er schwer wie Blei oder leicht wie eine Feder war? Würde meine Seele meinen Körper verlassen und sich für immer von dieser Welt verabschieden? Oder bestand er lediglich aus Schwärze und Leere?

Als jedoch der Schmerz der schneidenden Klinge ausblieb und ich mich bereits wunderte, ob die Herzkönigin möglicherweise zur Vernunft gekommen war, wagte ich es, blinzelnd ein Auge zu öffnen, ehe ich beide vor Entsetzen aufriss.

Der Arm meiner Mutter erhob sich über mir, zusammen mit dem Dolch in ihrer Hand. Seine Spitze war immer noch auf mich gerichtet. Doch ihr Handgelenk wurde mitten in der Bewegung abgefangen. Die Königin verharrte zwangsläufig in ihrer Position, während sie mir mörderische Blicke zuwarf.

Ich folgte dem Arm, der den Dolch davon abhielt, auf mich niederzufahren, und konnte meine Bestürzung unmöglich zurückhalten.

»Elric?«

Der eiserne Blick des Hutmachers war auf die Herzkönigin fokussiert. Die stählerne Kraft seines Körpers, die all seine Muskeln anspannte, strotzte ihrer Mordlust entgegen. Der trübe, verschleierte Blick seiner Augen versetzte meinem Herzen jedoch einen Stich, der ebenso schmerzhaft wie ein Dolchstoß war. Mir war bewusst, dass er nicht ganz bei Sinnen war, dass sein Körper von den vielen Anfällen geschwächt und kränklich sein musste. Doch die Art und Weise, wie er mich vor dem sicheren Tod bewahrte, zeigte mir, dass Elric mich selbst in einem Zustand des völligen Wahnsinns immer noch beschützte. Seine knurrende Stimme und der animalische Blick, mit dem er sie bedachte, ließen die Herzkönigin nun wie das Opfer wirken und ihn wie das erbarmungslose Raubtier.

»Lass sie in Frieden!«

Das schmale Handgelenk meiner Mutter begann zu zittern. Sie ließ augenblicklich die Waffe fallen, als Elric seinen Griff an dieser Stelle verstärkte. Keinen Augenblick später wich jegliche Kraft aus ihm, seine Augen rollten nach hinten und fielen zu, während er mich mit sich zu Boden riss.

Ich fing seinen Fall ab und versuchte zu verhindern, dass sein Kopf auf dem harten Untergrund aufschlug. Vorsichtig bettete ich ihn in meinem Schoß und sprach energisch mit ihm, in der Hoffnung, dass er wieder zu Bewusstsein kommen würde. Doch es geschah frustrierenderweise absolut nichts.

Als ich mein Ohr auf seine Brust legte, war ich dennoch erleichtert, das unregelmäßige Ticken zu hören.

»Elric«, weinte ich, wobei meine Tränen zusammen mit einigen Blutstropfen auf seinem Gesicht in winzige Perlen zersprangen. Ich strich ihm seine wilden Locken aus der Stirn und drückte einen Kuss auf die freigelegte Stelle.

Ich nahm gar nicht wahr, wie die Herzkönigin nach dem zu Boden gefallenen Dolch griff und langsam den Rückzug antrat. Erst als ich das klappernde Geräusch ihrer Absätze vernahm, fuhr ich herum. Ich musste mit ansehen, dass sie bereits vor das Herz Wunderlands getreten war. Vorsichtig ließ ich Elric zurück und sprintete auf meine Mutter zu. Ich wusste nicht, was sie nun plante, doch ich ahnte nichts Gutes.

Da ich noch zu weit entfernt war, konnte ich sie nicht schnell genug erreichen, als sie die rasiermesserscharfe Klinge des Dolchs in das verbliebene Schlüsselloch stach und bis zum Schaft hineinpresste. Das Schloss des Herzschlüssels zersprang splitternd und wurde vollkommen zerstört.

Ich begann zu schreien, als sie den Dolch mit einer einzigen Handbewegung herauszog und eine rote, zähe Flüssigkeit aus den beiden zusammengewachsenen Bäumen tropfte.

Das Herz Wunderlands verblutete.

»Was tust du denn da?«, schrie ich sie entsetzt an. Ich achtete nicht weiter auf die tödliche Klinge in ihrer bebenden Hand und rannte, ohne irgendeine Form von Angst oder Reue zu verspüren, auf sie zu. Nichts konnte mich aufhalten.

»Du wirst durch Blut waten müssen, um diesen Kampf zu gewinnen«, raunte sie lediglich, unbeeindruckt von meinem Auftritt.

»Du denkst immer noch, ich wäre ein Streich deines nicht vorhandenen Verstandes?«, zischte ich sie an, doch ich erwartete keine Antwort auf diese Frage. »Ich bin keine Wahnvorstellung! Ich bin so real wie du, wie deine Krone, wie das Herz, wie Wunderland! Ich stehe leibhaftig vor dir. Deine Tochter Alice! Du weißt, dass das der Wahrheit entspricht!«

Erneut presste sie die Klinge, an der das Blut der vereinten Bäume haftete, an meine Kehle. Doch davon ließ ich mich nicht beirren.

»Du denkst, du bist verrückt? Lass mich dir etwas erklären: Wir alle sind verrückt! Niemand hier oder in der Welt da oben ist normal und das ist auch gut so. Du denkst, durch den Untergang Wunderlands ist es möglich für dich, in dein altes Leben zurückzukehren? Du irrst dich, *Majestät!*« Das letzte Wort spuckte ich ihr förmlich entgegen. »Weißt du, was purer Wahnsinn ist? Dass du deine eigene Tochter nicht einmal erkennst, wenn sie vor dir steht. Dass du sogar bereit bist, sie umzubringen, und deine eigene Verrücktheit als Entschuldigung dafür benutzt.«

Die Spitze des Dolches hatte sich mit jedem Wort mehr herabgesenkt, bis meine Mutter nun mit hängenden Armen vor mir stand und die Waffe schließlich klirrend zu Boden fiel.

Ich konnte sehen, wie sich Erkennen in ihre Augen schlich und die Trübheit sich aus ihrem Blick verzog, wie Wolken, die einen klaren Himmel freigaben.

»Du bist es tatsächlich«, wisperte sie. »Alice. Du bist es.«

Zusammen mit dem verblutenden Herzen Wunderlands schien zeitgleich auch die Lebensenergie der Herzkönigin zu schwinden. Sie griff sich an die Stelle, an der ihr früheres Herz geschlagen hatte, und ich sah den Schrecken in ihren Augen aufblitzen, bevor sie auf die Knie fiel und verzweifelt zu mir aufsah.

»Vergib mir, Alice. Bitte, vergib mir … Ich war blind.«

Ich begab mich in die Hocke und umfasste ihre dünnen Schultern. Verzweifelt blickte ich um mich, versuchte zu begreifen, was gerade geschah, während die Herzkönig um ihr Bewusstsein rang.

»Was passiert mit dir?« Ich rüttelte sie sanft, sodass sie wachblieb.

»Wunderland und ich … sind durch unser Blut miteinander verbunden … Wunderland stirbt und ich …« Weiter kam sie nicht, denn kurz darauf sackte sie in meinen Armen zusammen.

Mein Herzschlag stockte. »Mom?«

Während sie immer schwerer und schwerer zu werden schien, ihre fahle Haut einfiel und der nahende Tod eine kränkliche Blässe in ihrem Gesicht hinterließ, strich ich ihr sanft das seidige blonde Haar zur Seite. Tränen strömten über meine Wangen, während ich verzweifelt aufschluchzte.

Ich hatte sie gerade erst wiedergefunden… Und nun verlor ich meine Mutter schon wieder.

Ein Schluchzen drang über meine Lippen. Keine Worte fanden in meinem zum Bersten gefüllten Kopf Platz für das, was hier gerade vor sich ging.

Ich vergebe dir … Wie könnte ich dir nicht vergeben?

Ich ließ sie sanft auf den farblosen Boden sinken, faltete ihre Hände und glättete ihr Kleid, sodass es aussah, als würde die Herzkönigin bloß einen Schönheitsschlaf halten.

Ich kauerte mich zu einer Kugel neben ihr zusammen, legte mein Ohr auf ihre Brust und lauschte dem leisen, kaum wahrnehmbaren Ticken ihrer inneren Uhr, bis diese schließlich mit einem kaum hörbaren Rasseln verstummte. Ich konnte einfach nicht mehr weinen, stattdessen drückte ich leicht die Hand meiner Mutter und küsste sie auf die Wange.

Es fiel mir so schwer, loszulassen. Man sollte meinen, es würde mehr Kraft kosten, an etwas festzuhalten, was längst verloren war. Doch nun wusste ich, dass das nicht der Fall war …

»Ich hätte dir so sehr ein anderes Leben gewünscht, Mom. Es tut mir leid, dass ich dich nicht retten konnte.«

Diesen finalen Kampf hatte sie verloren. Sie war bereits zu schwach gewesen …

Ich richtete meinen starren Blick auf die Wunde im Herzen Wunderlands, von der nur noch träge Blutstropfen auf den Boden fielen. Wie hypnotisiert betrachtete ich die flüssigen Rubine. Das Schloss war beinahe vollständig zerstört.

Als mein Blick über den Leichnam meiner Mutter hinweg glitt, stach mir ein verräterisches Funkeln in die Augen. Der letzte Schlüssel. Ich umfasste das Schmuckstück, das an dem zierlichen Goldkettchen um ihren Hals hing, und nahm es genauer unter die Lupe.

Die obere Hälfte bestand aus einem gigantischen herzförmigen Rubin, wie er auch auf der Krone oder dem Dolch der Königin zu finden war. Das Symbol des Herzens war ebenfalls als Einschnitt im Schaft wiederzufinden. Der Rest schimmerte golden, sodass er bisher der schlichteste und dennoch wertvollste von allen war.

Ich ergriff den am Boden liegenden Dolch und durchtrennte mit einem einzigen Schnitt die Halskette meiner Mutter, sodass ich schließlich nur noch den glänzenden Schlüssel in meiner Hand hielt.

Triumphierend kämpfte ich mich auf die Beine und bewegte mich geradewegs auf das Herz Wunderlands zu, als ich plötzlich am Horizont etwas Unbestimmtes auf mich zukommen sah.

Eine riesige Rauchwolke rollte erbarmungslos über Wunderland hinweg. Während ich mich daraufhin mit einer leisen Befürchtung um die eigene Achse drehte, musste ich mit ansehen, wie sich das gefährliche Gewölk von allen Seiten auf uns zubewegte…

Wir waren umzingelt. Es gab keinen Ausweg mehr …

Es war unverkennbar der Schattennebel aus dem Kupferwald.

Die verheerende Wirkung des giftigen Nebels nahm nun nach und nach ganz Wunderland in Beschlag und strömte mit unaufhaltsamer Geschwindigkeit geradewegs auf das Zentrum, das Herz Wunderlands, und damit auch auf mich zu.

Beim Gedanken daran, erneut der betäubenden Wirkung des tödlichen Gases ausgesetzt zu sein, durchfuhr mich ein ängstlicher Schauder. Ich musste verhindern, dass der Nebel ganz Wunderland dem Erdboden gleichmachte.

Mit sich überschlagenden Schritten hastete ich zu den beiden ineinander verwachsenen Bäumen. Ihre Blätter begannen bereits auf beiden

Seiten zu welken und die Rinde schälte sich langsam vom Stamm ab, als würde das Gewächs seine Alterung im Zeitraffer durchlaufen.

Ich versuchte, den goldenen Schlüssel in die tropfende Wunde im Herzen Wunderlands zu pressen, doch sobald das Metall mit dem Baum in Kontakt kam, fielen immer mehr Blätter zu Boden, die von dem zunehmend starken Wind umgehend davongetragen wurden.

Der Baum bog sich knarzend unter der unsichtbaren Last des um uns tosenden Orkans. Der Wind zerrte an seinen Ästen und Zweigen, riss sie hinfort und zerstreute sie in der Welt.

Ich blickte über meine Schulter und erkannte, dass es nicht mehr lange dauern würde, bis die Nebelmassen über unseren Köpfen wie eine nahende Flut aufziehen und uns bis in alle Ewigkeit verschlucken würden.

Meine Hand begann zu zittern und der Schlüssel glitt mir aus den Fingern, woraufhin ich mich hektisch auf die Knie warf, um nach dem letzten der vier Puzzleteile zu suchen.

Verflucht! Das hier durfte ich nicht verhauen!

Konzentrier dich, Alice.

Ich tastete über die schwarz-weißen Steine, während ich weiterhin die aufziehende Nebelwand anstarrte. Eindeutig ein Fehler, denn plötzlich stach mich etwas Spitzes und ein schneidender Schmerz durchfuhr meinen rechten Zeigefinger. Ich hob meine Hand und erkannte einen Schnitt an der Fingerspitze, aus dem ein Tropfen Blut quoll.

Ich hatte mich an einer Scherbe des Spiegelglases geschnitten. Doch ich beachtete den kurzen Schmerz nicht weiter, nachdem ich den goldenen Schlüssel zu fassen bekam. Ich umschloss ihn fest und weigerte mich innerlich, ihn je wieder loszulassen.

Bei der Berührung meiner blutenden Fingerkuppe leuchtete das Rubinherz auf, ehe es strahlte und das Blut absorbierte. Beinahe wirkte es wie ein pulsierender Muskel, wie das menschliche Herz.

Das Blut verband Wunderland mit meiner Mutter.

Könnte meines ebenfalls …?

Ich musste es einfach versuchen!

Instinktiv presste ich das Rubinherz gegen die klaffende Wunde des Baumes, sodass das Strahlen in den Stamm sank. Ich schloss meine Augen und spürte, wie mein Blut weiterhin in den Rubin sickerte und dieser wiederum den Baum belebte.

Jegliche Energie- und Kraftreserven wurden aus mir herausgesogen. Ich merkte, wie das Herz Wunderlands wieder zu Kräften kam und sein Leben unter die Rinde zurückkehrte. Ich lächelte, als ich die Kraft und Macht des Herzens in meinem Inneren pulsieren spürte. Wir teilten dasselbe Blut, waren miteinander verbunden und ebenso wie die zwei zusammengewachsenen Bäume teilten wir uns nun einen Herzschlag.

Wunderland und ich waren eins.

Als ich die Augen zu öffnen wagte, ging eine unsichtbare Druckwelle von dem Zentrum Wunderlands aus, die mein Haar aufwirbelte, den Hügel hinunterwalzte und sich explosionsartig gegen den Schattennebel entlud, um ihn von der Landschaft zu streichen.

Der Himmel glühte in dem gewohnten Dunkelrot über meinem Kopf und die weißlich strahlende Sonne näherte sich dem Kuss mit dem Mond.

Ich hielt noch immer den Schlüssel gegen das zerstörte Schlüsselloch der Bäume gepresst und wartete noch einige schwere Atemzüge ab, bevor ich meine Hand sinken ließ und die heilende Wunde in der Rinde des Herzens zufrieden betrachtete. Neue Knospen und Blätter begannen an den Ästen des Herzbaums zu sprießen und frische Rinde bildete sich direkt vor meinen Augen. Dem Gewächs schien ein zweites Leben geschenkt worden zu sein. Eine Neugeburt für ganz Wunderland.

Ich hatte meine Aufgabe erfüllt …

Ich wandte mich von dem Anblick ab und kehrte dem Herzen meinen Rücken zu. Stattdessen wollte ich zu der einzigen Person, der mein Herz gehörte. Elric lag immer noch am Boden, doch jetzt konnte ich das Bedürfnis, an seiner Seite zu sein, nicht länger unterdrücken und war im Begriff, zu ihm zu eilen. Nach zwei Schritten überkam mich allerdings ein Schwindelanfall. Mein Kopf pochte vor Schmerzen, sodass ich das Gleichgewicht verlor und haltlos zu Boden sackte. Ich stöhnte auf und drehte mich auf den Rücken. Das kalte Gestein kühlte meine erhitzten Glieder und langsam begann ich, zur Ruhe zu kommen.

Eine sanfte Brise strich über meinen Körper, als wollte der Wind mir eine schwerelose Decke überstreifen und mich in den Schlaf wiegen. Meine Augen fielen erschöpft zu und Schwärze drang in mein schwindendes Gedächtnis.

Die alles einnehmende Finsternis, die ich an dem verheerenden Nebel am meisten gefürchtet hatte, kehrte auf einen Schlag zu mir zurück und verzehrte mich vollkommen. Doch nun versprach sie Ruhe und Frieden. Die Last, die mein Herz über die ganze Reise hinweg schwer vor Sorge und Verantwortung gemacht hatte, verschwand endlich. Die dunklen Wolken in meinem Inneren verzogen sich und gaben den Weg für das Sonnenlicht frei. Die Hoffnung, dass sich nun alles verändern würde. Dass nun alles besser werden würde.

In diesem Augenblick spukten mir die Worte eines weisen Freundes durch den Kopf und ich musste unwillkürlich lächeln.

Unterschätze niemals die Macht der Verzweifelten.

17
Für immer

Meine Augen öffneten sich flatternd, als ein heller Schein auf mein Gesicht fiel. Das Licht strich sanft über meine Lider und warf blassblaue Schatten auf die Welt um mich herum. Blinzelnd erkannte ich den Mond mit seinem komplizierten Mechanismus über meinen Kopf hinweg ziehen. Seine Scharniere griffen nahtlos ineinander und erzeugten die Illusion, dass sie den Himmelskörper über das Firmament trieben. Im Hintergrund drehten sich die Zahnräder gemächlich und entwarfen durch ihre stetige Bewegung neue Sternenbilder. Die Sterne selbst blitzten und funkelten wie Edelsteine auf dunkelblauem Samt.

Ich lächelte glücklich. Für einen Moment waren meine Gedanken wie in Watte verpackt, jegliche Erinnerungen an die vorherigen Stunden waren nichts weiter als ein verblassender Nebel in meinem Gedächtnis, der sich nach und nach jedoch zu klären begann.

Mit einem Mal schob sich ein schwebendes Grinsen in mein Blickfeld. Die spitzen Zähne bildeten einen Halbmond und drehten sich im Kreis. Immer und immer wieder, während ich darauf wartete, dass die Illusion in sich zusammenfiel. Für einige Sekunden glaubte ich, ich sei immer noch in einem abstrusen Traum gefangen.

Grinser war immerhin tot.

Sobald jedoch das Gefühl in meinen Körper zurückkehrte und ich mir absolut sicher war, bei vollem Bewusstsein zu sein, war ich umso erstaunter, als das Grinsen sich nicht in Luft auflöste. Das hier fühlte sich echt an. Wie die Wirklichkeit.

»Grinser?«, flüsterte ich mit belegter Stimme, woraufhin ein strahlend blaues Augenpaar vor mir aufleuchtete. Ich setzte mich kerzengerade auf und starrte meinen alten, verloren geglaubten Gefährten fassungslos an.

Das schwebende Katzengesicht zog seine Runden vor meinem Gesicht, während ich einfach nur sprachlos zusah. Als Grinser sich schließlich vollkommen materialisierte, konnte ich auch erkennen, dass ein gewisser fein verzierter Schlüssel auf seinem Rücken rotierte.

Der Körper der Katze war vollkommen unversehrt. Kein Kratzer war auf dem schwarzen Karbon zu erkennen. Die wirbelnden goldenen Gravuren wirkten so lebendig wie noch nie zuvor.

»Wie ist das möglich?«, fragte ich, während die Katze mich mit einem mitleidigen Lächeln bedachte.

Grinser war dem Tod geweiht … Wie war der Schlüssel zu ihm zurückgelangt? Was hatte ihn geheilt?

»Manchmal muss man bei unerklärlichen Lösungen die Magie hinter dem Ganzen akzeptieren und sie nicht hinterfragen, Alice.«

Ich presste meine Lippen entschlossen aufeinander und musterte meinen Begleiter mürrisch. Der besserwisserische Unterton war ihm definitiv bis über den Tod hinaus erhalten geblieben.

Unfassbar … auch die Stimme war zweifellos die von Grinser. Träumte ich etwa? Ich konnte einfach nicht vergessen, wie er in meinen Armen gestorben war. Sein Körper hatte aufgehört, sich zu regen, ich konnte sogar sehen, wie seine Mechanik zum Erliegen kam. Und jetzt schwebte er vor mir her, als sei nichts geschehen. Konnte es sein, dass ich selbst gestorben war und mich jetzt im Jenseits befand?

Ich fuhr mir mit den Händen über beide Arme. Es fühlte sich echt an. Lebendig. Ich legte sogar meine Fingerspitzen an mein Handgelenk, um den Puls zu erspüren. Sobald ich das sanfte Pochen bemerkte, fiel mir ein Stein vom Herzen. Ich war definitiv nicht tot.

Aber warum war Grinser dann hier?

Ich konnte nicht vergessen, wie er in meinen Armen gestorben war. Und jetzt schwebte er vor mir, als sei nichts geschehen.

»Das beinhaltete allerdings nicht die Reinkarnation von Toten«, entgegnete ich.

Ein Seufzen erklang hinter meinem Rücken und als ich mich umwandte, stand ein skeptisch dreinblickender Hutmacher vor mir. Mein Herz schlug unweigerlich ein paar Saltos. Elric schien gestärkt. Die tiefen Furchen, die die Krankheit in seinem Gesicht hinterlassen hatte, waren vollkommen verschwunden und auch das schiefe Grinsen war auf seine vollen Lippen zurückgekehrt. Als er mir schließlich seine Hand hinhielt, zögerte ich nicht lange und ergriff sie, ohne zu zweifeln. Er zog mich auf die wackeligen Beine und umfasste meine Hüfte, sodass ich meine Balance halten konnte.

Ich schaute in seine verschiedenfarbigen Augen, die meinen Blick sehnsüchtig erwiderten und noch immer vermochten, mir den Atem zu rauben. Sie waren vollkommen klar und wiesen keinerlei Anzeichen für einen sich anbahnenden Anfall auf. Tief versteckt hinter seinem undurchschaubaren Ausdruck lag etwas gänzlich anderes … nämlich die aufkeimende Liebe zu mir.

Ich wagte es kaum, zu atmen, als seine Augen zu meinen leicht geöffneten Lippen hinunter wanderten und er sich daraufhin langsam vorbeugte. Sein Mund streifte meinen zunächst zaghaft, bevor er den Kuss vertiefte. Es fühlte sich so an, als würden über meine Lippen kleine Blitze tanzen … elektrisierend, atemberaubend. Mein ganzer Körper wurde durchströmt von tiefgreifender Glückseligkeit und meine Seele seufzte erleichtert: *daheim.*

Wir lösten uns nur widerwillig voneinander.

Es war alles gut … Solange Elric bei mir war, war alles in Ordnung.

Ich schmiegte meinen Kopf an seine harte Brust und lauschte auf das vertraute Ticken seiner inneren Uhr. Doch das, was ich stattdessen vernahm, ließ mich erschrocken zusammenfahren und Elric von mir stoßen.

Ich hatte eindeutig ein pochendes Herz gehört! Eines, das Blut pumpte und den menschlichen Organismus mit rotem Lebenselixier versorgte.

»Wer bist du?«, wisperte ich bedrohlich, während mir der Gedanke kam, dass ich womöglich einen Fremden geküsst hatte, der sich für die Liebe meines Lebens ausgegeben hatte.

»Alice.«

Erstaunlich, selbst seine Stimme klang identisch mit Elrics.

Er kam vorsichtig auf mich zu und musterte mich besorgt. »Ich bin' s, dein verrückter Hutmacher. Ich bin zu dir zurückgekehrt, wie ich es versprochen habe. Ich habe nicht aufgegeben.« Er lächelte mich an.

Ich wusste nicht, was ich denken sollte … Wie war das möglich? Was war mit seiner inneren Uhr geschehen?

War Elric immer noch derselbe, obwohl sein Innerstes sich nun von Grund auf verändert hatte?

»Das ist völlig unmöglich!« Ich begann trotz allem Widerwillen, ihm zu glauben, auch wenn es mir mit jeder Faser meines Körpers missfiel.

»Nur wenn du denkst, dass es das ist«, grinste er mich überlegen an. »Wir haben dir von Anfang an gesagt, du gehörst hierher, du bist ein Teil Wunderlands. Durch deine Verwandtschaft mit der Herzkönigin sogar umso mehr. Dein Blut hat nicht nur das Herz geheilt, sondern das ganze Land«, eröffnete er mir.

I*ch hatte also recht behalten. Meine Blutsverwandtschaft zur Herzkönigin hatte uns alle gerettet.*

In diesem Moment dachte ich zurück an das Ereignis im Kupferwald, als ich im Schattennebel von den Bäumen gefangen gehalten worden war und mein Blut ihre Ranken zurückweichen ließ.

Mein Blut hatte mich bereits damals gerettet.

In gewisser Weise hatte mich meine Mutter auf diese Art gerettet. Hätte ich sie doch nur auch vor ihrem Schicksal bewahren können.

Ich drängte die aufkommenden Tränen zurück und versuchte, seinen weiteren Worten zu folgen.

»Die Schlüssel sind an ihren ursprünglichen Platz zurückgekehrt und haben die alte Ordnung wiederhergestellt.«

Das erklärte zumindest, warum mir Grinser wieder quicklebendig erschien. Er war ein Schlüsselhüter gewesen und durch die Rückkehr des Objekts seines Antriebs wieder regeneriert worden. Wenn ich mit meiner Vermutung richtiglag, so musste auch das Uhrwerk wieder funktionstüchtig sein und nicht mehr bis zur Unkenntlichkeit zerstört am Grunde eines Sees verweilen. Auch der Weise würde nun wieder über seinen wertvollen Schlüssel verfügen.

Glückseligkeit umwehte mich wie eine Sommerbrise. Endlich herrschte Frieden. Alles war an seinen rechten Platz zurückgekehrt. Ich schloss meine Augen und wagte es für einen Moment, dieses Gefühl einfach nur zu genießen. Die Ruhe in mein Herz zu lassen.

»Als ich erwacht bin, obwohl ich eigentlich dachte, ich wäre bereits gestorben, fühlte ich mich von Grund auf verändert.« Elrics Hand legte sich an die Stelle, an der nun sein lebendiges Herz schlug. Ich nickte ihm zögerlich zu und wies den Hutmacher auf diese Weise an, mit seinen Ausführungen fortzufahren.

»Ich spürte das Pochen. Dieses unvergleichliche Gefühl in meinem Brustkorb. Ich fühlte mich lebendig. Wie… neugeboren.« Er lächelte mich an. »Ich habe nun ein Herz, Alice. Ein echtes, schlagendes Herz. Ich weiß nicht, wie es zustande kam, ob es durch unsere gemeinsame Verbundenheit geschaffen wurde oder ob ich einfach wahnsinniges Glück hatte.« Er atmete tief durch und schien sich für die nächsten Worte zu wappnen. »Das Einzige, was ich weiß, ist, dass ich diese Chance nutzen werde. Dich zu sehen, dich wahrzunehmen, mit allen Sinnen. Dich zu fühlen. Ich möchte, dass du die Welt der Gefühle und Emotionen zusammen mit mir ergründest. Traust du dir das zu?«

Seine alles einnehmende Aura ließ mich langsam wieder auf ihn zugehen und in seine Arme sinken, die sich behutsam um mich schlossen. »Natürlich«, wisperte ich leise gegen seine Brust und lauschte dem Echo seines schlagenden Herzens. Es war die wunderschönste Melodie, der atemberaubendste Rhythmus, das bezauberndste Lied, dem ich jemals lauschen durfte. Ich konnte einfach nicht genug davon bekommen.

»Du hast es tatsächlich geschafft, Alice. Du hast Wunderland vor dem sicheren Untergang bewahrt«, raunte er in mein Haar, in der Nähe meines Ohrs. »Du hast mich gerettet«, hauchte er beinahe unhörbar hinterher.

Ich genoss es, das Pochen seines neu gewonnen Herzens unter meiner Handfläche zu spüren. Es bedeutete, dass er lebte, dass er fühlte, dass er liebte. Es war einerseits ein Neuanfang und andererseits die Festigung von etwas Beständigem.

Nach einiger Zeit nahm Elric ein wenig Abstand zu mir ein. Er ergriff meine Hand, um mich ein Stück vom Herzen hinfortzuführen. Seine Finger verschränkten sich mit meinen. Er würde mich nie wieder loslassen.

Als ich jedoch erkannte, wohin er mich leitete, entstand ein gigantischer Klumpen in meinem Hals, der es mir unmöglich machte, zu schlucken. Ich konnte kaum atmen.

Ich wollte nicht zu ihr … und doch musste ich.

Vor uns lagen die sterblichen Überreste meiner Mutter. Die Schönheit war ihr bis in den Tod geblieben. Die Trauer um sie, die ich im Moment ihres Todes zugunsten der Rettung Wunderlands zurückdrängen musste, brach nun wie ein Sturm über mich herein. Ich begann zu weinen und wollte am liebsten nie wieder aufhören. Meine Tränen bezeugten meine Liebe zu ihr. Ich wollte sie nicht gehen lassen und doch war sie schon längst fort.

Ihr Anblick erinnerte mich an eine Puppe, die achtlos weggeschmissen wurde, weil sie nicht mehr funktionierte. Sie lag vor mir. Kaputt, gebrochen.

»Man kann nicht jeden retten«, flüsterte Elric sichtlich erschüttert, während er mit seinem Daumen winzige Kreisbewegungen über meinen Handrücken zog. Ich hatte mich an ihn gelehnt. Sein Halt gab mir die Kraft, überhaupt noch gerade zu stehen.

»Ich weiß, aber ich hatte es irgendwie gehofft«, seufzte ich beim Anblick der gescheiterten Königin.

Ich hatte auf eine gemeinsame Zukunft gehofft.

»Es tut mir leid.« Ich zweifelte keine Sekunde mehr an der Ehrlichkeit von Elrics Worten. Nun, da er ein echtes Herz besaß, hatte er es nicht mehr nötig, Gefühle zu imitieren.

»Du hast mich vor ihrem Wahnsinn gerettet«, wisperte ich leise, doch natürlich vernahm er meine Worte trotzdem. Ich dachte zurück an den Moment, in dem meine Mutter den Dolch gegen mich erhoben und er sich ihr entgegengestellt hatte. Mich beschützte, obwohl der Wahnsinn bereits über ihn hergefallen war.

»Ich kann mich an fast gar nichts mehr erinnern«, flüsterte er. Ich hörte das Bedauern aus seinem Tonfall heraus. Er wusste nichts mehr von seiner Heldentat.

»Ich werde dir irgendwann davon erzählen, aber nicht hier… und nicht jetzt. Das wäre falsch«, erwiderte ich tonlos mit Blick auf meine bis in alle Ewigkeit verstummte Mutter. Mein treuer Hutmacher deutete ein verständnisvolles Nicken an, doch ich konnte eindeutig die Neugierde aus seinem Gesicht herauslesen.

»Allerdings sind wir nicht ihretwegen hier«, begann Elric unsicher und sah mich bedeutungsvoll an.

»Weswegen dann?«, fragte ich ahnungslos.

Er schluckte schwer, bedachte mich mit einem mitleidigen Blick und beugte sich zu dem Leichnam meiner Mutter hinunter, wobei er ihr vorsichtig die Krone vom Haupt entfernte. Einige ihrer blonden Haarsträhnen hatten sich darin verfangen, sodass Elric sie umständlich aus dem Schmuckstück lösen musste. Es schien so, als wollte sie selbst im Tod die Krone nicht ablegen.

Als der Hutmacher schließlich kerzengerade mit dem Diadem in den Händen vor mir stand, glaubte ich plötzlich, in einem grotesken

Albtraum gefangen zu sein. Sein Blick war starr auf mich gerichtet, seine Hände zitterten.

»Alice, Tochter der Herzkönigin. Das Amt Ihrer Vorfahrin hat ein jähes Ende gefunden und ein neuer Nachfolger ist dringend erforderlich.« Ich verstand nicht ganz, was er mit seinen Worten bezweckte. Und doch keimte eine düstere Vorahnung in mir auf. »Ihre Blutlinie, Ihre Erfahrung und Ihr reger Kontakt mit Wunderländern qualifizieren Sie außerordentlich für diese Aufgabe.«

Das durfte nicht wahr sein!

Das musste ein schlechter Scherz sein!

»Ganz Wunderland liegt Ihnen zu Füßen, wir blicken alle auf Sie. Sie sind unsere Leiterin, unser Kompass ist auf Sie ausgerichtet und Sie könnten endlich den erhofften Frieden in unsere Welt tragen, nach all der Zeit der Verzweiflung und Trauer, die die Herzkönigin über uns gebracht hat.« Ich konnte nicht fassen, was Elric da von sich gab. Es klang so offiziell, als wären es nicht seine Worte, als wäre es nicht er selbst, der da zu mir sprach. Es schien nun seine Pflicht zu sein, die zukünftige Königin auszuwählen.»Fühlen Sie sich dieser Aufgabe gewachsen, Alice, Bezwingerin über Herz, Verstand und Wahnsinn?« Elric drehte das Diadem in seinen Händen unaufhörlich hin und her, während er diese Worte verkündete.

»I-ich weiß nicht, ob ich das kann«, gestand ich aufrichtig. »Wunderland ist zwar meine Heimat, das habe ich inzwischen verstanden und akzeptiert, doch diese Entscheidung zu treffen, scheint mir zu voreilig. Ich bin nicht für dieses Amt geeignet. Es wäre falsch von mir, die Krone anzunehmen.«

Mein Blick zuckte kurz zu meiner Mutter, doch ich musste schnell wieder wegsehen, um nicht erneut in Tränen auszubrechen. Ein Schniefen konnte ich jedoch nicht unterdrücken.

Für einen Moment starrte mich der Hutmacher sprachlos an. Als hätte er nicht damit gerechnet, dass ich mich weigern würde.

»Ich kenne keinen, der besser dafür geeignet wäre als du, Alice. Du hast die halbe Welt umrundet, hast jegliche Gefahren überstanden, dich beinahe aufgeopfert für uns alle und Wunderland von innen heraus mit deinem Blut geheilt. Das ist mehr, als wir jemals verlangen könnten.«

Ich seufzte auf und mied seinen Blick. Zu groß war die Angst, dass ich vergaß, über welche Dimensionen wir hier redeten. Wenn ich Wunderlands Königin geworden wäre, hätte ich vermutlich nie wieder in die Menschenwelt zurückkehren können. »Du hast recht. Ich habe das alles getan, weil ich es musste. Weil ich keine Wahl hatte und das Land retten musste. Es zu regieren, erscheint mir falsch. Nein, das kann ich nicht.«

Ich verschränkte die Arme vor meinem Oberkörper und wartete ab, was Elric dazu zu sagen hatte. Ich wüsste nicht, wie er mich noch umstimmen könnte.

»Das war's dann? Du willst in deine geliebte Menschenwelt zurückkehren, uns alle vergessen, mich eingeschlossen? Sind wir dir denn dermaßen gleichgültig? Ist Wunderland für dich wertlos?« Seine Stimme klang provozierend und ließ durchscheinen, wie verletzt er sein musste.

Konnte er denn nicht erkennen, wie schwer mir das alles gerade fiel?

»Hör auf damit. Du weißt genau, dass das nicht der Fall ist! Ich liebe alles hier, ich liebe Grinser und das weiße Kaninchen, ich liebe Wunderland und ich liebe dich, Elric. Sogar mehr als das, denn diese drei Worte können bei Weitem nicht ausdrücken, was ich für dich empfinde!« Meine Stimme bebte und brach schließlich.

Elric kam auf mich zu und nahm mir langsam meinen von ihm angefertigten Hut vom Kopf. Stattdessen setzte er mir das Diadem aus goldenen Zweigen auf. Der herzförmige Rubin ruhte auf meiner Stirn, dort, wo mein Scheitel begann. Ich hielt den Atem solange an, bis seine Augen die meinen streiften und sich unsere Blicke wie die zwei Gegenpole eines Magneten anzogen.

»Ich liebe dich auch, Alice … Du musst deine zweite Welt nicht für uns aufgeben, du musst dich nicht für eine entscheiden«, meinte er in seichtem, beruhigendem Ton.

»Was?«, hakte ich hoffnungsvoll nach.

»Du vereinst das Beste aus beiden Welten, sowohl aus der menschlichen als auch aus unserer. Du solltest dich nicht entscheiden müssen. Auch wenn es natürlich einiges erleichtern würde. Du könntest eine Vermittlerin sein, eine Beschützerin, eine Herrscherin und Königin … Und ich wäre stets an deiner Seite.«

Unterschiedliche Gedanken und Einflüsse strömten auf mich ein, ich war vollkommen durcheinander, doch ein einziger von ihnen kristallisierte sich heraus.

Bedeutete das etwa …

»Ich darf also zu meinem Vater?« Die aufkeimende Hoffnung, die in meiner Frage versteckt lag, war unüberhörbar. Elric nickte kurz entschlossen und ich fiel ihm stürmisch um den Hals. »Danke, danke, danke!«, schluchzte ich und dieses Mal konnte ich die Tränen der Erleichterung und Freude nicht zurückhalten.

Sobald ich mich ein wenig beruhigt hatte und Elric die Krone zurechtrückte, entschied ich mich dazu, doch lieber seinen eigens für mich angefertigten Hut zu tragen. Ein solches Schmuckstück passte einfach nicht zu mir.

Ich nahm also die Krone von meinem Kopf und ging auf meine Mutter zu, setzte ihr sie erneut auf das Haupt und gab ihr einen Abschiedskuss auf die Stirn. Sie würde immer eine Königin bleiben. Für Wunderland und auch für mich. Ich war stolz auf sie. Stolz auf ihren Mut, ihren erbitterten Kampf und ihren Willen, der selbst dem Wahnsinn gestrotzt hatte.

Ein tickendes Herz war einfach zu schwach für sie gewesen. Keine Technik oder Mechanik der Welt hielt wahren Emotionen stand.

Als ich wieder zu meinem Hutmacher zurückkehrte, erhob er feierlich den wundervollen Hut über mein blondes Haar und ließ ihn sanft auf seinen Platz niedersinken, während er die Worte sprach, die mein Schicksal endgültig besiegelten: »Hiermit kröne ich dich, Alice, zur Königin über Wunderland. Mögest du lange leben und regieren, Großes leisten und immerzu treue Gefährten an deiner Seite wissen. Ich verleihe dir dieses hohe Amt von jetzt an bis in alle Ewigkeit. Für immer.«

Ich hauchte einen lautlosen Dank in seine Richtung und er lächelte mir erfreut zu.

»Bevor ich mit der Erfüllung meiner Pflichten beginne, muss ich allerdings noch etwas überaus Wichtiges erledigen«, meinte ich, als die schlichte Zeremonie im Mondschein vor dem Herzen Wunderlands mit lediglich zwei Zeugen vollzogen worden war…

Beim Gedanken an meinen Vater, der allein zu Hause sein Dasein fristete, bekam ich sofort ein schlechtes Gewissen. Doch ich würde ihn nicht Hals über Kopf im Stich lassen, so wie meine Mutter einst. Ich würde alles wiedergutmachen. Das schwor ich mir.

Ich wusste zwar noch nicht, was ich zu ihm sagen würde, doch ich legte mir schon jetzt die Worte zurecht, die rechtfertigten, was ich erlebt hatte. Dann wandte ich mich wieder Elric zu.

»Eine Frage hätte ich allerdings noch«, merkte ich an. Sein aufmerksamer Blick ruhte auf mir und schien den Moment einzufangen. »Wie lange genau ist ›für immer‹?«

Er lächelte wissend, rückte näher an mich heran und wisperte: »Manchmal nur eine Sekunde.«

Epilog

In einer kühlen Sommernacht traten Elric und ich Hand in Hand durch den wiederhergestellten Spiegel des Herzens Wunderlands und krochen aus dem Kaninchenloch im Abney Park heraus, wo mein halsbrecherisches Abenteuer begonnen hatte. Offensichtlich war der Spiegel eine Art Portal zwischen den zwei Welten, das allerdings nur der Königin selbst und ihren engsten Verbündeten zur Verfügung stand, wie Elric mir erklärte.

Das Gefühl, als wir durch die Spiegeloberfläche schritten, ließ sich nur als seltsam bezeichnen. Zunächst schien sich das Glas wie die Oberfläche von Wasser zu verhalten. Es kräuselte sich und bildete bei jeder Berührung kleine Ringe. Doch sobald man mit dem ganzen Körper hinein tauchte, wurde die Welt um einen herum zäh. Man konnte sich kaum bewegen und glitt quälend langsam durch einen luftlosen Raum. Nach einer Sekunde war man auf der anderen Seite angekommen und doch fühlte es sich wie eine kleine Unendlichkeit an, in der man zwischen den Welten gewandelt war.

Wir hatten in einem dunklen Erdloch gestanden. Über uns war ein Loch zu sehen gewesen, durch welches das Mondlicht hereinfiel. Erst als wir uns gegenseitig aus dem Erdboden halfen, erkannte ich die Gegend und das Kaninchenloch wieder.

Als wir am Rande des Abgrunds standen, betrachtete ich Elric heimlich. Er klopfte sich gerade den Dreck vom Jackett und warf mir ein spitzbübisches Lächeln zu, bei dem sich seine Grübchen zeigten. Ich grinste zurück.

Nur einen Wimpernschlag später fand ich mich in seinen Armen wieder. Seine Lippen strichen über meine hinweg. Sanft, wie ein

Lufthauch. Ich spürte die Anziehungskraft zwischen uns und gab ihr nach. Sofort breitete sich dieses ganz bestimmte elektrische Knistern in meinem Körper aus, das mich nur in Elrics Gegenwart überfiel. Meine Lippen kribbelten, mein Körper stand unter Strom und meine Gedanken erlitten vermutlich einen Kurzschluss.

Das war es also.

Das Märchen über die Liebe, von der jeder erzählte …

Man verweilt mit einem Fuß über dem Abgrund, während man mit dem anderen krampfhaft versucht, den festen Boden unter sich zu bewahren. Doch stattdessen wird man in die Tiefe gesogen und beginnt, den Fall zu genießen, die abgrundtiefen Gefühle und das Verschmelzen mit dem anderen, sodass die Welt, gleichgültig ob menschlich oder wunderlich, an Bedeutung verliert und die eigenen Augen von ihrem Gegenstück angezogen werden, bis das eigene Herz vor Emotionen zu zerspringen droht.

Erst als Elric sich von mir löste, konnte ich wieder durchatmen und einigermaßen klar denken.

»Wir schaffen das schon«, flüsterte er mir zu. Ich nickte schwerfällig. Langsam begann die Realität wie ein Regenschauer auf mich einzuprasseln. In meinen zitternden Händen ruhte ein bedeutungsschwerer Brief, der an meinen Vater gerichtet war und dessen emotionales Gewicht mich beinahe wieder ins Wunderland hinab zog.

Ich hatte mir einige Tage Zeit gelassen, um sicherzugehen, dass in meinem neu gewonnenen Königreich alles zu seiner alten Ordnung zurückgekehrt war.

Zuerst hatten wir das Uhrwerk neu errichtet, das die Zeit zurück nach Wunderland brachte. Das Mühlrad drehte inzwischen wieder unablässig seine Runden und erzeugte einen Wasserfall, während das zuvor zerbrochene Ziffernblatt wieder an Ort und Stelle hing, ohne die Spur eines einzigen Risses. Selbst die Taschenuhren in den Bäumen tickten wieder allgegenwärtig beständig vor sich hin. Auch der Rostwald hatte seinen alten Glanz zurückerlangt.

Die Erdrisse im Boden, die Wunderland entzwei geteilt hatten, schrumpften mit jedem Tag mehr. Wenn ich in der Nähe des Abgrunds stand, konnte ich beinahe spüren, wie der Boden unter meinen Füßen rumorte und sich langsam, aber sicher wieder schloss.

Wunderland heilte. Der Verfall war gestoppt worden. Und nun begann der Heilungsprozess.

Schließlich hatten wir einen kleinen Zwischenstopp bei Elrics Teegesellschaft gemacht. Ich kannte zum Glück schon die Vorteile seines Domizils, nämlich ein scheinbar unbegrenzter Vorrat an Süßigkeiten und seltsamen Getränken. Es fühlte sich an, wie nach Hause zu kommen. Alles wirkte so vertraut. Besonders mit dem Hutmacher an meiner Seite.

Er hatte mich in den vergangenen Tagen, die unnachgiebig an meinen Kräften und Nerven gezehrt hatten, gestärkt. Sein Rückhalt war inzwischen unverzichtbar für mich. Ohne ihn hätte ich meine Aufgabe als Königin nicht angetreten. Oder ich hätte mich in eine Ecke zusammengekauert und wäre niemals wieder hervorgekommen.

Es hatte Tage gedauert, in denen ich das Thema mehrmals mit ihm durchgekaut und er mich ermutigt hatte.

Und endlich fühlte ich mich dazu bereit, mich meiner bisher größten Aufgabe zustellen. Ich musste meiner Vergangenheit gegenübertreten. Und zwar indem ich mit meinem Vater redete.

Elric reichte mir nun seine Hand. Ich bemerkte den freudigen Schimmer in seinen Augen und konnte nicht anders, als innerlich einen kleinen Luftsprung zu vollführen. Seitdem er ein schlagendes Herz in seiner Brust trug, schien er erleichtert und vor allem glücklich zu sein.

Er würde noch lernen müssen, mit seinen Emotionen zu leben und mit ihnen umzugehen. Doch ich schwor mir, jeden Schritt mit ihm zu gehen, nicht von seiner Seite zu weichen und ihn in jeglicher

Situation zu unterstützen, sofern ich konnte. Wir hatten schließlich weitaus Schwierigeres zusammen durchgestanden, als seine Stimmungsschwankungen und Gefühle unter Kontrolle zu bringen.

Zusammen spazierten Elric und ich über die Schotterwege des Abney Parks, bis wir an dem gusseisernen Tor ankamen. Es schien eine Ewigkeit her zu sein, seit ich mich wagemutig über dessen Spitzen hinweg geschwungen und die Verfolgung des weißen Kaninchens aufgenommen hatte.

Ich war damals dem Ruf Wunderlands, meiner alten, vergessenen Heimat, gefolgt – nur hatte ich es damals noch nicht gewusst.

Der Hutmacher half mir, über den Zaun zu gelangen, indem er eine Räuberleiter bildete und ich mich davon abstieß. Er selbst zog sich spielerisch an den Stangen in die Höhe und schwang sich ohne Schwierigkeiten hinüber.

Pff … Angeber!

Wir durchquerten die vielen Straßen und verwinkelten Seitengassen des East Ends von London, ständig begleitet von wildem Hupen, hektisch aufblitzenden Lichtern oder den Blicken der zwielichtigen, in den Schatten der Stadt herumlungernden Gestalten. Ich verspürte unmittelbar eine tiefgreifende Sehnsucht nach Wunderland.

Ich hatte mich so lange nach London, meiner Stadt, meinem Zuhause gesehnt, und jetzt, da ich mich inmitten meiner eigenen Welt befand, wünschte ich mir nichts mehr, als in das eigensinnige Wunderland zurückzukehren. Mein Herz hatte sich dort eingenistet, hatte diese Welt mit ihren wunderlichen Gestalten und faszinierenden Naturphänomenen akzeptiert und lieben gelernt.

Doch an eine Rückkehr war nicht zu denken, ehe ich erledigt hatte, weshalb ich hier war.

Elric schien umso erstaunter von der neuen Umwelt zu sein. Er wollte alles berühren und jede Kleinigkeit über die Stadt wissen, weshalb wir nicht so schnell vorankamen, wie ich es mir erhofft hatte.

Seine Faszination für solch alltägliche Dinge wie Mülleimer oder Werbereklamen gestaltete unseren Weg schwieriger als gedacht.

Unsere kleine Wanderung wurde durch seine ständigen begeisterten Ausrufe begleitet, ebenso wie von seiner Angewohnheit, auf alle möglichen Dinge zu deuten und zu rufen: »Schau dir das mal an!«

Meine Instinkte übernahmen währenddessen die Steuerung meiner Muskeln. Ich erinnerte mich zurück an all die Male, die ich diese Wege schon entlanggegangen war. Meine Füße fanden wie von selbst den Weg zu meinem Heim zurück. Ohne es zu bemerken, wurden meine Schritte immer schneller und drängender. Als ich mein Wohnhaus bereits von Weitem erkannte, musste ich einfach losrennen. Tränen brannten in meinen Augenwinkeln, doch ich blinzelte sie hinfort und preschte weiter voran. Elric rannte neben mir her und sagte kein Wort. Manchmal war Schweigen wertvoller, als jedes Wort es jemals hätte sein können.

Als ich schließlich atemlos an der mehrstöckigen Hausfassade hinaufblickte, gähnten mir die größtenteils verdunkelten Fenster entgegen.

Mein Herz raste. Ob das an meinem Sprint oder der Aufregung lag, konnte ich nicht auseinanderhalten. Mit zitternden Beinen ging ich auf das Haus zu. Elric folgte mir wie ein Schatten.

Schließlich stand ich vor der Tür des Wohnhauses. Für einen Moment war ich hilflos. Mein Blick glitt über die Dutzenden Klingelschilder hinweg und blieb an meinem Nachnamen hängen. Die krakelige Schrift war die eines Kleinkindes. Ich musste kurz schmunzeln. Ich hatte als Fünfjährige darauf bestanden, unser Klingelschild zu beschriften, und obwohl mehrere Buchstaben falschherum oder spiegelverkehrt geschrieben waren, machte mich dieser Anblick immer wieder glücklich.

Ich seufzte schwer und wandte mich von den Klingelschildern ab, während ich den Türgriff leicht anhob und meinen Fuß unten links gegen die Tür rammte. Gott sei Dank wurde unsere Haustür seit gut zehn Jahren nicht mehr repariert. Ich kannte ein paar Geheimtricks, um mich nachts aus dem Wohnhaus heraus- und später wieder hineinzuschleichen, auch ohne im Besitz eines Schlüssels zu sein.

Die mir inzwischen fremd gewordenen Graffitis auf der Tür versetzten mir einen Stich ins Herz. Es gab eine Zeit, in der ich jedes noch so winzige Kunstwerk und manchmal auch den Künstler kannte, doch wie lange war das bereits her? Meine einst bunten Erinnerungen an dieses Haus wurden durch billige Sprühfarbe überlagert und verdeutlichten mir wieder einmal, dass dies hier nicht länger meine Heimat war.

Für einen Moment standen wir unschlüssig im Hausflur. Der miefige Geruch war mir so vertraut, dass er mein Herz zusammenkrampfen ließ. Ich schluckte schwer und betrachtete die Briefkästen an der Seite. Alle schienen geleert worden zu sein, bis auf einen. Ich musste nicht auf das Namensschild schauen, um zu wissen, dass es unserer war. Und dass mein Vater seit gut und gern zwei Wochen nicht mehr nach der Post geschaut hatte.

Eigentlich war mein Vater penibel, was solche Dinge anging. Unordnung und fehlende Organisation waren seine schlimmsten Albträume. Er musste immer alles unter Kontrolle haben. Doch anscheinend war dem nicht mehr so. Nicht mehr, seitdem ich weg war, wie es schien.

Auf leisen Sohlen bestiegen wir zusammen die Wendeltreppen bis in den dritten Stock, sodass ich schließlich zweifelnd vor unserer Wohnungstür verharrte. Keiner von uns sagte ein Wort, mein Herz verzehrte sich allerdings danach, durch die Tür zu brechen und meinen Vater in die Arme zu schließen. In meinen Händen knisterte das Papier des Briefumschlags. Das Geräusch erinnerte mich daran, dass ich es mir absolut nicht leisten konnte, entdeckt zu werden.

Ich stellte mich auf die Zehenspitzen, tastete über den oberen Teil des Türrahmens und betete, dass mein Vater sein Schlüsselversteck beibehalten hatte. Tatsächlich spürte ich kurz darauf den verschlissenen Ersatzschlüssel und schloss die Wohnungstür auf, wobei ein leises

Klicken die Stille durchbrach. Dunkelheit quoll mir entgegen und für einen Augenblick erinnerte mich der finstere Wohnungsflur an den Schattennebel und seine alles verzehrende Schwärze.

Komm runter, Alice.

Einatmen …

Ausatmen …

Ich ging voran, doch Elric war mir dicht auf den Fersen, als ich die ersten Schritte in mein altes, seltsam fremdes Zuhause trat.

Ich betätigte den Lichtschalter und Elric schloss die Tür hinter uns. Als ich mich vorsichtig durch den Flur bewegte, sah ich allerdings etwas Ungewöhnliches. Hier hingen überall Fotos. An allen Wänden Fotos von mir. Nicht geordnet, sondern schief und krumm. Es waren so viele, dass ich sie unmöglich zählen konnte

Als ich mich einigen von ihnen näherte, erkannte ich im schummrigen Licht, dass sie allesamt mich darstellten.

Ein Porträt von mir, das ich für ein Bewerbungsschreiben hatte aufnehmen lassen.

Ein Selfie von Lucy, Katy und mir.

Ein Bild, auf dem ich herzhaft lachte und meine Locken aufgrund der schnellen Bewegung nur verschwommen zu erkennen waren.

Ich schauderte. Das hier war eine Erinnerungswand. Mein Vater wollte mich offenbar nicht loslassen und war nicht dazu bereit, mich aus seinem Leben zu verbannen.

Einerseits war ich erleichtert, dass er mich nicht krampfhaft vergessen wollte, wie er es bei meiner Mutter getan hatte, indem er alle Bilder von ihr verbrannte. Doch war das hier tatsächlich besser?

Es erinnerte mich an einen Schrein. Für jemanden, der schon lange verschwunden oder vielleicht sogar tot war.

Ich wusste nicht, was mit mir passieren würde, wenn mein Vater plötzlich vor mir stünde. Ich atmete tief durch und versuchte so, die nahende Panikattacke zu unterdrücken, die sich in mir anstaute.

»Ich muss hier raus …« Meine Stimme war heiser, weil ich versuchte, den Kloß in meinem Hals zu ignorieren. Ich wandte mich um und wollte gerade aus der Wohnung stürmen, als Elric meine Schultern fasste und sanft mit dem Kopf schüttelte. Er deutete mit einer Kopfbewegung auf den Brief.

Verdammt, er hatte ja recht …

Ich wollte den Brief in mein Zimmer legen, damit mein Vater ihn hoffentlich schnell fand.

Ich fühlte mich wie ein Vulkan. In meinem Inneren sammelte sich heiße Lava aus Trauer, Verzweiflung und Angst. Bald würde ich ausbrechen. Wie viel danach noch von mir übrig blieb, war ein Rätsel …

Elric und ich schlichen uns bis zum Ende des Flurs und hielten vor meiner Zimmertür an. Er warf mir einen ermutigenden Blick zu, bevor ich lautlos die Klinke nach unten drückte. Schnell rein und genauso schnell wieder raus. Niemand durfte etwas bemerken.

Ich hätte den Brief natürlich auch einfach in den Briefkasten schmeißen oder unter der Tür durchschieben können. Doch das kam mir falsch vor. Als würde ich mir den Abschied absichtlich einfacher machen. Das wollte ich nicht. Auch wenn es mich innerlich zerriss, ich musste das hier durchstehen.

Ich knipste das Licht an, nur um kurz darauf den Schreck meines Lebens zu erleiden.

Dort, in meinem Bett, umgeben von flauschigen Kissen, lag mein Vater und schlief tief und fest. Sein Anblick erschütterte mich bis ins Mark. Er sah so tieftraurig und verloren aus, selbst im Schlaf. Ein kleiner Mann ohne jeglichen Halt, ohne Familie.

Wie hatte ich je denken können, dass ich die ganze Aktion auf diese Weise durchziehen konnte?

Ich wollte schon zu ihm hinübereilen, doch Elric hielt mich zurück. Als ich ihn anblickte, schüttelte er leicht mit dem Kopf.

»Das ist zu riskant, du solltest einfach nur den Brief abgeben«, hauchte er mir leise, aber dennoch bestimmt zu.

Ich riss meinen Arm aus seinem Griff los.

Ich war mir bewusst, dass wir es so abgemacht hatten, um nichts zu riskieren, doch der Anblick meines Vaters hatte mein Herz vor Sehnsucht verkrampfen lassen. Ich konnte ihn nicht einfach so hier zurücklassen.

Ich hob den Brief vor Elrics Gesicht, packte an beiden Enden fest zu und riss ihn entzwei. Das ratschende Geräusch hallte laut im Zimmer umher, doch mein Vater reagierte nicht darauf. Seine Lider zuckten nur leicht.

Der Hutmacher runzelte die Stirn. Er wusste, wie lange ich an diesen sorgfältig gewählten Worten gesessen hatte. Wie viele Stunden ich nach den richtigen Formulierungen gesucht und immer wieder alles verworfen hatte. Erst nach dem gefühlt tausendsten Entwurf war ich einigermaßen zufrieden gewesen. Der Brief hätte einen guten Dienst erfüllt.

Doch manchmal waren Entwürfe und Versuche das eine und das echte Leben das andere. Es lief nie nach Plan. Das hatte ich auf die harte Tour lernen müssen.

»Elric«, begann ich und sah ihn ebenso entschlossen an, wie seine Stimme geklungen hatte. Ich musste mich beherrschen, um beim Flüstern zu bleiben. »Lektion eins in der Welt der Fühlenden: Manchmal ist etwas taktisch unklug, aber emotional notwendig. Merk dir das.«

Sein Blick zuckte durch mein Gesicht, als würde er nach etwas Bestimmtem suchen. Nach einem Zeichen, dass ich es ernst meinte. Bei meinen Worten knirschte er zwar protestierend mit den Zähnen, doch schließlich ließ er mich los.

»Sei vorsichtig«, raunte er noch, bevor er sich in eine Zimmerecke stellte und mich dabei beobachtete, wie ich mich mit zitternden Beinen auf meinen schlafenden Vater zubewegte.

Es tut mir leid, Vater ... So unendlich leid.

Keine Worte werden jemals wiedergutmachen können, was ich dir angetan habe. Doch ich werde versuchen, es dir zu erklären. Ich werde dir meine Geschichte erzählen.

Ich hockte mich auf die Bettkante und gestattete mir für einen Moment, seinen friedlichen schlafenden Anblick in mich aufzunehmen, bevor ich sanft an seiner Schulter rüttelte und er sofort in die Höhe schnellte.

Sein schlaftrunkener Blick blieb an mir hängen, erst für eine Sekunde, dann zwei. Er blinzelte mehrmals, rieb sich mit geballten Fäusten die trägen Augen und betrachtete mich ratlos.

»Alice? Bist du es?«, raunte er schließlich, die Müdigkeit war ihm deutlich anzumerken. Wer weiß, wie lange er wachsam auf mich gewartet hatte, bevor er die Hoffnung auf meine Rückkehr aufgegeben und sich schlafen gelegt hatte.

»Ja, Dad, ich bin's«, flüsterte ich. Ein Schluchzen kam über meine Lippen, noch bevor ich es verhindern konnte.

Mein Vater blinzelte die aufsteigenden Tränen weg, bevor er mich in eine seiner seltenen Umarmungen zog. Es verging eine ganze Weile, in der wir so verharrten und uns weigerten, den jeweils anderen freizugeben. Er schien nicht einmal Elric bemerkt zu haben, der mit den Schatten in meinem Zimmer verschmolzen war und sich im Hintergrund hielt, um mir genug Freiraum zu lassen.

Schließlich fasste mein Vater mich bei den Schultern und blickte mir wachsam in die Augen. »Ich kann nicht fassen, dass du tatsächlich wieder da bist. Bist du es wirklich?« Er sah mir tief in die Augen, als wolle er sichergehen, dass ich kein Traum oder eine Illusion war. »Du warst wie vom Erdboden verschluckt. Niemand konnte dich finden.« Tränenflüsse strömten über seine Wangen. Mit zittrigen Händen versuchte ich, sie fortzuwischen. »Ich wollte die Hoffnung nicht aufgeben, doch ...« Mein Vater hielt inne und seine Augen trübten sich. »Es war wie damals. Nur schlimmer. Wo warst du bloß, Alice?« Schmerz zuckte wie ein Blitz durch seine Augen, als er diese Worte an mich richtete. Ich konnte mir nicht einmal ansatzweise vorstellen, welche Wunden ich in seinem Inneren wieder aufgerissen haben musste.

Ich schuldete ihm die Wahrheit, doch wo sollte ich anfangen?

Niemals hätte ich gedacht, dass ein Moment mein ganzes Leben verändern konnte …

Dass es nur einen Augenblick benötigte, um meine Existenz zu zerstören …

Und dass eine Sekunde ausreichte, um mein Schicksal zu besiegeln.

Ich atmete tief durch und lächelte sanft.

»In der Nacht des 4. Juli 2016, traf ich eine Entscheidung, die mein gesamtes Dasein beeinflussen sollte. Ich folgte dem weißen Kaninchen …«

Ende

Danksagung

»A greatful heart is a magnet for miracles.«
Anonym

Ein Buch zu schreiben und es in den Händen halten zu können, ist schon seit vielen, vielen Jahren ein Traum von mir gewesen. Einer, für den ich bereit war einen langen Weg auf mich zu nehmen. Dass mein Traum nun wahr wird, habe ich vielen, wundervollen Wegbegleitern zu verdanken. Ich danke euch allen vom ganzen Herzen!

Besonders möchte ich Julia Adrian danken. Meiner guten Fee. Ohne dich, deinen Zuspruch und deine unglaubliche Unterstützung würde es »Madness« in dieser Form wahrscheinlich nicht geben. Du hast mein Märchen zur Realität gemacht und bist selbst zu meiner guten Fee geworden. Ich danke dir für alles!

Auch Astrid Behrendt möchte ich danken. Für dein Vertrauen in meine Geschichte, für jedes liebe Wort und einfach für die Tatsache, dass du »Ja« zu mir und Alice gesagt hast. Als ich »Madness« geschrieben habe, ahnte ich keineswegs, dass es sich um ein Drachenei handelte. Und nun ist unter deiner Fittiche ein Drache herangereift, der unter dem Drachenmond fliegen darf. Ich werde nie genug Worte finden, um meine Dankbarkeit vollkommen auszudrücken, doch ich möchte, dass du weißt, dass du nicht nur Drachenmutter, sondern auch Traumerfüllerin für mich bist.

Weiterhin möchte ich der zauberhaften Marie Graßhoff danken, die meiner Geschichte ein Gewand geschneidert hat, das jegliche meiner Erwartungen übertroffen hat. Es trifft die Stimmung des Buches perfekt. Danke dir für deine Mühen und deine grandiose Arbeit!

Auch Dirk B. Granzow hat einen großen Anteil an dem fertigen Buch geleistet, indem er es im Lektorat auf Logik und Fehler geprüft hat. Ich danke dir für deine Geduld mit mir und das Feingefühl, das du meiner Geschichte gegenüber bewiesen hast. Danke für deine Kritik und dein Lob.

Mein Dank geht ebenfalls an Martina König, die während des Korrektorats jeden Fehlerteufel tapfer verfolgt hat. Danke für deinen Ehrgeiz und deine tolle Arbeit!

Ein besonderes Dankeschön geht ebenfalls an meine tapferen Testleser, die mich von Anfang an begleiten und mir Mut zusprachen: Nadine Dzaack, Toni Grey, Katharina Krais, Sandra Geisler und Marleen Grand. Ihr seid der Wahnsinn!

In der Autorenwelt habe ich zudem ein paar sehr gute Freunde gefunden, die ich von nun an nicht mehr an meiner Seite missen möchte: Mareike Allnoch, Julia Seuscheck, Christian Handel, K. K. Summer, Ney Sceatcher und Ecem Üzüm. Fühlt euch bitte alle gedrückt!

Außerdem möchte ich der gesamten Drachenfamilie danken. Ich bin so unfassbar glücklich ein Teil von euch zu sein. Ich kann es nicht erwarten euch alle im Drachennest wiederzusehen. Euer Rückhalt und eure Unterstützung bedeuten mir unglaublich viel!

Und natürlich wäre ich nichts ohne den Rückhalt meines grandiosen Bloggerteams. Ihr seid alle mit so viel Herz und Begeisterung dabei, dass ich oft zu Tränen gerührt bin. Ihr rockt!
Franzy Stein, Emely Werkmeister, Sophia Knorr, Kerstin Götschin, Marion Geier, Michèle Linzel, Toni Grey, Nadine Dzaack, Jana Ehring, Yasmin Ibrahim, Katharina Krais, Melina Kochan, Anna Hein, Sabrina Nadin, Ney Sceatcher, Julia Fraczek, Nicole Wakulczyk, Anastasia Keppel, Patrizia Juri, Rebecca Stratmann, Debbie Klose und Tanja Raupach.

Natürlich möchte ich auch meinem genialen Freundeskreis danken. Zunächst ein großes Danke an meine geniale Uni – Truppe, in der alle über mein geheimes Doppelleben Bescheid wissen: Melanie Bell, Zülal Usta, Derya Schatzi, Alisa Koch, Alexandra (tut mir leid ich will deinen komplizierten, russischen Nachnamen nicht falsch schreiben, deshalb gehe ich auf Nummer sicher und lasse ich es lieber), Anna Gorchs, Elina Wist und Marie Adebahr. Ihr seid genial und versüßt mir immer wieder aufs Neue den Alltag. Fühlt euch umarmt!

Natürlich danke ich auch meinen verrückten Freunden, die jedes Erlebnis unvergesslich machen und mich schon jahrelang kennen (und trotz einer Menge peinlicher Situationen an meiner Seite geblieben sind): Anna Junker, Janis Rheker, Sarah Henneke, Zvicky Wilhelm, Judith Gnade, Jessica Horak, Franziska Tilly, Alexandra Brandt, Susi Kieslich und Christina Krawinkel.

Ein ganz besonderer Dank geht an Sophia Tölle, die ich schon mein ganzes Leben lang kenne und die mich manchmal sogar besser kennt, als ich mich selbst.

Ein Leben ohne euch wäre für mich unvorstellbar!

Außerdem geht ein großer Dank an meine Familie: An meine Eltern, meine Schwester Lilli und meinen Onkel Jojo. Danke für euren Zuspruch und eure Unterstützung! Ohne euch würde ich heute nicht hier stehen.

Nun möchte ich noch einem ganz besonderen Menschen danken: Marc Ribeiro, ohne dich würde dieses Buch vermutlich gar nicht existieren. Ich danke dir hiermit für jeden Moment, in dem du mir Mut gemacht hast, obwohl ich die Hoffnung schon längst aufgegeben habe. Ich danke dir für jeden Augenblick, in dem du nicht an mir gezweifelt hast, obwohl ich es getan habe. Ich danke dir für jedes aufbauende Wort und jeden motivierenden Satz. Du hast mich immer wieder daran erinnert, dass die Anstrengungen das Ergebnis wert sind und natürlich hast du recht behalten (wie immer). ☺
Ich danke dir von ganzem Herzen! Ich liebe dich.

Zu guter Letzt danke ich DIR, lieber Leser!
Du hast Alice und Elric auf ihrer Reise bis zum Schluss begleitet, du hast die Herzkönigin besiegt und Wunderland geheilt.
Du ahnst nicht, wie viel es mir bedeutet, dass du meine Geschichte gelesen hast. Ein Autor ist nichts ohne seine Leser. Ohne euch wäre »Madness« nicht komplett.

Ihr seid das Herz dieses Buches und ich danke jedem einzelnen von euch!

Salome Fuchs

Nimmerlands Fluch

ISBN: 978-3-95991-675-2, kartoniert, EUR 12,90

Was wäre, wenn alles, was du in deiner Kindheit über Peter Pan gehört hast, eine einzige Lüge ist?
Peter Pans Macht knechtet nicht nur Nimmerland – auch in die Menschenwelt gelangt er immer wieder, um sich dort von Kinderseelen zu ernähren.
Es gibt nur einen Ausweg aus diesem Albtraum: Fay.
Doch die kann nicht glauben, dass sie es sein soll, die Pan besiegen wird. Und hinter jeder Ecke scheint ein Geheimnis zu lauern, das darauf wartet, seine spitzen Krallen tief in das Fleisch der ahnungslosen Opfer zu schlagen.

Emily Thomsen

Flerya – Drachenschlaf

ISBN: 978-3-95991-351-5, kartoniert, EUR 14,90

Einst verbannte der Drachenkönig Gardorath die Herrscherin der Ghul und bewahrte damit das Reich vor dem Niedergang. Nur die Trägerin des magischen Armbandes Kemantie kann Königin Aine befreien. Nichts anderes will Yadiran, der oberste Feldherr der dunklen Herrscherin, und dabei ist ihm jedes Mittel recht. Er entführt Gardoraths Tochter Flerya, die untrennbar mit Kemantie verbunden ist, und zieht sie als sein eigenes Kind auf. Ohne Erinnerung an ihre wahre Herkunft schenkt sie ihm ihre ganze Liebe. Doch der kaltblütige Seelenfresser wartet nur auf Fleryas sechzehnten Geburtstag. Es ist der Tag, an dem der Drache in ihr erwacht und sie Aine befreien wird. Der Tag, an dem Yadiran ihren Tod fordert. Gebrochen vom Verrat und auf sich allein gestellt, versucht Flerya ihrem Häscher zu entrinnen – und den Untergang Emireschas abzuwenden.

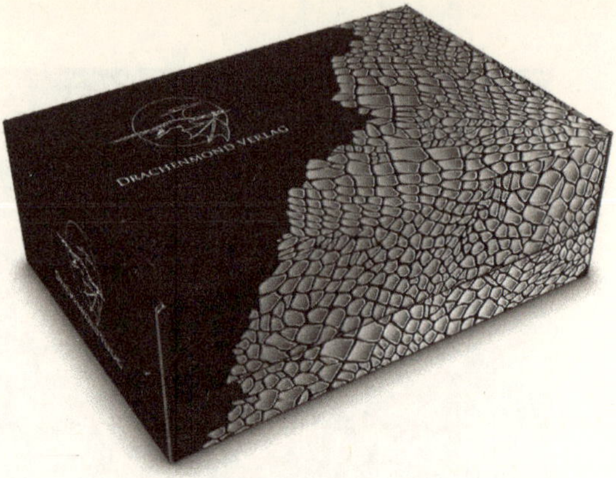
DRACHENMOND VERLAG